本书为安徽省社科规划后期资助项目（2018年度）成果
本书出版获得淮北师范大学学术出版基金资助

曹溶词编年笺注

曹秀兰 著

中国社会科学出版社

图书在版编目（CIP）数据

曹溶词编年笺注/曹秀兰著. —北京：中国社会科学出版社，2020.8

ISBN 978-7-5203-6715-8

Ⅰ.①曹… Ⅱ.①曹… Ⅲ.①词（文学）—注释—中国—清代 Ⅳ.①I222.849

中国版本图书馆 CIP 数据核字（2020）第 113298 号

出 版 人	赵剑英
责任编辑	郭晓鸿
特约编辑	李　英
责任校对	闫　萃
责任印制	戴　宽

出　　版	中国社会科学出版社
社　　址	北京鼓楼西大街甲 158 号
邮　　编	100720
网　　址	http://www.csspw.cn
发 行 部	010-84083685
门 市 部	010-84029450
经　　销	新华书店及其他书店
印　　刷	北京明恒达印务有限公司
装　　订	廊坊市广阳区广增装订厂
版　　次	2020 年 8 月第 1 版
印　　次	2020 年 8 月第 1 次印刷
开　　本	710×1000　1/16
印　　张	24
插　　页	2
字　　数	355 千字
定　　价	128.00 元

凡购买中国社会科学出版社图书，如有质量问题请与本社营销中心联系调换
电话：010-84083683
版权所有　侵权必究

前　言

一

曹溶（1612－1685），字洁躬，一字鉴躬，号秋岳，又号倦圃，别号金陀老圃，晚号金陀老人、锄菜翁。浙江平湖籍，秀水（今嘉兴）人。明崇祯十年丁丑（1637），曹溶以三甲三名登进士第。后官河南道监察御史。在任期间，弹劾庸劣充位者张四知，铮铮有谏声。明崇祯十七年暨清世祖顺治元年甲申（1644）三月，曹溶由浙直总督张国维题授浙直监军御史，未赴而值李自成陷北京。曹溶被拷略三昼夜，幸而不死，复又遭勒索。五月，和硕睿亲王多尔衮入京，百官迎降。曹溶与焉。从此，原明朝御史曹溶踏入清廷仕途，其人生经历及心态亦开始了复杂的变化。

入清后，曹溶仍原官，并以御史身份率众守城，搜李自成残余势力。六月，曹溶改官督学御史。顺治三年丙戌（1646）三月，升太仆寺少卿，八月，因任督学御史期间对所举充贡监失于详查而遭降级调用。次年正月，遭革职回籍。曹溶入清后的仕途，至此暂告一段落。离京后曹溶寓居苏州以谋衣食，直至五年后方回里中。

闲居六年多后，曹溶于顺治十年癸巳（1653）五月得诏令补原官。两个月后，曹溶赴京任职，开始其在清廷的第二段仕途经历。此次重入仕途，由原官渐升至户部右侍郎，可谓亨通，但很快又遭降官。顺治十二年乙未（1655）七月，曹溶迁户部右侍郎，九月，诏令才优者外用，曹溶得补广东布政使司左布政使。而此时由于顾仁因贪赃纳贿遭弹劾，曹溶因准许顾仁考选受到牵连，被降两级外调。腊月底，曹溶离京赴广东任，从此再未出任京职。

顺治十三年丙申（1656）八月，曹溶抵达广东。在粤期间，曹溶仕途不顺，且时间短暂。九月，曹溶因"浮躁"遭降一级，外调山西阳和道，备兵大同。次年八月，曹溶离广东布政使司左布政使任。由于祖母该年四月去世，曹溶离粤返乡，并未直赴山西任，直待康熙元年壬寅（1662）十月方赴任。至此，曹溶闲居在家已将近五年。

康熙二年癸卯（1663）春，曹溶抵达云中，开始了人生中最后一段仕途经历。康熙六年丁未（1667）六月，曹溶遭遇裁缺。两个月后，曹溶离开大同，并于腊月底抵家。之后曹溶一直闲居家乡，或游走周边，直到十八年后去世。

曹溶一生享年七十四岁，在清朝生活四十一年。虽入仕清朝，但时间不长，前后相加不足十二年，且中间两次中断。不管如何，这短暂又不顺利的仕途经历，改写了曹溶的身份，被列入"贰臣"，其心态及文学也因此受到很大影响。

曹溶雅好文事，好金石、书画，藏书甚丰，并颇有著述。"平生著作满家"（黄汝铨），诗、词、文均有集。据现存可靠资料，曹溶文卷帙浩繁，惜未能刊刻流传。《静惕堂诗集》四十四卷，雍正三年乙巳（1725）由同里后学李维钧刊刻。《静惕堂词》一卷，康熙四十六年丁亥（1707）由其外孙朱丕戴、朱丕戡兄弟刊刻。

二

南京大学中国语言文学系全清词编纂委员会编《全清词》（顺康卷）据《静惕堂词》及《百名家词钞》《瑶华集》《千秋雅调》《清平初选》等词选，共存录曹溶词二百八十二首。笔者又据清初纳兰性德、顾贞观编选《今词初集》，辑得曹溶一首《踏莎行·西塞山》，据曹溶同僚兼好友龚鼎孳作品，判断曹溶有《琵琶仙·琵琶亭志怀》，惜全词不见，仅能存目。另外，据裴喆

《＜全清词·顺康卷＞补遗》（《南阳师范学院学报》，2005年第4期），清汪懋麟《锦瑟》卷首《锦瑟酬赠词》附曹溶酬赠词一首，调寄《感皇恩》。如此，则曹溶词至少有二百八十五首。

从词量来看，曹溶词数量不菲，较于历代大家，相形亦不见绌。从质量来讲，曹溶词亦堪称名家。学界研究曹溶者，多聚焦于其与浙西词派的关系，或承认或否认曹溶浙西词派先驱的身份。其实，曹溶词在清初词坛的价值和意义，并不需要依赖于他和浙西词派的关系。曹溶词具有独立的思想价值和艺术价值。

曹溶词题材多样，内容丰富，举凡春情、闺怨、怀人、咏物、题画、游览、怀古、交游、故国之叹等皆有涉及。笔者另有《曹溶词研究》，中有关乎曹溶词内容者，兹不赘述。词从最初的"小道"、"末技"、"诗余"，纯粹是娱宾遣兴的工具，处于被轻视的地位，到最终能与诗歌并列，共同肩负抒情言志的社会功能，经历了漫长曲折的发展过程。综观词史，在内容上，词既有囿于闺闱私情、难登大雅之堂者，又有慷慨激昂、不逊于诗歌者。具体到某个创作个体，亦往往如此。曹溶有些词写春情春闷、闺阁怀人，其软媚纤艳不亚于唐宋诸公，如《酒泉子·春情》《浣溪沙·春怨》《醉太平·春思》《荷叶杯·怨思》《踏莎行·闺怨》《踏青游·闺情》。有些词题画咏物，均能各得其题，如《珍珠帘·题画》《蝶恋花·杏花》。有些词则自剖心迹，痛悼亡明，其境界大小与体之功用，与诗歌无异，如《绮罗香·云中怀古》《永遇乐·雁门关》。林林总总，不一而足。

于众多题材内容中，曹溶词最动人者应属抒写亡明之痛者。曹溶生逢明清鼎革之际，身为明朝御史，后又仕清。在讲求忠孝节义的封建时代，曹溶这种行为选择显然于名节有亏。作为一名封建文化熏陶下成长起来的士大夫，对于这种道德舆论下的有形或无形的谴责，曹溶焉能不知？内心怎会无愧？时间有时候并不是治愈一切创伤的万能良药。随着时间的推移，当一个人有足够的时间去内省，去拷问自己的灵魂时，源于内心最真实的自己便会清晰浮现。悔恨、无奈及对清廷的自觉疏离，便是曹溶内省后的最真实的情感。因此，曹溶词能明确断定作于入清后的，十之七八是在反复诉说对仕清的懊悔、对明朝的伤悼。这无疑给词作注入鲜明的时代色彩，丰厚了作品的思想内涵，使得词情更加深沉。

三

曹溶"平生著作满家"（黄汝铨序《曹秋岳先生尺牍》）。"檇李有曹秋岳先生者，其人为当代之栋梁，词林之冠冕也"（陈箴序《曹秋岳先生尺牍》）。曹溶词于清代即颇负盛名，其好友陈之遴、龚鼎孳分别评曹溶《寓言集》曰："秋岳词，从无一蹈袭语，正不必拟之以周、秦，周、秦合让一头地。""君词如晏小山，合情景之胜，以取径于风华者，所云'舞低杨柳楼心月，歌罢桃花扇底风'，庶乎。"徐秉义更是对之推崇有加，说曹溶："喜作填词，如朝霞散彩，笙鹤瑶天。论者谓其智珠在掌，慧剑当胸。三寸管落指，即有红云蔽左，紫烟纡右。发而为声，惊鸿落雁，求之神仙之中，遇诸风尘之外，不得不以百宝庄岩板拍矣。"谢章铤《赌棋山庄词话》续编三云："顾梁汾曰：'国初辇毂诸公，尊前酒边，借长短句以吐其胸中。始而微有寄托，久则务为谐畅。香岩、倦圃，领袖一时。'"陈廷焯《词坛丛话》云："国初诸老之词，论不胜论。而最著者，除吴、王、朱、陈之外，莫如棠邨。秋岳……诸家，分道扬镳，各树一帜。"胡薇元《岁寒居词话》云："清初词人，如……曹洁躬……诸家，词采精善，美不胜收。"朱彝尊《静惕堂词序》云："数十年来，浙西填词者，家白石而户玉田，春容大雅，风气之变，实由先生"，把曹溶推为浙西词派前驱。综观曹溶词之数量与质量，可谓无愧于诸评。

但综而观之，曹溶作品所获关注似与其成就并不相匹。究其原因之根本，在于论者多以人品论文品，将人品居文品之上，从而很难公正客观地认识作品的独立价值。如蒋重光《昭代词选·凡例》直言："前明科甲臣工又入仕本朝，如吴梅村、龚芝麓、曹秋岳、梁苍岩等诸人词，俱名家，然取冠本朝，殊乖教忠之道，一概置而不录，于体为宜。"这是一种有代表性的观点。以作者行为是否符合"教忠之道"作为判断作品的根据，就作品本身来说，不免有失公允。

明朝灭亡，和当时许多官员一样，曹溶选择了仕清，成为"贰臣"而遭鄙薄。但曹溶仕清后的表现，表明曹溶并没有忘怀故国。这不仅仅是表现在曹溶在词中反复抒发故国之思，还表现在他的一些行为做法亦诠释着浓厚的遗民情怀。顺治二年乙酉（1645），清廷颁布"剃发令"，激起全民反抗，尤其是浙东绍兴、宁波、台州等地直接引发抗清运动。顺治四年丁亥（1647），浙东"五君子"密谋抗清被谢三宾告发，次年，清廷大力搜捕浙江知名人士。宁波参与抗清的士大夫和诸生被逮捕，李？和高斗枢被押至杭州严刑审讯。李？之子李邺嗣被囚后放归，李？绝食而死。曹溶为之助敛。顺治十一年甲午（1654），宋谦因密反事泄而被捕，傅山受牵连入狱。因案情重大，交三法司处理。曹溶利用督察院左副都御史的职务之便，积极为之开脱，傅山最终得以无罪释放。康熙六年丁未（1667），曹溶于大同任上遭遇裁缺，得知消息后，"得此好音，快出意表"（《与沈绎堂》），并且"虽当事殷留，坚意不复受职"（《与朱葵石》）。这显然是和清廷彻底疏离的态度。这种态度和其深隐的遗民情怀是一致的。

处于动荡的封建王朝兴亡更替的历史境遇，一个人无论是出仕新朝还是归隐山林，都是艰难的，都要付出代价。对其行为，我们不仅仅要尊重历史的客观现实性，也要充分理解个人的客观现实情况。对其作品，我们亦需采取客观公允的态度，就作品论作品。如此，方不负其独立的审美价值。

本撰以南京大学中国语言文学系全清词编纂委员会编《全清词》（顺康卷）为底本，同时又参以纳兰性德、顾贞观《今词初集》、唐圭璋《词话丛编》及时人研究成果以校勘、辑佚。每词撰写体例，大抵包括校勘、编年、笺注、辨正、辑佚等几个方面。词评或异文情况统以参考资料附于词后。编年和笺注是每首词的重点内容，其他几项内容则视每首词具体情况而定其有无。

校勘部分，除个别据《全清词》（顺康卷）已校者，笔者主要据唐圭璋主编《词话丛编》所收清代词话校勘。

编年主要依据曹溶生平经历、词题所涉人物生平、词中所用意象特点、词的情感特点等。曹溶生平经历，除根据官方史书、史料笔记，还参考曹溶诗文集、书信等。书后附录曹溶年表，以兹参考。由于曹溶生平资料及词作提供的有效信息所限，故仍不能将所有词作明确编年。

笺注过程中，相同词语出现两次及以上者，只在第一次出现时作注，其余均以"见前某词注释第几"样式标出。任何作品，都是作者特定历史条件下个人生活中动态情感的表达。因此，解读作品除了要考虑当时大的历史背景，更多的时候则要考虑作者当下的经历、生活状态、情感特点等。前者易于把握，后者则相对困难。本撰在笺注时，虽是竭尽所能地努力揭示作者原意，但仍难保证没有偏差，甚至误解。书中谬误之处，敬请方家是正。

目 录

十六字令　闺情 …………………………………………… (1)

荷叶杯　怨思 ……………………………………………… (2)

其二 ………………………………………………………… (3)

望江南　本意 ……………………………………………… (4)

其二 ………………………………………………………… (5)

其三 ………………………………………………………… (5)

其四 ………………………………………………………… (6)

如梦令　有感 ……………………………………………… (7)

前调　有怀 ………………………………………………… (8)

相见欢　与蒋前民饮酒 …………………………………… (8)

酒泉子　春情 ……………………………………………… (10)

生查子　代赠 ……………………………………………… (11)

点绛唇　寄兴 ……………………………………………… (12)

前调　平远台秋眺 ………………………………………… (13)

浣溪沙　闲情 ……………………………………………… (14)

前调　倦圃山矾盛开 ……………………………………… (14)

前调　四十年来所见歌姬，某氏最丽，赠之 …………… (15)

其二 ………………………………………………………… (16)

前调　独坐 ………………………………………………… (17)

· 1 ·

前调　湖上 …………………………………………………（18）
前调　春怨 …………………………………………………（19）
一络索　行中僧将卖药，赋此坚之 ………………………（19）
霜天晓角　春怨 ……………………………………………（20）
前调　同香山、敬可夜坐倦圃 ……………………………（21）
巫山一段云　偶咏 …………………………………………（22）
菩萨蛮　茉莉 ………………………………………………（23）
前调　与侍儿 ………………………………………………（24）
卜算子　伊璜再携歌姬过 …………………………………（25）
前调　偶见 …………………………………………………（26）
前调　题琴士隐庵画像 ……………………………………（27）
采桑子　云塞秋夜 …………………………………………（27）
前调　怀香侯 ………………………………………………（29）
前调　查伊璜两度出家姬作剧 ……………………………（30）
前调　姑苏顾氏席上小鬟 …………………………………（31）
前调　寄赤豹 ………………………………………………（32）
前调　巩都尉席上 …………………………………………（33）
减字木兰花　沈家歌姬 ……………………………………（35）
前调　红叶 …………………………………………………（36）
清平乐　冬夜 ………………………………………………（37）
前调　题壁 …………………………………………………（37）
其二 …………………………………………………………（38）
其三 …………………………………………………………（39）
忆秦娥　坐黄鹤楼上 ………………………………………（40）
眼儿媚　旅情 ………………………………………………（41）
摊破浣溪沙　忆广南胡家歌姬 ……………………………（42）
青衫湿　田戚畹家姬东哥，甲申后为教师，遇之，有感 …（43）
前调　广林饮李太虚寓中，出家姬作剧 …………………（45）

前调　记湖上弹琴之会 …………………………………… (46)

西地锦　题虞山蒋文从雪泛卷 ………………………… (47)

少年游　寄项嵋雪 ……………………………………… (49)

其二 ………………………………………………………… (50)

前调　游横山园悼李舒章 ……………………………… (51)

前调　寿客 ………………………………………………… (53)

西江月　再过某宅闻歌 ………………………………… (54)

南柯子　旅恨 ……………………………………………… (54)

前调　王家歌姬 …………………………………………… (55)

青门引　焚香 ……………………………………………… (56)

醉花阴　席上 ……………………………………………… (57)

前调　春怨 ………………………………………………… (58)

前调　云署五月，初见芍药 …………………………… (59)

前调　同辰六红桥泛舟 ………………………………… (60)

浪淘沙　闲情 ……………………………………………… (62)

前调　询孔子威坠马 …………………………………… (63)

前调　题吴园次收纶小像 ……………………………… (64)

前调　夜思同芝麓作 …………………………………… (65)

前调　初春 ………………………………………………… (66)

鹧鸪天　送项嵋雪游山阴，兼讯刘苣臣 ……………… (67)

南乡子　访傅青主 ……………………………………… (68)

前调　许家土窟中有侍饮者 …………………………… (70)

前调　徐电发自钱塘署中贻菊庄词，寄此 …………… (71)

前调　陈集生遗酒 ……………………………………… (72)

其二 ………………………………………………………… (73)

虞美人　同徐敬可看林家紫牡丹 ……………………… (73)

前调　陈路若寤轩酒坐 ………………………………… (74)

前调　同龚芝麓、沈止岳席上观伎 …………………… (75)

· 3 ·

前调　泊京口有寄 …………………………………………… (76)

前调　春情 ………………………………………………… (77)

前调　腊梅 ………………………………………………… (78)

前调　夜怀 ………………………………………………… (79)

翻香令　史赤豹贻宜兴所制瓷炉 ………………………… (79)

夜游宫　唵叭香 …………………………………………… (80)

玉楼春　张尔唯命寇白门劝酒 …………………………… (81)

前调　同止岳南湖舟中听歌 ……………………………… (83)

踏莎行　答客问云中 ……………………………………… (84)

前调　春忆 ………………………………………………… (85)

唐多令　戏答方敦四 ……………………………………… (86)

前调　沈石友宅，同王觉斯听歌达旦 …………………… (87)

前调　阻风铜陵 …………………………………………… (88)

前调　忆人 ………………………………………………… (89)

前调　乙酉七夕感悼 ……………………………………… (90)

前调　同晋贤泛舟 ………………………………………… (91)

临江仙　同俞右吉看牡丹 ………………………………… (92)

前调　甲寅中秋，同吴瑶如、园次、香为痛饮 ………… (93)

前调　次日复同瑶如诸公饮 ……………………………… (94)

前调　旅恨 ………………………………………………… (95)

蝶恋花　杏花 ……………………………………………… (96)

其二 ………………………………………………………… (97)

前调　宿半村草堂 ………………………………………… (98)

苏幕遮　中秋无月 ………………………………………… (99)

前调　城东柴家木樨，垂枝直下，贴地皆花，密不见本，中穹如
　　　屋壁，其广受四筵，与他种异，记之 ………… (100)

醉春风　有怀 ……………………………………………… (102)

酷相思　旅情 ……………………………………………… (103)

青玉案　沈家姬卯娘善度曲，戏咏卯字 …………………（103）

江城子　雪夜 ……………………………………………（104）

前调　冬雪 ………………………………………………（105）

金人捧露盘　丰台看花 …………………………………（106）

祝英台近　太白酒楼 ……………………………………（107）

前调　同杨香山次辛稼轩韵 ……………………………（109）

一丛花　再饮唐济武寓中 ………………………………（110）

前调　三饮济武寓中 ……………………………………（112）

御街行　题程云来小像 …………………………………（113）

踏青游　闺情 ……………………………………………（114）

蓦山溪　与王襄璞饮酒 …………………………………（116）

洞仙歌　同叶星期探桂未开，感赋 ……………………（117）

前调　赠崔兔床 …………………………………………（118）

华胥引　题画梨花牡丹，次张叔夏韵 …………………（119）

江城梅花引　秋思 ………………………………………（121）

前调　除夕和赤豹 ………………………………………（122）

惜红衣　美人鼻 …………………………………………（123）

东风齐着力　春怨 ………………………………………（124）

法曲献仙音　南汉铁塔 …………………………………（125）

前调　饮济武寓中 ………………………………………（127）

满江红　钱塘观潮 ………………………………………（128）

前调　程古狂招集舟中 …………………………………（130）

六么令　张老四曾事云间周勒卣，度曲甚美，遇之怅然 ………（131）

前调　宫香饼，用辛稼轩韵 ……………………………（132）

玉漏迟　宣府严弁宅女乐 ………………………………（134）

前调　宿耕石山房 ………………………………………（135）

满庭芳　金龙池祠唐鄂公传收龙马池中 ………………（136）

前调　李晋王墓下作 ……………………………………（137）

· 5 ·

前调　贺吴园次迁居	(139)
前调　止岳有和忆广南胡家二姬之作，再赋	(140)
前调　武陵寓舍，与介皇兄	(142)
前调　寄徐兰生	(144)
凤凰台上忆吹箫　题朱竹垞词集	(145)
汉宫春　人日雪	(147)
前调　借寓耕石山房	(148)
水调歌头　钓台	(150)
前调　赠琴士程隐庵	(151)
天香　姚氏牡丹	(153)
烛影摇红　答香侯	(155)
前调　扬州己未正月十四夜	(156)
声声慢　七夕，嵋雪、敬可过，用禁体	(157)
倦寻芳　湖口	(159)
前调　招赤豹饮倦圃	(160)
扬州慢　与林铁崖、陈鹿友、程古狂饮	(161)
孤鸾　招夏乐只、张登子、程古狂、沈逢吉、张较书集舟中	(162)
前调　悼亡姬	(164)
琐窗寒　敬可贻酢戏咏之	(165)
玲珑四犯　答袁箨庵	(167)
东风第一枝　园中摘茄	(168)
念奴娇　云署碧桃花	(170)
前调　偶见	(171)
前调　采友堂夜集	(172)
前调　同铁崖、古狂、逢吉集登子寓楼，吴姬适至	(174)
前调　登子招同铁崖、循蜚、古狂饮采友堂，坐有张较书	(175)
前调　端阳后二日箨庵招饮	(176)
前调　感春和芝麓	(178)

前调	长干秋夜	(179)
前调	戏与侍儿和李易安春情韵	(180)
前调	将赴云中，留别胡彦远，兼戏其卖药	(182)
前调	俞右吉自言近日眼明，喜为此赠	(183)
前调	贺嵋雪生子	(185)
前调	拜太白山人墓	(186)
前调	送卜声垓北上	(188)
前调	碧岩茶至	(189)
前调	雪中过陈氏山庄	(190)
前调	为宗定九赋东原草堂，和顾庵弟韵	(191)
万年欢	唐济武太史过访耕石斋小寓，次史邦卿旧韵	(193)
前调	济武命饮白鹿泉亭，再叠前韵	(194)
前调	济武同诸子过周雨文山房	(196)
前调	同杨香山、周雨文夜坐	(197)
前调	济武席上闻歌	(199)
前调	答星期	(200)
前调	同济开、香岩、雨文、星期雪中小饮，是夕沈生度曲，程生鼓琴	(201)
前调	和济武感怀	(203)
前调	答于畏之	(204)
前调	答曾青藜，兼留别雨文诸子	(205)
桂枝香	望罗浮山	(207)
前调	祖园春宴	(208)
水龙吟	与兰生饮酒	(210)
前调	垂丝海棠	(211)
前调	午日湖上	(212)
木兰花慢	题项东井画，为文公寿	(213)
前调	采山亭北杏花盛开	(214)

花犯　重过林家看牡丹	(215)
齐天乐　钱尔斐过访	(216)
前调　倦圃秋集，和沈客子	(218)
珍珠帘　题画	(220)
前调　对菊	(221)
瑞鹤仙　寿薛楚玉八月十三日　时在云中	(222)
前调　和赤豹吊朱买臣，墓在福城寺中	(224)
石州慢　咏雪	(225)
春云怨　铁崖招饮湖中	(226)
前调　悼钱葆馥中翰	(228)
喜迁莺　湖上，值朱子蓉	(230)
绮罗香　云中吊古	(231)
探春慢　立夏日，看汪园莺粟	(233)
霓裳中序第一　咏镜	(234)
南浦　木瓜，用张叔夏体	(235)
前调　寄香侯	(237)
送入我门来　夏日塞上	(238)
花心动　与篛庵诸子夜泛	(239)
前调　得荩臣书报之	(241)
永遇乐　雁门关	(242)
前调　芜城答宗定九	(244)
尉迟杯　有感	(245)
一萼红　忆辛卯岁湖上五日事	(246)
前调　题香山半村草堂	(247)
疏影　夏卤均再招集舟中	(249)
风流子　寄登子	(250)
沁园春　戏赠陈较书	(251)
前调　题绿溪园	(252)

前调　节饮，效稼轩体	(254)
前调　和右吉老眼词	(255)
前调　病痔自嘲	(256)
前调　右吉和我病痔作，用前调寄之	(258)
贺新郎　答横秋见寿，时将行役云中	(259)
前调　答右吉	(261)
前调　书怀	(263)
前调　送箨庵会稽之游	(264)
前调　问懒真堂牡丹消息，用辛稼轩雨中游西湖韵	(266)
前调　懒真主人招宴花前，用前韵	(267)
前调　客招赏藤花，以事不赴，用前韵	(268)
前调　题梁承笃郡丞西湖图，次吴庆百韵	(269)
前调　答顾天石，时在维扬寓舍	(270)
摸鱼儿　宴米山堂	(271)
前调　吴园次招集米山堂	(273)
前调　集米山堂观剧	(274)
前调　闻周青士有《词纬》之选，寄之	(275)
前调　济武见访示一词，次韵奉答	(277)
前调　叠前韵，答吴宝崖见怀。宝崖武林人	(278)
前调　济武同诸君过饮倦圃，三叠前韵	(280)
前调　酒间答星期，四叠前韵	(281)
前调　答止岳，五叠前韵	(282)
前调　答王迈人，六叠前韵	(283)
前调　同止岳过济武寓中，叠前韵	(285)
前调　病坐采山亭怀济武	(286)
前调　题宝崖像	(287)
前调　约济武游鹤洲	(288)
前调　金明寺访灯公叠前韵	(290)

前调　送晓山师住如如庵 …………………………………（291）

前调　答峒雪叠前韵 ……………………………………（293）

前调　和济武梦赵韫退叠前韵 …………………………（294）

前调　陈用亶尧夫携尊济武寓中同集叠前韵 …………（296）

前调　勉宏略叠前韵 ……………………………………（297）

大酺　同张蘧林饯别袁箨庵 ……………………………（299）

多丽　云母灯　用仄韵 …………………………………（300）

前调　星期与诸子宴集涉园，遥同次韵 ………………（301）

南乡子　冬夜 ……………………………………………（303）

似娘儿　送聂乐读还吴门 ………………………………（304）

月上海棠　招友人看杏花 ………………………………（304）

一丛花　秋海棠 …………………………………………（305）

最高楼　六桥新植桃柳，志喜 …………………………（306）

满庭芳　同吴香、为江、文叔、梅墩集高憺游纪胜堂，
　　　　席上赠沙较书，即赋沙字 ……………………（307）

解语花　郑家侍史再至，用陈其年荆溪韵 ……………（309）

望湘人　郑瑚山席上戏为行酒者赠 ……………………（310）

南乡子　城南 ……………………………………………（311）

甘州子　咮草 ……………………………………………（312）

醉太平　春思 ……………………………………………（312）

采桑子　送人尉岭南，用山谷韵 ………………………（313）

一落索　听三弦 …………………………………………（314）

阮郎归　秋思 ……………………………………………（315）

西江月　感述 ……………………………………………（316）

南歌子　旅夜 ……………………………………………（317）

河传　春情 ………………………………………………（318）

南乡子　赠人　苏子瞻体 ………………………………（319）

踏莎行　闺怨 ……………………………………………（320）

钗头凤　戏赠陈伯驺小史	（321）
临江仙　听雨　贺方回体	（322）
淡黄柳　约史蘧庵游鹤洲	（323）
蓦山溪　乌江渡	（324）
尾犯　听三弦	（325）
满庭芳　雨坐，和竹逸	（327）
绕佛阁　同友人饭文公半斋	（328）
水龙吟　纪游	（329）
昼锦堂　金阊夜游	（330）
望海潮　黄鹤楼上吊孙吴	（332）
薄倖　题壁	（333）
惜余春慢　寄兴	（335）
千秋岁　赠王子丹麓五十初度，奉次原韵	（336）
蝶恋花　风情	（337）
感皇恩	（338）
踏莎行　西塞山	（339）
琵琶仙　琵琶亭志怀（内容佚）	（341）
附录一　曹溶传记资料	（342）
附录二　曹溶年表	（350）
附录三　曹溶词序跋	（358）
附录四　曹溶词汇评	（360）
附录五　曹溶词评词序	（364）
后记	（371）

十六字令　闺情

轻。认得伊家画屧声①。花边绕，蛱蝶不曾惊②。

【编年】

此词无法确知具体创作年份。据曹溶生平经历、心路历程以及创作风格判断，或作于入清前。

【笺注】

①认得句：意谓从木屧的声音能判断出是何人，暗示非常熟悉。伊家，你。宋柳永《慢卷䌷》（闲窗烛暗）词："算得伊家，也应随分，烦恼心儿里。"宋黄庭坚《点绛唇》（罗带双垂）词："闻道伊家终日眉儿皱。"画屧（xiè），精美的木屧。屧，本指鞋中的衬垫，后即用指木屧。《南齐书·孝义传·江泌》："泌少贫，昼日斫屧，夜读书，随月光握卷升屋。"声音本诉诸听觉，此处感知到少女脚步声，用"认得"而非"听得"，足见对少女之熟悉程度。清朱彝尊《两同心》（认丹鞋响）词："认丹鞋响，下画楼迟。"词情与之相同。

②蛱蝶（jiá dié）句：极言少女体态轻盈。蛱蝶，动物名。节肢动物门昆虫纲鳞翅目蛱蝶科。成虫躯干黑、蓝两色相间，下面灰褐色，翅赤黄有黑纹。吃麻类植物叶子，对农作物有害。唐杜甫《曲江二首》诗其二："穿花蛱蝶深深见，点水蜻蜓款款飞。"宋秦观《蝶恋花》（金凤花开红落砌）词："蛱蝶飞来花上戏。对对飞来，对对还飞去。"

【参考资料】

清陈廷焯《云韶集》卷一四评曰："蛱蝶不惊，极写轻之至也。真乃画笔。"

荷叶杯 怨思

细雨江边春缆①。绿暗②。玉筯湿罗巾③。佳期定约藕花新④。真么真⑤。真么真。

【编年】

此两首《荷叶杯》无法确知具体创作年份。从词义及曹溶生平经历、思想推断，或作于入清前。

【笺注】

①缆：系船的粗绳或铁索。南朝宋谢灵运《登临海峤与从弟惠连》诗："日落当栖薄，系缆临江楼。"唐韩愈《柳溪》诗："莫将条系缆，著处有蝉号。"

②绿暗：言一片深绿色，暗指时节当在晚春。暗，深。唐韩琮《暮春浐水送别》诗："绿暗红稀出凤城，暮云楼阁古今情。"宋晁补之《浣溪沙·樱桃》词："雨过园亭绿暗时。樱桃红颗压枝低。"

③玉筯句：言思妇眼泪打湿手巾。玉筯（zhù），喻指思妇眼泪。南朝梁简文帝《楚妃叹》诗："金簪鬓下垂，玉筯衣前滴。"唐高适《燕歌行》诗："铁衣远戍辛勤久，玉箸应啼别离后。"罗巾，丝制手巾。唐聂夷中《杂怨》诗："君泪濡罗巾，妾泪滴路尘。"宋张孝祥《浣溪沙·侑刘恭父别酒》词："粉泪但能添楚竹，罗巾谁解系吴船。"

④藕花：荷花。唐孟郊《送吴翱习之》诗："新秋折藕花，应对吴语娇。"宋李清照《如梦令》（常记溪亭日暮）词："兴尽晚回舟，误入藕花深处。"

⑤真么真：是不是真的。女子与情人约定佳期，又担心不是真的。两个"真么真"重复运用，足见女子之痴情。

其二

乳燕衔泥飞过①。独坐②。邂逅粉郎游③。捧觞含笑拨箜篌④。留么留。留么留。

【笺注】

①乳燕：雏燕。唐李贺《南园十三首》诗其八："春水初生乳燕飞，黄蜂小尾扑花归。"宋苏轼《贺新郎·夏景》词："乳燕飞华屋。悄无人、桐阴转午，晚凉新浴。"

②独坐：暗示女主人之孤寂。

③邂逅句：言女子独坐孤寂之时，不期偶遇心爱之人。邂逅，不期而遇。《诗·郑风·野有蔓草》："有美一人，清扬婉兮。邂逅相遇，适我愿兮。"毛传："邂逅，不期而会。"南朝宋鲍照《赠傅都曹别》诗："邂逅两相亲，缘念共无已。"粉郎，即傅粉郎君。三国魏何晏美仪容，面如傅粉，尚魏公主，封列侯，人称粉侯，亦称粉郎。后用作对心爱郎君的爱称。宋柳永《甘草子》（秋暮）词："却傍金笼共鹦鹉，念粉郎言语。"清纳兰性德《凤凰台上忆吹箫·除夕得梁汾闽中信因赋》词："心知。梅花佳句，待粉郎香令，再结相思。"

④捧觞三句：言孤寂女子偶遇粉郎后，持酒又弹奏乐曲，并渴望粉郎留下。箜篌（kōng hóu），古代拨弦乐器名。有竖式和卧式两种。《隋书·音乐志下》："今曲项琵琶、竖头箜篌之徒，并出自西域，非华夏旧器。"《旧唐书·音乐志》："（卧箜篌）形似瑟而小，七弦，用拨弹之……竖箜篌汉灵帝好之，体曲而长，二十有二（一作'三'）弦，竖抱于怀，用两手齐奏，俗谓之擘箜篌。"

【参考资料】

清沈雄《古今词话·词品》下卷评曰："'捧觞含笑拨箜篌。留么留。留么留'工句法。"

望江南　本意

江南远，乳燕不曾来①。千里信回春水阔②，一年人去野棠开③。香阁在尘埃④。

【编年】

曹溶入清后仕途坎坷，短短二十余年历经革职、起用、升迁、降调，可谓复杂多变。其中，降调山西大同兵备道期间，是曹溶内心最为灰暗的人生阶段。此《望江南》组词，据其三中透露的绝望、无生机的情感特征，及曹溶生平遭际，当作于清康熙二年癸卯（1663）至清康熙六年丁未（1667）曹溶任职山西大同期间。

【笺注】

①乳燕：见前《荷叶杯》其二注释①。

②千里句：言距离遥远。春水，春天的河水。唐杜甫《遣意二首》诗其一："一径野花落，孤村春水生。"元杨维桢《雨后云林图》诗："浮云载山山欲行，桥头雨余春水生。"

③野棠：果木名。即棠梨，二月开白花，结实如小楝子大，霜后可食。唐储光羲《送姚六昆客任会稽何大蹇任孟县》诗："野棠春未发，田雀暮成群。"宋辛弃疾《念奴娇·书东流村壁》词："野棠花落，又匆匆过了，清明时节。"

④香阁句：言所念之人在极遥远处。香阁，女子的住室。宋柳永《雨中花慢》（坠髻慵梳）词："依前过了旧约，甚当初赚我，偷剪云鬟。几时得归来，香阁深关。"宋陈以庄《菩萨蛮》（举头忽见衡阳雁）词："泣归香阁恨，和泪淹红粉。"

其二

江南小，近日不藏春①。朱户半开眠宿酒②，粉娥成队散轻尘③。弦管正愁人④。

【笺注】

①不藏春：犹言处处春光。故能逗引春愁。

②朱户句：朱户，古代帝王赏赐诸侯或有功大臣的朱红色的大门，亦泛指朱红色的大门。宋柳永《西江月》（凤额绣帘高卷）词："凤额绣帘高卷，兽环朱户频摇。"明刘基《小重山·咏月》词："娟娟斜倚凤凰楼，窥朱户，应自半含羞。"宿酒，犹宿醉。唐白居易《早春即事》诗："眼重朝眠足，头轻宿酒醒。"元谢宗可《红梅》诗："宿酒破寒薰玉骨，仙丹偷暖返冰魂。"

③粉娥句：言成队的女子行走，扬起微尘。粉娥，女子的美称。宋贺铸《忆秦娥》其三词："粉娥采叶共亲蚕。蚕饥略许携纤纤。"又《虞美人》（粉娥齐敛千金笑）词："粉娥齐敛千金笑。愁结眉峰小。"

④弦管：弦乐器和管乐器。亦用以泛指歌吹弹唱。唐李商隐《思贤顿》诗："内殿张弦管，中原绝鼓鼙。"唐韦庄《上行杯》（芳草灞陵春岸）词："芳草灞陵春岸，柳烟深，满楼弦管。一曲离肠寸寸断。"

其三

江南别，旧泪一双流①。笛弄夜凉关路黑②，虫悬叶老玉衣秋③。切莫盼兰舟④。

【笺注】

①旧泪：旧时眼泪。此指昔日江南一别时所流惜别的眼泪。

②关路黑：言词人去向云中关塞自觉前途黑暗。词人入仕清廷后，屡遭变故，先是革职回籍，后又起用回京，旋即又遭降级外调，几经沉浮后，对

仕途前程认识清醒,内心灰暗。

③虫悬句:上承上句"关路黑"而来,以干死悬虫、枯死老叶及破败玉衣三个破败意象,渲染内心绝望无生机。玉衣,玉饰之衣。亦泛指美衣。宋杨万里《克信弟坐上赋梅花二首》诗其二:"寒入玉衣灯下薄,春撩雪骨酒边香。"明董斯张《广博物志·周穆王》:"月月献玉衣,旦旦荐玉食,化人犹不舍然,不得已而临之。"秋,破败;萧条。宋蒋捷《高阳台·送翠英》词:"飞莺纵有风吹转,奈旧家苑已成秋。"

④兰舟:即木兰舟,兰木制作的小舟。亦用为小舟的美称。宋柳永《雨霖铃》(寒蝉凄切)词:"都门帐饮无绪,留恋处,兰舟催发。"宋李清照《一剪梅》(红藕香残玉簟秋)词:"轻解罗裳,独上兰舟。"

其四

江南恨,亭榭少人看①。醉里不堪啼鴂早②,梦余初觉卖花寒③。风雨又漫漫。

【笺注】

①亭榭:亭阁台榭。南朝齐谢朓《三日侍宴曲水代人应诏》诗:"极望天渊,曲阻亭榭。"宋赵彦端《好事近·乘风亭作》词:"竹外有些亭榭,置酒尊棋局。"

②啼鴂:即鹈鴂(tí jué),鸟名,杜鹃。战国屈原《离骚》诗:"恐鹈鴂之先鸣兮,使夫百草为之不芳。"王逸注:"鹈鴂,……常以春分鸣也。"鹈鴂鸣,百草不芳,词人多以之为伤春景象。清纳兰性德《虞美人》(绿阴帘外梧桐影)词:"怕听啼鴂出帘迟,恰到年年今日两相思。"也有说鹈鴂与杜鹃为两种鸟。宋辛弃疾《贺新郎·别茂嘉弟》词:"绿树听鹈鴂,更那堪、鹧鸪声住,杜鹃声切。"自注:"鹈鴂、杜鹃实两种。"

③卖花寒:暗指时序。宋陆游《临安春雨初霁》诗:"小楼一夜听春雨,深巷明朝卖杏花。"

如梦令　有感

唤起残红莺困①。衔取余香蝶嫩②。独坐此何年，阁外飘来幽恨③。休问。休问。都绕眉峰一寸④。

【编年】

此词无法确知具体创作年份。从词义判断，此词或作于明亡后。"莺困""蝶嫩"，暗喻无力扶起已凋之"残红""余香"。明朝，朱姓也。朱者，红也。故明末清初词人，常以落红喻朱明。再证以词人"独坐此何年"的自问，可推测该词作于明亡后。

【笺注】

①残红：指凋残的花，落花。唐王建《宫词百首》诗其九十："树头树底觅残红，一片西飞一片东。"宋王安石《次韵再游城西李园》诗："残红已落香犹在，羁客多伤涕自挥。"莺困，宋毛滂《生查子·富阳道中》词："花谢小妆残，莺困清歌断。"明郭奎《蕲州营作》诗："树暗啼莺困，春余一日残。"

②余香：余留的香气。此处借指落花。唐李白《寄远十二首》诗其十一："床中绣被卷不寝，至今三载闻余香。"唐李商隐《过伊仆射旧宅》诗："幽泪欲干残菊露，余香犹入败荷风。"

③幽恨：深藏于心中的怨恨。唐元稹《楚歌十首》诗其十："各自埋幽恨，江流终宛然。"清龚自珍《漫感》诗："绝域从军计惘然，东南幽恨满词笺。"

④都绕句：言心有幽恨而眉头紧皱。眉峰，眉毛；眉头。宋柳永《雪梅香》（景萧索）词："别后愁颜，镇敛眉峰。"宋张孝祥《醉落魄》（轻黄淡绿）词："轻黄淡绿。可人风韵闲装束。多情早是眉峰蹙。"

前调 有怀

梦断金炉不暖①。春到樱桃小苑。惊起燕双飞，斜倚阑干昼短②。人远。人远。心被东风吹软③。

【编年】

此词无法确知具体创作年份。

【笺注】

①金炉：香炉的美称。宋王安石《夜直》诗："金炉香尽漏声残，翦翦轻风阵阵寒。"宋欧阳修《蝶恋花》（帘幕东风寒料峭）词："旋暖金炉薰蕙藻。酒入横波，困不禁烦恼。"

②阑干：同"栏杆"。唐李白《清平调三首》诗其三："解释春风无限恨，沉香亭北倚阑干。"唐白居易《寄湘灵》诗："遥知别后西楼上，应凭阑干独自愁。"

③东风：春风。古时以东西南北四个方位配春夏秋冬四季，东方配春。故春风曰东风。唐李白《折杨柳》诗："垂杨拂渌水，摇艳东风年。"宋陆游《钗头凤》（红酥手）词："东风恶，欢情薄。一怀愁绪，几年离索。"

相见欢 与蒋前民饮酒①

霜天敝了羊裘②。荻花秋③。恰遇织帘高士倚江楼④。 垂柳罅⑤。琵琶砑⑥。是扬州。触著一生心事到眉头⑦。

【编年】

此词作于清康熙十三年甲寅（1674）秋天。从首句"霜天敝了羊裘"可以推知，曹溶与蒋前民相遇应在深秋，且此时曹溶即将结束归隐生活。曹溶一生有两次在秋天应诏或应举荐为幕府做事。一次是清顺治十年癸巳（1653）

秋，曹溶于清顺治四年丁亥（1647）正月革职回籍后闲居乡里，六年后，即清顺治十年癸巳（1653），应诏补原官。曹溶于该年的七月动身赴京。此时虽有可能与蒋前民相遇，但七月之天称为"霜天"，于时令尚过早，故不可能是该年相遇。另一次是清康熙十三年甲寅（1674）八月中秋以后，此时由于三藩叛乱，曹溶因有"边才"被举荐，从军福建。曹溶于该年的中秋以后动身赴闽。在去之前，曾与友人连日痛饮。从时令上讲，与"霜天"相符，故很可能是该年的相聚共饮。另一证据是，曹溶在去福建时作《临江仙·旅恨》，中有："雪封沧海犹垂钓，羊裘破自今年。"其中的"羊裘破自今年"与"霜天敞了羊裘"，含义一致，故可推断作于同一时间段，即都作于清康熙十三年甲寅（1674）。

【笺注】

①蒋前民：清卓尔堪《明末四百家遗民诗》卷九"蒋易"："蒋易，字子久，一字前民，江都瓜洲人，与杜濬、王猷定友善，工五言律诗兼画。"有《石闾集》。清王仲儒《石闾集跋》云："前民五律三百余篇，皆意匠经营独诣绝境之作。"但现存《石闾集》，只有五言律诗百首。

②霜天：言深秋。唐李商隐《九日》诗："曾共山翁把酒时，霜天白菊绕阶墀。"宋曹冠《蓦山溪·乾道戊子秋游涵碧》词："深秋澄霁，烟淡霜天晓。"羊裘：指隐士之服。《后汉书》卷八十三《逸民列传·严光传》："严光字子陵，一名遵，会稽余姚人也。少有高名，与光武同游学。及光武即位，乃变名姓，隐身不见。帝思其贤，乃令以物色访之。后齐国上言：'有一男子，披羊裘钓泽中。'帝疑其光，乃备安车玄纁，遣使聘之。三反而后至。舍于北军，给床褥，太官朝夕进膳。"后来以"羊裘"指代隐士之服。宋范成大《酹江月》（浮生有几）词："谁似当日严君，故人龙衮，独抱羊裘宿。"宋朱熹《水调歌头》（不见严夫子）词："想象羊裘披了，一笑两忘身世，来把钓鱼竿。"

③荻花秋：荻花萧瑟。

④织帘高士：《南齐书》卷五十四《高逸传·沈驎士传》："沈驎士，字云祯，吴兴武康人也……驎士少好学，家贫，织帘诵书，口手不息……昇明

末,太守王奂上表荐之,诏征为奉朝请,不就……永明六年,吏部郎沈渊、中书郎沈约又表荐骠士义行……诏又征为太学博士,建武二年,征著作郎,永元二年,征太子舍人,并不就。"此处用以借指蒋前民。

⑤罅(xià):缝隙。

⑥砑(yà):象声词。此处形容弹琵琶的声音。

⑦触著句:清顺治二年乙酉(1645),多铎统帅清军攻破扬州城后,疯狂屠杀城中百姓十日之久。曹溶所言一生心事,当指此事。

酒泉子　春情

翠陌人遥①。和泪银泥欲滴②。帐中香,墙外笛。冷春宵③。　画裙空绾鸳鸯带④。梦去重帘相碍⑤。月嫌明,花倦戴。待归桡⑥。

【编年】

此词无法确知具体创作年份。

【笺注】

①翠陌:两旁长满绿色植物的小路。宋陈亮《水龙吟·春恨》词:"春归翠陌,平莎茸嫩,垂杨金浅。"宋史达祖《钗头凤》(春梦远)词:"新相识。休相失。翠陌吹衣,画楼横笛。"

②银泥:一种用银粉调成的颜料,用以涂饰衣物和面部。此处指涂脸的颜料。唐白居易《答微之见寄》诗:"更对雪楼君爱否?红栏碧甃点银泥。"又《武丘寺路宴留别诸妓》诗:"银泥裙映锦障泥,画舸停桡马簇蹄。"

③春宵:春夜。唐白居易《长恨歌》诗:"春宵苦短日高起,从此君王不早朝。"元柯九思《退直赠月》诗:"绣枕魂清疏雨暮,海棠银烛度春宵。"

④画裙句:即裙子上盘绕结成鸳鸯图案。绾,盘绕成结。空绾,意谓鸳鸯虽成双,人却形单影只。

⑤梦去句:意谓独居女子欲梦中追寻在外之郎君,梦却被层层帘子挡住。梦中亦不能相见,更倍增相思之苦,独居之凄凉。宋晏几道《阮郎归》(旧香

残粉似当初）词："梦魂纵有也成虚，那堪和梦无。"宋赵佶《宴山亭·北行见杏花》词："除梦里有曾去。无据，和梦也新来不做。"

⑥归桡：犹归舟。唐白居易《西湖晚归回望孤山寺赠诸客》诗："柳湖松岛莲花寺，晚动归桡出道场。"唐戴叔伦《戏留顾十一明府》诗："未可动归桡，前程风浪急。"

生查子　代赠

帘外响铜签①，雁唳秋宵远②。罗帐烛光微③，不信檀郎浅④。　　惜别展幽欢，梦逐银屏转⑤。飞去学鸳鸯，一枕花魂软⑥。

【编年】

此词无法确知具体创作年份。

【笺注】

①铜签：古代报时示警时用的铜制更筹。宋宋庠《次韵和度支苏员外覆考进士文卷锁宿景福殿》诗："坐觉铜签随漏箭，卧惊银汉入宫墙。"明高启《明皇秉烛夜游图》诗："知更宫女报铜签，歌舞休催夜方半。"

②唳：泛指鸟鸣。明谢谠《四喜记·琼英闺闷》曲："谩随玉女学吹箫，怕听着嘹嘹，只雁云边唳。"

③罗帐：床前帷幔。宋秦观《促拍满路花》（露颗添花色）词："云散无踪迹。罗帐薰残，梦回无处寻觅。"宋蒋捷《虞美人·听雨》词："少年听雨歌楼上，红烛昏罗帐。"

④檀郎：西晋潘安美姿仪，小名檀郎。后遂用檀郎代指夫君或情郎。唐李商隐《无日近不去因寄》诗："谢傅门庭旧未行，今朝歌管属檀郎。"南唐李煜《一斛珠》（晓妆初过）词："绣床斜凭娇无那，烂嚼红茸，笑向檀郎唾。"

⑤银屏：镶银的屏风。宋柳永《引驾行》（红尘紫陌）词："消凝。花朝月夕，最苦冷落银屏。"宋晏殊《清平乐》（金风细细）词："双燕欲归时节，

· 11 ·

银屏昨夜微寒。"

⑥花魂：指花的韵致。元郑元祐《花蝶谣题舜举画》诗："花魂迷春招不归，梦随蝴蝶江南飞。"清尤侗《渔家傲·春闺》词："梦锁重楼春信杳，彩丝偷把花魂钓。"

点绛唇　寄兴

斜掩红窗①，影迷前日桃花路。送春三度②。只有人如故。　　瘦减腰围，每被征衫诉③。归心误。雨声深处。江上扁舟暮。

【编年】

此词作于清康熙十六年丁巳（1677）。清康熙十二年癸丑（1673）冬，三藩叛乱。清康熙十三年甲寅（1674），曹溶在友人推荐下随军福建。清康熙十六年丁巳（1677），丁母忧，曹溶归里，共随军三年，即《点绛唇·寄兴》中"送春三度"。

【笺注】

①红窗：红色的窗户。窗户被桃花映红，故称。唐白居易《白莲池泛舟》诗："白藕新花照水开，红窗小舫信风回。"又《感苏州旧舫》诗："画梁朽折红窗破，独立池边尽日看。"

②送春三度：暗示时间过了三年。度，量词。次，回。唐杜甫《天边行》诗："九度附书向洛阳，十年骨肉无消息。"宋辛弃疾《青玉案·元夕》词："众里寻他千百度，蓦然回首，那人却在灯火阑珊处。"

③征衫：旅人之衣。宋贺铸《题承天寺竹轩》诗："征衫初解就僧床，惠我翛然一枕凉。"宋楼钥《水涨乘小舟》诗："一番冻雨洗郊丘，冷逼征衫四月秋。"

前调　平远台秋眺[①]

愧杀陈琳[②]，磨残铁砚收军后[③]。喜逢凉昼。千里都穿透。　　高处生寒，渐逼蛮花瘦[④]。人如旧。海光一溜[⑤]。熨尽青山皱[⑥]。

【编年】

此词应作于清康熙十三年甲寅（1674）至清康熙十六年丁巳（1677）。

【笺注】

①平远台：福州于山的二十四景之一。曹溶《静惕堂诗》卷三十五有《登于山维摩室二首》，概作于同时。

②愧杀句：言相比陈琳，非常惭愧。陈琳（？—217）：字孔璋，广陵射阳（今江苏省扬州市宝应县射阳湖镇）人。东汉末年著名文学家，"建安七子"之一。汉灵帝末年，任大将军何进主簿。董卓肆虐洛阳，陈琳避难至冀州，入袁绍幕。袁绍使之典文章，军中文书，多出其手。建安五年（200），官渡之战，袁绍大败，陈琳为曹军俘获。曹操爱其才而不咎，署为司空军师祭酒，使与阮瑀同管记室。杀，表示程度之深。《古诗十九首·去者日以疏》："白杨多悲风，萧萧愁杀人。"宋袁去华《清平乐·赠游簿侍儿》词："桃花流水茫茫。归来愁杀刘郎。"清吴伟业《感旧》诗："羡杀江州白司马，月明亭畔听琵琶。"

③磨残句：据陈琳生平事迹，可以推知曹溶在军中任文书职务。

④蛮花：蛮地的花。唐李商隐《和孙朴韦蟾孔雀咏》诗："瘴气笼飞远，蛮花向坐低。"宋王安石《溯栰》诗："野果寒林寂，蛮花午簟温。"

⑤海光：海洋生物发出光亮的自然现象。

⑥熨（yùn）尽句：言光亮照遍青山处处，山的沟壑似乎因光亮消失。熨，按压使之平直。

浣溪沙　闲情[一]

陌上髯苏唱柳绵①。载花须趁越江船②。惜春春去又今年。　　静馆碧樽闲客夜③，软风红药恨人天④。新来何处得轻怜。

【校勘】

〔一〕"闲情"，清蒋景祁编《瑶华集》作"闺情"。

【编年】

此词作于清康熙十八年己未（1679）。从"闲客夜""软风红药"等词，可以推知，此词作于曹溶客居扬州期间。曹溶曾于清顺治四年丁亥（1647）和清康熙十八年己未（1679）到扬州。从词义和季节来判断，此词应作于清康熙十八年己未（1679）。

【笺注】

①髯苏：宋苏轼的别称，以其多髯故。元郑允端《东坡赤壁图》诗："留得清风明月在，网鱼谋酒付髯苏。"元吴镇《玉蝴蝶·赤壁怀古》词："昔年此地，虹销霸气，电扫雄图。折戟沉沙，忽然携酒到髯苏。"唱柳绵，苏轼《蝶恋花》（花褪残红表杏小）词："枝上柳绵吹又少，天涯何处无芳草。"

②越江：越，古国名，建都会稽（今浙江绍兴），亦代称浙江。

③闲客夜：曹溶当时客居乡外，故曰客。

④红药：芍药。多年生草本植物。五月开花，花大而美丽，有紫红、粉红、白等多种颜色，供观赏，根可入药。宋贺铸《何满子》（每恨相逢薄处）词："如待碧阑红药，一年两度花开。"宋姜夔《扬州慢》（淮左名都）词："念桥边红药，年年知为谁生。"

前调　倦圃山矾盛开①

飘尽红英陌上尘②。雕栏重倚玉腰身③。仙花唤得小名真④。　　腻粉愁衔蜂翅软。温香旧忆麝脐匀⑤。春归偏要惹游人。

【编年】

此词无法确知具体创作年份。

【笺注】

①倦圃：距嘉兴府治西南一里，在范蠡湖之滨，有宋岳珂著书处，名金陀坊。地故有废园，曹溶治之，以为别业，名之曰倦圃。山矾，花名。常绿灌木。春开白花，芳香。宋黄庭坚《戏咏高节亭边山矾花诗序》："江湖南野中有一种小白花，木高数尺，春开极香，野人号为'郑花'。王荆公尝欲求此花栽，欲作诗而陋其名，予请名曰'山矾'。野人采郑花叶以染黄，不借矾而成色，故名'山矾'。"宋杨万里《万安出郭早行》诗："玉花小朵是山矾，香杀行人只欲颠。"

②红英：红花。南唐李煜《采桑子》（亭前春逐红英尽）词："亭前春逐红英尽，舞态徘徊。"宋秦观《满庭芳》（晓色云开）词："古台芳榭，飞燕蹴红英。"

③玉腰：美称美女的腰。宋欧阳修《玉楼春》（芙蓉斗晕燕支浅）词："美人争劝梨花盏。舞困玉腰裙缕慢。"宋章谦亨《石州引》（半角庭阴）词："玉腰烟瘦，□□梨梦香消，醒来凉袖阑干压。"

④仙花句：山矾花又被称为"郑花"。"郑"与"真"音近，曹溶言"真花"或因地域方言。

⑤麝脐：雄麝的脐，麝香腺所在，借指麝香。唐唐彦谦《春雨》诗："灯檠昏鱼目，薰炉咽麝脐。"元杜仁杰《集贤宾·七夕》套曲："酒斟着绿蚁，香焚着麝脐。"

前调　四十年来所见歌姬，某氏最丽，赠之

仕女行来乐部同①。双垂罗带鬓蝉松②。心儿攲旎锦堂中③。　　浪滚舞茵怜静婉④，尘轻香迹认翔风。几曾容易得相逢。

【编年】

曹溶生于明万历四十年壬子（1612），词言"四十年来"，据此推断，此两首词应作于清顺治八年辛卯（1651）左右。

【笺注】

①仕女：旧指官宦人家的女子。宋孟元老《东京梦华录·潘楼东街巷》："又接东则旧曹门街北山子茶坊，内有仙洞、仙桥，仕女往往夜游，喫茶于彼。"元石德玉《曲江池》第一折："你看那王孙蹴踘，仕女秋千，画屧踏残红杏雨，绛裙拂散绿杨烟。"

②鬓蝉：即蝉鬓。中国古代妇女的一种发式。后蜀张太华《葬后见形》诗："独卧经秋堕鬓蝉，白杨风起不成眠。"宋晏几道《更漏子》（柳间眠）词："钗燕重，鬓蝉轻。一双梅子青。"

③旖旎（yǐ nǐ）：旌旗从风飘扬貌，引申为宛转柔顺貌。唐白居易《与牛家妓乐雨后合宴》诗："玉管清弦声旖旎，翠钗红袖坐参差。"宋赵鼎《惜双双·梅》词："冷蕊暗香空旖旎。也应是、春来憔悴。"

④浪滚两句：言歌姬舞姿优美状。舞茵，跳舞时地上铺的垫子。宋朱敦儒《水调歌头》（中秋一轮月）词："烛摧花，鹤警露，忽三更。舞茵未卷，玉绳低转便西倾。"宋李甲《玉蝴蝶》（望处水寒云绕）词："舞茵重、花明彩凤，歌扇小、香暖金猊。"

其二

玉笛先将密意通①。新声一缕绛云笼②。把人薰得口脂浓③。　　屏里扑成惊蛱蝶④，烛前捏就软芙蓉。只愁春到不禁风。

【笺注】

①玉笛句：言先以笛声传递情意。玉笛，指笛声。明高濂《玉簪记·情见》："听玉笛惊春怨，此际愁肠千万段。"清袁枚《随园诗话补遗》卷三引石学仙《过故居》诗："风回玉笛夕阳斜，谁傍山阳谱落花。"密意，亲密的

情意。南朝陈徐陵《洛阳道二首》诗其二："相看不得语，密意眼中来。"宋张先《武陵春》（秋染青溪天外水）词："波上逢郎密意传。语近隔丛莲。"

②绛云：红色的云。此处借指红色烛光。

③口脂：化妆用的唇膏；口红。唐韦庄《江城子》（恩重娇多情易伤）词："朱唇未动，先觉口脂香。"宋赵令畤《侯鲭录》卷五："兼惠花胜一合、口脂五寸，致耀首膏唇之饰。"

④屏里两句：言词人狎妓状。芙蓉，喻指歌姬脸颊。汉刘歆《西京杂记》卷二："文君姣好，眉色如望远山，脸际常若芙蓉。"后因以"芙蓉"喻指美女。清蒲松龄《聊斋志异·鸦头》："室对芙蓉，家徒四壁。"

前调　独坐

檀板休催日暮天①。乌程信断冷银船②。杖头飞尽阮家钱③。　　芍药开时心易怯④，鹧鸪啼后梦难圆⑤。僧楼闲看雨声眠。

【编年】

此词无法确知具体创作年份。据词义，应作于入清后。

【笺注】

①檀板：乐器名。檀木制的拍板。也称拍板、绰板。用坚木数片，以绳串联，用以击节。唐宋时拍板为六片或九片，以两手合击发音，今拍板常由三片木板组成。宋乐史《杨太真外传》卷上："就按于清元小殿，宁王吹玉笛，上羯鼓，妃琵琶，马仙期方响，李龟年觱篥，张野狐箜篌，贺怀智拍板。"

②乌程：古名酒产地。一说在豫章康乐县（今江西省万载县）乌程乡，另一谓在湖州乌程县（今浙江省湖州市）。亦指美酒。宋葛胜仲《临江仙》（千古乌程新酿美）词："千古乌程新酿美，玉觞风过粼粼。"宋葛郯《满庭霜》（归去来兮）词："故人，书夜到，秋田百亩，已兆年丰。把乌程烂醉，不数郫筒。"银船，指酒杯。唐李濬《松窗杂录》："上因联饮三银船，尽一

巨馅，乘马而东去。"

③杖头句：言酒钱已用尽。阮家钱，《晋书》卷四十九《阮修传》："（阮修）常步行，以百钱挂杖头，至酒店便独酣畅，虽当世富贵而不肯顾。"

④芍药：见前《浣溪沙·闲情》注释④。此处用以指代时间，即暮春开芍药花时。怯，胆怯。

⑤鹧鸪：鸟名。为中国南方留鸟。古人谐其鸣声为"行不得也哥哥"，诗文中常用以表示思念故乡。

前调　湖上

屐齿骄奢谢客儿①。爱寻苏小看腰肢②。不知谁作有情痴。　　倚醉自贪山一簇，舞残刚剩柳千丝。今年总是忆人时。

【编年】

此词无法确知具体创作年份。

【笺注】

①屐齿句：言酷爱游赏。屐齿，屐底的齿，亦用以借指木屐。宋俞处俊《百字令》（残蝉断雁）词："落木无边幽眺处，云拥登山屐齿。"宋叶绍翁《游园不值》诗："应怜屐齿印苍苔，小扣柴扉久不开。"骄奢，骄横奢侈。谢客，谢灵运。宋晏几道《清平乐》（烟轻雨小）词："烟轻雨小。紫陌香尘少。谢客池塘生绿草。"宋黄庭坚《留春令》（江南一雁横秋水）词："谢客池塘春都未。微微动、短墙桃李。"

②苏小：苏小小（479—约502），中国南北朝的南齐时期生活在钱塘的著名歌妓，常坐油壁车。历代文人多有传颂。宋张炎《台城路》（十年前事翻疑梦）词："舞扇招香，歌桡唤玉，犹忆钱塘苏小。"此以苏小代指歌妓。

前调　春怨

罂粟花开又别家①。蘼芜绿上小窗纱②。粉墙西去即天涯③。　白雨偷将春令换④，黄昏惯使客心邪⑤。愁来那得好山遮。

【编年】

此词无法确知具体创作年份。

【笺注】

①罂粟：一年生草本植物，植株高可达1.5米。叶长椭圆形。夏季开花，花瓣四片，粉、红、紫、白或杂色，极美。

②蘼芜：一种香草。又名蕲茝，薇芜，江蓠。其苗似芎藭，叶似当归，香气似白芷。叶子风干可以做香料。

③粉墙：用白灰粉刷过的墙。唐方干《新月》诗："隐隐临珠箔，微微上粉墙。"宋张先《菊花新》（堕髻慵妆来日暮）词："院深池静娇相妒。粉墙低、乐声时度。"

④白雨：暴雨。唐李白《宿鰕湖》诗："白雨映寒山，森森似银竹。"宋陆游《大雨中作》诗："贪看白雨掠地风，飘洒不知衣尽湿。"

⑤惯：经常。邪，异常，不正常。

一络索　行中僧将卖药①，赋此坚之

焦团坐破添云甑②。佛多长命③。白堤游女十分娇④，偏唤出、韩康姓⑤。一派冷香诗径⑥。淹留无定⑦。直饶手挽上池来⑧，怕未识、英雄病。

【编年】

此词无法确知具体创作年份。

【笺注】

①行中僧：以行走的方式来修行的和尚。

②焦团：蒲团，是用蒲草等编织而成的圆形扁平坐具。又称圆座。乃僧人坐禅及跪拜时所用之物。甑（zèng），古代蒸饭的一种瓦器。

③佛多句：因是行中僧卖药，故言及。

④白堤：又称"白沙堤"，位于杭州西湖。唐白居易《钱塘湖春行》诗："最爱湖东行不足，绿杨阴里白沙堤。"

⑤韩康：《后汉书》卷八十三《韩康传》："韩康，字伯休，一名恬休，京兆霸陵人。家世著姓。常采药名山，卖于长安市。口不二价三十余年。时有女子从康买药，康守价不移。女子怒曰：'公是韩伯休那？乃不二价乎？'康叹曰：'我本欲避名，今小女子皆知有我焉，何用药为？'乃遁入霸陵山中。"

⑥冷香：指清冷的花香。唐王建《野菊》诗："晚艳出荒篱，冷香著秋水。"宋姜夔《念奴娇》（闹红一舸）词："翠叶吹凉，玉容销酒，更洒菰蒲雨。嫣然摇动，冷香飞向诗句。"

⑦淹留：长期逗留；羁留。晋陶渊明《饮酒二十首》诗其十六："少年罕人事，游好在六经。行行向不惑，淹留遂无成。"宋柳永《八声甘州》（对潇潇暮雨洒江天）词："叹年来踪迹，何事苦淹留？"

⑧直饶：假定之词。直，与即使之即字相当。饶，犹任也，尽也。宋欧阳修《鼓笛慢》（缕金裙窣轻纱）词："便直饶、更有丹青妙手，应难写，天然态。"宋黄庭坚《望江东》（江水西头隔烟树）词："直饶寻得雁分付，又还是，秋将暮。"

霜天晓角　春怨

亭阴弄碧①。懒把金樽侧②。莫怪泪痕常满，与东风、旧相识③。

芳信连朝隔〔一〕④。玉箫吹不得⑤。最是恹恹心性⑥。比垂杨、更无力。

【校勘】

〔一〕"朝"，《百名家词钞》本《寓言集》作"岁"。

【编年】

此词无法确知具体创作年份。

【笺注】

①弄：做。宋柳永《望海潮》（东南形胜）词："羌管弄晴，菱歌泛夜，嬉嬉钓叟莲娃。"宋周邦彦《兰陵王·柳》词："柳阴直。烟里丝丝弄碧。"

②懒把句：言无心喝酒。金樽，酒樽的美称。南朝宋谢灵运《石门新营所住》诗："芳尘凝瑶席，清醑满金樽。"唐李白《行路难三首》诗其一："金樽清酒斗十千，玉盘珍羞直万钱。"

③东风：见前《如梦令·有怀》注释③。

④芳信：指闺中人的书信。宋晏殊《玉楼春》（红条约束琼肌稳）："美人才子传芳信，明月清风伤别恨。"宋史达祖《双双燕·咏燕》词："应自栖香正稳，便忘了天涯芳信。"

⑤玉箫句：言吹箫思人，故不忍吹。用弄玉萧史典故。汉刘向《列仙传·卷上·萧史》："萧史者，秦穆公时人也。善吹箫，能致孔雀、白鹤于庭。穆公有女，字弄玉，好之。公遂以女妻焉。日教弄玉作凤鸣，居数年，吹似凤声，凤凰来止其屋。公为作凤台，夫妇止其上，不下数年。一旦皆随凤凰飞去。"再据上句"芳信连朝隔"，可知所写为思人情怀。

⑥恹恹（yān yān）：精神萎靡的样子。唐刘兼《春昼醉眠》诗："处处落花春寂寂，时时中酒病恹恹。"宋谭宣子《春声碎·南浦送别自度腔》词："刘郎易憔悴。况是恹恹病起。蛮笺漫展，便写就新词，倩谁将寄。"

前调　同香山、敬可夜坐倦圃①

月华千顷②。画烛摇花冷。恰到五湖深处③，平生事、付渔艇。　　鹤警④。铜壶静⑤。做成今夜永。正是愁肠无限，几片叶、送秋影⑥。

【编年】

此词无法确知具体创作年份。品词义，当作于明亡后。

【笺注】

①香山：杨香山，燕人，官台州。寓居杭州三十年。徐善（1634—1693），字敬可，号蒿谷，又号冷然子，浙江秀水（今嘉兴）人。明亡后，弃科举。从学于同乡施博，精研理学，后致力于经学。亦能诗善曲。倦圃，见前《浣溪沙·倦圃山矾盛开》注释①。

②月华：月光。唐张若虚《春江花月夜》诗："此时相望不相闻，愿逐月华流照君。"宋范仲淹《御街行·秋日怀旧》词："年年今夜，月华如练，长是人千里。"

③恰：正好。五湖：春秋时越国大夫范蠡，辅佐越王勾践，灭亡吴国，功成身退，乘轻舟以隐于五湖。后因以"五湖"指隐遁之所。唐陈子昂《感遇三十八首》诗其十四："谁见鸱夷子，扁舟去五湖。"宋黄庭坚《阮郎归》（盈盈娇女似罗敷）词："他年未厌白髭须，同舟归五湖。"

④鹤警：相传白鹤性警，八月白露降，流于草叶，滴滴有声，即高鸣相警，徙所宿处。宋宋庠《和通判刁博士属疾次韵》诗："清魂同鹤警，妙数喜龟长。"宋朱敦儒《鹊桥仙》（姮娥怕闹）词："曲终鹤警露华寒，笑浊世、饶伊做梦。"

⑤铜壶：古代铜制壶形的计时器。以铜为壶，底穿孔，壶中立一有刻度的箭形浮标，壶中水滴漏渐少，箭上度数即渐次显露，视之可知时刻。

⑥几片句：言叶落而知秋也。明末清初王夫之《读文中子二首》诗其二："天下皆忧得不忧？梧桐暗认一痕秋。"

巫山一段云　偶咏

蝶戏湘裙带①，花衔宝髻绒。深深妆阁乍相逢。眉黛为谁浓②。　　婉步疑生月③，娇歌不耐风。寄情摇曳玉光中④。休更托春葱⑤。

【编年】

此词无法确知具体创作年份。

【笺注】

①蝶戏两句：描绘女子衣着装扮。湘裙，湘地丝织品制成的女裙。宋侯置《菩萨蛮·写真》词："霓裳舞罢难留住。湘裙缓若轻烟去。"元高明《琵琶记·强就鸾凤》："湘裙展六幅，似天上嫦娥降尘俗。"宝髻，古代妇女发髻的一种。通常发髻上饰有各种精美华丽的头饰。唐王勃《登高台》诗："为君安宝髻，蛾眉罢花丛。"宋柳永《瑞鹧鸪》（宝髻瑶簪）词："宝髻瑶簪。严妆巧，天然绿媚红深。"

②眉黛：古代女子用黛（青黑）色颜料画眉，故称眉为眉黛。唐白居易《喜小楼西新柳抽条》诗："须教碧玉羞眉黛，莫与红桃作麹尘。"宋丘崈《水调歌头·登赏心亭怀古》词："淮山淡扫，欲颦眉黛唤人愁。"

③婉步两句：描绘女子歌舞美态。

④摇曳（yè）：轻轻摇摆、动荡。唐温庭筠《梦江南》（千万恨）词："山月不知心里事，水风空落眼前花。摇曳碧云斜。"宋赵长卿《探春令·赏梅十首》词其一："向寻常摇曳，凡花野草，怎生敢夸红绿。"玉光，指月光。宋程大昌《南歌子》（才出沧溟底）词："才出沧溟底，旋明紫岫腰。玉光漫漫涌层潮。"宋赵善扛《宴清都·饯明远兄县丞荣满赴调》词："疏柳无情绪。都不管、渡头行客欲去。犹依赖得，玉光万顷，为人留住。"

⑤春葱：喻女子细嫩的手指。唐白居易《筝》诗："双眸剪秋水，十指剥春葱。"元吴昌龄《端正好·美妓》套曲："衬湘裙玉钩三寸，露春葱十指如银。"

菩萨蛮　茉莉①

家本桃榔江上住②。江南恰是留侬处③。金屋尚愁寒④，春前莫借看。
绿窗垂嫩雪⑤。小院人难别。催送夜情来。珊瑚枕畔开⑥。

【编年】

此词无法确知具体创作年份。

【笺注】

①茉莉：植物名。常绿灌木。木樨科。夏季开白花，有浓香。花可熏制茶叶，又为提取芳香油的原料。亦指这种植物的花。

②桄榔（guāng láng）：木名。俗称砂糖椰子、糖树。

③侬：你。宋辛弃疾《生查子·独游西岩》词："青山非不佳，未解留侬住。"元杨维桢《西湖竹枝词》诗："劝郎莫上南高峰，劝侬莫上北高峰。"

④金屋两句：言茉莉生长特点。金屋，华美之屋。南朝梁柳恽《长门怨》诗："无复金屋念，岂照长门心。"唐于鹄《送宫人入道归山》诗："自伤白发辞金屋，许著黄裳向玉峰。"此处言茉莉生长环境。

⑤嫩雪：喻指茉莉花。

⑥珊瑚枕：唐李绅《长门怨》诗："珊瑚枕上千行泪，不是思君是恨君。"宋赵长卿《菩萨蛮》（日高犹恋珊瑚枕）词："日高犹恋珊瑚枕。羞红不忿花如锦。"

前调　与侍儿

眼前万事随流水①。闺中也洒英雄泪②。泪罢拊雕栏③。玉情生暮寒④。
主人空放诞⑤。屡见金缸烂⑥。休恃酒如泉。解忧须少年。

【编年】

此词无法确知具体创作年份。据词义，或作于明亡后。

【笺注】

①眼前句：言现实一切已发生改变。宋王安石《桂枝香·金陵怀古》词："六朝旧事随流水，但寒烟衰草凝绿。"

②闺中句：言面对改变，心痛流泪。宋朱敦儒《相见欢》（东风吹尽江梅）词："今古事，英雄泪，老相催。"宋辛弃疾《水龙吟·登建康赏心亭》词："倩何人唤取、红巾翠袖，揾英雄泪。"

③拊（fǔ）：拍。雕栏，雕花彩饰的栏杆；华美的栏杆。南唐李煜《虞美

人》(春花秋月何时了)词:"雕阑玉砌应犹在,只是朱颜改。"宋苏轼《法惠寺横翠阁》诗:"雕栏能得几时好?不独凭栏人易老!"

④玉情:犹言深沉、真挚情怀。

⑤放诞:放纵不羁。《南齐书·檀超传》:"超少好文学,放诞任气。"

⑥金釭:金质的灯盏、烛台。唐齐己《江寺春残寄幕中知己二首》诗其二:"秋加玉露何伤白,夜醉金釭不那红。"清龚自珍《己亥杂诗》其二七一:"金釭花烬月如烟,空损秋闺一夜眠。"

卜算子　伊璜再携歌姬过①

宫样晚妆鲜,一队湘兰弱②。道是才人撮合成,妩媚终难学③。　箫管闹花场④,舞袖摇金雀⑤。漫信雏年不怨春⑥,意思灯前觉⑦。

【编年】

此词无法确知具体创作年份。

【笺注】

①伊璜:查伊璜,字继佐,海宁人。崇祯中名士。

②宫样两句:言歌姬装束美丽,体态纤弱。宫样,皇宫中流行的装束、服具等的式样。唐玄宗《好时光》(宝髻偏宜宫样)词:"宝髻偏宜宫样,莲脸嫩,体红香。"宋辛弃疾《浣溪沙·为岳母庆八十》词:"胭脂小字点眉间,犹记得旧时宫样。"湘兰,本指生于湘水两岸的兰草。后用以比喻高洁的人或物。宋陈允平《绛都春》(秋千倦倚)词:"雾蝉香冷,霞绡泪揾,恨袭湘兰。"此处喻指伊璜所携歌姬。

③道是两句:极言歌姬之妩媚。才人,宫中女官名,多为妃嫔的称号。唐杜甫《哀江头》诗:"辇前才人带弓箭,白马嚼啮黄金勒。"宋周纯《菩萨蛮·题梅扇》词:"梅花韵似才人面。为伊写在春风扇。"

④箫管:排箫和大管。泛指管乐器。南朝宋鲍照《代升天行》诗:"凤台无还驾,箫管有遗声。"唐罗邺《春风》诗:"暗添芳草池塘色,远递高

楼箫管声。"

⑤金雀：钗名。妇女首饰。晋陆机《日出东南隅行》诗："金雀垂藻翘，琼佩结瑶璠。"唐白居易《长恨歌》诗："花钿委地无人收，翠翘金雀玉搔头。"

⑥漫信句：言少年亦知怨春。漫，空，徒然。雏年，少年。此处指歌姬。

⑦觉：明白，懂得。

前调　偶见

孤簟隔花凉①，双燕催人起。香径秋波瞥地生②，绿皱眉峰底③。　　咫尺对芙蓉④，未许鸳鸯倚。若问从今闷若何⑤，心在重门里。

【编年】

此词无法确知具体创作年份。据词义及其风格，或作于明亡前。

【笺注】

①孤簟句：言时节为秋季。簟，竹席。唐元稹《蕲竹簟》诗："竹簟衬重茵，未忍都令卷。"宋李清照《一剪梅》（红藕香残玉簟秋）词："红藕香残玉簟秋。轻解罗裳，独上兰舟。"

②香径句：言女子美妙情态。香径，花间小路，或指落花满地的小径。唐戴叔伦《游少林寺》诗："石龛苔藓积，香径白云深。"宋晏殊《浣溪沙》（一曲新词酒一杯）词："无可奈何花落去，似曾相识燕归来。小园香径独徘徊。"秋波，喻美人目光，形容其清澈明亮。南唐李煜《菩萨蛮》（铜簧韵脆锵寒竹）词："眼色暗相钩，秋波横欲流。"宋苏轼《百步洪》诗："佳人未肯回秋波，幼舆欲语防飞梭。"

③眉峰：见前《如梦令·有感》注释④。

④咫尺两句：言与所见女子虽距离很近，却未容靠近。咫，古代长度单位。周制八寸为咫，十寸为尺。咫尺，谓接近或刚满一尺。多用以形容距离近。唐牟融《寄范使君》诗："未秋为别已终秋，咫尺娄江路阻修。"芙蓉，

见前《浣溪沙·四十年来所见歌姬，某氏最丽，赠之》其二注释④。

⑤若问两句：言见到女子后，心生愁闷。心在重门，言闷也。

前调　题琴士隐庵画像①

客里适逢君②，十指如冰玉。陶令无弦太寂寥③，辜负樽中绿。　　画里又逢君④，紫绮临修竹。何处青山解惜人⑤，好奏归鸿曲。

【编年】

此词无法确知具体创作年份。

【笺注】

①该词为题画词，是为琴士隐庵的画像题词。隐庵，即程嘉燧。《大清一统志》卷七十九《徽州府二》"程嘉燧"："程嘉燧，字孟阳，休宁人。少不羁，弃举子业，学击剑不就，乃折节读书。精音律，工书画，而诗尤工。世推为'松□诗老'。侨居嘉定，归老于歙。有集。"

②客里两句：言词人羁旅期间与隐庵相逢状况。如冰玉，美隐庵手指也，因其善弹琴，故言如冰和玉。宋辛弃疾《清平乐》（断崖修竹）词："断崖修竹。竹里藏冰玉。"金蔡松年《水调歌头》（西山六街碧）词："西山六街碧，尝忆酒旗秋。神交一笑千载，冰玉洗双眸。"

③陶令两句：言时隐庵无琴，辜负美酒。陶令，陶渊明，因曾任彭泽令，故称。此处喻指隐庵。樽中绿，言酒也。宋晏殊《清平乐》（金风细细）词："绿酒初尝人易醉，一枕小窗浓睡。"

④画里两句：述隐庵画像，着紫衣而倚修竹。

⑤何处两句：言归隐意。

采桑子　云塞秋夜①

隔墙弦索无心听，挑灭银灯②。暗忆平生。白发萧萧酒易醒③。　　月华风定芭蕉冷，楼上三更④。不住鸡声。一枕江南梦未成⑤。

【编年】

此词创作于清康熙二年癸卯（1663）至清康熙六年丁未（1667）。曹溶于清康熙二年癸卯（1663）春抵达云中，清康熙六年丁未（1667）六月遭遇裁缺，八月离开云中。此词作于曹溶居云中期间。

【笺注】

①云塞：云中，山西大同。明清之大同府（今山西大同），即唐之云中郡、宋之云中府。清《嘉庆重修一统志》卷一百四十六《大同府·建置沿革》："《禹贡》冀州之域，周并州地，战国属赵、秦雁门郡地，汉为雁门郡东部都尉……后魏天兴中，徙都于此……太和十七年，迁都洛阳，改曰恒州代郡……隋为马邑郡地，唐武德四年置北恒州……贞观十四年改置云州……天宝初改曰云中郡……会昌三年，置大同都团练使……中和二年，更为雁门节度使，徙治代州……辽重熙十三年，建为西京，升大同府。宋宣和五年，复归于宋，改曰云中府。寻入金，复为西京路大同府。元至元二十五年，改西京曰大同路，属河东山西道。明洪武五年置山西行都指挥使司，七年改为大同府，隶山西布政使司。本朝因之，隶山西省，领厅一、州二、县七。"

②银灯：银质的灯盏。晚唐韦庄《咸通》诗："诸郎宴罢银灯合，仙子游回璧月斜。"宋晏几道《鹧鸪天》（小令尊前见玉箫）词："小令尊前见玉箫，银灯一曲太妖娆。"

③萧萧：花白稀疏的样子。宋李光《水调歌头·罢政东归，十八日晚抵西兴》词："十载人间忧患，赢得萧萧华发，清镜照星霜。"明高濂《玉簪记·命试》："白发萧萧今已老，归闲堪守林皋，梦回青琐恋王朝。"酒易醒，言心有隐痛而容易惊醒。

④月华句：月华，见前《霜天晓角·同香山、敬可夜坐倦圃》注释②。芭蕉，多年生草本植物。叶长而宽大，花白色，果实跟香蕉相似，但不能食用。原产日本琉球群岛和我国台湾。秦岭、淮河以南常栽培供观赏。唐韦应物《闲居寄诸弟》诗："尽日高斋无一事，芭蕉叶上独题诗。"宋李清照《添

字丑奴儿》（窗前谁种芭蕉树）词："窗前谁种芭蕉树，阴满中庭。"

⑤一枕句：鸡声打断思乡之梦，言思念家乡。曹溶家在浙江秀水（今嘉兴），属江南。

前调　怀香侯①

春衣歇马行山道，重见凉飚②。雁字相挑③。回首钱塘北上潮④。　颓阳漠漠黄沙苦，鬓影初凋⑤。忆弄诗瓢⑥。落尽灯花又一宵⑦。

【编年】

此词创作于清康熙二年癸卯（1663）至清康熙六年丁未（1667）曹溶官山西大同期间。曹溶《静惕堂诗集》卷二十一有《送朱香侯还里》，作于云中，时为春天。从诗意判断，香侯似是曹溶同乡兼门人。该词亦作于春天，大概即是作于送香侯还里后。

【笺注】

①香侯：朱姓，或为曹溶同乡门人。其他未详。

②凉飚：凉风。汉班婕妤《怨歌行》诗："常恐秋节至，凉飚夺炎热。"宋周密《水龙吟·白荷》词："应是飞琼仙会，倚凉飚碧管斜坠。"

③雁字：雁为候鸟，春天北归。常群飞，飞行时排列整齐，或"一"字形，或"人"字形。宋杨泽民《点绛唇》（岸草离离）词："无奈风高，雁字难成阵。思排闷。管弦难趁。"宋陈允平《少年游》（兰屏香暖）词："雁字秋高，凤台人远，明月自吹笙。"

④回首句：言目睹北归之雁，思念家乡友人。钱塘，即钱塘江。每年二月和八月涨潮。此处暗示思念家乡友人。

⑤颓阳：落日。唐李白《九日登巴陵置酒望洞庭水军》诗："剑舞转颓阳，当时日停曛。"唐裴夷直《寓言》诗："流水颓阳不暂停，东流西落两无情。"

⑥诗瓢：贮放诗稿的器具。宋张炎《洞仙歌·观王碧山〈花外词集〉有

感》词:"野鹃啼月,便角巾还第,轻掷诗瓢付流水。"清陈世祥《踏莎行·简杨赤文兄弟》词:"今之贫者是何人?与君共拟诗瓢醉。"

⑦落尽句:言因思友人而一夜无眠。灯花,灯芯余烬结成的花状物。南北朝庾信《对烛赋》:"刺取灯花持桂烛,还却灯檠下烛盘。"宋苏轼《西江月·坐客见和复次韵》词:"灯花零落酒花秾,妙语一时飞动。"

前调　查伊璜两度出家姬作剧①

舞衣贪著吴宫锦②,花簇双靴。山画长蛾③。待诉衷情隔绛河④。　新词填就勤分付,众里惊波⑤。道字偏讹⑥。惹得周郎顾转多⑦。

【编年】

此词无法确知具体创作年份。

【笺注】

①查伊璜:见前《卜算子·伊璜再携歌姬过》注释①。

②舞衣两句:言歌姬衣着。吴宫锦,吴地出产的美锦。清王士祯《赐宴瀛台恭纪六首》诗其二:"越罗吴锦尚方来,黄纸书名绣作堆。"

③山画句:言歌姬眉毛。山,即远山眉。汉刘歆《西京杂记》卷二:"文君姣好,眉色如望远山,脸际常若芙蓉,肌肤柔滑如脂。"远山眉细长而舒扬,颜色略淡,状若长蛾。《玉台新咏》卷六《与柳恽相赠答六首》诗其二:"纤腰曳广袖,半额画长蛾。"金刘仲尹《墨梅一十首》诗其八:"高髻长蛾满汉宫,君王图玉按春风。"

④绛河:银河又称天河、天汉。古观天象者以北极为准,天河在北极之南,南方属火,尚赤,因借南方之色称之。唐元稹《月三十韵》诗:"绛河冰鉴朗,黄道玉轮巍。"明谢谠《四喜记·巧夕宫筵》曲:"堪爱今宵佳景,云继绛河耿耿。"

⑤波:即眼波,形容女子流动如水波的目光。唐韩偓《偶见背面是夕兼梦》诗:"眼波向我无端艳,心火因君特地燃。"宋周邦彦《庆春宫》(云接

平冈）词："眼波传意，恨密约、匆匆未成。"

⑥道字句：言歌姬念歌词故意念错。道，说。讹，错误。

⑦周郎：北宋周邦彦善度曲，自题所居曰"顾曲堂"。此处用以喻指知音律者。

前调　姑苏顾氏席上小鬟①

踏歌未晓歌中意，豆蔻初含②。豆蔻初含。飞到杨花便不堪③。　　罗巾欲乞题红句④，眉语相探⑤。眉语相探。懊恼檀郎梦已酣⑥。

【编年】

此词作于清顺治四年丁亥（1647）至清顺治八年辛卯（1651），时曹溶寓苏州。清顺治四年丁亥（1647）正月，曹溶遭革职，回籍后一直寓居苏州，直到清顺治八年辛卯（1651）冬归里。

【笺注】

①姑苏：苏州。顾氏，即顾彩，顾彩（1650—1718），字天石，一字湘槎，号补斋，又号梦鹤居士，江苏无锡人，移家苏州吴县。清戏曲作家。康熙时，官至内阁中书。著有诗文集《往深斋集》《辟疆园文稿》《鹤边词》。擅写戏曲，戏曲作品有《楚辞谱传奇》《后琵琶记》《大忽雷》。曾旅居山东曲阜多年，与孔尚任友善，合写传奇《小忽雷》，又据孔著传奇《桃花扇》改编为《南桃花扇》。小鬟，古时用以代称小婢。唐李贺《追赋画江潭苑》诗："小鬟红粉薄，骑马佩珠长。"宋欧阳修《满路花》（铜荷融烛泪）词："小鬟无事须来唤，呵破点唇檀。"

②踏歌两句：言小鬟年少，仍不解歌意。踏歌，行吟；边走边歌，以脚踏地为节拍。唐储光羲《蔷薇篇》诗："连袂踏歌从此去，风吹香去逐人归。"唐李白《赠汪伦》诗："李白乘舟将欲行，忽闻岸上踏歌声。"豆蔻，又名草果。多年生草本植物。高丈许，秋季结实。种子可入药，产岭南。南方人取其尚未大开的，称为含胎花，以其形如怀孕之身。诗文中常用以比喻

少女。唐杜牧《赠别》诗："娉娉袅袅十三余，豆蔻梢头二月初。"

③杨花：柳絮。南北朝庾信《春赋》："新年鸟声千种啭，二月杨花落满飞。"宋苏轼《水龙吟·次韵章质夫杨花词》词："细看来，不是杨花，点点是离人泪。"

④罗巾两句：言小鬟欲乞题诗罗巾。罗巾，见前《荷叶杯·怨思》注释③。题红句，即题诗。唐范摅《云溪友议》卷下《题红怨》："卢渥舍人应举之岁，偶临御沟，见一红叶。命仆搴来，叶上乃有一绝句。置于巾箱。或呈于同志。及宣宗既省宫人，初下诏许从百官司吏，独不许贡举人。渥后亦一任范阳，获其退宫人，睹红叶而吁嗟久之，曰：'当时偶题随流，不谓郎君收藏巾篋。'验其书，无不讶焉。诗曰：'水流何太急，深宫尽日闲。殷勤谢红叶，好去到人间。'"

⑤眉语句：言小鬟以眉试探对方的态度。眉语，谓用眉的舒敛传情示意。宋刘克庄《清平乐·赠陈参议师文侍儿》词："贪与萧郎眉语，不知舞错伊州。"宋洪瑹《谒金门·春晚》词："空忆坠鞭遗扇处。碧窗眉语度。"

⑥檀郎：见前《生查子·代赠》注释③。

前调　寄赤豹①

芭蕉几阵檐前雨②，瘦尽多情③。小小溪亭。一种离愁画不成。　　梅花断碣江天远④，枯泪犹零。莫听瑶筝⑤。恐有何戡旧日声⑥。

【编年】

此词无法确知具体创作年份。据词义，当作于明亡后。

【笺注】

①赤豹：史可程（1606—1684），字赤豹，号蘧庵，原籍河南祥符（今开封），史可法同祖弟。明崇祯十六年（1643）进士，改庶吉士。次年李自成破北京，降顺，故名列"从逆"之臣。清兵入京后，南逃至南京。南京破，遂流寓宜兴以终。有《浮叟诗集》。

②芭蕉：见前《采桑子·云塞秋夜》注释④。

③瘦尽句：言因多情而消瘦。宋李清照《凤凰台上忆吹箫》（香冷金猊）词："新来瘦，非干病酒，不是悲秋。"

④断碣：断碑，断裂残缺的石碑。宋张炎《甘州》（俯长江）词："物换堂安在，断碣闲抛。"清纳兰性德《满庭芳》（堠雪翻鸦）词："剩得几行青史，斜阳下、断碣残碑。"江天，江和天。泛指江河上的广阔空际。唐张若虚《春江花月夜》诗："江天一色无纤尘，皎皎空中孤月轮。"宋无名氏《眼儿媚》（惨云愁雾罩江天）词："惨云愁雾罩江天。呵手卷帘看。"

⑤瑶筝：玉饰的筝。亦用为筝的美称。宋周密《效颦十解》之三《江城子·拟蒲江》词："罗窗晓色透花明。艳瑶笙，按瑶筝。"宋韩疁《浪淘沙·丰乐楼》词："三十六梯人不到，独唤瑶筝。"

⑥恐有句：言害怕听到音乐，引发身世之感。何戡，唐长庆时著名歌者。后亦借指遭逢世乱后幸存的歌者。唐刘禹锡《与歌者何戡》诗："旧人唯有何戡在，更与殷勤唱《渭城》。"

前调　巩都尉席上①

古藤花下银釭满②，紫凤斜飞③。贾涕沾衣④。吹彻秦箫事已非⑤。　　图书只似蓬蒿冷⑥，碧甃双扉⑦。宫漏霏微⑧。说剑青灯客未稀⑨。

【编年】

巩都尉于明崇祯十七年甲申（1644）京师陷落后自杀殉国，故此词应作于明崇祯十七年甲申（1644）之前。品词义，时间应接近于明亡。

【笺注】

①巩都尉：即驸马都尉巩永固，字洪图，宛平人。好读书，负才气。尚光宗女乐安公主。崇祯帝妹夫。据谷应泰《明史纪事本末》卷八十，明崇祯十七年甲申（1644）李自成陷京城后，"巩永固从帝突围出，不得，归家杀其爱马，焚其弓刀、铠仗，大书于壁曰：'世受国恩，身不可辱。'时乐安公主

先毙,以黄绳缚子女五人于柱,命外举火,遂自刭从之。"

②银釭:银白色的灯盏,烛台。一作"银缸"。宋晏几道《鹧鸪天》(彩袖殷勤捧玉钟)词:"今宵剩把银釭照,犹恐相逢是梦中。"宋周密《鹧鸪天》(相傍清明晴便悭)词:"金鸭冷,锦鸂闲。银釭空照小屏山。"

③紫凤:传说中的神鸟。亦指衣上凤鸟花纹。唐王昌龄《萧驸马宅花烛》诗:"青鸾飞入合欢宫,紫凤衔花出禁中。"唐杜甫《北征》诗:"天吴及紫凤,颠倒在裋褐。"

④贾涕:即贾生涕。亦作"贾生泪"。汉文帝时,贾谊曾上《治安策》陈政事,中有"臣窃惟事势,可为痛哭者一,可为流涕者二,可为长太息者三"之句。后世遂以"贾生涕"表达忧国伤时的心情。唐李白《答高山人兼呈顾二侯》诗:"未作仲宣诗,先流贾生涕。"宋赵希蓬《满江红》(劲节刚姿)词:"杜老爱君□谩苦,贾生流涕衣空湿。为国家、子细计安危,渊然识。"

⑤秦箫:见前《霜天晓角·春怨》注释⑤。

⑥蓬蒿:蓬草和蒿草。亦泛指草丛。《礼记·月令》:"(孟春之月)藜莠蓬蒿并兴。"《庄子·逍遥游》:"(斥鷃)翱翔蓬蒿之间。"

⑦甃(zhòu):砖。

⑧宫漏句:宫漏,古代宫中计时器。用铜壶滴漏,故称宫漏。南唐冯延巳《鹊踏枝》(粉映墙头寒欲尽)词:"粉映墙头寒欲尽。宫漏长时,酒醒人犹困。"唐白居易《同钱员外禁中夜直》诗:"宫漏三声知半夜,好风凉月满松筠。"霏微,细小貌。唐李端《巫山高》诗:"回合云藏日,霏微雨带风。"清纳兰性德《浣溪沙》(五月江南麦已稀)词:"五月江南麦已稀,黄梅时节雨霏微,闲看燕子教雏飞。"

⑨说剑句:言灯下谈论天下事,忧时念乱。《庄子》有《说剑》篇。赵文王好剑,庄子往说之。云:"有天子剑,有诸侯剑,有庶人剑。"劝文王好天子之剑。后遂以"说剑"指谈论武事。宋辛弃疾《水调歌头·汤朝美司谏见和用韵为谢》词:"说剑论诗余事,醉舞狂歌欲倒,老子颇堪哀。"据明末历史情形及巩都尉品性,或聚客谈论国事。青灯,光线幽暗的油灯。唐李商

隐《杨本胜说于长安见小男阿衮》诗："语罢休边角，青灯两鬓丝。"宋陆游《秋夜读书每以二鼓尽为节》诗："白发无情侵老境，青灯有味似儿时。"

减字木兰花　沈家歌姬①

编云作队②。避人惯在深帘内③。已许相看。却又移灯远翠盘④。　　腰肢渐瘦。惜春不耐清明后⑤。莫和秦筝⑥。要听香喉第一声⑦。

【编年】

此词无法确知具体创作年份。

【笺注】

①沈家歌姬：不可详考具体名姓。

②编云句：言沈家歌姬排成一列。编云，言沈家歌姬列队美状。作队，结伴成列。宋梅尧臣《闻进士贩茶》诗："顽凶少壮冒岭险，夜行作队如刀枪。"宋孟元老《东京梦华录·十二月》："初八日，街巷中有僧民三五人作队念佛。"

③避人句：言沈家歌姬一向因躲避人而在帘内。惯，习惯，经常。唐皇甫冉《忆郑山人》诗："避喧心已惯，念远梦频成。"

④翠盘：青玉盘。三国曹植《妾薄命二首》诗其二："览持佳人玉颜，齐举金爵翠盘。"元虞集《柳塘野鸭》诗："翠盘擎露夜深寒，玉色亭亭落月残。"

⑤不耐：不能忍受。宋向子諲《减字木兰花》（斜红叠翠）词："不耐世间风与日，着意遮围，莫教春光造次归。"清周亮工《复何匡山书》："其声呜呜，不耐愁人听。"

⑥秦筝：古秦地（今陕西一带）的一种弦乐器。似瑟，传为秦蒙恬所造，故名。三国魏曹植《赠丁廙》诗："秦筝发西气，齐瑟扬东讴。"清陈维崧《鹧鸪天·苦雨和蘧庵先生》词："雪登卖积秦筝苦，雨歇丛台赵女娇。"

⑦要听句：言欲听歌姬清唱。香喉，指女子的喉。清洪昇《长生殿·偷

曲》：“向绮窗深处，秘本翻誊，香喉玉口，亲将绝调教成。”

【参考资料】

清沈雄《古今词话·词品》下卷评阅："'莫和秦筝。要听香喉第一声'工句法。"

前调　红叶

霜酣千树①。踏遍洞庭西去路②。不会伤秋。只当花林烂熳游③。　山桥野岸。尚有垂杨青一半。落尽金风④。看入谁家锦字中⑤。

【编年】

词中有云"踏遍洞庭西去路"。洞庭湖位于湖南，据曹溶生平所历，此词或作于明崇祯十三年庚辰（1640）出使楚藩期间。

【笺注】

①霜酣千树：言树叶经霜后变红，像喝醉了酒。酣，谓饮酒尽兴，半醉。

②洞庭：洞庭湖。位于湖南省北部，长江荆江河段以南。

③烂熳：亦作"烂漫"。色泽绚丽。南朝梁沉约《奉华阳王外兵》诗："烂熳屡云舒，嶔崟山海出。"唐杜甫《追酬故高蜀州人日见寄》诗："锦里春光空烂熳，瑶墀侍臣已冥寞。"

④金风：指秋风。南朝梁萧统《文选·张协》："金风扇素节，丹霞启阴期。"李善注："西方为秋而主金，故秋风曰金风也。"唐李白《酬张卿夜宿南陵见赠》诗："当君相思夜，火落金风高。"

⑤锦字：锦字书。典出前秦苏蕙寄给丈夫的织锦回文诗。《晋书·列女传·窦滔妻苏氏》："窦滔妻苏氏，始平人也，名蕙，字若兰。善属文。滔，苻坚时为秦州刺史，被徙流沙，苏氏思之，织锦为回文旋图诗以赠滔。宛转循环以读之，词甚凄婉。"宋仇远《薄倖》（眼波横秀）词："回文锦字，寄与知他信否。"亦借指书信。宋陈允平《一落索》（淡淡双蛾疏秀）词："锦字香笺封久。鳞鸿稀有。"

清平乐　冬夜

月波秋泻①。松冷穿窗罅②。散步湖干渔笛下。的是含情者③。　　夜阑蟋蟀如年④。浮花倦理觥船⑤。吟遍满阶黄叶,奈他心在秋边⑥。

【编年】

此词无法确知具体创作年份。

【笺注】

①月波:月光。月光似水,故称。语本《汉书·礼乐志》:"月穆穆以金波。"南朝宋王僧达《七夕月下》诗:"远山敛氛祲,广庭扬月波。"唐李群玉《湘西寺霁夜》诗:"月波荡如水,气爽星朗灭。"

②松冷句:言冷风穿窗而过。罅(xià),缝隙,裂缝。

③的是:确是。宋贺铸《点绛唇》(一幅霜绡)词:"掩妆无语,的是销凝处。"元张弘范《天净沙·梅梢月》曲:"黄昏低映梅枝,照人两处相思,那的是愁肠断时。"

④夜阑句:言无眠。深夜时听蟋蟀鸣叫,度夜如年。夜阑,夜将近,夜深。唐杜甫《羌村三首》诗其一:"夜阑更秉烛,相对如梦寐。"宋陆游《不寐》诗:"困睫日中常欲闭,夜阑枕上却惺惺。"

⑤浮花:浮在液体表面的泡沫。此指酒的泡沫。觥船,亦作"觵船",容量大的饮酒器。唐杜牧《题禅院》诗:"觥船一棹百分空,十岁青春不负公。"宋陆游《戏酒戏作》诗:"辞插酴醾压帽偏,鹅黄酒色映觵船。"

⑥奈他句:言愁绪萦绕于心。心在秋边,愁也。

前调　题壁

云屏十二①。仙客曾同醉。草没建炎碑上字②。岁月凭谁语。　　腊痕水出平堤。鸲鹆只拣花栖③。抖擞喉间秀句,雪斜犹倚楼西。

【编年】

据词义，《清平乐》三首当作于入清后。依据第二首"王粲成闲客"，或可推测此两首题壁词作于曹溶清顺治四年丁亥（1647）遭革职回籍途中。

【笺注】

①云屏：有云形彩绘的屏风，或用云母作装饰的屏风。唐刘长卿《昭阳曲》："芙蓉帐小云屏暗，杨柳风多水殿凉。"元刘因《杂诗五首》诗其五："霜粟千封户，云屏四画图。"

②建炎：南宋皇帝宋高宗的第一个年号，从公元 1127 年 5 月到公元 1130 年。此处借以喻指明朝。曹溶词常以宋喻明，如《念奴娇·雪中过陈氏山庄》："南宋风华萧飒尽，惟剩顽云数点。"《最高楼·六桥新植桃柳志喜》："长恨事，草满宋宫城。"

③鵁鶄（jiāo jīng）：鸟名，即池鹭。

其二

铜驼巷陌①。较逊吴天碧②。乳燕未来香寂寂。王粲成闲客③。　　氎丝新点春霜④。佛楼冷尽行装。少许麹生风味⑤，费他一夜回肠。

【笺注】

①铜驼巷陌：铜驼，铜铸的骆驼。巷陌，街道。古代洛阳有铜驼街，以物命名。宋乐史《太平寰宇记》之三《洛阳县》引晋陆机《洛阳记》："汉铸铜驼二枚，在宫之南四会道，夹路相对。俗语曰：'金马门外聚群贤，铜驼陌上集少年。'言人物之盛也。"南朝梁徐陵《洛阳道》诗："东门向金马，南陌接铜驼。"可知铜驼街很早就为文人墨客所题咏。古人咏洛阳，好以金谷、铜驼并举。如唐刘禹锡《杨柳枝词》诗："金谷园中莺乱飞，铜驼陌上好风吹。"宋秦观《望海潮》（梅英疏淡）词："金谷俊游，铜驼巷陌，新晴细履平沙。"

②吴天：南方吴地的天空。

③王粲（177—217）：字仲宣。山阳郡高平县（今山东微山两城镇）人。东汉末年文学家，"建安七子"之一。少有才名，为著名学者蔡邕所赏识。初平二年（191），往荆州依靠刘表，客居荆州十余年，心怀郁郁。建安十三年（208），归曹操，深得曹氏父子信赖，赐爵关内侯。建安十八年（213），魏王国建立，王粲任侍中。建安二十二年（216），王粲随曹操南征孙权，于北还途中病逝，终年四十一岁。此处曹溶借王粲自指。

④鬓丝句：言鬓角新添白发。

⑤麹（qū）生：亦作"曲生"。指酒。麹，同"曲"。郑棨《开天传信记》载："道士叶法善，居玄真观，有朝客数十人来访，解带淹留，满座思酒。突有一人傲睨直入，自称曲秀才，抗声谈论，一座皆惊，良久暂起，如风旋转。法善以为是妖魅，俟其复至，密以小剑击之，随手坠于阶下，化为瓶榼，醲酝盈瓶。坐客大笑饮之，其味甚佳。坐客醉而揖其瓶曰：'曲生风味，不可忘也。'"后因以"曲生"作酒的别称。宋陆游《烹茶》诗："曲生可论交，正自畏中圣。"

其三

偶来津馆①。望里冰花满②。月白梦回鸡不管③。只觉铜壶缓④。　　云芽细煮孤铛⑤。蓬山隔了层城⑥。任说铁肠难挽⑦，泪痕还到银筝⑧。

【笺注】

①津馆：在水路要隘设置的旅馆。宋谭宣子《春声碎·南浦送别自度腔》词："津馆贮轻寒，脉脉离情如水。"

②冰花：冰初结时所凝成的细碎片块，其状如花。五代十国钱俶《宫中作》诗："西第晚宜供露茗，小池寒欲结冰花。"宋程大昌《好事近·生日》词："盥水结冰花，老眼于今重见。"

③月白句：言鸡鸣惊醒夜梦。唐金昌绪《闺怨》诗："打起黄莺儿，不教枝上啼。啼时惊妾梦，不得到辽西。"月白，月色皎洁。唐杜牧《猿》诗：

"月白烟青水暗流,孤猿衔恨叫中秋。"宋陆游《夜汲》诗:"酒渴起夜汲,月白天正青。"

④只觉句:言被鸡鸣惊醒后感觉时间过得缓慢。铜壶,见前《霜天晓角·同香山、敬可夜坐倦圃》注释⑤。

⑤云芽句:言煮茶。云芽,云雾茶。唐陈子昂《卧病家园》诗:"还丹奔日御,却老饵云芽。"宋毛滂《破子》(酒美)词:"怕将醒眼看浮世,不换云芽雪水。"铛,古代的锅,有耳和足,用于烧煮饭食等,以金属或陶瓷制成。

⑥蓬山:即蓬莱山,相传为仙人所居,亦泛指仙境。南朝梁沈约《桐柏山金庭馆碑》:"望玄洲而骏驱,指蓬山而永骛。"唐李商隐《无题》诗:"蓬山此去无多路,青鸟殷勤为探看。"

⑦铁肠:比喻刚强而不为感情所动的秉性。唐皮日休《桃花赋》序:"贞姿劲质,刚态毅状,疑其铁肠石心,不解吐婉媚辞。"

⑧银筝:用银装饰的筝或用银字表示音调高低的筝。唐戴叔伦《白苎词》诗:"回鸾转凤意自娇,银筝锦瑟声相调。"唐毛熙震《河满子》(寂寞芳菲暗度)词:"曲槛丝垂金柳,小窗弦断银筝。"

忆秦娥　坐黄鹤楼上①

江千尺②。晚来风景秋萧瑟③。秋萧瑟。斜阳槛外,数行金戟④。　杯干重把阑干拍⑤。楚宫垂柳怜孤客⑥。怜孤客。飞仙安在,唤他吹笛⑦。

【编年】

黄鹤楼在湖北武汉,据曹溶生平所历,此词或作于明崇祯十一年戊寅(1638)出使楚藩期间。

【笺注】

①黄鹤楼:位于湖北武汉市长江南岸的武昌蛇山之巅,濒临万里长江。自古享有"天下江山第一楼"和"天下绝景"之称。

②江千尺：言江面宽。明李梦阳《别李生》诗："滕王阁下江千尺，一曲沧浪万古情。"宋刘仙伦《霜天晓角·题采石蛾眉亭》词："倚天绝壁，直下江千尺。天际两蛾横黛，愁与恨几时极。"

③晚来句：言一片萧条秋景。

④金戟：金饰的戟。戟，古代兵器名。合戈、矛为一体。唐杜甫《醉为马坠诸公携酒相看》诗："甫也诸侯老宾客，罢酒酣歌拓金戟。"宋曾巩《送程公辟使江西》诗："三吴月出照金戟，百越风来吹玉罕。"

⑤杯干句：言内心愁闷，意犹如宋辛弃疾《水龙吟·登建康赏心亭》词："把栏杆拍遍，无人会登临意。"阑干，见前《如梦令·有怀》注释②。

⑥楚宫句：楚宫，古楚国的宫殿。孤客，曹溶自指。

⑦飞仙两句：据《江夏县志》引《报应录》，相传战国时期，有名辛六者开设酒楼，免费招待衣衫褴褛之道士半年之久，道士无以为报，于墙上画一鹤。此鹤能应客人拍手唱歌而翩翩起舞。辛六因之而富。若干年后，道士复来，取笛吹奏，骑鹤而去。

眼儿媚　旅情

衣锦军中恨如麻①。美酒近难赊②。春衫湿透③，唐家司马，不为琵琶。抱琴却到谁行宿④，山影绿窗纱⑤。夜长天倦，数声檐铁⑥，瘦尽梅花。

【编年】

据词义，此词当作于清康熙十三年甲寅（1674）至清康熙十六年丁巳（1677），时曹溶随军入闽镇藩。

【笺注】

①衣锦句：言词人内心烦乱至极。衣锦，穿锦绣衣裳。《吕氏春秋·用众》："辩议而不可为，是被褐而去，衣锦而入。"清吴伟业《送杨怀湄擢临安令》诗："此地何王夸衣锦，锦城人起故乡心。"

②赊（shē）：买物延期交款。唐王建《寄刘贲问疾》诗："赊来半夏重

煎尽,投着山中旧主人。"

③春衫三句:化用白居易《琵琶行》典故。白居易被贬江州司马,听闻琵琶女弹奏琵琶后感叹:"座中泣下谁最多,江州司马青衫湿。"后以"江州司马"代称白居易,亦指失意文人。宋黄庭坚《品令·送黔守曹伯达供备》词:"记取江州司马,坐中最老。"此处为曹溶自喻。不为琵琶,言伤心流泪别有原因。

④谁行(háng):哪里,何处。宋周邦彦《少年游》(并刀如水)词:"低声问向谁行宿,城上已三更。"宋赵善括《虞美人·无题》词:"长空一夜霜风吼,寒色消残酒。问伊今夜在谁行。"

⑤山影句:言远处青山衬托,使窗纱显绿。

⑥檐铁:挂在屋檐下的风铃。世称铁马、檐马、玉马。清彭孙遹《十二月五日大雪用东坡星聚堂韵仍效欧阳公体》诗:"诗成搁笔起三叹,卧听霜飙响檐铁。"清陆求可《六幺令·宫怨》词:"风吹檐铁,半床幽梦,却有何人好明说。"

摊破浣溪沙　忆广南胡家歌姬①

缓步藏春进酒来②。好风微觉画裙开③。料是君家常作使④,莫嫌猜。
送恨将心吹玉管⑤,含羞当面整金钗⑥。轻薄未应嫌杜牧⑦,且徘徊。

【编年】

此词无法确知具体创作年份。

【笺注】

①广南,云南省广南府,位于云南省东南部,邻接广西。胡家歌姬,未可详考具体名姓。

②缓步句:言歌姬步履生春,姿态美妙。进,进奉;奉上。唐王建《宫前早春》诗:"内园分得温汤水,三月中旬已进瓜。"

③好风句:言风吹过来,歌姬裙装被微微吹开。

④料是两句：言歌姬常活动于胡家酒筵歌席，故画裙微开亦不会招致轻薄之猜嫌。君家，即胡家。作使，委派，役使。

⑤将心：用心。玉管，泛指管乐器。南北朝庾信《赋得鸾台》诗："九成吹玉琯，百尺上瑶台。"宋辛弃疾《菩萨蛮·和夏中玉》词："临风横玉管，声散江天满。"

⑥金钗：妇女插于发髻的金制首饰，由两股合成。南朝梁武帝《河中之水歌》诗："头上金钗十二行，足下丝履五文章。"

⑦杜牧（803—852）：字牧之，号樊川居士，宰相杜佑之孙。晚唐杰出诗人、散文家，尤以七言绝句著称，后人称为"小杜"。此处曹溶借以自喻。

青衫湿　田戚畹家姬东哥①，甲申后为教师，遇之，有感

定场娘子霜栖鬈②，先唱渭城花③。重翻宫调④，开元旧曲⑤，知付谁家。此身似燕⑥，春巢画栋，秋宿平沙。相如抽管⑦，长门写怨，输与红牙⑧。

【编年】

此词无法确知具体创作年份。据词义，当作于入清后。

【笺注】

①田戚畹：田弘遇（？—1643），陕西人，亦称广陵人。曾任扬州千总，女儿田秀英在崇祯做信王时入王府做妾。明思宗即位，田秀英封为贵妃，田弘遇官封左都督，窃弄威权，京城侧目，习称"田戚畹"。教师，教授歌曲、戏曲、武术等技艺的人。元张国宾《罗李郎》杂剧第三折："人都道你是教师，人都道你是浪子。上长街百十样风流事，到家中一千场五代史。"明末清初王夫之《薑斋诗话》卷二："诗文立门庭使人学已，人一学即似者，自诩为'大家'，为'才子'，亦艺苑教师而已。"

②定场句：定场，犹压场。谓演员技艺高超。宋苏轼《虞美人·琵琶》词："定场贺老今何在，几度新声改？"宋辛弃疾《贺新郎·赋琵琶》词："贺老定场无消息，想沉香亭北繁华歇。"娘子，妇女的通称。《北齐书·祖珽

传》:"老马十岁,犹号骝驹;一妻耳顺,尚称娘子!"霜栖鬓,言鬓发斑白,似霜栖于鬓。

③先唱句:言家姬东哥出场后先唱《渭城》曲。渭城,乐府曲名。亦名《阳关》。因唐王维《送元二使安西》诗:"渭城朝雨浥轻尘,客舍青青柳色新。劝君更尽一杯酒,西出阳关无故人",便以"渭城"名曲。唐刘禹锡《与歌者何戡》诗:"旧人唯有何戡在,更与殷勤唱《渭城》。"

④宫调:戏曲、音乐名词。我国历代称宫、商、角、变徵、徵、羽、变宫为七声,其中任何一声为主均可构成一种调式。凡以宫为主的调式称宫,以其他各声为主的则称调,统称"宫调"。

⑤开元:唐玄宗年号。公元713年十二月至公元741年十二月,共计29年。

⑥此身三句:画栋,有彩绘的栋梁楼阁。宋袁去华《满江红·滕王阁》词:"画栋珠帘,临无地、沧波万顷。"宋辛弃疾《蝶恋花·和江陵赵宰》词:"老去怕寻年少伴。画栋珠帘,风月无人管。"平沙,指广阔的沙原。南朝梁何逊《慈姥矶》诗:"野雁平沙合,连山远雾浮。"宋张孝祥《水调歌头·桂林集句》词:"平沙细浪欲尽,陡起忽千寻。"此处以燕子春秋居所之不同,暗示时代之变迁及身世之叹。

⑦相如两句:用司马相如《长门赋》典故。据载,陈皇后失宠后,幽居冷宫,为重新唤回君恩,重金收买司马相如,作《长门赋》以抒己意。管,笔也。

⑧输与句:言司马相如《长门赋》之幽怨、伤感,犹不及歌姬东哥之乐曲。红牙,乐器名。檀木制的拍板,用以调节乐曲的节拍。宋司马光《和王少卿十日与留台国子监崇福宫诸官赴王尹赏菊之会》诗:"红牙板急弦声咽,白玉舟横酒量宽。"明王世贞《同省中诸君过徐丈》诗:"紫玉行杯弹《出塞》,红牙催拍按《梁州》。"

前调　广林饮李太虚寓中①，出家姬作剧

红桥旧日深情地②，一片玉箫吹③。画蛾青敛④，著人多处，不在歌时。教师催出⑤，齐登绣毯，摆落游丝。曲终帘掩，堂前黄月⑥，占断相思。

【编年】

此词或作于清顺治四年丁亥（1647）至清顺治八年辛卯（1651）曹溶寓居苏州期间。广林，或为广陵之误写。按：词首句中"红桥"，在扬州北门外。清初陈维崧有七绝《扬州红桥》。清顺治四年丁亥（1647）正月，曹溶遭革职回籍。此后一直寓居苏州，往来苏州、扬州，直到清顺治八年辛卯（1651）冬移居故里。另据吴伟业《座主李太虚师从燕都间道北归寻以南昌兵变避乱广陵赋呈八首》，可知，李太虚亦曾于清初寓居广陵。据此可推知，此词或作于此一阶段。

【笺注】

①李太虚：李明睿（1585—1671），字太虚，江西南昌人，明末清初著名的诗人、史学家、社会活动家。明万历十三年乙酉（1585）出生，明天启二年壬戌（1622）进士，历坊馆，清顺治初为礼部侍郎。爱好戏曲，蓄声伎甚众。清康熙十年辛亥（1671），与吴伟业同年去世。

②红桥：在江苏扬州北门外。红桥一带，是达官贵人、风流才子寻欢作乐之处。清吴绮《扬州鼓吹词序》："红桥在城西北二里。崇祯间，形象设以锁水口者。朱栏数丈，远通两岸，虽彩虹卧波，丹蛇截水，不足以喻。而荷香柳色，雕楹曲槛，鳞次环绕，绵亘十余里，春夏之交繁弦急管，金勒画船，掩映出没其间，诚一郡之丽观也。"

③玉箫：玉制的箫或箫的美称。《晋书·吕纂载记》："即序胡安据盗发张骏墓，见骏貌如生，得真珠簠、琉璃榼、白玉樽、赤玉箫。"南朝梁陶弘景《真诰》卷三："玉箫和我神，金醴释我忧。"清纳兰性德《眼儿媚·又咏梅》词："玉箫吹梦，金钗划影，悔不同携。"

④画蛾三句：言歌姬多有吸引人处，并不只在歌唱时，即便微微蹙眉也姿态绝佳。画蛾，指描画过的眉。敛，收缩。唐王勃《饯韦兵曹》诗："川霁浮烟敛，山明落照移。"古代妇女多将眉涂成黛青色，故曰"青敛"。

⑤教师三句：描绘李太虚家姬演出之盛况。教师，见前《青衫湿·田戚畹家姬东哥，甲申后为教师，遇之，有感》注释①。

⑥黄月：月色。月带缥黄色，故名。唐任希古《和长孙秘监七夕》诗："更深黄月落，夜久靥星稀。"宋范成大《醉落魄》（栖乌飞绝）词："花久影吹笙，满地淡黄月。"

前调　记湖上弹琴之会

流苏尽日垂珠箔①，门外紫苔斑②。唤茶鹦鹉③，金笼前后，徐露青鬟。自怜纤指，大家风调④，写尽幽闲。绣囊深挂，拨残香兽⑤，一片寒山。

【编年】

此词作于清顺治十八年辛丑（1661）。该年夏，朱彝尊寓西湖昭庆寺。曹溶游杭州，与朱彝尊、周元亮、袁于令、祁班孙、邹祗谟、施闰章、诸九鼎诸公游西湖。

【笺注】

①流苏：用彩色羽毛或丝线等制成的穗状垂饰物。常饰于车马、帷帐等物上。《文选·张衡〈东京赋〉》："驸承华之蒲捎，飞流苏之骚杀。"李善注："流苏，五彩毛杂之以为马饰而垂之。"唐卢照邻《长安古意》诗："龙衔宝盖承朝日，凤吐流苏带晚霞。"珠箔，珠帘。唐李白《陌上赠美人》诗："美人一笑褰珠箔，遥指红楼是妾家。"宋张孝祥《水调歌头·桂林中秋》词："玉界拥银阙，珠箔卷琼钩。"

②苔斑：苔藓丛生如斑点之状。唐无名氏《朝元阁赋》："金铺烛耀，玉碉苔斑。"清孙枝蔚《寓百福寺》诗："更防车马至，踏破古苔斑。"

③唤茶三句：言有美人徐徐出现于关着鹦鹉的金笼旁。青鬟，黑色环形

发髻。借指美人。南唐陈陶《洛城见贺自真飞升》诗："朱顶舞低迎绛节,青鬟歌对驻香軿。"

④大家：犹巨室,古指卿大夫之家。《书·梓材》："王曰：'封,以厥庶民暨厥臣,达大家。'"孔传："言当用其众人之贤者与其小臣之良者,以通达卿大夫及都家之政于国。"蔡沈集传："大家,巨室。"《左传·昭公五年》："箕襄、邢带、叔禽、叔椒、子羽,皆大家也。"后即称豪门贵族。汉桓宽《盐铁论·复古》："往者豪强大家,得管山海之利。"唐韩愈《杜君墓志铭》："杜氏大家,世有显人。承继绵绵,以及公身。"

⑤香兽：《晋书·外戚传·羊琇》："琇性豪侈,费用无复齐限,而屑炭和作兽形以温酒,洛下豪贵咸竞效之。"后遂以"香兽"指用炭屑匀和香料制成的兽形的炭。唐孙棨《题妓王福娘墙》诗："寒绣衣裳饷阿娇,新团香兽不禁烧。"南唐李煜《浣溪沙》（红日已高三丈透）词："红日已高三丈透,金炉次第添香兽。"

西地锦　题虞山蒋文从雪泛卷①

一抹玉沙平野②。且莫停杯斝③。有时卧雪,有时歌雪,恣高人陶写④。吹火打篷堪画⑤。在让王山下⑥。谁家曲水⑦,谁家辋水⑧,又相随来也。

【编年】

此词无法确知具体创作年份。

【笺注】

①蒋文从,不详。虞山,位于今江苏常熟,因商周之际江南先祖虞仲（即仲雍）死后葬于此而得名。

②一抹句：言原野被白雪覆盖。玉沙,用以比喻雪花。宋苏轼《小饮清虚堂示王定国》诗："天风淅淅飞玉沙,诏恩归沐休早衙。"宋范成大《次韵陈仲思经属西峰观雪》诗："起望天南陲,玉沙满长风。"平野,平坦广阔的原野。语出汉晁错《言兵事书》："平原广野,此车骑之地,步兵十不当一。"

南朝宋鲍照《送盛侍郎饯候亭》诗:"高墉宿寒雾,平野起秋尘。"

③杯斝(jiǎ):古代酒器。明宋应星《天工开物·珠玉》:"所谓连城之璧,亦不易得。其纵横五、六寸无瑕者,治以为杯斝,此已当时重宝也。"后亦泛指酒杯。宋苏轼《司马君实独乐园》诗:"花香袭杖履,竹色侵杯斝。"

④恣高人句:言任凭高尚者借雪抒写情性。恣,听任;任凭。宋陆游《冬夜读书》诗:"归来稽山下,烂漫恣探讨。"高人,志行高尚的人。多指隐士、修道者。唐李咸用《题刘处士居》诗:"干戈谩道因天意,渭水高人自钓鱼。"陶写,喻怡悦性情,消愁解闷。宋辛弃疾《满江红·自湖北漕移湖南席上留别》词:"富贵何时休问,离别中年堪恨,憔悴鬓成霜。丝竹陶写耳,急羽且飞觞。"

⑤吹火句:吹火,对火吹气,使之更旺。唐郑谷《淮上渔者》诗:"一尺鲈鱼新钓得,儿孙吹火荻花中。"宋王辟之《渑水燕谈录·杂录》:"邻夫见其妇吹火,赠诗云:'吹火朱唇动,添薪玉腕斜。'"打篷,雨雪打到篷船上。宋潘大临《江间作四首》诗其三:"最羡鱼竿客,归舡雨打篷。"宋詹玉《渡江云·春江雨宿》词:"拖阴笼晚暝,商量清苦,阵阵打篷声。"

⑥让王山:虞山。仲雍为商末周族领袖古公亶父(周太王)次子。古公亶父有三子,钟爱第三子季历之子姬昌(周文王),欲传位于季历而立姬昌。仲雍与兄体察父意,主动避位,迁至常熟一带,断发文身,与民共耕,死后葬于虞山。故称虞山为"让王山"。

⑦曲水:古代风俗,农历三月上巳日(上旬的巳日,魏晋后固定为三月三日)于水滨宴饮,认为可被除不祥。后人因引水环曲成渠,流觞取饮,相与为乐,称为曲水。晋王羲之《兰亭集序》:"又有清流激湍,映带左右,引以为流觞曲水,列坐其次。"唐元稹《代曲江老人》诗:"曲水流觞日,倡优醉度旬。"

⑧辋水:辋川。唐裴迪《辋口遇雨忆终南山因献王维》诗:"辋水去悠悠,南山复何在。"《旧唐书·文苑传下·王维》:"得宋之问蓝田别墅,在辋口,辋水周于舍下。"

少年游　寄项嵋雪①

客囊轻减似穷秋②。典尽酒家裘③。桃花竞笑④，鹿车还后⑤，楚馆日悠悠⑥。　　定研兰露裁新句⑦，分付雪儿讴。最好今年，两番上巳⑧，偏少晋人游⑨。

【编年】

此两首词作于清康熙十七年戊午（1678）。清康熙初年，曹溶曾官大同，故自称"晋人"。上巳，即上巳节，农历三月三日。词中云"两番上巳"，即闰三月也。考清康熙年间曹溶有生之年闰三月者，唯清康熙十七年戊午（1678）。故此两首词应作于该年。

【笺注】

①项嵋雪：项玉笋（1617—1691后），字知文，一作和父，号嵋雪，又号研斋主人，浙江秀水（今嘉兴）人。明末清初画家。项桂芳子，项圣谟从子。顺治间以岁贡官景陵知县。工墨兰。书斋名曰"懒真堂"。著有《檇李往哲续编》一卷、《懒真堂集》。

②客囊句：言经济窘迫。客囊，客中的钱袋。亦借指所带钱财。宋黄裳《送仲时南归》诗："壮志九年人事足，奇书千卷客囊空。"宋陆游《老学庵笔记》卷四："地炉无火客囊空，雪似杨花落岁穷。"元方回《喜晴行》诗："漂流踪迹客囊空，迅驶光阴岁律穷。"穷秋，晚秋、深秋。唐韩愈《鸣雁》诗："嗷嗷鸣雁鸣且飞，穷秋南去春北归。"宋秦观《浣溪沙》（漠漠轻寒上小楼）词："漠漠轻寒上小楼，晓阴无赖似穷秋。"

③典尽句：言以裘衣典当酒。典，抵押，典当。唐杜甫《曲江二首》诗其二："朝回日日典春衣，每日江头尽醉归。"唐李白《将进酒》诗："五花马，千金裘，呼儿将出换美酒。"

④桃花句：言桃花争相开放。竞，争着；争相。唐元稹《箭镞》诗："竞将儿女泪，滴沥助辛酸。"宋刘子翚《兼道携古墨来感作此诗》诗："汗青得

失更谁论,尤物竞为人宝爱。"

⑤鹿车:古代一种小车。《太平御览》卷七七五引汉应劭《风俗通》:"鹿车,窄小裁容一鹿也。"宋陆游《送子坦赴盐官县市征》诗:"游山尚有平生意,试为闲寻一鹿车。"宋萧廷之《南乡子》(白雪与黄芽)词:"驾动羊车与鹿车。乌兔往来南北面,交加。从此天河稳泛槎。"

⑥楚馆:亦作"楚舘"。泛指歌舞场所。多指妓院。宋柳永《西平乐》(尽日凭高目)词:"秦楼凤吹,楚馆云约。"清百一居士《壶天录》卷上:"青楼楚馆,骚人词客,杂沓其中,投赠楹联,障壁为满。"

⑦定研两句:言想象中项峫雪必定在观兰察露以觅新词,然后分付歌女歌唱。雪儿,唐李密爱姬。能歌舞。密每见宾僚文章有奇丽入意者,即付雪儿叶音律歌之。事见《太平广记》卷二百引孙光宪《北梦琐言·韩守辞》。后亦以"雪儿"泛指歌女。清孙枝蔚《对酒》诗:"莺歌雪儿曲,榆坠沉郎钱。"宋苏轼《浣溪沙·有感》词:"有客能为《神女赋》,凭君送与雪儿书。"

⑧两番句:言一年中两次上巳。闰三月也。上巳,旧时节日名。汉以前以农历三月上旬巳日为"上巳";魏晋以后,定为三月三日,不必取巳日。《后汉书·礼仪志上》:"是月上巳,官民皆絜于东流水上,曰洗濯祓除去宿垢疢为大絜。"《宋书·礼志二》引《韩诗》:"郑国之俗,三月上巳,之溱洧两水之上,招魂续魄。秉兰草,拂不祥。"

⑨晋人:曹溶自指。因其清康熙初年曾官山西大同,故称。

其二

禾兴溪上草连天①。不见翠楼烟②。黑头潘令③,满襟离怨。赢得唾珠圆④。　送归野艇无多日,皓魄已初弦⑤。春信将阑⑥。可能相就⑦,开槛海棠前⑧。

【笺注】

①禾兴溪：位于今浙江嘉兴。

②翠楼：酒楼。唐皎然《长安少年行》诗："翠楼春酒虾蟆陵，长安少年皆共矜。"宋范成大《翠楼》诗："连袵成帷迓汉官，翠楼沽酒满城欢。"

③潘令：指晋潘岳。岳曾为河阳令，故称。宋刘克庄《摸鱼儿·海棠》词："霜点鬓，潘令老，年年不带看花分。"宋陈允平《侧犯》（晚凉倦浴）词："还暗省。记青青、双鬓旧潘令。"黑头潘令，是曹溶借以自指（没有白头发）。

④唾珠：唾沫。《庄子》："子不见夫唾者乎？喷则大者如珠，小者如雾。"宋苏轼《子由作二颂颂石台长老同公手写莲经字如黑蚁且诵万遍胁不至席二十余年予亦作二首》诗其一："眼前扰扰黑虮蜉，口角霏霏白唾珠。"

⑤皓魄：明月，亦指明亮的月光。唐权德舆《奉酬从兄南仲见示十九韵》诗："清光杳无际，皓魄流霜空。"清陈维崧《月下笛·本意》词："今夕何年？满天皓魄，一轮圆碧。"

⑥春信句：言春天将结束。春信，春天的信息。唐郑谷《梅》诗："江国正寒春信稳，岭头枝上雪飘飘。"宋陆游《梅花》诗："春信今年早，江头昨夜寒。"将阑，将尽、将完。

⑦相就：主动靠近。唐元稹《蟆子三首》诗其一："将身远相就，不敢恨非辜。"宋秦观《雷阳书事》诗："蛮俚托丝布，相就通殷勤。"

⑧开榼（kē）句：言饮酒海棠花下。榼，古代盛酒或贮水的器具。唐杜甫《羌村三首》诗其三："手中各有携，倾榼浊复清。"唐皎然《酬秦山人出山见呈》诗："手携酒榼共书帙，回语长松我即归。"

前调　游横山园悼李舒章①

云峰百尺引苍虬②。著意写芳秋。斜晖窈窕③，蟪蛄啼出④，才子不能留⑤。　　虾须如有神山隔⑥，画栋只藏愁⑦。旧日池塘，情波无尽，难荡木兰舟⑧。

【编年】

此词应作于清顺治五年戊子（1648）或以后。李舒章去世于清顺治四年丁亥（1647）冬天。而曹溶此词写于秋季，故应在李雯去世的次年或以后。

【笺注】

①李舒章：李雯（1608—1647），字舒章，江南华亭（今上海松江）人，崇祯十五年壬午（1642）举人。少与同里陈子龙、宋徵舆齐名，号"云间三子"。入清，官中书舍人。卒于清顺治四年丁亥（1647）冬。

②云峰句：言横山园内山高树老。云峰，高耸入云的山峰。南朝宋谢灵运《酬从弟惠连》诗："寝瘵谢人徒，灭迹入云峰。"宋毛滂《河满子·夏曲》词："急雨初收珠点，云峰巉绝天半。"苍虬，形容树木盘曲的枝干。宋王沂孙《疏影·咏梅影》词："苍虬欲卷涟漪去，慢蜕却、连环香骨。"明末清初顾炎武《岁九月虏令伐我墓柏二株》诗："老柏生崇冈，本是苍虬种。"

③窈窕：美好貌。斜晖窈窕，言夕阳无限美好。《诗·周南·关雎》："窈窕淑女，君子好逑。"毛传："窈窕，幽闲也。"唐韩愈《送区弘南归》诗："蜃沉海底气昇霏，彩雉野伏朝扇翚。处子窈窕王所妃，苟有令德隐不腓。"

④螇蚸：蝉的一种。又名"知了"。体短，吻长，黄绿色，有黑色条纹，翅膀有黑斑，雄的腹部有发音器，夏末自早至暮鸣声不息。

⑤才子：指李舒章。

⑥虾须：虾须帘。传说中用鰝虾的长须制成的帘子。清王士祯《分甘余话》卷二："虾须帘：帘名虾须，鰝，海中大虾也，长二三丈，游则竖其须，须长数尺，可为帘，故以为名。"

⑦画栋：见前《青衫湿·田戚畹家姬东哥，甲申后为教师，遇之，有感》注释⑥。

⑧木兰舟：见前《望江南》其三注释④。

前调　寿客

楸枰敲罢拂花茵①。相对玉嶙峋②。龙劫修来，秦灰不染，拾得太平身③。当歌难拾鸬鹚杓④，日日要沾唇。重阳节后，淋漓烟月，未减芳春⑤。

【编年】

此词无法确知具体创作年份，品词义，当作于入清后。

【笺注】

①楸枰：围棋棋盘，引申指围棋。楸木质轻而文致，古代多选来做棋具。唐温庭筠《观棋》诗："闲对楸枰倾一壶，黄华坪上几成卢。"宋陆游《自嘲》诗："遍游竹院寻僧语，时拂楸枰约客棋。"

②相对句：赞美寿星之意。玉嶙峋，形容寿星气节高尚，气概不凡。宋韩淲《浣溪沙·过卢申之》词："梅叶阴阴占晚春。博山香尽玉嶙峋。"清陈康祺《郎潜纪闻》卷三："太史敦尚风义，气节嶙峋。"

③龙劫三句：美誉寿星前世今生。谓寿星由龙化来，历经明清鼎革，现生活安闲。劫，古印度传说世界经历若干万年毁灭一次，重新再开始，这样一个周期叫作一"劫"。龙劫，言寿星是龙经过一"劫"后重生，是龙的化身。秦灰，本指秦朝宫殿为项羽焚烧而成的灰烬。唐刘禹锡《松滋渡望峡中》诗："梦渚草长迷楚望，夷陵土黑有秦灰。"明夏完淳《杨柳怨和钱大揖石》诗："到今罗绮古扬州，不辨秦灰十二楼。"此处用以借指明清鼎革。

④鸬鹚杓：酒器也。有唐一代，樽、铛、杓、杯等为酒器最基本的种类。杓之用途，是从樽等盛酒器或温酒器中挹取酒斟注于杯中。鸬鹚鸟，长颈，头颅低平，长喙，脚在后体，故站立时犹如蹲坐姿。酒杓形制颇似鸬鹚静立状，故称"鸬鹚杓"。唐李白《襄阳歌》诗："鸬鹚杓，鹦鹉杯，百年三万六千日，一日须倾三百杯。"元伊士珍《琅环记》："坐有碧玉鹦鹉杯，白玉鸬鹚杓，杯干则杓自挹，欲饮则杯自举。"

⑤重阳三句：言寿星生日在重阳后。

西江月　再过某宅闻歌

莲影频催象拍①，粉香难透虾须②。人间恨事可消除。惟有聪明最苦③。
数对雏莺自语。一行弱柳谁扶。醉魂飘荡忆当初。又被横波约住④。

【编年】
此词无法确知具体创作年份。

【笺注】
①象拍：象牙制的拍板。打击乐器。
②粉香句：言歌女所施妆粉的香气难以穿透虾须帘。虾须，指虾须帘。详见前《少年游·游横山园悼李舒章》注释⑥。
③惟有句：宋苏轼《洗儿》诗："人皆养子望聪明，我被聪明误一生。惟愿孩儿愚且鲁，无灾无难到公卿。"曹溶化用其意。
④横波：比喻女子眼神流动，如水横流。《文选·傅毅〈舞赋〉》："眉连娟以增绕兮，目流睇而横波。"李善注："横波，言目邪视，如水之横流也。"宋欧阳修《蝶恋花》（几度兰房听禁漏）词："酒力融融香汗透，春娇入眼横波溜。"

南柯子　旅恨

马度离人地，山衔去国程。孤身都似雪花轻。侥幸不知春色、过清明①。
小榭低金镞②，重帘冷玉笙③。那家沽酒甚多情。又被晚风催送、宿沙城④。

【编年】
此词作于清康熙二年癸卯（1663）春。沙城，《钦定大清一统志》卷二十四《宣化府一·古迹》："沙城，在怀安县（笔者按：应是怀来）。"曹溶于清康熙元年壬寅（1662）十月奉召入京，然后由京师赴山西大同兵备道任，至次年春抵达大同。品词义,此词应作于赴大同任途中。

【笺注】

①侥幸句:清明已近暮春,暮春时人倍伤感。故言之。侥幸,犹幸运。宋朱敦儒《水调歌头》(白日去如箭)词:"冀望封侯一品,侥幸升仙三岛,不死解烧金。"宋徐经孙《水调歌头·致仕得请》词:"三十五时侥幸,四十三年仕宦,七十□归休。"

②小榭句:言小木屋门锁闭。金鏁(suǒ),金锁。榭,建在高台上的木屋。多为游观之所。《书·泰誓上》:"惟宫室台榭。"孔传:"土高曰台,有木曰榭。"宋孙光宪《杨柳枝》诗:"有池有榭即濛濛,浸润翻成长养功。"

③玉笙:饰玉的笙。亦用为笙的美称。南朝梁刘孝威《奉和简文帝太子应令》诗:"园绮随金辂,浮丘侍玉笙。"宋苏轼《菩萨蛮》(玉笙不受朱唇暖)词:"玉笙不受朱唇暖,离声凄咽胸填满。"

④沙城:河北省怀来县县政府所在地。

前调　王家歌姬①

映座兰心巧②,穿窗柳线斜③。斛珠买遍五陵花④。记取十分春暖⑤、在君家。　　画鼓刚挝了⑥,瑶笙较嫩些⑦。此宵易惹病根芽。怨杀天边银汉⑧、一痕沙。

【编年】

此词作于清康熙二年癸卯(1663)至清康熙六年丁未(1667)曹溶官山西大同期间。

【笺注】

①王家歌姬:王家,即王襄璞家。王显祚,字襄璞,又字湛求,直隶(今河北)曲周人。顺康间曾任山西布政使司右布政使。曹溶官大同期间,与之有交往。歌姬名姓不可考。

②兰心:兰花似的本质。此喻王家歌姬心地纯洁,性格高雅。南朝宋鲍

照《芜城赋》："东都妙姬，南国丽人，蕙质兰心，玉貌绛唇。"宋柳永《离别难》（花谢水流倏忽）词："有天然，蕙质兰心。美韶容，何啻值千金。"

③柳线：柳条细长下垂如线，故名。南朝梁范云《送别》诗："东风柳线长，送郎上河梁。"唐孟郊《春日有感》诗："风吹柳线垂，一枝连一枝。"

④斛珠句：言不惜高价购买鲜花。斛，量器。古代一斛为十斗，南宋末年改为五斗。《仪礼·聘礼》："十斗曰斛。"宋柳永《合欢带》（身材儿）词："莫道千金酬一笑，便明珠万斛须邀。"五陵是长陵、安陵、阳陵、茂陵、平陵五县的合称。均在渭水北岸今陕西咸阳市附近。为西汉五个皇帝陵墓所在地。汉元帝前，每立陵墓，辄迁徙四方富豪及外戚于此居住，令供奉园陵，称为陵县。后亦泛指豪富之地。

⑤记取句：言因有鲜花之饰，遂有春暖之感。

⑥画鼓句：言刚敲过画鼓。画鼓，有彩绘的鼓。唐白居易《柘枝妓》诗："平铺一合锦筵开，连击三声画鼓催。"宋陆游《日出入行》诗："高楼锦绣中天开，乐作画鼓如春雷。"挝（zhuā），敲打。唐贯休《送张拾遗赴施州司户》诗："社稷安危在直言，须历尧阶挝谏鼓。"

⑦瑶笙：美玉装饰的笙。唐戴叔伦《赠月溪羽士》诗："更弄瑶笙罢，秋空鹤又鸣。"宋吴文英《木兰花慢·寿秋壑》词："明月瑶笙奏彻，倚楼黄鹤声中。"

⑧银汉：天河、银河。宋苏轼《阳关词·中秋月》词："暮云收尽溢清寒，银汉无声转玉盘。"清纳兰性德《减字木兰花》（烛花摇影）词："茫茫碧落，天上人间情一诺。银汉难通，稳耐风波愿始从。"

青门引　焚香

乍入消魂径①。攲旎相期不定②。名园花气恼人多，困来无力，不敌金猊静③。　　轻翻宿火寒犹凝④。甲煎嫌他硬⑤。今宵似有怜惜，隔帘送出春情性。

【编年】

此词无法确知具体创作年份。

【笺注】

①消魂：也作"销魂"，指因过度刺激而神思茫然，仿佛魂将离体。多形容悲伤愁苦至极时情态。宋秦观《满庭芳》（山抹微云）词："销魂。当此际，香囊暗解，罗带轻分。"宋李清照《醉花阴》（薄雾浓云愁永昼）词："莫道不消魂，帘卷西风，人比黄花瘦。"

②旖旎（yǐ nǐ）：见前《浣溪沙·四十年来所见歌姬，某氏最丽，赠之》注释③。

③金猊：香炉的一种。炉盖作狻猊形，空腹。焚香时，烟从口出。唐花蕊夫人《宫词》诗其五二："夜色楼台月数层，金猊烟穗绕觚棱。"宋张元干《花心动·七夕》词："绮罗人散金猊冷，醉魂到，华胥深处。"

④宿火：隔夜未熄之火。郑綮《老僧》诗："日照四山雪，老僧门未开。冻瓶黏柱础，宿火陷炉灰。"

⑤甲煎：香料名。以甲香和沉麝诸药花物制成，可作口脂及焚爇，也可入药。南朝宋刘义庆《世说新语·汰侈》："石崇厕常有十余婢侍列，皆丽服藻饰，置甲煎粉沈香汁之属，无不毕备。"南北朝庾信《镜赋》："朱开锦蹱，黛蘸油檀，脂和甲煎，泽渍香兰。"倪璠注引陈藏器曰："甲煎，以诸药及美果花烧灰和蜡治成，可作口脂。"唐李商隐《隋宫守岁》诗："沈香甲煎为庭燎，玉液琼苏作寿杯。"

醉花阴　席上

绣幌笼寒穿小径①。帘外微风定。劝酒碧笙娇，玉漏将残②，好梦如春令③。　　青衫江上凭谁赠④。艳曲连宵听⑤。久已割柔肠，翠影侵人，添却当年病。

【编年】

据词中"青衫"典故可知,此词应作于曹溶被贬官之际。曹溶一生两次遭贬,一是清顺治十二年乙未(1655)十二月降两级补广东布政使司左布政使,二是清康熙元年壬寅(1662)降调山西大同兵备道。又据词中"江上",可知该词应作于贬官广东布政使司途中。时间或在清顺治十三年丙申(1656)。

【笺注】

①绣幄(wò):精美的帐篷。宋柳永《如鱼水》(帝里疏散)词:"向绣幄,醉倚芳姿睡,算除此外何求。"宋仲殊《楚宫春慢》(轻盈绛雪)词:"画馆绣幄低飞,融融香彻。"

②玉漏:古代计时漏壶的美称。唐苏味道《正月十五夜》诗:"金吾不禁夜,玉漏莫相催。"宋杨万里《病中夜坐》诗:"玉漏听来更二点,烛花剪了晕重开。"

③春令:春季的节令。《礼记·月令》:"(仲秋之月)仲秋行春令,则秋雨不降,草木生荣,国乃有恐。"唐郑谷《咸通十四年府试木向荣》诗:"欣欣春令早,蔼蔼日华轻。"

④青衫:唐制,文官八品、九品服以青。唐白居易《琵琶行》诗:"座中泣下谁最多?江州司马青衫湿!"后因借指遭贬失意的官员。宋王安石《杜甫画像》诗:"青衫老更斥,饿走半九州。"宋苏轼《古缠头曲》诗:"青衫不逢溢浦客,红袖谩插曹纲手。"

⑤艳曲:爱情歌曲。《艺文类聚》卷四四引晋陶融妻陈氏《筝赋》:"尔乃秘艳曲,卓砾殊异,周旋去留,千变万态。"唐李峤《春日侍宴幸芙蓉园应制》诗:"飞花随蝶舞,艳曲伴鹭娇。"

前调 春怨

嫩柳亭前黄几许。雪密莺无语。指冷入瑶弦①,画烛微昏②,只觉情如缕。　　人生最是离时苦。问故园归路③。不惜马蹄忙,香草连天④,拟逐东风去⑤。

【编年】

此词无法确知具体创作年份。

【笺注】

①瑶弦：弦的美称。瑶，形容珍贵美好，常用作称美之词。明刘仔肩《寄刘彦炳》诗："相思欲和乌啼曲，一拂瑶弦意总迷。"明石珤《行路难》诗："朝朝风雨夜未休，美人空抱瑶弦泣。"

②画烛：有画饰的蜡烛。唐李峤《烛》诗："兔月清光隐，龙盘画烛新。"宋周邦彦《红罗袄·秋悲》词："画烛寻欢去，羸马载愁归。"

③故园：旧家园、故乡。唐骆宾王《晚憩田家》诗："唯有寒潭菊，独似故园花。"唐贯休《淮上逢故人》诗："故园离乱后，十载始逢君。"

④香草句：宋秦观《满庭芳》（山抹微云）词："山抹微云，天连衰草，画角声断谯门。"

⑤东风：见前《如梦令·有怀》注释③。

前调　云署五月①，初见芍药②

簟卷清湘寒影皱③。香逼蜂须透④。花信忆金盘⑤，密约虽迟，倾国还依旧⑥。　　玉栏风露端阳后⑦。尘土淹衫袖。几日费清醪⑧，强欲留春，又怕因春瘦。

【编年】

此词作于清康熙二年癸卯（1663）至清康熙六年丁未（1667）曹溶官山西大同期间。

【笺注】

①云署：官署。唐周繇《送杨环校书归广南》诗："初著蓝衫从远峤，乍辞云署泊轻艘。"

②芍药：见前《浣溪沙·闲情》注释④。

③簟卷句：言芍药形态之美。湘簟，湘竹编的席子。唐韦应物《横塘行》诗："玉盘的历双白鱼，湘簟玲珑透象床。"唐韦庄《和薛先辈见寄初秋寓怀即事之作二十韵》诗："露白凝湘簟，风篁韵蜀琴。"宋柳永《夏云峰》（宴堂深）词："楚台风快，湘簟冷、永日披襟。"

④香逼句：言芍药之味香。蜂须，蜂的触须。唐朱庆馀《题蔷薇花》诗："粉著蜂须腻，光凝蝶翅明。"宋李弥逊《昆明池·次韵尚书兄春晚》词："觅残红、蜂须趁日，占新绿、莺喉咤暖。"

⑤花信句：花信，花信风，应花期而来的风。自小寒至谷雨，凡四月，共八个节气，一百二十日，每五日一候，计二十四候，每候应以一种花的信风。每气三番。小寒：梅花、山茶、水仙；大寒：瑞香、兰花、山矾；立春：迎春、樱桃、望春；雨水：菜花、杏花、李花；惊蛰：桃花、棣棠、蔷薇；春分：海棠、梨花、木兰；清明：桐花、麦花、柳花；谷雨：牡丹、酴醾、楝花。金盘，喻指芍药花蕊成金色盘状。

⑥倾国：原指因女色而亡国。后多形容妇女容貌极美。语出东汉班固《汉书·外戚传下·孝武李夫人》："北方有佳人，绝世而独立，一顾倾人城，再顾倾人国。"此处言芍药花开虽晚，仍旧极为美丽。

⑦玉栏句：言官署芍药在端午后始开。玉栏，玉石制的栏杆。亦用为栏杆的美称。南朝梁费昶《行路难二首》诗其一："唯闻哑哑城上乌，玉栏金井牵辘轳。"唐韦庄《过旧宅》诗："朱槛翠楼为卜肆，玉栏仙杏作春樵。"端阳，端午。宋陈德武《满江红》（记得年时）词："寒食清明都过了，看看又到端阳节。"

⑧清醪（láo）：清酒。晋葛洪《抱朴子·畅玄》："宴安逸豫，清醪芳醴，乱性者也。"宋司马光《归田诗五首》诗其五："清醪迎社熟，鸣雉向春肥。"

前调　同辰六红桥泛舟①

庾信才多无著处②。堤上微云度。莫看紫桃花，相趁游蜂，画鹢声中去③。　三台催盖牙樯暮④。到玉钩残路⑤。须念有情难⑥，苦论兴亡，直是书生误。

【编年】

此词或作于清顺治十七年庚子（1660）。王士禛于清顺治十六年己亥（1659）官扬州，次年遍邀当地名流举行红桥修禊。江辰六既受知于王士禛，故极有可能在被邀之列。曹溶于清顺治十四年丁酉（1657）从广东回乡后，直到清康熙元年壬寅（1662）十月，一直在家乡一带活动。亦非常有可能参加这次红桥修禊。故这首词大概作于此时。

【笺注】

①红桥：在扬州北门外，见前《青衫湿·广林饮李太虚寓中，出家姬作剧》注释②。江闿，字辰六，安徽人，清康熙二年癸卯（1663）举人，吴绮女婿。邓之诚《清诗纪事初编》："闿能啖名，为吴绮女夫。当时名流钱谦益而外，皆与结纳。尤受知于王士禛。"

②庾信（513—581）：字子山，南北朝时期文学家，祖籍南阳新野（今属河南）。自幼随父亲庾肩吾出入宫廷，后成为南朝梁宫体文学代表作家。侯景叛乱时，庾信逃往江陵，辅佐梁元帝，后奉命出使西魏，被强迫留在了北方，官至车骑大将军、开府仪同三司；北周代魏后，更迁为骠骑大将军、开府仪同三司，封侯，人称"庾开府"。作品多故国之思。此处曹溶以庾信自喻。

③画鹢：见前《十六字令》（轻）注释①。

④三台句：言泛舟饮酒之夜晚也。三台，星名。《晋书·天文志上》："三台六星，两两而居……在人曰三公，在天曰三台，主开德宣符也。西近文昌二星曰上台，为司命，主寿。次二星曰中台，为司中，主宗室。东二星曰下台，为司禄，主兵，所以昭德塞违也。"元李好古《张生煮海》第二折："望黄河一股儿浑流派，高冲九曜，远映三台。"牙樯，桅杆的美称。此处借指舟船。宋曾巩《送双渐之汉阳》诗："何年南狩牙樯出？六月西来雪浪浮。"

⑤玉钩：喻新月。唐李白《挂席江上待月有怀》诗："倏忽城西郭，青天悬玉钩。"宋张元干《花心动·七夕》词："断云却送轻雷去，疏林外，玉钩微吐。"

⑥须念三句：慨叹南明难继朝统。据陈贞慧《过江七事》之第五事《裁镇将》，因拥立福王朱由崧而有功的东平伯刘泽在觐见弘光帝时大言无忌地说："祖宗天下，为白面书生坏尽，此曹宜束之高阁。俟臣杀贼后，取而拂拭用之，以听其受享，可也。今请罢制科勿设便。"隆武朝大学士杨廷麟曾赋诗寄慨云："王室犹多难，书生且论功。"顾诚《南明史》："文臣或依附某一军阀为靠山，或束手无策，放言高论者有之，引避远遁者有之，坐看江河日下，国土沦丧。"

浪淘沙　闲情

青鸟信沉沉①。泪滴罗襟②。落红无力上瑶簪③。最是横塘风乍紧④，吹散柔心。　玉盏惜空斟⑤。冷落从今。梦回人倚画床阴。借问谁家香阁里，占得春深。

【编年】

此词无法确知具体创作年份。

【笺注】

①青鸟：神话传说中为西王母取食传信的神鸟。《山海经·西山经》："又西二百二十里，曰三危之山，三青鸟居之。"郭璞注："三青鸟主为西王母取食者，别自栖息于此山也。"《艺文类聚》卷九一引旧题汉班固《汉武故事》："七月七日，上（汉武帝）于承华殿斋，正中，忽有一青鸟从西方来，集殿前。上问东方朔，朔曰：'此西王母欲来也。'有顷，王母至，有两青鸟如乌，侠侍王母旁。"后遂以"青鸟"为信使的代称。唐李商隐《无题》诗："蓬山此去无多路，青鸟殷勤为探看。"

②罗襟：丝质衣服的前面。宋辛弃疾《满江红·敲碎离愁》词："相思字，空盈幅；相思意，何时足？滴罗襟点点，泪珠盈掬。"宋杨无咎《品令》（水寒江静）词："泪痕空把罗襟印。泪应尽。争奈情无尽。"

③瑶簪：玉簪。唐杜牧《黄州准赦祭百神文》："瑶簪绣裾，千万侍女。

酬以觥斝，助之歌舞。"元王沂《古宫人怨》诗："妆成陪玉辇，舞罢坠瑶簪。"

④横塘：泛指水塘。晚唐温庭筠《池塘七夕》诗："万家砧杵三篙水，一夕横塘似旧游。"宋陆游《秋思绝句》诗："黄蛱蝶轻停曲槛，红蜻蜓小过横塘。"

⑤玉盏：玉饰的酒杯。宋晏殊《玉楼春》（杏梁归燕双回首）词："画堂元是降生辰，玉盏更斟长命酒。"宋晏几道《采桑子》（昭华凤管知名久）词："三弄临风，送得当筵玉盏空。"

前调　询孔子威坠马①

野岸石桥滨②。雪色初匀。扬鞭一试紫骝新③。记取黄沙沉戟地④，不是花茵。　　持酒酹芳辰〔一〕⑤。年少腰身。罗衣低拂五陵尘〔二〕⑥。回首微闻相痛惜⑦，楼上佳人。

【校勘】

〔一〕"持"，清冯金伯辑《词苑萃编》卷二十二《谐谑》"曹溶《浪淘沙》"条，写作"旨"。

〔二〕"低"，清冯金伯辑《词苑萃编》卷二十二《谐谑》"曹溶《浪淘沙》"条，写作"代"。

【编年】

此词或作于清康熙二年癸卯（1663）至清康熙五年丙午（1666）冬曹溶官山西大同期间。据曹溶生平所历，只有大同与"黄沙沉戟"相符。曹溶于清康熙二年癸卯（1663）春至清康熙六年丁未（1667）夏官山西大同，清康熙六年丁未（1667）秋离开大同。从词义看，孔子威坠马应在冬季。故此词或作于清康熙二年癸卯（1663）冬至清康熙五年丙午（1666）冬。

【笺注】

①孔子威：未详。

②野岸两句：言孔子威坠马的地点及天气情况。

③紫骝（liú），古骏马名。唐李益《紫骝马》诗："争场看斗鸡，白鼻紫骝嘶。"宋严仁《鹧鸪天·别意》词："紫骝嚼勒金衔响，冲破飞花一道红。"

④记取两句：劝慰孔子威日后当心，黄沙沉戟之地不比花茵柔软，摔倒必重。

⑤持酒句：以酒浇地祭奠美好时光。酹（lèi）以酒浇地，表示祭奠。唐李白《山人劝酒》诗："举觞酹巢由，洗耳何独清。"宋苏轼《念奴娇·赤壁怀古》词："一樽还酹江月。"

⑥罗衣句：言孔子威坠落地上，衣服沾上尘土。罗衣，轻软丝织品制成的衣服。宋刘子寰《霜天晓角·春愁》词："横阴漠漠。似觉罗衣薄。正是海棠时候，纱窗外、东风恶。"宋许棐《小重山》（正是拈芳采艳时）词："紫香红腻著罗衣。簪不尽，瓶里顿将归。"五陵尘，即五陵尘土。五陵，见前《南柯子·王家歌姬》注释④。

⑦回首两句：言孔子威坠马有佳人为之痛惜。

【参考资料】

清冯金伯辑《词苑萃编》卷二十二《谐谑》"曹溶《浪淘沙》"条："孔子威坠马，曹秋岳咏《浪淘沙》词以戏之。'野岸石桥滨。雪色初匀。扬鞭一试紫骝新。记取黄沙沉戟地，不是花茵。　　旨酒酹芳辰。年少腰身。罗衣代拂五陵尘。回首微闻相痛惜，楼上佳人。'"

前调　题吴园次收纶小像①

痴绝此渔翁。不钓三公②。吴南越北柳阴浓。万事且须看脚下，海阔山空。　　百怪舞蛟龙。雨雨风风。热肠敛手是英雄③。欲展丝纶还有待④，人在图中。

【编年】

此词无法确知具体创作年份。

【笺注】

①吴园次：吴绮（1619—1694），字园次，号听翁，时称红豆词人。江都（今江苏扬州）人。清初文学家。顺治拔贡，官湖州知府。骈文学李商隐。亦能诗词，并有戏曲创作。著有《林蕙堂集》等。

②痴绝两句：言吴园次痴傻，只知钓鱼而不沽取高名。三公，古代中央三种最高官衔之合称。周以太师、太傅、太保为三公。《书·周官》："立太师、太傅、太保，兹惟三公，论道经邦，燮理阴阳。"一说以司马、司徒、司空为三公。西汉以丞相（大司徒）、太尉（大司马）、御史大夫（大司空）为三公，东汉以太尉、司徒、司空为三公。唐宋沿东汉之制，以太尉、司徒、司空为三公，但已非实职。明清沿周制，以太师、太傅、太保为三公，只用作大臣最高荣衔。

③热肠句：此处指吴园次能及时收取钓线。热肠，热心肠。敛手，缩手。表示不敢妄动。《史记·春申君列传》："秦楚合而为一以临韩，韩必敛手。"

④欲展两句：言图像中吴园次正欲展开钓丝。丝纶，钓丝。

前调　夜思同芝麓作①

清月唤愁心②。酒罢空吟。隔墙斜堕海棠阴。故国千门难锁梦③，归路沉沉。　　莺啭旧时音。芳树成林。自从离后损瑶琴④。欲寄青山添黛色⑤，莫待春深。

【编年】

此词无法确知具体创作年份。据词义，当作于入清后。

【笺注】

①芝麓：龚鼎孳（1615—1673），字孝升，号芝麓，合肥人。明崇祯七年甲戌（1634）进士，官兵科给事中。入清，起史科，转礼科，旋擢太常寺少卿，屡迁左都御史。后坐党争，骤降十一级调用，旋又降三级。清康熙三年甲辰（1664），以侍郎候补。次年再起左都御史。官至礼部尚书。清康熙十二年癸丑（1673）卒。有《定山堂集》四十三卷、《定山堂诗馀》四卷。龚鼎

挚在清初词坛，与曹溶并称"龚曹。"二人经历极为相似，相交深厚。

②清月：清冷的月光。宋毛滂《八节长欢·登高词》词："君但饮，莫觑他、落日芜城。从教夜、龙山清月，端的便解留人。"又《西江月·长安秋夜与诸君饮，分题作》词："雨后夹衣初冷，霜前细菊浑斑。觚棱清月绣团环。万里长安秋晚。"

③故国：旧都，古城。唐刘禹锡《石头城》诗："山围故国周遭在，潮打空城寂寞回。"宋刘一止《念奴娇·和曾宏父九日见贻》词："江边故国，望南云缥缈，连山修木。"

④瑶琴：用玉装饰的琴。唐王昌龄《和振上人秋夜怀士会》诗："瑶琴多远思，更为客中弹。"宋何薳《春渚纪闻·古琴品说》："秦汉之间所制琴品，多饰以犀玉金彩，故有瑶琴、绿绮之号。"

⑤黛色：青黑色。南朝宋鲍照《登大雷岸与妹书》："从岭而上，气尽金光，半山以下，纯为黛色。"五代鹿虔扆《虞美人》（卷荷香澹浮烟渚）词："九疑黛色屏斜掩，枕上眉心敛。"

前调　初春

不脱木绵裘①。闲倚空楼。呼儿整顿旧觞筹②。残雪溪门刚待扫，莫放扁舟。　　绿意逗帘钩③。欲上还休。黄莺无力啭香喉。春正关人何事也，依约心头。

【编年】

此词无法确知具体创作年份。

【笺注】

①木绵裘：棉衣。木绵，即木棉，草棉。草本或灌木。花一般淡黄色，果实如桃，内有白色纤维和黑褐色的种子。纤维供纺织，子可榨油。通称棉花。耶律楚材《赠高善长一百韵》诗："西方好风土，大率无蚕桑；家家植木绵，是为垄种羊。"

②觞筹：酒杯和古代投壶所用的矢。

③绿意两句：言透过窗户能看到初春若有若无的绿色。唐韩愈《早春呈水部张十八员外》诗之一："天街小雨润如酥，草色遥看近却无。"帘钩，卷帘所用的钩子。唐王昌龄《青楼怨》诗："肠断关山不解说，依依残月下帘钩。"宋秦观《临江仙》（十里红楼依绿水）词："远山将落日，依旧上帘钩。"

鹧鸪天　送项嵋雪游山阴①，兼讯刘荩臣②

有客乘船气吐霓③。千山先禁子规啼④。玉壶沉酿微风起⑤。斑管笼鹅落日低⑥。　　离紫逻⑦。得青泥⑧。纳凉刚值藕花堤⑨。定裁乐府刘生曲⑩，寄我相思到越溪⑪。

【编年】

此词无法确知具体创作年份。

【笺注】

①项嵋雪，见前《少年游·寄项嵋雪》注释①。

②刘荩臣，明初刘基十三世孙。

③霓：彩云；云霞。唐李白《梦游天姥吟留别》诗："霓为衣兮风为马，云之君兮纷纷而来下。"

④子规：即杜鹃。宋罗愿《尔雅翼》卷十四《释鸟》"子巂"条："子巂出蜀中，今所在有之。其大如鸠，以春分先鸣，至夏尤甚。日夜号深林中，口为流血，至章陆子熟乃止。农家候之。……其鸣声若'归去'，故《尔雅》为'巂'，《说文》为'子巂'。太史公书为'秭鴂'，《高唐赋》为'秭归'，《禽经》为'子规'，徐广为'子巂'，字虽异而名同也。亦曰'望帝'，亦曰'杜宇'，亦曰'杜鹃'……名异而实同也。"

⑤玉壶：酒壶的美称。宋辛弃疾《感皇恩·寿范倅》词："楼雪初晴，庭闱嬉笑，一醉何妨玉壶倒。"清王士禛《上巳辟疆招同邵潜夫陈其年修禊水绘园八首》诗之二："碧琉璃上双玉壶，兰桡宛转沿春芜。"

⑥斑管句：斑管，毛笔。因以斑竹为杆，故称。唐王雒《怀素上人草书歌》诗："铜瓶锡杖倚闲庭，斑管秋毫多逸意。"元白朴《阳春曲·题情》："轻拈斑管书心事，细摺银笺写恨词。"笼鹅，以笼置鹅。《晋书·王羲之传》："山阴有一道士，养好鹅，羲之往观焉，意甚悦，固求市之。道士云：'为写《道德经》，当举群相赠耳。'羲之欣然写毕，笼鹅而归，甚以为乐。"后以"笼鹅"指王羲之以字换鹅事。

⑦紫逻：唐杜甫《送贾阁老出汝州》诗："宫殿青门隔，云山紫逻深。"仇兆鳌注曰："《九域志》：'汝州梁县有紫逻山。'"

⑧青泥：古时用以封缄文书、器皿的青色黏土。此处借指书信。《东观汉记·邓训传》："又知训好以青泥封书……还过赵国易阳，并载青泥一稷，至上谷遗训。"王嘉《拾遗记·夏禹》："禹尽力沟洫，导川夷岳，黄龙曳尾于前，玄龟负青泥于后……禹所穿凿之处，皆以青泥封记其所，使玄龟印其上。"宋张君房《云笈七签》卷七："时出金壶四寸，上有五龙之检封以青泥。"

⑨藕花：见前《荷叶杯·怨思》注释④。

⑩刘生曲：汉横吹曲名。

⑪越溪：传说为越国美女西施浣纱之处。唐李白《送祝八之江东赋得浣纱石》诗："西施越溪女，明艳光云海。"五代和凝《宫词百首》诗其七一："越溪姝丽入深宫，俭素皆持马后风。"

南乡子　访傅青主①

泪点为谁红。曾踏天街柳絮风②。执手松庄春恨晚③，冥濛④。倦向河山数晋宫⑤。　逃世转情浓⑥。破衲闲披膚箧中⑦。说是道人终不信⑧，豪雄。白发难令酒榼空⑨。

【编年】

此词作于清康熙二年癸卯（1663）至清康熙六年丁未（1667）曹溶官山

西大同期间。

【笺注】

①傅青主：傅山（1607—1684），初名鼎臣，后改名山，字青竹，后改青主。山西阳曲人。明诸生。明亡，着道士装，隐居青羊山土室，即所谓霜红龛。清顺治十一年甲午（1654）因河南狱牵连入狱，经龚鼎孳宽宥得脱。清康熙十七年戊午（1678）荐举博鸿，辞。拒不入京城。傅山博学多道，诗词书画俱精，擅医道。傅山为人刚阿正直，为人仰慕。

②天街：中国古代京城中的最主要街道。唐韩愈《早春呈水部张十八员外》诗之一："天街小雨润如酥，草色遥看近却无。"唐韦庄《秦妇吟》诗："内库烧为锦绣灰，天街踏尽公卿骨。"

③松庄：傅山居住地。潘耒《双塔寺雅集记》曰："出太原郡城东南行七八里，有寺曰永祚，双塔巍然，其下为松庄，傅隐君青主所居也。"

④冥濛：幽暗不明。南朝梁江淹《杂体诗·效颜延之〈侍宴〉》诗："青林结冥濛，丹巘被葱蒨。"唐王泠然《夜光篇》诗："游人夜到汝阳间，夜色冥濛不解颜。"

⑤倦向句：言傅青主身心俱疲，隐居松庄。

⑥逃世：犹避世。谓隐居不仕。晋皇甫谧《高士传·老莱子》："老莱子者，楚人也。当时世乱，逃世耕于蒙山之阳。"宋王安石《寄张襄州》诗："四叶表闾唐尹氏，一门逃世汉庞公。"元方澜《渊明》诗："嵇阮能逃世，终非出自然。"此句言傅山于明亡后黄冠朱衣为道士。

⑦觱篥（bì lì）：古簧管乐器名。以竹为管，管口插有芦制哨子，有九孔。又称"笳管""头管"。本出西域龟兹，后传入内地，为隋唐燕乐及唐宋教坊乐的重要乐器。吹出的声音悲凄。《明皇杂录》："觱篥本龟兹国乐，亦曰悲栗。注按：以其声悲也。"

⑧说是两句：言傅山虽为道人，却非忘怀尘世，内心痛悼明朝，心怀国事。

⑨酒榼：古代的贮酒器，可提挈。唐岑参《早秋与诸子登虢州西亭观眺》诗："酒榼缘青壁，瓜田傍绿溪。"唐皎然《酬秦山人出山见呈》诗："手携酒榼共书帙，回语长松我即归。"

前调　许家土窟中有侍饮者[①]

沙路骤华鞯[②]。爱觅君家暖室眠。定向袁闳传旧样[③]，天然。花吐冰芽分外鲜。　　皓腕怯余寒[④]。夜夜张灯玉影圆。不用绣帏遮朔气[⑤]，缠绵。借得三春到酒边[⑥]。

【编年】

结合词题中"土窟"意象及曹溶生平经历，此词当作于清康熙二年癸卯（1663）至清康熙六年丁未（1667）曹溶官山西大同期间。

【笺注】

①许家，不可详考。土窟，指窑洞。

②沙路：沙滩上的路；沙石路。唐孟浩然《夜归山门歌》诗："人随沙路向江村，余亦乘舟归鹿门。"宋陆游《舟中》诗："忽听疏钟知寺近，笑寻沙路上牛头。"骤，使马奔驰，纵辔。宋文天祥《发郓州喜晴》诗："明日东阿道，方轨骤骅骝。"鞯，垫马鞍的东西。

③袁闳：《后汉书·袁闳传》："延熹末，党事将作，（袁）闳遂散发绝世，欲投迹深林。以母老不宜远遁，乃筑土室，四周于庭，不为户，自牖纳饮食而已。"

④皓腕：洁白的手腕。此处指侍饮者。三国魏曹植《洛神赋》："攘皓腕于神浒兮，采湍濑之玄芝。"唐韦庄《菩萨蛮》词："垆边人似月，皓腕凝霜雪。"

⑤朔气：指北方的寒气，朔，北。《木兰诗》："朔气传金柝，寒光照铁衣。"

⑥三春：春季三个月，农历正月称孟春，二月称仲春，三月称季春。汉班固《终南山赋》："三春之季，孟夏之初，天气肃清，周览八隅。"唐李白《别氈帐火炉》诗："离恨属三春，佳期在十月。"

前调　徐电发自钱塘署中贻菊庄词①，寄此

古寺客翛然②。谁递鲈香到枕边。无限红情归锦字，争妍。萧九娘家听冷泉③。　　官阁叠花毡。四壁名山夜不眠。已倩东风吹梦去④，春前。叱拨骄嘶御柳烟⑤。萧九娘家去，菊庄俊语也。

【编年】

此词无法确知具体创作年份。

【笺注】

①徐电发：徐釚（1636—1708），字电发，号虹亭，又号拙存，晚号江枫渔父。吴江人。监生。擅倚声，词名极盛。清康熙十八年己未（1679）召试博鸿，授检讨。清康熙二十五年丙寅（1686）罢官归里，著述乃终。有《南州草堂集》三十卷。其词论著作《词苑丛谈》与词集《菊庄词》初二集并行于世。

②翛（xiāo）然：无拘无束；超脱。语出《庄子·大宗师》："翛然而往，翛然而来而已矣。"成玄英疏："翛然，无系貌也。"唐韦庄《赠峨嵋李处士》诗："如今世乱独翛然，天外鸿飞招不得。"

③萧九娘：相传杭州西湖西北飞来峰下，有萧九娘酒垆。相传九娘能诗，有"斜阳远挂湖边树"句。清朱彝尊《一半儿》曲："冷泉亭子面山崖，萧九娘家沽酒牌。"

④倩（qìng）：请；恳求。宋辛弃疾《水龙吟·登建康赏心亭》词："倩何人、唤取红巾翠袖，揾英雄泪。"宋姜夔《月下笛》（与客携壶）词："多情须倩梁间燕，问吟袖、弓腰在否？"

⑤叱拨：良马名。李石《续博物志》卷四："唐天宝中，大宛进汗血马六匹：一曰红叱拨，二曰紫叱拨，三曰青叱拨，四曰黄叱拨，五曰丁香叱拨，六曰桃花叱拨。"唐岑参《玉门关盖将军歌》诗："枥上昂昂皆骏驹，桃花叱拨价最殊。"宋陆游《闻蝉思南郑》诗："金羁叱拨驹，玉碗蒲萄酒。"

前调　陈集生遗酒①

白发苦相勾②。肠断西湖听雨楼。难唤柔奴吹玉笛③，归休。割取天涯一段秋。　　无复鹔鹴裘④。好友初停日暮舟。满载葡萄三百斛⑤，淹留。看到酴醾绿未愁⑥。

【编年】

从"肠断西湖听雨楼"推断，此两首词或作于清顺治十八年辛丑（1661）曹溶游杭于西湖集会友人之时。

【笺注】

①陈集生：陈大成，字集生，江苏无锡人。生于明万历四十二年乙卯（1614），卒年不详。少孤，家贫，性孝友。与同邑严绳孙、秦日新，宜兴曹亮武等相友善。有《影树楼词》。

②勾：招引、引动。宋王禹偁《仲咸得三怪石题六十韵依韵和之》诗："使君安置后，勾我往来频。"元张可久《醉太平·金华山中》曲："数枝黄菊勾诗兴，一川红叶迷仙径。"

③柔奴：宋吴开《优古堂诗话·此心安处便是吾乡》："东坡作《定风波》序云：'王定国歌儿曰柔奴，姓宇文氏。'"后用以泛指歌女或使女。清陆培《真珠帘》词："可要文杏双栖，唤柔奴挽上，翠帘银蒜。"玉笛，笛子的美称。唐李白《春夜洛城闻笛》诗："谁家玉笛暗飞声，散入春风满洛城。"宋辛弃疾《临江仙·醉宿崇福寺》词："莫向空山吹玉笛，壮怀酒醒心惊。"

④鹔鹴（sù shuāng）裘：相传为汉司马相如所著的裘衣。用鹔鹴鸟的皮制成。

⑤葡萄：此处指葡萄酒。

⑥酴醾（tú mí）：酒名。唐贾至《春思二首》诗其二："红粉当炉弱柳垂，金花腊酒解酴醾。"金元好问《送李同年德之归洛西二首》诗其一："水南水北相逢在，剩醉酴醾十日春。"

其二

吴地有情人①。话彻联床隔几春。眼底铜檠销夜漏②,逡巡③。高筑糟丘阁画轮④。　富贵竟谁真。花絮同飘陌上尘。无奈热肠闲不得⑤,殷勤。好为青山惜此身。

【笺注】

①吴地句:言陈集生送酒事。

②铜檠(qíng):铜质的灯台。檠,烛台、灯台。南北朝庾信《对烛赋》:"刺取灯花持桂烛,还却灯檠下烛盘。"唐韩愈《短灯檠歌》诗:"长檠八尺空自长,短檠二尺便且光。"

③逡巡:顷刻,极短时间。唐张祜《偶作》诗:"偏识青霄路上人,相逢只是语逡巡。"宋柳永《看花回》(屈指劳生百岁期)词:"利牵名惹逡巡过,奈两轮、玉走金飞。"

④糟丘:积糟成丘。极言酿酒之多,沉湎之甚。唐李白《襄阳歌》诗:"此江若变作春酒,垒曲便筑糟丘台。"清朱彝尊《折桂令五首》曲其二:"归去来休,二顷秋田,一篑糟丘。"

⑤热肠:热心,乐于助人的心性。宋薛扬祖《送表弟朱拙夫以县尉赴新安》诗:"散金结客不求偿,落落生平此热肠。"清李渔《闲情偶寄·词曲上·结构》:"将一片热肠,付之冷水乎!"

虞美人　同徐敬可看林家紫牡丹①

城南水涨前村路。险被青泥误②。好风扶我画栏前③。玉琢吴宫小字正当年④。　王家步幛栖香满⑤。晕逐脂痕转。醉中不奈拍声催⑥。从此映花骝马带愁归⑦。

【编年】

此词无法确知具体创作年份。

【笺注】

①徐敬可：见前《霜天晓角·同香山、敬可夜坐倦圃》注释①。林家，不详。

②险被句：言雨后路途泥泞险些误了词人赏花。青泥，此处指雨后的青色泥土。宋辛弃疾《御街行·山中问盛复之干行期》词："山城甲子冥冥雨。门外青泥路。"又《鹊桥仙·赠鹭鸶》词："白沙远浦。青泥别渚。"

③画栏：亦作"画阑"。雕刻精美的栏杆。唐李贺《金铜仙人辞汉歌》诗："画栏桂树悬秋香，三十六宫土花碧。"宋周邦彦《玲珑四犯》（秾李夭桃）词："叹画阑玉砌都换，才始有缘重见。"

④玉琢：用玉雕刻成，形容秀美。宋徐玑《秋日登玉峰》诗："玉琢孤峰压富沙，人行峰顶步云霞。"宋管鉴《鹧鸪天·宋子渊生日》词："富贵楼台玉琢成。更移玉节下西清。"

⑤王家步幛：《晋书·石崇传》："（崇）举贵戚王恺、羊琇之徒，以奢靡相尚……恺作紫丝布步障四十里，崇作锦步障五十里以敌之。"步障，用以遮蔽风尘或视线的一种屏幕。曹植《妾薄命二首》诗其二："华灯步障舒光，皎若日出扶桑。"宋赵彦端《鹊桥仙》（来时夹道）词："来时夹道，红罗步障，已换青丝翠羽。"

⑥拍声：指乐曲声。拍，指古乐器的拍板。宋陈梦协《渡江云·寿妇人集曲名》词："吹紫玉箫，唱黄金缕，按拍声声慢。"明张羽《席上听歌妓诗》诗："浅按红牙拍，轻和宝细筝。"

⑦骝马：黑鬣、黑尾的红马。

前调　陈路若寤轩酒坐①

琵琶错落亭中雨②。没个忘情地。三台催得唱黄鸡③。遥想插花马背踏春泥④。　　朦胧倚玉频推枕。失却缠头锦⑤。嫌他唤我作狂生。起看夕阳城角几峰青。

【编年】

此词无法确知具体创作年份。

【笺注】

①陈路若：生卒年不详。岭南粤东人，工山水。曾为崇祯间刊印的《天下名山胜概记》作插图。

②琵琶句：言雨声犹如弹奏琵琶之声。唐白居易《琵琶行》诗："大弦嘈嘈如急雨，小弦切切如私语。"

③三台：星名。黄鸡，黄羽毛鸡。唐李白《南陵别儿童入京》诗："白酒新熟山中归，黄鸡啄黍秋正肥。"宋苏轼《浣溪沙·游蕲水清泉寺临兰溪溪水西流》词："谁道人生无再少？门前流水尚能西。休将白发唱黄鸡。"

④春泥：春天湿润的泥土。唐白居易《钱塘湖春行》诗："几处早莺争暖树，谁家新燕啄春泥。"清龚自珍《己亥杂诗》其五："落红不是无情物，化作春泥更护花。"

⑤缠头锦：古代歌舞艺人表演完毕，客以罗锦为赠，称"缠头"。又借指买笑寻欢的费用。宋晏殊《山亭柳·赠歌者》词："偶学念奴声调，有时高遏行云。蜀锦缠头无数，不负辛勤。"宋黄庭坚《清平乐》（舞鬟娟好）词："舞回脸玉胸酥。缠头一斛明珠。"

前调　同龚芝麓、沈止岳席上观伎①

翠眉初荡情波转②。午夜鱿筹暖③。一身重叠好风吹。谁念客肠离恨却千回④。　　歌阑恼杀邻鸡报⑤。尘暗长安道⑥。明朝还约卧花茵。无奈今宵已瘦看花人。

【编年】

此词无法确知具体创作年份。

【笺注】

①芝麓,见前《浪淘沙·夜思同芝麓作》注释①。沈止岳,即沈焘,浙江嘉善人。明崇祯十二年己卯(1639)举人,清顺治六年己丑(1649)进士,官徽宁道。伎,指以音乐歌舞为业的女子。唐刘禹锡《伤秦姝行引》:"惜其有良伎,获所从而不克久,乃为伤词以贻开士。"唐温庭筠《陈宫词》诗:"伎语细腰转,马嘶金面斜。"

②翠眉句:形容歌女情态。

③觥筹(gōng chóu):酒杯和酒筹。酒筹是用以计算饮酒的数量。宋欧阳修《醉翁亭记》:"射者中,弈者胜,觥筹交错,起坐而喧哗者,众宾欢也。"宋杨万里《次日醉归》诗:"我非不能饮,老病怯觥筹。"

④客肠:此处为曹溶自指。

⑤歌阑句:指唱歌将结束时,晨鸡报晓。阑,将尽。宋陆游《十一月四日风雨大作》诗:"夜阑卧听风吹雨,铁马冰河入梦来。"

⑥长安:西安,因古为都城,后以之指代京城。

前调 泊京口有寄①

故园寒食看花客②。眠尽云帆窄。王郎难信不风流③,惯学吹箫弄酒石城游④。　南朝一抹沉烟雾⑤。唤作销魂路⑥。别来相寄彩笺频⑦。纵使春山无恙也愁人。

【编年】

此词无法确知具体创作年份。

【笺注】

①京口:今江苏镇江。

②故园:古旧的园苑。唐元稹《感石榴二十韵》诗:"深抛故园里,少种贵人家。"寒食,节日名。在清明前一日或二日。相传春秋时晋文公负其功臣介之推。介愤而隐于绵山。文公悔悟,烧山逼令出仕,之推抱树焚死。人民

同情介之推的遭遇，相约于其忌日禁火冷食，以为悼念。以后相沿成俗，谓之寒食。唐韩翃《寒食》诗："春城无处不飞花，寒食东风御柳斜。"

③王郎：指琅琊王氏。唐刘禹锡《乌衣巷》诗："旧时王谢堂前燕，飞入寻常百姓家。"

④石城：即石头城，在今南京市西清凉山上，三国时孙吴就石壁筑城戍守，称石头城。后因以石头城指南京。

⑤南朝句：指南朝犹如烟雾消失在历史长河。词人因南京古城抒发历史感喟。

⑥销魂：见前《青门引·焚香》注释①。

⑦彩笺：小幅彩色纸张。常供题咏或书信之用。后蜀欧阳炯《三字令》（春欲尽）词："彩笺书，红粉泪，两心知。"宋晏殊《蝶恋花》（槛菊愁烟兰泣露）词："欲寄彩笺兼尺素，山长水阔知何处。"

前调　春情

月斜新试珠衣舞①。欲解离情苦。天涯作客更勾留②。又向画桥西畔赋春愁③。　玉鞭佳兴随芳草。万事催人老。劝君长倚烛花看④。莫待子规啼后忆轻寒⑤。

【编年】

此词无法确知具体创作年份。

【笺注】

①珠衣：镶着珍珠的华美衣服。宋李太古《永遇乐》（玉砌标鲜）词："青青白白，关关滑滑，寒损珠衣狂客。"宋高伯达《千秋岁》（影摇波动）词："两两骖鸾凤。□鹤窣珠衣纵。"

②勾留：指逗留；挽留；短时间停留。唐白居易《春题湖上》诗："未能抛得杭州去，一半勾留是此湖。"宋张先《醉垂鞭·钱塘送祖择之》词："勾留风月好。平湖晓。翠峰孤。此景出关无。"

③画桥：雕饰华丽的桥梁。南朝陈阴铿《渡岸桥》诗："画桥长且曲，傍险复凭流。"宋陈允平《唐多令·秋暮有感》词："心事寄题红。画桥流水东。断肠人、无奈秋浓。"

④烛花：烛芯烧焦结成的花状物。唐杨衡《将之荆州南与张伯刚马总锺陵夜别》诗："烛花侵雾暗，瑟调寒风亮。"宋刘过《贺新郎·赠邻人朱唐卿》词："烛花细翦明于昼。"

⑤子规：见前《鹧鸪天·送项峒雪游山阴，兼讯刘苋臣》注释③。

前调　腊梅

檀心半吐圆如磬①，别作孤山境。鸦黄本出汉宫人②。直待涪翁句里一枝新③。　斜吹满树寒香蹙④。此后春应续⑤。霜天依约缕金泥⑥。可惜衔花幺凤不曾栖⑦。

【编年】

此词无法确知具体创作年份。

【笺注】

①檀心句：形容腊梅花蕊的姿态。檀心，浅红色的花蕊。宋苏轼《黄葵》诗："檀心自成晕，翠叶森有芒。"清纳兰性德《洞仙歌·咏黄葵》词："无端轻薄雨，滴损檀心。"磬，寺庙中拜佛时敲打的钵状物。

②鸦黄：古时妇女涂额的化妆黄粉。唐虞世南《应诏嘲司花女》诗："学画鸦黄半未成，垂肩䤈袖太憨生。"清吴伟业《听女道士卞琼弹琴歌》诗："曾因内宴直歌舞，坐中瞥见涂鸦黄。"

③直待句：黄庭坚晚号涪翁，有《虞美人·见梅作》："玉台弄粉花应妒，飘到眉心住。"

④斜吹句：指腊梅随风飘香。蹙（cù），聚拢。

⑤此后句：腊梅花开早，故有此说。

⑥霜天：见前《相见欢·与蒋前民饮酒》注释②。腊梅开时天气仍寒冷，

故称霜天。

⑦幺凤：鸟名。又称桐花凤。羽毛五色，体型比燕子小。宋苏轼《次韵李公择梅花》诗："故山亦何有，桐花集幺凤。"明杨慎《携酒探梅》诗："冻夜明蟾清影瘦，抟风幺凤绿毛斜。"

前调　夜怀

红香最易辞人去①。瘦损金荃句②。客衣不耐晚风尖。痴忆夜情年少倚春纤。　　初更忽送城头角③。酒病时时作。出游何用费沉吟。占断五湖冰雪到如今④。

【编年】

此词无法确知具体创作年份。品词义，或作于入清以后。

【笺注】

①红香：谓色红而味香。此处指花。晚唐齐己《乞樱桃》诗："嚼破红香堪换骨，摘残丹颗欲烧枝。"宋韩琦《北堂春雨》诗："风前芳杏红香减，烟外垂杨绿意多。"

②金荃：温庭筠著有《金荃集》，原有十卷，今仅存诗七十首。

③城头角：指城头的画角声。角，古代乐器。竹木或皮革制成，外面绘彩，口细尾大，声音高亢激厉。

④占断：全部占有，占尽。唐吴融《杏花》诗："粉薄红轻掩敛羞，花中占断得风流。"宋王沂孙《望梅》（画阑人寂）词："剪玉裁冰，已占断、江南春色。"五湖，见前《霜天晓角·同香山、敬可夜坐倦圃》注释③。

翻香令　史赤豹贻宜兴所制瓷炉①

紫沙团就百花泥②。玲珑压倒博山低③。安排处，宜深帐，看篆烟、袅过锦帆西④。　　从今软暖把人迷。宝兔长日不须携⑤。惜无个，真消受，出春葱、笼袖熨冰肌⑥。

【编年】

此词无法确知具体创作年份。据史赤豹经历推测,当作于入清后。

【笺注】

①史赤豹:见前《采桑子·寄赤豹》注释①。

②紫沙句:指瓷炉制作的原料。紫沙,是陶的一个特殊种类,盛产于宜兴丁蜀镇一带。百花泥,混有百花的泥土。

③玲珑句:指宜兴瓷炉玲珑精致,超过博山(淄博)陶瓷。

④安排处四句:指瓷炉宜放帐内,看其香烟袅袅。篆烟,盘香的烟缕。宋高观国《御街行·赋帘》词:"莺声似隔,篆烟微度,爱横影参差满。"清纳兰性德《浣溪沙》(抛却无端恨转长)词:"但是有情皆满愿,更从何处著思量,篆烟残烛并回肠。"

⑤宝凫:凫,水鸟,似鸭,俗称"野鸭"。生活在江河湖泊中,喜群居。此处指鸭形瓷炉。

⑥春葱:见前《巫山一段云·偶咏》注释⑤。

夜游宫　唵叭香①

石叶金凫带润②。较声价、龙涎犹逊③。暗向重帏探芳信④。玉关来,汉宫方传不尽⑤。　　莫使黄昏近。伴姣语、粉涡眉晕⑥。独倚熏笼觉春困⑦。忆人时,暖云中,心一寸。

【编年】

此词无法确知具体创作年份。

【笺注】

①唵叭香:亦作"唵吧香"。香名。以胆八树的果实榨油制成,能辟恶气。又称胆八香。

②石叶:香料名。王嘉《拾遗记·魏》:"道侧烧石叶之香,此石重叠,状如云母,其光气辟恶厉之疾。"金凫,指金质鸭形香炉。

③龙涎：即龙涎香，香料名。宋无名氏《采桑子》（霜风漏泄春消息）词："欲赠东皇。冷淡龙涎点点香。"宋无名氏《玉楼春·腊梅》词："腊前先报东君信。清似龙涎香得润。"

④芳信：犹佳音。唐白居易《祗役骆口驿喜萧侍御书至》诗："忽惊芳信至，复与新诗并。"宋史达祖《双双燕·咏燕》词："红楼归晚，看足柳昏花暝。应自栖香正稳。便忘了、天涯芳信。"

⑤玉关：借指宫门。唐许玫《题雁塔》诗："宝轮金地压人寰，独坐苍冥启玉关。"元高明《琵琶记·伯喈辞官辞婚不准》："只见那建章宫、甘泉宫、未央宫……重重迭迭，万万千千，尽开了玉关金锁。"

⑥粉涡：女子的酒窝。涡，涡状、旋涡形。宋苏轼《百步洪二首》诗其二："不知诗中道何语，但觉两颊生微涡。"宋蒋捷《贺新郎·兵后寓吴》词："记家人、软语灯边，笑涡红透。"

⑦熏笼：亦作"燻笼"。一种覆盖于火炉上供熏香、烘物和取暖用的器物。唐王昌龄《长信秋词五首》诗其一："熏笼玉枕无颜色，卧听南宫清漏长。"前蜀薛昭蕴《醉公子》（慢绾青丝发）词："床上小燻笼，韶州新退红。"

玉楼春　张尔唯命寇白门劝酒[一]①

开筵喜近东篱节②。撩乱黄蜂孤馆热③。禁城宫漏已三催④，未许丽人容易别。　霓裳著意明肌雪⑤。北里声高心尚怯⑥。恨经羌管一番吹⑦，揉碎齐梁风与月。

【校勘】

〔一〕"张尔唯命寇白门劝酒"，南京大学中国语言文学系全清词编纂委员会编《全清词》（顺康卷）题曰："张尔唯命寇白劝酒"，缺"门"字，误。

【编年】

此词作于清顺治十一年甲午（1654）秋。清陈康祺《郎潜纪闻初笔》卷十三"孙北海集古句戏张尔唯"曰："张尔唯学曾，顺治甲午赴苏州太守任，孙北海承泽、龚孝升鼎孳、曹秋岳三先生，于都门宴别，各携所蓄名迹相玩赏。张因出江贯道《长江万里图》夸客，诸公赞羡不已，欲裂而分之，张大窘。北海集古句戏之云：'剪取吴淞半江水，恼乱苏州刺史肠'，一座绝倒。"此条所记，与曹溶《玉楼春》词极为吻合，故应作于清顺治十一年甲午（1654）。

【笺注】

①张尔唯：字尔唯，山阴（今浙江绍兴）人，曾官苏州知府，擅画山水，风格苍秀。寇湄，字白门，金陵人，明末清初"秦淮八艳"之一。

②东篱节：重阳节，又叫菊花节。因晋陶渊明《饮酒二十首》诗其五："采菊东篱下，悠然现南山"，后因以东篱指种菊之处；菊圃。

③黄蜂：通常指胡蜂一类的昆虫。唐李商隐《闺情》诗："红露花房白蜜脾，黄蜂紫蝶两参差。""撩乱黄蜂"，言黄蜂绕菊花翻飞状。

④禁城两句：言时间已晚，但与酒者仍不忍离席。禁城，宫城，此指都城北京。唐陈羽《长安卧病秋夜言怀》诗："九重门锁禁城秋，月过南宫渐映楼。"五代牛希济《谒金门》（秋已暮）词："梦断禁城钟鼓，泪滴枕檀无数。"宫漏，见前《采桑子·巩都尉席上》注释⑧。丽人，指寇白门。

⑤霓裳句：指寇白门漂亮的衣服映衬其雪白肌肤。霓裳，神仙的衣裳。相传神仙以云为裳。《楚辞·九歌·东君》："青云衣兮白霓裳，举长矢兮射天狼。"元袁桷《甓社湖》诗："灵妃夜度霓裳冷，轻折菱花玩月明。"此处借指寇白门衣服。

⑥北里：唐长安平康里位于城北，亦称北里。其地为妓院所在地，后因用以泛称娼妓聚居之地。唐孙棨《〈北里志〉序》："诸妓居平康里……比常闻蜀妓薛涛之才，必谓人过言，及睹北里二三子之徒，则薛涛远有惭德矣。"宋贺铸《风流子》（何处最难忘）词："念北里音尘，鱼封永断。便桥烟雨，鹤表相望。好在后庭桃李，应记刘郎。"

⑦恨经两句：言羌笛吹出的曲子音调感伤，令人产生历史兴亡之叹。羌管，即羌笛。唐李商隐《和郑愚赠汝阳王孙家筝妓二十韵》诗："羌管促蛮柱，从醉吴宫耳。"宋范仲淹《渔家傲》（塞下秋来风景异）词："羌管悠悠

霜满地,人不寐,将军白发征夫泪。"

前调　同止岳南湖舟中听歌①

船窗倚处苹风晓②。淡学内家妆束好③。和歌休用十三弦④,看取樱桃红绽早⑤。　　五湖今夜游船少⑥。犹胜五陵添蔓草⑦。玉容扶起玉山颓⑧,鹨鹩一生花下老⑨。

【编年】

此词无法确知具体创作年份。

【笺注】

①止岳:见前《虞美人·同龚芝麓、沈止岳席上观伎》注释①。

②苹风:苹是浮于水面的水草,苹风即是吹过水面的风。宋宋祁《集江渎池》诗:"苹风如有意,盈衽借浮凉。"清纳兰性德《秋夜》诗:"苹风凉晕初弦月,草露秋归满院虫。"

③内家:宫女。唐薛能《吴姬十首》诗其十:"身是三千第一名,内家丛里独分明。"《醒世恒言·勘皮靴单证二郎神》:"此位内家原是卿所进奉。今着卿领去,到府中将息病体,待得痊安,再许进宫未迟。"此句指歌者学宫女装束。

④十三弦:唐宋时教坊用的筝均为十三根弦,因代指筝。宋张先《菩萨蛮·咏筝》词:"哀筝一弄《湘江曲》,声声写尽江波绿。纤指十三弦,细将幽恨传。"宋张孝祥《菩萨蛮·赠筝妓》词:"琢成红玉纤纤指,十三弦上调《新水》。"

⑤樱桃:此处喻指歌女像樱桃一样小而娇红的嘴巴。宋温镗《少年游》(谢家庭槛晓无尘)词:"风流妙舞,樱桃清唱,依约驻行云。"宋史浩《青玉案·为戴昌言歌姬作》词:"雪中把酒,美人频为,浅破樱桃颗。"

⑥五湖:见前《霜天晓角·同香山、敬可夜坐倦圃》注释③。此处喻指南湖。

⑦五陵:见前《南柯子·王家歌姬》注释④。

⑧玉容：借指美女。唐方干《陪李郎中夜宴》诗："遍请玉容歌白雪，高烧红蜡照朱衣。"宋赵善扛《重叠金·春宵》词："一川花月青春夜。玉容依约花阴下。"玉山，喻俊美男子。《晋书·裴楷传》："楷风神高迈，容仪俊爽，博涉群书，特精理义，时人谓之'玉人'。又称'见裴叔则（裴楷字）如近玉山，映照人也。'"后因以"玉山"喻俊美的仪容。南北朝庾信《周柱国长孙俭神道碑》："公状貌邱墟，风神磊落，玉山秀立，乔松直上。"唐贾岛《上杜驸马》诗："玉山突兀压乾坤，出得朱门入戟门。"

⑨鸂鶒（xī chì）：水鸟名。形大于鸳鸯，而多紫色，好并游。俗称紫鸳鸯。唐温庭筠《开成五年秋以抱疾郊野一百韵》诗："溟渚藏鸂鶒，幽屏卧鹧鸪。"顾嗣立补注："《临海异物志》：鸂鶒，水鸟，毛有五采色，食短狐，其在溪中无毒气。"

踏莎行　答客问云中①

堠雪翻鸦②，城冰浴马，捣衣声里重门闭③。琵琶忽送短墙西④，当时不是无情地。　　帐底烧春⑤，楼头热浴，百钱便博征夫醉。寒原望断少花枝，临风也省看花泪⑥。

【编年】

此词作于清康熙二年癸卯（1663）至清康熙六年丁未（1667）曹溶官山西大同期间。

【笺注】

①云中：见前《采桑子·云塞秋夜》注释①。

②堠雪两句：极言云中酷寒，生活条件恶劣。堠，古代了望敌情的土堡。唐姚合《送少府田中丞入西蕃》诗："萧关路绝久，石堠亦为尘。"清纳兰性德《满庭芳》（堠雪翻鸦）词："堠雪翻鸦，河冰跃马，惊风吹度龙堆。"

③捣衣：古时衣服常由纨素一类织物制作，质地较为硬挺，洗衣时须先置石上以杵反复舂捣，使之柔软干净，称为"捣衣"。后亦泛指捶洗。南朝齐

谢朓《秋夜》诗："秋夜促织鸣，南邻捣衣急。"唐李白《子夜吴歌四首》诗其三："长安一片月，万户捣衣声。"清陈维崧《瑶花·秋雨新晴登远阁眺望》词："金闺瑟瑟，正青砧隔院捣衣才罢。"

④短墙：矮墙。《左传·襄公二十五年》："吴子门焉，牛臣隐于短墙以射之，卒。"唐白居易《井底引银瓶》诗："妾弄青梅凭短墙，君骑白马傍垂杨。"

⑤烧春：形容春意浓重。唐白居易《早春招张宾客》诗："池色溶溶蓝染水，花光焰焰火烧春。"唐李冶《蔷薇花》诗："深处最宜香惹蝶，摘时兼恐焰烧春。"

⑥寒原两句：以故作轻松、诙谐语映衬云中之荒寒。

前调　春忆

宿酲红凝①，新篝绿剪②。柔肠全为双蛾转③。最难调护是轻寒④，帘旌斜带杨丝卷。　　宫额栖鸾⑤，仙娥舞燕⑥。花栏密缝曾偷见。今年春气倍撩人，能容几个闲消遣。

【编年】

此词无法确知具体创作年份。

【笺注】

①宿酲：犹宿醉。唐白居易《早春即事》诗："眼重朝眠足，头轻宿酒醒。"明文徵明《上巳日独行溪上有怀九逵》诗："日落晚风吹宿酒，天寒江草唤新愁。"

②新篝句：篝，指熏笼，放在炭盆上的竹罩笼。古代一种烘烤和取暖的用具，可熏香、熏衣、熏被。宋陆游《暮秋》诗："甀香新菽粟，篝暖故衣裘。"清厉鹗《悼亡姬十二首》诗其八："消渴频烦供茗碗，怕寒重与理熏篝。"熏笼以竹子制成，故曰"绿剪"。

③双蛾：蛾，蛾眉。双蛾，指美人的两眉。宋石孝友《菩萨蛮》（花销玉

瘦斜平薄）词："双蛾颦浅黛。鸾镜愁空对。"宋刘过《清平乐·赠妓》词："唇边一点樱多。见人频敛双蛾。"此处用以借指美人。

④调护：调养护理。颜之推《颜氏家训·养生》："调护气息，慎节起卧，均适寒暄，禁忌食饮。"宋管鉴《洞仙歌·夜宴梁季全大卿赏牡丹作》词："绣屏深照影，帘密收香，夜久寒生费调护。"

⑤宫额：古代宫中妇女以黄色涂额作为妆饰，因称妇女的前额为宫额。宋曹冠《汉宫春·梅》词："一品天香。似蕊真仙质，宫额新妆。"宋辛弃疾《朝中措·为人寿》词："年年黄菊滟秋风。更有拒霜红。黄似旧时宫额，红如此日芳容。"

⑥仙娥句：言歌女舞态轻盈如燕。

唐多令　戏答方敦四①

吴舫出娇娥②。轻衫氎绣罗③。踏花田、冷透双靴。任是锦帆催去急，留客意，有回波④。　　时拟听清歌⑤。维摩奈病何⑥。不如人、千种蹉跎⑦。饮到旗亭刚吐气⑧，肠断句⑨，柳家多。

【编年】

从词人以"维摩"自指，可推测此词作于曹溶晚年。

【笺注】

①方敦四：方膏茂，安徽桐城人，字敦四，号寄山。方拱乾第四子。23岁中举，为人"倜傥英俊，博极群书"，参加过两次会试而未中，后因受五弟方章钺丁酉江南科场案牵累，被流放宁古塔，心情忧郁。此后不再参加科考。有《余垒集》传世。

②吴舫句：言船内走出美人。舫，泛指船。唐白居易《琵琶行》诗："东船西舫悄无言，唯见江心秋月白。"宋姜夔《凄凉犯》（绿杨巷陌秋风起）词："追念西湖上，小舫携歌，晚花行乐。"娇娥，指美人。

③轻衫句：言美人衣着质地。氎，见前《虞美人·腊梅》注释④。

④回波：本指水波回荡。此处喻以目传情。宋秦观《浣溪沙五首》词其四："脚上鞋儿四寸罗。唇边朱粉一樱多。见人无语但回波。"宋张元干《鹧鸪天》（雏莺初啭斗尖新）词："回波偷顾轻招拍，方响底敲更合秦。"

⑤清歌：不用乐器伴奏的歌唱。三国魏曹丕《燕歌行》诗："展诗清歌聊自宽，乐往哀来摧肺肝。"宋梅尧臣《留题希深美桧亭》诗："乘月时来往，清歌思浩然。"

⑥维摩：维摩诘的省称。唐李商隐《酬崔八早梅有赠兼示之作》诗："维摩一室虽多病，亦要天花作道场。"宋苏轼《殢人娇》（白发苍颜）词："白发苍颜，正是维摩境界。"此处曹溶借以自指。

⑦蹉跎：失意；虚度光阴。南朝齐谢朓《和王长史卧病》诗："日与岁眇邈，归恨积蹉跎。"唐李颀《放歌行答从弟墨卿》诗："由是蹉跎一老夫，养鸡牧豕东城隅。"

⑧旗亭：酒楼。悬旗为酒招，故称。唐刘禹锡《武陵观火》诗："花县与琴焦，旗亭无酒濡。"宋周邦彦《琐窗寒·寒食》词："旗亭唤酒，付与高阳俦侣。"

⑨断肠两句：柳家，指柳永。宋汪莘《鹊桥仙·书所作词后》词："曲终金石满吾庐，争奈少、柳家风味。"因柳永善写离愁别恨之词，故曰。

前调　沈石友宅①，同王觉斯听歌达旦②

何物号多情。秋波心畔青③。古长安、不少银筝④。会得中年陶写意⑤，商女唱，也轻盈⑥。　休便踏霜行。今宵换鬓星⑦。卷金蕉、添个茶铛⑧。纵是沈郎能谱韵⑨，听醉语，不分明。

【编年】

王觉斯卒于清顺治九年壬辰（1652）。据词义该词应作于明亡后。而曹溶于清顺治四年丁亥（1647）正月遭革职回籍，直到清顺治九年壬辰（1652）九月底方返京。故此词应作于清顺治元年甲申（1644）至清顺治三年丙戌

(1648)。

【笺注】

①沈石友：未可详考。

②王觉斯：王铎（1592—1652），字觉斯，一字觉之，号嵩樵，孟津（今河南孟津）人。明末清初书画家、诗人。明天启二年壬戌（1622）中进士，入翰林院庶吉士，累擢礼部尚书。明崇祯十六年癸未（1643），王铎为东阁大学士。1644年清军入关后被授予礼部尚书、官弘文院学士，加太子少保，永历六年壬辰（1652）病逝故里。享年六十一岁，葬于河南巩义洛河边，谥文安。

③秋波：见前《卜算子·偶见》注释②。

④长安：见前《虞美人·同龚芝麓、沈止岳席上观伎》注释⑥。此处借指北京。银筝，见前《清平乐·题壁》其三注释⑧。

⑤陶写：见前《西地锦·题虞山蒋文从雪泛卷》注释④。

⑥商女两句：唐杜牧《泊秦淮》诗："商女不知亡国恨，隔江犹唱后庭花。"此处指歌女懂得词人消愁解闷之心，故意歌唱得轻盈。

⑦休便两句：指鬓发已斑白。

⑧金蕉：金蕉叶的省称。酒杯名。宋张先《天仙子·观舞》词："固爱弄妆傅粉，金蕉并为舞时空。"宋姜夔《石湖山·寿石湖居士》词："玉友金蕉，玉人金缕。缓移筝柱。"茶铛（chēng），煎茶用的釜。唐吴融《和睦州卢中丞题茅堂十韵》诗："烟冷茶铛静，波香兰舸飞。"宋陆游《西斋雨后》诗："香椀灰深微炷火，茶铛声细缓煎汤。"

⑨沈郎：指沈石友。

前调　阻风铜陵①

溪馆涨愁烟。寒沙落雁前。对床头、短剑萧然②。恨乏故人携酒送，渔灯畔，枕书眠。　　无语泪空悬。征衫似旧年③。望江心、白浪连天④。尽把香车吹散了，刚留我⑤，倦游船。

【编年】

此词作于清顺治十三年丙申（1656）曹溶赴广东布政使司左布政使任途中。

【笺注】

①铜陵：今属安徽。

②萧然：形容空寂，荒凉的样子。宋张抡《阮郎归》（豪家大厦敞千楹）词："元来一念静无尘。萧然心自清。"宋王质《凤时春·见残梅》词："标格风流前辈。才瞥见春风，萧然无对。"

③征衫：见前《点绛唇·寄兴》注释③。

④白浪：雪白的波涛。唐李白《司马将军歌》诗："扬兵习战张虎旗，江中白浪如银屋。"宋陆游《夜宿阳山矶》诗："白浪如山泼入船，家人惊怖篙师舞。"

⑤香车：华丽的车子。唐韦应物《长安道》诗："宝马横来下建章，香车却转避驰道。"宋李清照《永遇乐》（落日熔金）词："来相召，香车宝马，谢他酒朋诗侣。"

前调　忆人

新绿到芭蕉①。汀洲上浅潮②。倦来时、难过溪桥。几尺钱塘门外路，晴不定，雨连宵。　　客影任飘飖③。罗裙瘦满腰。携残酒、重买双桡④。纵使藕花开遍了⑤，人去后，也萧萧⑥。

【编年】

此词无法确知具体创作年份。

【笺注】

①芭蕉：见前《采桑子·云塞秋夜》注释④。

②汀（tīng）洲：水中小洲。唐李商隐《安定城楼》诗："迢递高城百尺

楼,绿杨枝外尽汀洲。"宋舒亶《散天花》(云淡长空落叶秋)词:"西风偏解送离愁,声声南去雁、下汀洲。"

③飘飖(yáo):漂泊奔波。形容行止无定。南朝宋鲍照《代棹歌行》诗:"羁客离婴时,飘飖无定所。"

④双桡:即双桨,指小船。桡,船桨。《楚辞·九歌·湘君》:"薜荔柏兮蕙绸,荪桡兮兰旌。"王逸注:"桡,船小楫也。"唐曹唐《汉武帝思李夫人》诗:"夜深池上兰桡歇,断续歌声彻太微。"

⑤藕花:见前《荷叶杯·怨思》注释④。

⑥萧萧:冷落,没有生机的样子。宋李洪《西江月·送客石邑亭》词:"渺渺长汀远壑,萧萧雨叶风枝。几回临水送将归。"宋沈端节《惜分飞·桂花》词:"喜入眉心黄点莹。珠珮玲珑透影。风露萧萧冷。梦回月窟香成阵。"

前调　乙酉七夕感悼

梧叶一声干。瑶华再见难①。洞箫中、清泪成团②。惆怅仙郎骑白凤③,刚遇得,汉宫残④。　乞巧欲追欢⑤。银河入夜寒。鹊双飞、不到长安⑥。从此天孙新样锦⑦,空付与,玉楼看⑧。

【编年】

此词作于清顺治二年乙酉(1645)。

【笺注】

①瑶华:"瑶华圃"的省称。为传说中仙人居住的地方。唐元稹《会真诗》诗:"言自瑶华圃,将朝碧帝宫。"明汤显祖《紫箫记·巧探》:"一自残雪飞画栋,早罢瑶华梦。"

②洞箫:指箫。古代箫以竹管编排而成,称排箫。排箫以蜡蜜封底,无封底者称洞箫。后称单管直吹、正面五孔、背面一孔者为洞箫。发音清幽凄婉。《汉书·元帝纪赞》:"元帝多材艺,善史书,鼓琴瑟,吹洞箫。"颜师古注引如淳曰:"箫之无底者。"宋仇远《宿集庆寺》诗:"听彻洞箫清不寐,

月明正照古松枝。"

③仙郎：年轻的男仙人。唐戴叔伦《织女词》诗："凤梭停织鹊无音，梦忆仙郎夜夜心。"此处喻指七夕传说中的牛郎。白凤，传说中的神鸟。

④汉宫：汉朝宫殿。亦泛指王朝宫殿。唐杜甫《投赠哥舒开府翰》诗："日月低秦树，乾坤绕汉宫。"明陶望龄《沛县过高帝庙》诗："魂魄来游长此地，汉宫秋色近如何？"此处借指明朝的宫殿。

⑤乞巧句：古时七夕为乞巧节，故云。

⑥长安：见前《虞美人·同龚芝麓、沈止岳席上观伎》注释⑥。

⑦天孙：指七夕传说中的织女，巧于织造。唐柳宗元《乞巧文》："下土之臣，窃闻天孙，专巧于天。"宋方千里《红林檎近》（花幕高烧烛）词："多情天孙罢织，故与玉女穿窗。"

⑧玉楼：传说中天帝或仙人的住所。宋何大圭《水调歌头》（今夕出佳月）词："今夕出佳月，银汉泻高寒。风缠云卷，转觉天陛玉楼宽。"宋王之望《好事近》（彩舰载娉婷）词："彩舰载娉婷，宛在玉楼琼宇。人欲御风仙去，觉衣裳飘举。"此处指织女的住所。

前调　同晋贤泛舟①

兔阵起前汀②。横斜尚有亭。信兰桡、径指南屏③。欲踏凤凰山下路④，金粉迹⑤，已零星。　　渔唱最堪听。相邀倒玉瓶⑥。问夷光⑦、何似湘灵⑧。若使天公笺可上⑨，先乞取，六朝青。

【编年】

此词无法确知具体创作年份。据词义，此词应作于入清以后。

【笺注】

①晋贤：汪森（1653—1726），字晋贤，号碧巢，浙江桐乡人。清初著名藏书家，诗人，词人。

②兔：见前《翻香令·史赤豹贻宜兴所制瓷炉》注释⑤。

③兰桡：船的美称。宋吴文英《惜黄花慢》（送客吴皋）词："念瘦腰。沈郎旧日，曾系兰桡。"宋谭宣子《江城子·咏柳》词："短长亭外短长桥。驻金镳。系兰桡。"南屏，山名。在浙江省杭州西湖南岸，为西湖胜景之一。

④凤凰山：位于浙江杭州市东南面。北近西湖，南接江滨，形若飞凤，故名。隋唐在此肇建州治，五代吴越设为国都，筑子城。南宋建都，建为皇城。方圆九里之地，兴建殿堂四、楼七、台六、亭十九。南宋亡后，宫殿改作寺院，元代火灾，成为废墟。

⑤金粉迹两句：指历史的繁华已经消歇。此处词人借宋叹明。金粉，本指妇女妆饰用的铅粉，此处喻指繁华绮丽的生活。清吴伟业《残画》诗："六朝金粉地，落木更萧萧。"

⑥玉瓶：瓷瓶的美称。唐张祜《五弦》诗："玉瓶秋滴水，珠箔夜悬风。"宋杨万里《过铅山江口》诗："酒家便有江乡景，绿柳梢头挂玉瓶。"

⑦夷光：又称西施。春秋越国美女。晋王嘉《拾遗记》卷三："越又有美女二人，一名夷光，一名修明，以贡于吴。"

⑧湘灵：古代传说中的湘水之神。《楚辞·远游》："使湘灵鼓瑟兮，令海若舞冯夷。"洪兴祖补注："此湘灵乃湘水之神，非湘夫人也。"

⑨若使三句：言若能与天公写信，定要乞求六朝永存，历史永恒。此句隐晦表达对明朝的故国之情。六朝，指历史上以建康（今南京）为都的六个朝代，分别是吴（称建业）、东晋、刘宋、齐、梁、陈。

临江仙　同俞右吉看牡丹①

曾是洛阳游侠客，销魂的为名花②。相偎乡路酒重赊。暖香开未遍③，疑待鼓声挝④。　亭上乐章多协律⑤，倾城今在谁家⑥。日光须用锦丝遮。也知蜂蝶性，春暮最无邪〔一〕⑦。

【校勘】

〔一〕"无邪"，南京大学中国语言文学系全清词编纂委员会编《全清词》

（顺康卷）据《静惕堂词》作"天邪"。据词义应作"无邪"。

【编年】

此词无法确知具体创作年份。

【笺注】

①俞右吉：俞汝言，字右吉，浙江嘉兴人。曹溶同乡，与曹溶相交甚笃。著有《渐川集》（十卷）、《春秋平义》（十二卷）等多种著作。

②销魂：见前《青门引·焚香》注释①。

③暖香：本指带有温暖气息的香味。宋姚宽《菩萨蛮·别恨》词："衫薄暖香销。相思云水遥。"宋张炎《风入松·春游》词："暖香十里软莺声。小舫绿杨阴。"此处用以形容牡丹。

④挦：见前《南柯子·王家歌姬》注释⑥。

⑤乐章：指歌曲。宋冯取洽《贺新郎·次玉林见寿韵》词："方念生初增感慨，谁寄乐章新语。"宋无名氏《水调歌头·和韵谢人贺生子》词"乐章歌一阕，笔阵扫千军。"

⑥倾城：形容花色绝美。宋无名氏《河传》（香苞素质）词："香苞素质。天赋与、倾城标格。应是晓来，暗传东君消息。"明刘基《绝句漫兴七首》诗其一："芙蓉亦有倾城色，不见东风却拒霜。"此处指牡丹。

⑦无邪：指纯洁天真。宋陈深《沁园春·次白兰谷韵》词："看淋漓醉墨，神情自足，摩挲雄剑，肝胆无邪。"

前调　甲寅中秋，同吴瑶如、园次、香为痛饮①

高柳忽推明月出，生公呼上湖船②。世间难得有情圆。相逢常此夜，忘却用兵年③。　　泼饮但愁鸣酒甑④，倾囊再买江鲜⑤。万人耳语听三弦⑥。更深游女散，便借石场眠。

【编年】

此词作于清康熙十三年甲寅（1674），时曹溶将赴闽参加镇压"靖南王"耿精忠叛乱。

【笺注】

①吴瑶如：长洲郡守，其他未可详考。园次，见前《浪淘沙·题吴园次收纶小像》注释①。香为，吴姓。其他未可详考。

②生公：晋末高僧竺道生的尊称。相传生公曾于苏州虎丘寺立石为徒，讲《涅盘经》。至微妙处，石皆点头。唐李绅《鉴玄影堂》诗："深夜月明松子落，俨然听法侍生公。"唐刘禹锡《生公讲堂》诗："生公说法鬼神听，身后空堂夜不扃。"此处借指与曹溶等人共饮的一位友人。

③用兵年：清康熙十二年癸丑（1673）十一月吴三桂起兵反清，揭开三藩叛乱序幕。故曰。

④泼饮：开怀畅饮。酒甕（wèng），盛酒浆的坛子。

⑤江鲜：指江里出产的鱼虾等水产品。唐李群玉《沅江渔者》诗："倚櫂汀洲沙日晚，江鲜野菜桃花饭。"

⑥三弦：弦乐器。木筒两端蒙蛇皮，上置长柄，有弦三根，故名。清陈维崧《菩萨蛮·燕市赠相者》词："酒尽拨三弦，狂歌《菩萨蛮》。"

前调　次日复同瑶如诸公饮

楼上忽惊灯影歇，吴侬不重余宵①。银蟾静看十分娇②。酒星还作伴，相赠彩云高。　　莫话锦堂京洛事③，山中毕竟风骚④。秋娘为我吮霜毫⑤。去留无限恨⑥，倦鹊起僧寮⑦。

【编年】

此词作于清康熙十三年甲寅（1674），时曹溶将赴闽参加镇压"靖南王"耿精忠叛乱。

【笺注】

①吴侬：吴人。侬，人。泛指一般人。唐韩愈《泷吏》诗："比闻此州囚，亦有生还侬。"唐韦庄《汉州》诗："北侬初到汉州城，郭邑楼台触目惊。"余宵，因是中秋过后，故曰。

②银蟾：月亮的别称。在中国神话中月宫里有一只三足蟾蜍，故称。唐

白居易《中秋月》诗："照他几许人断肠，玉兔银蟾远不知。"宋无名氏《绕池游》（渐春工巧）词："都门十二，三五银蟾光满。"

③京洛：泛指国都。唐张说《应制奉和》诗："总为朝廷巡幸去，顿教京洛少光辉。"清方文《送王涓来应试北上寄陈吏部》诗："京洛故人如借问，勿言江汉有垂纶。"

④风骚：此处指风光，光彩。宋李之仪《临江仙·咏藏春玉》词："珍重幽人诚好事，绿窗聊助风骚。"清赵翼《论诗》诗："江山代有才人出，各领风骚数百年。"

⑤秋娘：歌妓女伶的通称。唐白居易《琵琶行》诗："曲罢曾教善才伏，妆成每被秋娘妒。"唐元稹《赠吕二校书》诗："共占花园争赵辟，竞添钱贯定秋娘。"霜毫，指毛笔。宋杨泽民《丹凤吟》（荏苒秋光虚度）词："纵欲凭江鱼寄往，漫霜毫频握，几时得见，诸事都记著。"元王实甫《丽春堂》第二折："大人呵尚兀自高擎着玉液来酬我，你待浓蘸着霜毫敢抹谁？"

⑥去留句：曹溶自言当下复杂心情，无论是否随军福建，都会有憾意。

⑦倦鹊：曹溶自指。僧寮，僧舍。宋陆游《贫居》诗："囊空如客路，屋窄似僧寮。"清黄宗羲《申自然传》："居无定所，野店僧寮，匡床布被之外，更无长物。"

前调　旅恨

风日丽人杨柳岸，玉沙曾骤花鞯①。旧游不见柳飞绵。钱神交已绝②，憔悴五侯筵。　　雪封沧海犹垂钓③，羊裘破自今年④。侠肠百折酒垆前⑤。何戡已头白⑥，谁与诉鹍弦⑦。

【编年】

此词作于清康熙十三年甲寅（1674）曹溶随军福建途中。

【笺注】

①玉沙：比喻雪花。宋苏轼《小饮清虚堂示王定国》诗："天风淅淅飞玉

沙，诏恩归沐休早衙。"宋范成大《次韵陈仲思经属西峰观雪》诗："起望天南陲，玉沙满长风。"

②钱神两句：言己贫困至极，无力置办奢华酒席。五侯，泛指权贵豪门。唐韩翃《寒食》诗："日暮汉宫传蜡烛，轻烟散入五侯家。"明刘绩《早春寄白虚室》诗："残雪未消双凤阙，春风先入五侯家。"

③沧海：大海的水呈青绿色，因指大海。三国魏曹操《观沧海》诗："东临碣石，以观沧海。"唐元稹《离思》诗："曾经沧海难为水，除却巫山不是云。"

④羊裘句：言因随军福建而不得不中断隐居生活。羊裘，见《相见欢·与蒋前民饮酒》注释②。

⑤酒垆：酒店。垆，古时酒店里安放酒瓮的炉形土台子。借指酒店。汉辛延年《羽林郎》诗："胡姬年十五，春日独当垆。"南朝宋刘义庆《世说新语·伤逝》："王濬冲为尚书令，着公服，乘轺车，经黄公酒垆下过。顾谓后车客：'吾昔与嵇叔夜、阮嗣宗共酣饮于此垆。'"

⑥何戡：见前《采桑子·寄赤豹》注释⑥。

⑦鹍弦：用鹍鸡筋做的琵琶弦。南朝梁刘孝绰《夜听妓赋得乌夜啼》诗："鹍弦且辍弄，《鹤操》暂停徽。"宋苏轼《古缠头曲》诗："鹍弦铁拨世无有，乐府旧工惟尚叟。"王十朋集注："段安节《琵琶录》：开元中，梨园则有骆供奉、贺怀智、雷清。其乐器，或以石为槽，鹍鸡筋作弦，用铁拨弹之。"

蝶恋花　杏花

深巷卖花将客唤①。候逼清明②，记取韶光半③。玉勒城南芳草岸④。少年情味天难管。　斜倚一枝娇盼远。沽酒他家，细雨空零乱⑤。泪湿粉涡红尚浅⑥。有人楼上和春倦。

【编年】

此两首咏杏花词无法确知具体创作年份。

【笺注】

①深巷句：宋陆游《临安春雨初霁》诗："小楼一夜听春雨，明朝深巷卖杏花。"

②候：节候、时令。唐韩偓《早玩雪梅有怀亲属》诗："北陆候才变，南枝花已开。"唐韦庄《和薛先辈初秋寓怀即事之作二十韵》诗："玉律初移候，清风乍远襟。"

③韶光：美好的时光，常指春光。唐王勃《梓州郪县兜率寺浮图碑》："每至韶光照野，爽霭晴遥。"宋毛滂《玉楼春·定空寺赏梅》词："一枝谁寄长安去。想得韶光能几许。"

④玉勒：指马。唐杜牧《夏州崔常侍自少常亚列出领麾幢十韵》诗："别风嘶玉勒，残日望金茎。"宋欧阳修《蝶恋花》（庭院深深深几许）词："玉勒雕鞍游冶处，楼高不见章台路。"

⑤沽酒两句：唐杜牧《清明》诗："清明时节雨纷纷，路上行人欲断魂。借问酒家何处有，牧童遥指杏花村。"

⑥泪湿句：状杏花雨后的颜色及美态。粉涡（wō），见前《夜游宫·腌叭香》注释⑥。

【参考资料】

清陈廷焯《云韶集》卷一四评曰："闲雅似陈西麓"，"不落纤冶，斯为雅正"。

其二

几度寻芳穿绣陌①。燕子初来②，便觉寒无力。人倚玉楼成旧识③。春衫也借花颜色④。　　不比桃夭能暖客⑤。曲曲江边，零落尤堪惜。煮酒香时重见忆。卖饧天气曾吹笛⑥。

【笺注】

①绣陌：美丽的田间小路。宋贺铸《望扬州》（铁瓮城高）词："开尊待月，卷箔披风，依然灯火扬州。绣陌南头。记歌名宛转，乡号温柔。"陌，田

间东西或南北小路。

②燕子两句：言燕子刚北归，便觉春意温暖。

③玉楼：指妓楼。唐白居易《听崔七妓人筝》诗："花脸云鬟坐玉楼，十三弦里一时愁。"宋柳永《归朝欢》（别岸扁舟三两只）词："归去来，玉楼深处，有个人相忆。"

④春衫句：《西洲曲》诗："单衫杏子红，双鬓鸦雏色。"

⑤不比句：桃花色艳，杏花浅淡，故曰。桃夭，《诗经·周南·桃夭》："桃之夭夭，灼灼其华。"

⑥饧（xíng）：用麦芽或谷芽熬成的饴糖。唐沈佺期《岭表逢寒食》诗："岭外无寒食，春来不见饧。"宋韩淲《菩萨蛮·小词》词："上巳是清明，新烟带粥饧。"

前调　宿半村草堂①

冻掩云扉知几曲②。山满檐牙③，幻作玲珑玉。剪尽芭蕉前度绿④。衔花鹤梦谁能续⑤。　　浮云往事伤幽独⑥。万里关河，苦语销银烛。野鹿自无钟鼎福⑦。此生只合林中宿。

【编年】

此词或作于清康熙六年丁未（1667）曹溶于山西大同遭裁缺归里之后。下片所言伤往事及以野鹿自喻，认为命中无富贵，只能宿于山林，极符合曹溶遭裁缺归里后的心态。

【笺注】

①半村草堂：燕人杨香山寓居杭州期间所建草堂。

②云扉：云中的屋舍。此处喻指半村草堂，形容其高。扉，屋舍。唐白居易《将归一绝》诗："欲去公门返野扉，预思泉竹已依依。"

③檐牙：檐际翘出如牙的部分。唐杜牧《阿房宫赋》："五步一楼，十步一阁；廊腰缦回，檐牙高啄；各抱地势，钩心斗角。"宋蒋捷《霜天晓角》（人影窗纱）词："檐牙。枝最佳。折时高折些。说与折花人道，须插向、鬓边斜。"

④芭蕉：见前《采桑子·云塞秋夜》注释④。

⑤衔花鹤梦：谓令人向往的超凡脱俗的生活。

⑥浮云三句：言曹溶宿半村草堂与人夜谈，感伤万里关河山川之往事，夜深不寐。关河，关山河川。柳永《八声甘州》（对潇潇暮雨洒江天）词："渐霜风凄紧，关河冷落，残照当楼。"宋陈师道《送内》诗："关河万里道，子去何当归。"银烛，银白色蜡烛。

⑦野鹿两句：曹溶以野鹿自喻，自谓无钟鸣鼎食之富，只能宿于山林，享乐自由。钟鼎，即钟鸣鼎食。钟，古代乐器；鼎，古代炊器。古代豪门贵族吃饭时要击钟列鼎而食。故用以形容权贵的富贵荣华生活。唐杜甫《清明二首》诗其一："钟鼎山林各天性，浊醪粗饭任吾年。"黄庭坚《次韵答王眘中》诗："夸士慕钟鼎，寒儒守典坟。"

苏幕遮　中秋无月

叶声繁，鸿信断①。懊恨孤眠，时序频频换②。桂子平分秋一半③。银汉空明④，午夜褰帘看⑤。　短箫边，双杵畔⑥。玉殿依稀⑦，薄雾轻遮断。不遣嫦娥将酒劝⑧。怕酒醒时，唤起愁无算⑨。

【编年】

此词无法确知具体创作年份。

【笺注】

①鸿信：指书信。清黄景仁《寄维衍》诗："苦忆梅花寻庙市，且随鸿信到江城。"清二石生《十洲春语》卷中："兄妹无恩鸿信阻，年年风雨走关梁。"

②时序：节候。唐李益《合源溪期张计不至》诗："霜露肃时序，缅然方独寻。"宋李弥逊《水调歌头》（不上长安道）词："故人何在，时序欺我去如流。"

③桂子：桂花。宋柳永《望海潮》（东南形胜）词："有三秋桂子，十里荷花。"宋扬无咎《念奴娇》（单于吹罢）词："素魄旋升，听桂子、风里时

时飘落。"

④银汉：见前《南柯子·王家歌姬》注释⑧。

⑤午夜：半夜。唐戴叔伦《重游长真寺》诗："蒲间千年雨，松门午夜风。"宋毛滂《满庭芳·西园月夜赏花》词："飞盖西园午夜，花梢冷、云月胧明。"

⑥双杵：古人捣衣，对立执杵如舂米，故名双杵。此处指杵星。杵，古星座名。《星经》卷下："杵三星，在箕南。主杵曰舂米事。"

⑦玉殿：指传说中天界神仙的宫殿。南朝宋谢庄《送神歌》诗："神之车，归清都。琁庭寂，玉殿虚。"元王实甫《西厢记》第一本第三折："如玉殿嫦娥，微现蟾宫素影。"

⑧嫦娥：神话中的月中女神。南朝宋颜延之《为织女赠牵牛》诗："嫠女俪经星，嫦娥栖飞月。"唐韦庄《谒金门》（空相忆）词："天上嫦娥人不识，寄书何处觅？"

⑨无算：不计其数。极言其多。唐窦庠《东都嘉量亭献留守韩仆射》诗："玉斝飞无算，金铙奏未终。"宋贺铸《频载酒》（金斗城南载酒频）词："桃李趣行无算酌，桑榆收得自由身。"

前调　城东柴家木樨①，垂枝直下，贴地皆花，密不见本②，中穹如屋壁③，其广受四筵④，与他种异，记之

锦幢低⑤，青幄紧⑥。结伴来游⑦，个个沾金粉。宛有瑶台千尺分⑧。高处生寒，较是横看稳。　　种争新⑨，名尚隐。除了焚香，又喜攀条近。紫雁斜飞开自准。本与秋期，翻惹三秋恨⑩。

【编年】

此词无法确知具体创作年份。

【笺注】

①木樨：常绿灌木或小乔木，叶椭圆形，花簇生于叶腋，黄色或黄白色，

有极浓郁的香味。可制作香料。通称桂花。有金桂、银桂、四季桂等。为珍贵的观赏芳香植物。

②密不见本：言木樨花枝垂地，花朵遮蔽花根。本，草木的根。《吕氏春秋·辩土》："是以晦广以平，则不丧本茎。"高诱注："本，根也。"唐柳宗元《种树郭橐驼传》："凡植木之性，其本欲舒，其培欲平，其土欲故。"

③中穹：物体中间隆起四周下垂的样子。此处喻木樨的形状。

④四筵：四席，四座。借指四周座位上的人。唐杜甫《饮中八仙歌》诗："焦遂五斗方卓然，高谈雄辩惊四筵。"宋范成大《十二月二十四日西楼观雪》诗："四筵都为丰年醉，录事何须校酒筹。"

⑤锦幢：鲜艳华美的帷幔。清张英《广济寺看海棠即赠天孚上人》诗："我来正值烂漫时，锦幢绣幄花重重。"此处喻指木樨花。

⑥青幄：绿色的帷帐。宋刘仙伦《永遇乐·春暮有怀》词："青幄蔽林，白毡铺径，红雨迷楚。"宋无名氏《满庭芳》（青幄高张）词："青幄高张，琼枝巧缀，万颗香染红殷。"此处喻指木樨枝叶。

⑦结伴两句：言游人赏木樨，身上沾染木樨花的花粉。金粉，黄色的花粉。唐李白《酬殷明佐见赠五云裘歌》诗："轻如松花落金粉，浓以锦苔含碧滋。"宋苏辙《歙县岁寒堂》诗："暗长茯苓根自大，旋收金粉气尤清。"

⑧瑶台：指传说中的神仙居处。晋王嘉《拾遗记·昆仑山》："傍有瑶台十二，各广千步，皆五色玉为台基。"元高明《琵琶记·牛相奉旨招婿》："小娘子是瑶台阆苑神仙，蔡状元是天禄石渠贵客。"此处喻指木樨。

⑨种争新句：言此木樨种类新异。

⑩三秋：指秋季。七月称孟秋、八月称仲秋、九月称季秋，合称三秋。《文选·王融〈永明十一年策秀才文〉》："四境无虞，三秋式稔。"李善注："秋有三月，故曰三秋。"宋柳永《望海潮》（东南形胜）词："重湖叠巘清嘉。有三秋桂子，十里荷花。"

醉春风 有怀

歌馆留残醉①。丽句揉花碎②。当年百种说风流,易。易。易。一路鸣蛩③,半窗斜月,便成憔悴。　　冷色摇空砌④。宝鸭炉烟细⑤。背人争解不思量,记。记。记。似柳将眠,如莺欲语,小楼春腻。

【编年】

此词无法确知具体创作年份。

【笺注】

①残醉:酒后残存的醉意。唐白居易《湖亭晚归》诗:"起因残醉醒,坐待晚凉归。"宋张舜美《如梦令》(燕赏良宵无寐)词:"燕赏良宵无寐。笑倚东风残醉。未审那人儿,今夕玩游何地。"

②丽句:妍丽华美的句子。唐韩愈《和虞部卢四汀酬翰林钱七徽赤藤杖歌》诗:"妍辞丽句不可继,见寄聊且慰分司。"宋晏几道《临江仙》(东野亡来无丽句)词:"东野亡来无丽句,于君去后少交亲。"

③鸣蛩(qióng):即蟋蟀。唐钱起《晚次宿预馆》诗:"回云随去雁,寒露滴鸣蛩。"宋周邦彦《齐天乐》(绿芜凋尽)词:"暮雨生寒,鸣蛩劝织,深阁时闻裁剪。"

④空砌:空荡的台阶。砌,台阶。南朝齐谢朓《直中书省》诗:"红药当阶翻,苍苔依砌上。"唐陆龟蒙《白鸥》诗序:"有白鸥翩然,驯于砌下,因请浮而玩之。"

⑤宝鸭:即香炉。因作鸭形,故称。唐孙鲂《夜坐》诗:"划多灰杂苍虬迹,坐久烟消宝鸭香。"宋范成大《减字木兰花》(枕节睡熟)词:"宝鸭金寒,香满围屏宛转山。"

酷相思　旅情

象拍何须歌艳句①。又烧烛、红窗暮②。叹今古、韶华留不住③。花落也、催归去。叶落也、催归去。　　失意多因杯酒误。辜负春无数。只楼外、江山成客路④。鸿断也、书来处。云断也、愁来处。

【编年】

此词无法确知具体创作年份。据词义，应作于入清后。

【笺注】

①象拍：见前《西江月·再过某宅闻歌》注释①。

②又烧烛句：言夜幕降临，点燃蜡烛，烛光映红窗户。

③韶华：美好的年华。唐李贺《嘲少年》诗："莫道韶华镇长在，发白面皱专相待。"宋秦观《江城子》（西城杨柳弄春柔）词："韶华不为少年留。恨悠悠，几时休。"

④只楼外句：言明清鼎革，江山易主，身为明朝遗民，实为清朝之客。暗示曹溶内心不接受清朝，心怀明朝故国。

青玉案　沈家姬卯娘善度曲，戏咏卯字

花前举乐何须忌。薄晓曈曈初丽①。启户逢君娇不语。三秋兔魄②，平分留影，垂柳东边去。　　镂成新玉刚为字③。十二时中排第四④。中酒嫌人知也未。芳名检点，春光已半，会取相迎意。

【编年】

此词无法确知具体创作年份。

【笺注】

①曈曈：日初出渐明貌。唐卢纶《腊日观咸宁王部曲婆勒擒豹歌》诗："山头曈曈日将出，山下猎围照初日。"宋王安石《余寒》诗："曈曈扶桑日，

出有万里光。"

②三秋兔魄：秋天的月亮。三秋，见前《苏幕遮·城东柴家木樨，垂枝直下，贴地皆花，密不见本，中穹如屋壁，其广受四筵，与他种异，记之》注释⑩。兔魄，月亮的别称。元范梈《赠郭判官》诗："慈乌夜夜向人啼，几度纱窗兔魄低。"明刘基《怨王孙》（兔魄又满）词："兔魄又满，天长雁短。"

③镂成句：卯娘名字中含"玉"字。

④十二时句：传统用十二地支表示次序，十二地支为子、丑、寅、卯、辰、巳、午、未、申、酉、戌、亥，其中"卯"居第四。

【参考资料】

清冯金伯辑《词苑萃编》卷二十七《纪事》"曹溶《青玉案》"条："沈家姬卯娘善度曲，曹秋岳侍郎戏用卯字，赋《青玉案》为赠云：'花前举乐何须忌。薄晓瞳瞳初丽。启户逢君娇不语。三秋兔魄，平分留影，垂柳东边去。镂成新玉刚为字。十二时中排第四。中酒嫌人知也未。芳名检点，春光已半，会取相迎意。'"

江城子　雪夜

谁移腊信破春枝①。剪成丝。瑞难知。冻逼罗衾②，香阁费禁持③。欲觅胭脂相衬好④，留不到，杏花时。　　打窗连曙响参差⑤。酒盈卮⑥。付歌儿⑦。湿透重裘，前梦耐寻思。几度关山驴背苦，归纵美，已嫌迟⑧。

【编年】

据曹溶生平所历及词末句"几度关山驴背苦，归纵美，已嫌迟"，可约略判断此词应作于清康熙二年癸卯（1663）至清康熙六年丁未（1667）曹溶官山西大同期间。

【笺注】

①腊信：腊月的信息。春天下雪，故曰。宋强至《某伏睹判府司徒侍中

· 104 ·

置酒宴客即时雪作谨成七言律诗一首上献》诗："腊信未通先漏泄，台光欲近却迟回。"明王祎《无题回文七言绝句四首》诗其四："残雪喜传三腊信，早梅欣报一痕春。"

②罗衾：丝绸被褥。南唐李煜《浪淘沙》（帘外雨潺潺）词："罗衾不耐五更寒。"宋晏几道《扑蝴蝶》（风梢雨叶）词："恨如去水空长，事与行云渐远。罗衾旧香余暖。"

③禁持：折磨，使受苦。宋姜夔《浣溪纱·丙辰岁不尽五日吴松作》词："雁怯重云不肯啼，画船愁过石塘西，打头风浪恶禁持。"宋周密《柳梢青·次韵梅》词："万雪千霜，禁持不过，玉雪生光。"

④胭脂：一种用于化妆和国画的红色颜料。亦泛指鲜艳的红色。唐杜甫《曲江对雨》诗："林花着雨胭脂湿，水荇牵风翠带长。"《敦煌曲子词·柳青娘》："故着胭脂轻轻染，淡施檀色注歌唇。"

⑤打窗句：言雪下了一夜，飘落窗户，发出音响。连曙，即连昏达曙，通宵达旦之意。

⑥卮（zhī）：古代一种酒器。《汉书·高帝纪上》："上奉玉卮爲太上皇寿。"颜师古注："卮，饮酒圆器也。"

⑦歌儿：指歌者。《史记·封禅书》："于是塞南越，祷祠太一、后土，始用乐舞，益召歌儿，作二十五弦及箜篌瑟自此起。"宋无名氏《减字木兰花·寿人六十》词："敬驰一曲。付与歌儿勤为祝。"

⑧几度三句：言在大同待了几年，生活悲苦，现在即便归隐已经迟了。暗示对自己入仕清朝的悔恨。关山，泛指山川和关隘。唐杜甫《登岳阳楼》诗："戎马关山北，凭轩涕泗流。"宋苏轼《一斛珠》（洛城春晚）词："自惜风流云雨散。关山有限情无限。"此处指大同。

前调 冬雪

溪南密把万山遮①。断游车。较寒些。作伴卢仝②，敲火听煎茶③。莫羡朱门罗帐底④,斟美酒,拨琵琶。　　梦回香烬绣衾斜。是他家。隔天涯。独对兰釭⑤,玉浸绿窗纱。不恨东风吹尚缓⑥,妆阁畔,预添花。

【编年】

此词应作于清康熙十三甲寅(1674)至清康熙十六年丁巳(1677),时曹溶随军福建镇藩。

【笺注】

①溪南:溪南镇,位于福建省霞浦县西南方。

②卢仝(795—835):范阳(今河北涿州市)人,"初唐四杰"之一卢照邻的嫡系子孙,自号玉川子,中唐诗人。好茶成癖,其《走笔谢孟谏议寄新茶》诗,传唱千年不衰,其中的"七碗茶诗"之吟,最为脍炙人口。著有《茶谱》,被世人尊称为"茶仙"。

③敲火:敲击火石以取火。唐韩愈《石鼓歌》诗:"牧童敲火牛砺角,谁复着手为摩挲。"元倪瓒《绝句》诗:"敲火煮茶歌《白苎》,怒涛翻雪小停桡。"煎茶,烹茶。封演《封氏闻见记·饮茶》:"自邹、齐、沧、棣,渐至京邑,城市多开店铺,煎茶卖之。"唐孟贯《赠栖隐洞潭先生》诗:"石泉春酿酒,松火夜煎茶。"

④莫羡三句:意谓甘于淡泊,不羡慕荣华富贵。朱门,指富贵人家。唐杜甫《自京赴奉先县咏怀五百字》诗:"朱门酒肉臭,路有冻死骨。"唐李绅《过吴门二十四韵》诗:"朱户千家室,丹楹百处楼。"罗帐,见前《生查子·代赠》注释③。

⑤兰釭:美好的灯。釭,同"缸"。灯;油灯。梁元帝《草名诗》诗:"金钱买含笑,银釭影梳头。"唐崔道融《拟乐府子夜四时歌》诗:"银釭照残梦,零泪沾粉臆。"

⑥东风:见前《如梦令·有怀》注释③。

金人捧露盘　丰台看花①

跨雕鞍,携红袖②,出城中。望古台、烟霭濛濛③。漫云步障④,弄春倾国带深宫。春如留恋，歇马处，蓦地相逢⑤。　　罢金樽⑥，停檀板⑦，痴客泪，点青铜⑧。旧题词、柳絮轻笼。游丝不断，香车余地长新丛。落花难唤⑨，鸟衔起、费尽东风。

【编年】

据词义，可判断该词作于入清后。曹溶分别于多尔衮入京至清顺治四年丁亥（1647）正月，清顺治十年癸巳（1653）九月至清顺治十二年乙未（1655）十月两个时间段居北京。此词应作于期间某个春天。据词中深隐故国之思，极可能作清顺治二年乙酉（1645）或清顺治三年丙戌（1646）春天。

【笺注】

①丰台：北京城六区之一，位于北京市南部。

②红袖：本指女子的红色衣袖，此处借指美女。唐元稹《遭风》诗："唤上驿亭还酩酊，两行红袖拂尊罍。"宋晁端礼《蓦山溪》（广寒宫殿）词："绮罗香暖，不怕卷珠帘，沉醉了。樽前倒。红袖休来叫。"

③濛濛：迷茫貌。《诗·豳风·东山》"零雨其濛。"汉郑玄笺："归又道遇雨，濛濛然。"唐吉师老《鸳鸯》诗："江岛濛濛烟霭微，绿芜深处刷毛衣。"

④漫云两句：言看花所见。漫云，因有烟霭，故云。步障，见前《虞美人·同徐敬可看林家紫牡丹》注释⑤。倾国，指花。

⑤蓦地：出乎意料地；突然。宋章棨《声声令》（帘移碎影）词："花飞水远，便从今，莫追寻。又怎禁、蓦地上心。"宋张炎《解连环·孤雁》词："暮雨相呼，怕蓦地、玉关重见。"

⑥金樽：见前《霜天晓角·春怨》注释②。

⑦檀板：见前《浣溪沙·独坐》注释①。

⑧点青铜：言泪珠落到青铜器物上。

⑨落花三句：借落花言明清鼎革，明代灭亡，流露故国情怀。

祝英台近　太白酒楼①

赎汾阳②，呼杜甫③。笑脱锦裘舞④。古柳千条，还识酒人否。夜来铁笛声高⑤，徘徊骑鹤⑥，更何处、渔阳鼙鼓⑦。　　旧游处⑧。荒草空嵌唐碑，飞仙已归去。憔悴青衫⑨，诗瘦向谁语。忆他春在楼中，登楼更苦。恰剩得、满楼烟雨。

【编年】

此词或作于清顺治十三年丙申（1656）初。曹溶于清顺治十二年乙未（1655）外调广东布政使司左布政使，时又因受顾仁案牵连，遭降二级调用。曹溶于该年十二月底离京赴任，于清顺治十三年丙申（1656）春节已至天津（《静惕堂诗集》卷三十二有《丙申元日天津寓舍》）。故行至山东亦应在年初。

【笺注】

①太白酒楼：位于山东济宁市。李白生前曾寓居济宁。

②赎汾阳：宋乐史《李翰林别集序》："（李白）客并州，识汾阳王郭子仪于行伍间，为脱其刑责而奖重之。及翰林坐永王之事，汾阳功成，请以官爵赎翰林。上许之，因而免诛。"

③呼杜甫：唐杜甫《饮中八仙歌》诗："李白一斗诗百篇，长安市上酒家眠。天子呼来不上船，自称臣是酒中仙。"

④锦裘：用锦缝制的衣服。亦泛指华美衣服。唐高适《部落曲》诗："老将垂金甲，阏支著锦裘。"宋王质《满江红·幕府诸公郊外同集以病不去》词："空怅望、锦裘绣帽，玉珂金镫。"

⑤铁笛：铁制的笛管。相传隐者、高士善吹此笛，笛音响亮非凡。宋朱熹《武夷精舍杂咏·铁笛亭序》："（武夷山中之隐者刘君）善吹铁笛，有穿云裂石之声。"元萨都剌《升龙观夜烧香印上有吕洞宾老树精》诗："铁笛一声吹雪散，碧云飞过岳阳楼。"

⑥骑鹤：谓仙家、道士乘鹤云游。唐贾岛《游仙》诗："归来不骑鹤，身自有羽翼。"宋张孝祥《水龙吟·过浯溪》词："待相将把袂，清都归路，骑鹤去、三千岁。"

⑦渔阳鼙鼓：借指安史之乱。唐白居易《长恨歌》诗："渔阳鼙鼓动地来，惊破霓裳羽衣曲。"渔阳，地名，现天津市蓟县，因蓟县西北有一山，名

曰渔山，县城在山南，故古时名渔阳，唐时安禄山驻军在此；鼙鼓，古代军中用的小鼓。

⑧旧游处三句：言太白酒楼之荒芜现状，流露今昔之感。飞仙，指李白。

⑨青衫：作者自指。唐白居易《琵琶行》诗："座中泣下谁最多，江州司马青衫湿。"曹溶此时遭降两级外调，赴广东任，故曰。

前调　同杨香山次辛稼轩韵①

凤凰山②，乌鹊渡③。锦缆逗寒浦④。抱膝空林，世事几烟雨。羡他漉酒先生，萧萧三径⑤，把江左、黄花留住。　　那堪觑⑥。昨日燕市悲歌，霜髭镜中数⑦。残漏荒鸡⑧，耿耿十年语。漫嫌愁向春深，春光好处。便策取，紫骝前去⑨。

【编年】

此词无法确知具体创作年份。品词义，应作于入清后，或作于晚年。

【笺注】

①杨香山：见前《霜天晓角·同香山、敬可夜坐偶画》注释①。

②凤凰山：位于杭州市的东南面。主峰海拔178米，北近西湖，南接江滨，形若飞凤，故名。

③乌鹊渡：《淮南子》："七夕乌鹊填河成桥渡织女。"乌鹊，本指喜鹊，此处特指神话中七夕为牛郎、织女造桥使能相会的喜鹊。唐李邕《奉和初春幸太平公主》诗："织女桥边乌鹊起，仙人楼上凤凰来。"唐李商隐《辛未七夕》诗："岂能无意酬乌鹊，惟与蜘蛛乞巧丝。"

④锦缆：锦制的缆绳，精美的缆绳。唐杜甫《城西陂泛舟》诗："春风自信牙樯动，迟日徐看锦缆牵。"清陈维崧《永遇乐·东溪雨中修禊》词："锦缆笼沙，红栏委浪，一碧无际。"

⑤羡他三句：言羡慕陶渊明隐居生活。漉酒先生，指陶渊明。《南史·隐逸传上·陶潜》："郡将候潜，逢其酒熟，取头上葛巾漉酒，毕，还复著之。"

三径，汉赵岐《三辅决录·逃名》："蒋诩归乡里，荆棘塞门，舍中有三径，不出，唯求仲、羊仲从之游。"后因以"三径"指归隐者的家园。陶潜《归去来辞》："三径就荒，松竹犹存。"宋苏轼《次韵周邠》诗："南迁欲举力田科，三径初成乐事多。"

⑥那堪觑（qù）：不忍看。觑，看。

⑦霜髭：白须。唐方干《早春》诗："不信风光疾于箭，年来年去变霜髭。"宋苏轼《次韵僧潜见赠》诗："霜髭不剪儿童惊，公侯欲识不可得。"

⑧残漏荒鸡：残漏，将尽的漏壶滴水声。指天将明。古时以漏壶滴水计时，故云。唐戎昱《桂州腊夜》诗："晓角分残漏，孤灯落碎花。"荒鸡，指三更前啼叫的鸡。旧以其鸣为恶声，主不祥。《晋书·祖逖传》："（祖逖）与司空刘琨俱为司州主簿，情好绸缪，共被同寝。中夜闻荒鸡鸣，蹴琨觉曰：'此非恶声也。'因起舞。"宋苏轼《召还至都门先寄子由》诗："荒鸡号月未三更，客梦还家得俄顷。"

⑨紫骝：见前《浪淘沙·询孔子威坠马》注释③。

一丛花　再饮唐济武寓中①

蕊珠簪笔旧名都②。深意托征途。移床直踞芙蓉顶③，敕银鹿、休扰松鼯④。埋雪小亭，团圞琴趣⑤，此乐世间无。　　闲来说饼胜新酥。红友映冰壶⑥。排忧劝我须沉醉，听城上、三度啼乌。无分珥貂⑦，毺公懒也⑧，归倩好山扶⑨。

【编年】

此词作于清康熙二十年辛酉（1681）。唐济武罢官后，曾先后于清康熙十六年丁巳（1678）和清康熙二十年辛酉（1681）畅游吴越。并在第二次的游历中结识了吴陈琰。二人同游半载，相互酬唱往来，并结集为《辛酉同游倡和集》。唐济武《辛酉同游倡和集序》云："辛酉吴越之役栖迟最久，得于武林交吴子宝崖。吴子于此道擅场，自其童子时即优为之。一日闻余与曹秋岳侍郎倡和《万年欢》数阕，率尔过访，即携其卷以去。居无何，尽和之以示余。视之，殆贺鉴所云'子盖谪仙人也！'遂相订为汗漫之游。"吴陈琰在序言中也说："豹岩唐先生往岁与秋岳曹司农和史梅溪旧词各十阕，各极其盛。余爱而和之，得十三阕。先生谬加叹赏而付之梓。既而又拉余为檇李之游，司农觞余辈于倦圃，余即席倡《摸鱼子》词。越数日诸公次第属和各十五六阕。"从两人序言可知，曹溶与唐济武、吴陈琰的交往以及作《万年欢》和《摸鱼儿》组词，应在清康熙二十年辛酉（1681）。另一证据，曹溶于清康熙十六年丁巳（1678）冬始从福建回乡，而唐济武于清康熙十六年丁巳（1678）的吴越之游，时间并不长，故这些词应该作于清康熙二十年辛酉（1681）的交游过程中。

【笺注】

①唐济武：唐梦赉（1627—1698），字济武，号岚亭，别号豹祴。山东淄川人。清代文学家。清顺治六年己丑（1649）进士。改庶吉士，授检讨，后因事罢归。工诗文，有《志壑堂集》。

②蕊珠句：言唐济武曾担任检讨事。蕊珠，即蕊珠宫，道教经典中所说的仙宫。唐钱起《暇日览旧诗因以题咏》诗："筐篋静开难似此，蕊珠春色海中山。"宋徽宗《燕山亭·见杏花作》词："新样靓妆，艳溢香融，羞杀蕊珠宫女。"此处借指京城。簪笔，古代朝见，插笔于冠，以备纪事。

③移床句：坐在木莲树上。极言生活之闲适。床，古代坐具。《礼记·内则》："父母舅姑将坐，奉席请何乡；将衽，长者奉席请何趾，少者执床与坐。"陈澔集说："床，《说文》云：'安身之几坐。'非今之卧床也。"唐颜真卿《张长史十二意笔法意记》："张公乃当堂踞床而坐，命仆居于小榻。"芙蓉，木莲，即木芙蓉。落叶大灌木，秋季开花，花大有柄，色有红白，晚上变深红。可插枝蕃植，供观赏，叶和花均可入药。南朝陈江总《南越木槿赋》："千叶芙蓉讵相似，百枝灯花复羞燃。"宋宋祁《木芙蓉》诗："芙蓉本作树，花叶两相宜。慎勿迷莲子，分明立券辞。"

④敕银鹿句：禁止家仆银鹿打扰松鼠。银鹿，颜真卿的家僮名。唐李肇《唐国史补》卷上："颜鲁公之在蔡州，再从侄岘家僮银鹿始终随之。"后用

以代称仆人。明张煌言《仆还》诗："自是无银鹿，犹胜形影单。"明末清初顾炎武《与王山史手札》："明早登山，不敢烦起居，得一银鹿指引，足竟诸处。"松鼯，松鼠。清吴伟业《松鼠》诗："谡然见松鼯，抟树向人立。"

⑤团圞：团栾。团聚。元赵雍《江城子》（仙肌香润玉生寒）词："花梢新月几时圆？再团圞，是何年？"明高攀龙《与秦华玉书》："行时劳费亲丈者至矣。是日为团圞之乐，又为离别之悲。"

⑥红友：酒的别称。古人酒以红为恶，白为美，酒红则浊，白则清，故称薄酒为红友。明王世贞《三月三日屋后桃花下与儿子小酌红酒》诗："偶然儿子致红友，聊为桃花飞白波。"清朱彝尊《迈陂塘·答沉融谷即送其游皖口》词："留君且住，唤红友传杯，青猨翦烛，伴我夜深语。"

⑦珥貂：插貂尾。汉侍中、常侍之冠插貂尾，加金珰，附蝉为饰。

⑧嵇公：嵇康，此处曹溶借以自指。嵇康（223年前后—263年前后），字叔夜，三国魏谯郡铚（今安徽省亳州市涡阳县）人，因曾官至曹魏中散大夫，故后世又称嵇中散。魏晋"竹林七贤"之一，与阮籍齐名。因不与司马氏政权合作，被构陷处死。曹溶借嵇康自指，可见其对清朝态度。

⑨倩（qìng）：见《南乡子·徐电发自钱塘署中贻菊庄词，寄此》注释④。

前调　三饮济武寓中

午阴招去踏芳堤。记得宋时溪①。层冰舞作蛟龙势。恨难上、千仞霞梯②。深坐解愁，金缸乍烬③，春在画帘西。　　红牙拍遍天如泥④。蕉叶又编题⑤。山光钲鼓沉埋后⑥，有狂客、方许幽栖。还怕分襟⑦，多将松竹，付与杜鹃啼⑧。

【编年】

此词作于清康熙二十年辛酉（1681）。

【笺注】

①记得句：杭州曾为南宋都城，故云。

②霞梯：犹云梯。喻升天成仙之路。唐李益《登天坛夜见海日》诗："霞梯赤城遥可分，霓旌绛节倚彤云。"唐司空图《梦中》诗："几多亲爱在人间，上彻霞梯会却还。"

③金釭：又作"金缸"，金质的灯盏、烛台。《文选·谢庄〈宋孝武宣贵妃诔〉》："庭树惊兮中帷响，金釭暖兮玉座寒。"刘良注："金釭，谓金盏置灯也。"唐齐己《江寺春残寄幕中知己二首》诗其二："秋加玉露何伤白，夜醉金釭不那红。"

④红牙：见前《青衫湿·田戚畹家姬东哥，甲申后为教师，遇之，有感》注释⑥。

⑤蕉叶：浅底的酒杯。宋胡仔《苕溪渔隐丛话后集·回仙》引宋陆元光《回仙录》："饮器中，惟钟鼎为大，屈卮螺杯次之，而梨花蕉叶最小。"宋陈造《雪夜与师是棋次前韵》诗："掀髯得一笑，为汝倒蕉叶。"

⑥钲（zhēng）鼓：本指钲和鼓。古代行军或歌舞时用以指挥进退、动静的两种乐器。《汉书·平帝纪》："遣执金吾候陈茂假以钲鼓，募汝南、南阳勇敢吏士三百人。"《新唐书·南蛮传下·骠》："每拜跪，节以钲鼓……歌已，俯伏，钲作，复揖舞。"

⑦分襟：犹离别，分袂。唐王勃《春夜桑泉别王少府序》："他乡握手，自伤关塞之春；异县分襟，竟切凄怆之路。"元萨都剌《别高照庵》诗："分襟在今日，握手又何年？"

⑧杜鹃：见前《鹧鸪天·送项峋雪游山阴，兼讯刘苾臣》注释④。

御街行　题程云来小像①

珊瑚随处系渔竿②。香水对浮岚。风光况肯留人住③，也谁能、复据雕鞍。古今高士，龙蛇变化，同作五湖看④。　　连朝相讯酒肠宽。欢伯报平安⑤。如君岂忍抛春去，也正当、绿遍红攒⑥。乔松倚杖，名花拂屦⑦，难信草堂寒。

【编年】

此词无法确知具体创作年份。

【笺注】

①程云来：程林，字云来，别号静观居士，生卒年不详，清代新安（今安徽歙县）槐塘人。程衍道、敬通的族孙。有巧思绝艺，善画，精刻篆，工文章。流寓西泠（杭州），闭门著书。钻研医学近30年，撰有《伤寒论集注》（见《金匮要略直解》凡例）、《金匮要略直解》三卷、《本草笺要》、《一屋微言》、《医暇厄言》二卷、《即得方》及《圣济总录纂要》二十六卷（《四库全书》著录）。

②珊瑚：由珊瑚虫分泌的石灰质骨骼聚结而成的东西，状如树枝，多为红色，也有白色或黑色的。汉班固《西都赋》："珊瑚碧树，周阿而生。"宋毛滂《忆秦娥·冬夜宴东堂》词："醉醉。醉击珊瑚碎。花花。先借春光与酒家。"

③风光二句：言风光若肯留人，没人愿意鞍马征程。据，跨。据雕鞍，跨着马鞍。亦借指行军作战。宋刘克庄《军中乐》诗："将军贵重不据鞍，夜夜发兵防隘口。"清钱谦益《贵州布政使司右参政陈府君墓志铭》："师还之日，磨厓染翰，沾沾自喜，庶几有据鞍裹革之志焉。"

④五湖：见前《霜天晓角·同香山、敬可夜坐倦圃》注释③。

⑤欢伯：酒。汉焦赣《易林·坎之兑》："酒为欢伯，除忧来乐。"唐陆龟蒙《对酒》诗："后代称欢伯，前贤号圣人。"清钱谦益《次韵徐叟文虹七十自寿》诗："浮生作伴皆欢伯，白眼看人即睡乡。"

⑥攒（cuán）：簇聚，聚集。

⑦履（lǚ）：鞋。唐韩愈《喜雪献裴尚书》诗："履弊行偏冷，门扃卧更羸。"

踏青游　闺情

几阵杨花①，院落凄然寒食②。又堕向、送别楼侧。任笙歌③，阑珊去④、旗亭野草如织⑤。休说东风旧识⑥。为东风惹他相忆。　自起卷帘，凝眸乍疑金勒⑦。有杜宇、声声将息⑧。拚清泪⑨，常流到、大江南北。日长怕春倦，泪也有时无力。

【编年】

此词无法确知具体创作年份。

【笺注】

①杨花：见前《采桑子·姑苏顾氏席上小鬟》注释③。

②寒食：见前《虞美人·泊京口有寄》注释②。

③笙歌：合笙之歌，亦谓吹笙唱歌。又多泛指奏乐唱歌。宋毛滂《武陵春》（城上落梅风料峭）词："插帽殷罗金缕细，燕燕早随人。留取笙歌直到明。莲漏已催春。"宋沈蔚《转调蝶恋花》（渐近朱门香夹道）词："渐近朱门香夹道。一片笙歌，依约楼台杪。"

④阑珊：残，将尽；衰残。宋贺铸《小重山》（帘影新妆一破颜）词："歌断酒阑珊，画船箫鼓转，绿杨湾。"南唐李煜《浪淘沙》（帘外雨潺潺）词："帘外雨潺潺，春意阑珊。"

⑤旗亭：见前《唐多令·戏答方敦四》注释⑧。

⑥东风：见前《如梦令·有怀》注释③。

⑦金勒：金饰的带嚼口的马络头。南北朝祖孙登《紫骝马》诗："飞尘暗金勒，落泪洒银鞍。"唐白居易《洛桥寒食日作十韵》诗："连钱嚼金勒，凿落写银罂。"

⑧杜宇：见前《鹧鸪天·送项峒雪游山阴，兼讯刘苾臣》注释④释"子规"。

⑨拚（pàn）豁出去，舍弃不顾。后作"拼"。唐牛峤《菩萨蛮》（玉炉冰簟鸳鸯锦）词："须作一生拚，尽君今日欢。"宋张孝祥《鹧鸪天》（又向荆州住半年）词："今宵拚醉花迷坐，后夜相思月满川。"

蓦山溪　与王襄璞饮酒①

闲心千种，惟有秋难着。孤雁不禁寒，又边鼓②、吹开画阁。曾移小舸，吹笛弄江烟，多少事，耐寻思，斜倚阑干角③。　　新添白发④，回首平生错。无故踏征尘⑤，早辜负、花间翠箔。飞觥相属⑥，同是客中人⑦，檀板急⑧，舞裙轻，赢得肌如削〔一〕。

【校勘】

〔一〕"赢"，南京大学中国语言文学系全清词编纂委员会编《全清词》（顺康卷）作"羸"，锯词义，当作"赢"。

【编年】

此词作于清康熙二年癸卯（1663）至清康熙六年丁未（1667）曹溶官山西大同期间。

【笺注】

①王襄璞：见前《南柯子·王家歌姬》注释①。

②边鼓：乐器名。

③阑干：见前《如梦令·有怀》注释②。

④新添两句：言年齿渐长，鬓发增白，回首往昔，选错仕途道路。曹溶追悔踏入清朝仕途。

⑤无故两句：言因错选仕途道路，辜负了美好生活。翠箔，绿色的帘幕。唐毛熙震《木兰花》（掩朱扉）词："掩朱扉，钩翠箔，满院莺声春寂寞。"宋陆游《梦至成都怅然有作》诗："春风小陌锦城西，翠箔珠帘客意迷。"

⑥觥：饮酒器。古代用兽角制，后也用木或青铜制。腹椭圆形或方形，底为圈足或四足，有把手，盖作成带角的兽头形或长鼻上卷的象头形，也有整体作兽形的。有的觥内附有酌酒用的勺。盛行于商代和西周前期。《诗·周南·卷耳》："我姑酌彼兕觥，维以不永伤。"毛传："兕觥，角爵也。"

⑦同是句：王襄璞，直隶（今河北）曲周人，时任山西左布政使。曹溶，

浙江人，时于山西大同任职。二人都是他乡为官，故曰。

⑧檀板：见前《浣溪沙·独坐》注释①。

洞仙歌　同叶星期探桂未开①，感赋

今年白露②，嫩蕊帘前卖。生怕风飘满罗带。到湖阴、荡浆闲逐文鱼③，思折得，付与纳凉人戴。　　谁家留古墅④，草没窗楞，似向愁时把愁赛。老干只参天⑤，冷碧斜飞，铺一片影娥词债⑥。算此世、黄金百无情，并月底幽花，暗螿啼坏⑦。

【编年】

此词无法确知具体创作年份。

【笺注】

①叶星期：叶燮（1627—1703），字星期，号己畦。嘉兴（今属浙江）人。清初诗论家。晚年定居江苏吴江之横山，世称横山先生。叶绍袁、沈宜修幼子。清康熙九年庚戌（1670）进士，清康熙十四年乙卯（1675）任江苏宝应知县。任上，参加镇压三藩之乱和治理境内被黄河冲决的运河。不久因耿直不附上官意，被借故落职，后纵游海内名胜，寓佛寺中诵经撰述。代表作有诗论著作《原诗》、诗文集《己畦集》等。

②白露：二十四节气之一。每年在阳历九月八日前后。

③文鱼：鲤鱼。一说为有翅能飞的鱼。《楚辞·九歌·河伯》："乘白鼋兮逐文鱼，与女游兮河之渚。"王逸注："言河伯游戏，远出乘龙，近出乘鼋，又从鲤鱼也。"洪兴祖补注："陶隐居云：鲤鱼形既可爱，又能神变，乃至飞越山湖，所以琴高乘之。"《文选·曹植〈洛神赋〉》："腾文鱼以警乘，鸣玉鸾以偕逝。"李善注："文鱼有翅，能飞。"唐花蕊夫人《宫词》诗其一二一："嫩荷香扑钓鱼亭，水面文鱼作队行。"

④谁家两句：言桂树所在院落，荒草没过窗格。窗楞，窗格。元萨都剌《竹枝词》诗："湖上美人弹玉筝，小莺飞度绿窗楞。"清王士禄《江城子·

闲庭》词："秋千摇影月微明。到闲庭，绝人声，一点红灯，依约绿窗棂。"

⑤老干三句：言桂树枝干高大，树冠枝繁叶茂。

⑥影娥：影娥池的省称。汉代未央宫中池名。本凿以玩月，后以指清澈鉴月的水池。《三辅黄图·未央宫》："影娥池，武帝凿以玩月。其旁起望鹄台，以眺月影入池中，亦曰眺蟾台。"唐上官仪《咏雪应诏》诗："花明栖凤阁，珠散影娥池。"清纳兰性德《鹊桥仙·七夕》词："乞巧楼空，影娥池冷，说著凄凉无算。"亦省作"影娥"。明夏完淳《冰池如月赋》："飘红叶则落桂一枝，映青楼则影娥半面。"清纳兰性德《清平乐·元夜月蚀》词："影娥忽泛初弦，分辉借与宫莲。"

⑦蜣（jiāng）：寒蜣。也称寒蝉。较小，墨色，有黄绿色斑点，秋天出来啼叫。南朝陈徐陵《中妇织流黄》诗："数锾经无乱，新蜣纬易牵。"宋王沂孙《声声慢》（啼蜣门静）词："啼蜣门静，落叶阶深，秋声又入吾庐。"

前调　赠崔兔床①

写诗江上②，划蕉峰苍藓。如虎须髯向风搧。回眸惊、薄暮贮酒空肠，葫芦侧③，难忆盛年歌管。　戍楼微梦在④，宋玉情孤⑤，十二巫云翠轮短⑥。唤樵舟共载，绾柳成鞭⑦，岛瘦郊寒应不免⑧。许我再、相逢白头时，但密雪书床，将灯细剪⑨。

【编年】

此词无法确知具体创作年份。

【笺注】

①崔兔床：崔干城，中州人，曾流寓江苏邳州。明遗民，与阎尔梅交密。

②写诗三句：言写诗字迹苍劲有力。

③葫芦：盛酒的器具。宋黄庭坚《渔家傲》（踏破草鞋参到了）词："何处青旗夸酒好。醉乡路上多芳草。提著葫芦行未到。"宋刘山老《满庭芳》（跛子年来）词："选甚南州北县，逢著处、酒满葫芦。"

· 118 ·

④戍楼：边防驻军的瞭望楼。南朝梁元帝《登堤望水》诗："旅泊依村树，江槎拥戍楼。"唐高适《塞上听吹笛》诗："雪净胡天牧马还，月明羌笛戍楼间。"

⑤宋玉，又名子渊，战国时鄢（今襄樊宜城）人，生于屈原之后，或曰是屈原弟子。好辞赋，为屈原之后辞赋家，与唐勒、景差齐名。《汉书·卷三十·艺文志第十》录其赋16篇，今多亡佚。

⑥巫云：巫山之云。宋玉《高唐赋》序："昔者先王尝游高唐，怠而昼寝。梦见一妇人，曰：'妾巫山之女也，为高唐之客。闻君游高唐，愿荐枕席。'王因幸之。去而辞曰：'妾在巫山之阳，高丘之阻，旦为朝云，暮为行雨，朝朝暮暮，阳台之下。'旦朝视之，如言，故为之立庙，号曰朝云。"后遂用为男女幽会的典实。南唐冯延巳《鹊踏枝》（烦恼韶光能几许）词："心若垂杨千万缕，水阔花飞，梦断巫山路。"

⑦绾（wǎn）：盘绕成结。唐李贺《大堤曲》诗："青云教绾头上髻，明月与作耳边珰。"唐刘禹锡《杨柳枝词九首》诗其七："如今绾作同心结，将赠行人知不知？"

⑧岛瘦郊寒：宋苏轼《祭柳子玉文》："元轻白俗，郊寒岛瘦。嚼然一吟，众作卑陋。"

⑨将灯细剪：唐李商隐《夜雨寄北》诗："何当共剪西窗烛，却话巴山夜雨时。"

华胥引 题画梨花牡丹，次张叔夏韵①

徐熙妙腕②，团合花魂，尺缣疑湿③。曳露含风④，胭脂到底输淡白。借他闭雨门深⑤，梦洛阳香国⑥，狂客成诗⑦，酒酣殿上小立。　何处浓华⑧，遽相恼、素娥闲逸。雪妆初就，冷落歌钟不得⑨。三月纷纷车马，遍江南江北。撩乱休嫌，要人紧护春色。

【编年】

此词无法确知具体创作年份。

【笺注】

①张叔夏：张炎（1248—1320），字叔夏，号玉田，晚年号乐笑翁。祖籍陕西凤翔。"西湖吟社"重要成员，妙解音律。前半生居临安，生活优裕，宋亡后家道中落，晚年漂泊落拓。著有《山中白云词》，存词302首。

②徐熙：五代南唐杰出画家。江宁（今南京）人。一作钟陵（今江西进贤）人。生于唐僖宗光启年间，开宝末年（975）随李后主归宋，不久病故。一生未官，性情豪爽旷达，志节高迈。善画花竹林木，蝉蝶草虫。

③尺缣（jiān）：长一尺的绢。极言其小。缣，作画的绢。

④曳露两句：言红色牡丹花不如淡白色美丽。曳，飘摇。到底，毕竟，终究。宋王自中《念奴娇·题钓台》词："到底轩裳，不如蓑笠，久矣心相与。"宋汪元量《莺啼序·重过金陵》词："清谈到底成何事？回首新亭，风景今如此。"胭脂，见前《江城子·雪夜》注释④。

⑤借他句：宋秦观《鹧鸪天》（枝上流莺和泪闻）词："甫能炙得灯儿了，雨打梨花深闭门。"

⑥梦洛阳句：洛阳盛产牡丹，故曰。

⑦狂客两句：《李太白文集》卷三十《附录》："开元中禁中初重木芍药，即今牡丹也。（《开元天宝花木记》云：'禁中呼木芍药为牡丹。'）得四本红、紫、浅红、通白者，上因移植于兴庆池东沉香亭前。会花方繁开，上乘照夜车，太真妃以步辇从，诏选梨园弟子中尤者得乐一十六色。李龟年以歌擅一时之名，手捧檀板，押众乐前将欲歌之。上曰：'赏名花对妃子焉用旧乐？'辞焉。遽命龟年持金花笺。宣赐翰林供奉李白立进《清平调》词三章。白欣然承诏旨，由若宿醒未解。因援笔赋之。"

⑧何处两句：言浓艳的花不如素淡的花漂亮。素娥，月宫白衣仙女。旧题唐柳宗元《龙城录·明皇梦游广寒宫》："见有素娥十余人，皆皓衣，乘白鸾，往来舞笑于广陵大桂树之下。"此处借指白色花。

⑨歌钟：歌乐声。唐李白《魏郡别苏明府因北游》诗："青楼夹两岸，万

家喧歌钟。"唐韦庄《病中闻相府夜宴》诗："满筵红蜡照香钿，一夜歌钟欲沸天。"

江城梅花引　秋思

夕阳山阔戍楼空①。厌西风②。已西风。何事风吹偏向客愁中。沙草斜连铜狄路③，酒旗卷，一程程，绕汉宫④。　汉宫⑤。汉宫。扫残红。花一丛。柳一丛。忆也忆也⑥，忆远送、又泣孤鸿。可惜鸳鸯湖上冷归篷。谩道梦魂能识路⑦，今夜里，比春来，梦不同。

【编年】

此词作于清康熙二年癸卯（1663）至清康熙六年丁未（1667）曹溶官山西大同期间。《汉书》卷二十七《五行志下之上》："史记秦始皇帝二十六年，有大人长五丈，足履六尺，皆夷狄服，凡十二人，见于临洮……是岁始皇初并六国，反喜以为瑞，销天下兵器，作金人十二以象之。"后因称"铜人"为"铜狄"。大同在秦朝为雁门郡和代郡所分辖，从词中的"铜狄路"和曹溶身世经历可以判断，这首词应作于其任职大同期间。

【笺注】

①戍楼：见前《洞仙歌·赠崔兔床》注释④。

②西风：秋风。古时以东西南北四个方位配春夏秋冬，西方是秋天的方位。故秋风曰西风。唐李白《忆秦娥》（箫声咽）词："音尘绝，西风残照，汉家陵阙。"南唐李璟《浣溪沙》（菡萏香销翠叶残）词："菡萏香销翠叶残，西风愁起绿波间。"

③铜狄：铜铸之人。即"铜人"，亦称"金人"。唐王勃《乾元殿颂序》："铜狄分形，肃严肩於左序。"金刘迎《赠人》诗："蓬莱咫尺三万里，铜狄因循五百年。"

④汉宫：汉朝宫殿。亦借指其他王朝的宫殿。南朝陈后主《昭君怨》诗："图形汉宫里，遥聘单于庭。"唐杜甫《投赠哥舒开府翰》诗："日月低秦树，

乾坤绕汉宫。"

⑤汉宫五句：言今日已残败之汉宫，昔日却是花柳丛丛，艳美至极。汉宫，此处借指明朝宫殿。

⑥忆也两句：言对昔日之美景，只能在回忆中重现。孤鸿，曹溶自喻。言"汉宫"衰落后孤苦无依。

⑦谩道四句：言今夜梦魂不同一般，极可能寻找失去的"汉宫"。谩道，休说，别说。宋晏殊《破阵子》（海上蟠桃易熟）词："谩道秦筝有剩弦，何曾为细传？"宋张抡《朝中措》（松江西畔水连空）词："谩道金章清贵，何如蓑笠从容。"

前调　除夕和赤豹①

萧萧疏影弄新红。盼东风②。未东风。眼角一杯香气透帘栊③。酒自着人人自懒，凄凉甚，莽关山④，剩倦翁⑤。　　倦翁。倦翁。小楼中。灯又浓。梦又重。夜也夜也，夜过半、难解诗穷。赖有长笺清响寄高鸿。总把寒更吹教暖，春动也，怕春光，不属侬⑥。

【编年】

从"酒自着人人自懒，凄凉甚，莽关山，剩倦翁"中"关山"可以推断，此词应作于清康熙二年癸卯（1663）至清康熙六年丁未（1667）曹溶官山西大同期间。

【笺注】

①赤豹：见前《采桑子·寄赤豹》注释①。

②东风：见前《如梦令·有怀》注释③。

③帘栊：亦作"帘笼"。窗帘和窗牖。也泛指门窗的帘子。南朝梁江淹《杂体诗·效张华〈离情〉》："秋月映帘笼，悬光入丹墀。"宋舒亶《虞美人·周园欲雪》词："便道无端柳絮、逼帘栊。"

④关山：见前《江城子·雪夜》注释⑧。

⑤倦翁：曹溶自指。

⑥侬：见前《菩萨蛮·茉莉》注释③。此对前文"倦翁"而言。

惜红衣 美人鼻

黛角棱分①，山尖样软，浅涡双亸。界破花钿②，何曾用梳裹。酸来自拥③，刚配得目低眉锁。婀娜。芳缕乍迎，胜樱桃含颗。　凝脂欲涴④。槎粉无痕⑤，遮他杏衫可。攀枝嗅蝶，宝鼎拨新火⑥。为问镂金罗带⑦，拭涕背人知么。感嚏频应是，思我好春闲坐。

【编年】

此词无法确知具体创作年份。

【笺注】

①黛角三句：分别描绘鼻梁、鼻尖儿和鼻子下方两侧的酒窝。亸（duǒ），垂下貌。宋卢祖皋《更漏子》（玉钩裁）词："钗半亸，鬓慵梳。新来消瘦无。"

②界破句：言美人鼻子界立面容中间。界破，划破。唐徐凝《庐山瀑布》诗："今古长如白练飞，一条界破青山色。"宋曾巩《金线泉》诗："无风到底尘埃尽，界破冰霜一片天。"花钿，古时妇女脸上的一种花饰。唐白居易《长恨歌》诗："花钿委地无人收，翠翘金雀玉搔头。"宋孙惟信《昼锦堂》（薄袖禁寒）词："映户盈盈，回倩笑、整花钿。"此处借以比喻美女的面容。

③酸来两句：言美人鼻酸，低头皱眉拥鼻。

④涴（wò）：污染；弄脏。唐杜甫《虢国夫人》诗："却嫌脂粉涴颜色，淡扫蛾眉朝至尊。"

⑤槎（chá）：木筏。此处疑为"搓"（cuō）之误。搓，揉擦。

⑥宝鼎：香炉。因作鼎形，故称。宋郭应祥《鹧鸪天·戊辰生日自作》词："试拈疏蕊铜瓶插，更把轻沉宝鼎烧。"又《踏莎行·七月十六日寿胡季海》词："宝鼎浓熏，金翘绝唱。真珠百斛倾家酿。"

⑦为问两句：言美人伤心流涕，擦到金罗带上。

东风齐着力　春怨

寒食初分①，酸风犹急，敝尽貂裘。宾朋广坐，乐事也难留。况值频吹画角②，人消瘦、懒上秦楼③。驼峰底④，丝丝鬈雪，尘满吴钩⑤。　远泪不须流。从此去、岁华暖到筌篌⑥。陌头草绿，辇道美人游⑦。竞劝金壶酒罢，轻帆动、细雨兰舟⑧。谁知是、依然冷塞⑨，不断新愁。

【编年】

从下片末句"谁知是、依然冷塞，不断新愁"之"冷塞"可推知，此词应作于清康熙二年癸卯（1663）至清康熙六年丁未（1667）曹溶官山西大同期间。"寒食初分，酸风犹急，敝尽貂裘"亦符合大同的气候特征。

【笺注】

①寒食三句：极言清明时节仍旧很冷。寒食，见前《虞美人·泊京口有寄》注释②。酸风，刺人的寒风。唐李贺《金铜仙人辞汉歌》诗："魏官牵车指千里，东关酸风射眸子。"貂裘，用貂皮制成的衣裘。宋李好古《江城子》（从来难蓟是离愁）词："男儿三十敝貂裘。强追游。梦魂羞。"

②画角：古管乐器。传自西羌。形如竹筒，本细末大，以竹木或皮革等制成，因表面有彩绘，故称。发声哀厉高亢，古时军中多用以警昏晓，振士气，肃军容。帝王出巡，亦用以报警戒严。宋秦观《满庭芳》（山抹微云）词："山抹微云，天粘衰草，画角声断谯门。"

③秦楼：指妓院。唐李白《忆秦娥》（箫声咽）词："箫声咽，秦娥梦断秦楼月。秦楼月，年年柳色，灞陵伤别。"宋柳永《西平乐》（尽日凭高目）词："秦楼凤吹，楚馆云约。"

④驼峰：骆驼背上的肉峰。古代作为珍馐之一。唐段成式《酉阳杂俎·酒食》："将军曲良翰，能为驴驳驼峰炙。"宋周密《癸辛杂识续集上·驼峰》："驼峰之隽，列于八珍。"清朱彝尊《题颜司勋光敏写照》诗："吟羹削

驼峰，贳酿搅牛潼。"

⑤吴钩：钩，兵器，形似剑而曲。春秋吴人善铸钩，故称。后也泛指利剑。唐李贺《南园十三首》诗其五："男儿何不带吴钩，收取关山五十州。"宋辛弃疾《水龙吟·登建康赏心亭》词："把吴钩看了，栏杆拍遍，无人会，登临意。"

⑥箜篌：见前《荷叶杯·怨思》其二注释④。

⑦辇（niǎn）道：可乘辇往来的宫中道路。

⑧兰舟：见前《望江南》其三注释④。

⑨冷塞：寒冷的边塞。此处指大同。

法曲献仙音　南汉铁塔①

茉莉编球，毻装锦②，霸府犹传香土③。蜃海璇宫④，刘郎无恙⑤，栖禅似怜儿女⑥。向逐鹿⑦，神州日⑧，南天坠花雨⑨。　大豪举⑩。聚宫中、黑金生铸。磨灭尽、只剩纪年数语。想像出游时，拥珠軿、人影如絮⑪。铁石非坚，问千年、活计何许⑫。尽情痴论古。殿角鹧鸪飞去。

【编年】

此词作于清顺治十三年丙申（1656）至清顺治十四年丁酉（1657）曹溶官广东布政使司左布政使期间。

【笺注】

①南汉铁塔：即位于广州光孝寺，分东西铁塔。西铁塔建于五代南汉大宝六年癸亥（963），是南汉后主刘鋹的太监龚澄枢与邓氏三十二娘合造。塔身各面铸满小佛，故又称"千佛铁塔"。东铁塔以刘鋹名义铸造，成于南汉大宝十年丁卯（967），风格与西铁塔大致相同。

②毻毺（tà dēng）：一种有细花纹的毛毯。唐李贺《宫娃歌》诗："象口吹香毻毺暖，七星挂城闻漏板。"宋陈与义《小阁晨起》诗："今晨胡床冷，愧我无毻毺。"

③霸府：晋、南北朝和五代时势力强大，终成王业的藩王或藩臣的府署。《旧五代史·梁书·末帝纪上》："重念太祖皇帝，尝开霸府，有事四方。"此处指南汉刘氏府署。

④蜃海璇宫：指南汉宫殿。刘鋹祖父刘龑在位时建造玉堂珠殿，极奢华，金银珠宝，奇异珍玩装饰其中。蜃海，神话中地名。宋刘辰翁《瑞龙吟·和玉圣与寿韵》词："怎不早，翩翩向青州住。回头蜃海，已沉花雾。"璇宫，玉饰的宫殿。多指王宫。晋王嘉《拾遗记·少昊》："少昊以金德王，母曰皇娥，处璇宫而夜织。"清陈梦雷《西洋贡狮子赋》："凝龙图于黼座，握凤历于璇宫。"

⑤刘郎：此指南汉后主刘鋹。

⑥栖禅：亦作栖禅，犹坐禅。《魏书·释老志》："昔如来阐教，多依山林，今此僧徒，恋着城邑。岂湫隘是经行所宜，浮喧必栖禅之宅，当由利引其心，莫能自止。"唐黄滔《壶公山》诗："井通鳅吐脉，僧隔虎栖禅。"

⑦逐鹿：《史记·淮阴侯列传》："秦失其鹿，天下共逐之，于是高材疾足者先得焉。"裴骃集解引张晏曰："以鹿喻帝位也。"后因以"逐鹿"喻争夺统治权。宋汪宗臣《酹江月·题乌江项羽庙》词："白蛇宵断，逐鹿人、交趁罾鱼群起。"宋张炎《甘州·赋众芳所在》词："又何心逐鹿，蕉梦正钱塘。"

⑧神州：指中原地区。南朝宋刘义庆《世说新语·言语》："王丞相愀然变色曰：'当共戮力王室，克复神州，何至作楚囚相对！'"宋张元干《贺新郎·送胡邦衡待制赴新州》词："梦绕神州路，怅秋风、连营画角，故宫离黍。"

⑨花雨：佛教语。诸天为赞叹佛说法之功德，而散花如雨。《仁王经·序品》："时无色界雨诸香华，香如须弥，华如车轮。"后用为赞颂高僧颂扬佛法之词。唐李华《润州鹤林寺故径山大师碑铭》："十里花雨，四天香云，幢幡盖网，光蔽日月。"唐李白《寻山僧不遇作》诗："香云遍山起，花雨从天来。"

⑩大豪举两句：言南汉后主时期铸造铁塔事。

⑪珠軿（píng）：有珠玉装饰的有帷盖的车子。軿，有帷盖的车子。

⑫活计：此处指铁塔。

前调　饮济武寓中①

小幔笼香②，短墙围玉③，认得元龙庭院④。兽炭排寒⑤。虫编映日⑥，都将尘世偷换。看屋里，青山好⑦，烟城已天半。　　寻诗伴。卷葱渫、漉浆浇饼⑧，酣适甚、花底似闻莺管。淡泞客心长⑨，总无殊、飞絮春软。恣劈红笺，选琼瑶⑩、随风宛转⑪。愿江南且住，曳杖柳阴频见。

【编年】

此词作于清康熙二十年辛酉（1681）。

【笺注】

①济武：见前《一丛花·再饮唐济武寓中》注释①。

②幔：帐幕。

③短墙：矮墙。唐白居易《井底引银瓶》诗："妾弄青梅凭短墙，君骑白马傍垂杨。"宋吴文英《双双燕》（小桃谢和）词："多少呢喃意绪。尽日向、流莺分诉。还过短墙，谁会万千言语。"

④元龙：东汉陈登，字元龙。《三国志·魏志·陈登传》载，许汜与刘备论陈元龙，汜曰："昔遭乱过下邳，见元龙。元龙无客主之意，久不相与语，自上大床卧，使客卧下床。"后以"元龙高卧"为怠慢客人之典实。此处以元龙喻济武，言其率性也。

⑤兽炭：刻成兽状的炭。一般烧制的品质比较好，温度高，无烟。宋杜安世《临江仙》（太史占天云物好）词："金炉红兽炭，一举寿杯空。"宋曹勋《满庭芳》（风搅长空）词："有个红炉暖处，围兽炭、不管宵残。"

⑥虫编：民间手工艺品。编成虫状，故名。

⑦青山：指归隐之处。唐贾岛《答王建秘书》诗："白发无心镊，青山去意多。"宋范仲淹《寄石学士》诗："与君尝大言，定作青山邻。"

⑧卷葱句：言把蒸葱卷在饼里，并在饼上浇上汤汁。渫（yì），蒸葱。

⑨淡泞：清新明净。唐贯休《和韦相公见示闲卧》诗："宽平开义路，淡

泞润清田。"宋柳永《木兰花·杏花》词:"天然淡泞好精神,洗尽严妆方见媚。"

⑩琼瑶:喻美好的诗文。《文选·江淹〈杂体诗·效谢惠连"赠别"〉》:"烟景若离远,未响寄琼瑶。"李善注:"琼瑶,谓玉音也。"唐高适《酬李少府》诗:"日夕捧琼瑶,相思无休歇。"

⑪宛转:回旋、盘曲,蜿蜒曲折。《楚辞·刘向〈九叹·逢纷〉》:"揄扬涤荡漂流陨往触崟石兮,龙邛脟圈缭戾宛转阻相薄兮。"王逸注:"言水得风则龙邛缭戾与险阻相薄,不得顺其流性也。"明袁凯《杨白花》诗:"杨白花,飞入深宫里,宛转房栊间,谁能复禁尔?"

满江红　钱塘观潮①

浪涌蓬莱②,高飞撼、宋家宫阙③。谁荡激④、灵胥一怒,惹冠冲发?点点征帆都卸了,海门急鼓声初发⑤。似万群⑥、风马骤银鞍,争超越。　江妃笑⑦,堆成雪。鲛人舞⑧,圆如月。正危楼湍转⑨,晚来愁绝。城上吴山遮不住⑩,乱涛穿到严滩歇⑪。是英雄、未死报仇心,秋时节。

【编年】

此词无法确知具体创作年份。

【笺注】

①钱塘:钱塘江,杭州名胜。每年二月和八月涨潮,八月尤为壮观。

②蓬莱:见前《清平乐·题壁》其三注释⑥。

③宋家宫阙:因杭州曾为南宋都城,故曰。

④谁荡激两句:传说钱塘江涨潮是因为伍子胥的英灵驱水成涛而成。《吴越春秋》:"吴王乃取子胥尸,盛以鸱夷之器,投之于江中……子胥因随流扬波,依潮往来,荡激崩岸。"

⑤海门:内河通海之处。唐韦应物《赋得暮雨送李胄》诗:"海门深不见,浦树远含滋。"宋吴琚《酹江月·观潮应制》词:"晚来波静,海门飞上

明月。"

⑥似万群两句：状钱塘涨潮之壮观。风马，疾驰如风的马。唐杜甫《朝享太庙赋》："园陵动色，跃在藻之泉鱼；弓剑皆鸣，汗铸金之风马。"银鞍，银饰的马鞍。南北朝江淹《别赋》："至若龙马银鞍，朱轩绣轴。"

⑦江妃：传说中的神女。刘向《列仙传·江妃二女》："江妃二女者，不知何所人也，出游于江汉之湄，逢郑交甫，见而悦之，不知其神人也。"宋杨万里《江水》诗："江妃将底药，软此千里玉？"

⑧鲛人：晋干宝《搜神记》卷十二："南海之外，有鲛人，水居如鱼，不废织绩，其眼泣，则能出珠"。

⑨危楼：高楼。唐李白《夜宿山寺》诗："危楼高百尺，手可摘星辰。"

⑩吴山：山名。又名胥山。俗称城隍山。在今浙江杭州西湖东南。

⑪严滩：在浙江桐庐县南，相传为东汉严光隐居垂钓处。唐李贤注引顾野王《舆地志》："桐庐县南有严子陵渔钓处，今山边有石，上平，可坐十人，临水，名为'严陵钓坛'也。"

【参考资料】

此词《百名家词钞》本《寓言集》作："浪涌蓬莱，斜飞过、宋家双阙。飘桂子、水晶宫里，谁冲怒发。点点征帆都卸了，海门急鼓声初发。似万群、风马骤银鞍，青山裂。　　江妃笑，堆成雪。鲛人舞，圆如月。正危楼惊起，晚来愁绝。痛饮高歌留不住，乱涛穿到蛟门歇。看英雄、未死报恩心，秋时节。"

朱彝尊《满江红》"钱塘观潮，追和曹侍郎韵"词前小序云："曹侍郎钱塘观潮一阕，最为崛奇。今见雕本改窜，可惜已。康熙丙子秋，涉江，追和其韵，并附原词于后。不作三舍退避者，欲存其真也。"词云："罗刹江空，设险有、海门双阙。日未午、樟亭一望，树多于发。乍见云涛银屋涌，俄惊地轴轰雷发。算阴阳、呼吸本天然，分吴越。　　遗庙古，余霜雪。残碑在，无年月。讶扬波重水，后先奇绝。齐向属卢锋下死，英魂毅魄难消歇。趁高秋、白马素车来，同弭节。枚乘《七发》：'弭节伍子之山。'"

清孙尔准《论词绝句》论曹溶《满江红·钱塘观潮》曰："史笔梅村语太庄，雕华不解定山堂。要从遗老求佳制，一曲'观潮'最擅场。"

陈廷焯《云韶集》卷一四评曰："此词沉雄悲壮，卓为千古名作"，"如目睹潮至"，"雄文骇俗，读之起舞。"

陈廷焯《白雨斋词话》卷六评曰："国初曹洁躬《满江红》'钱塘观潮'云：'城上吴山遮不住，乱涛穿到严滩歇。是英雄未死报仇心，秋时节。'沉雄悲壮，笔力千钧，读之起舞。竹垞和作，已非敌手，何论余子。"

前调　程古狂招集舟中①

雨后潮平，依稀近，龙舟令节②。高会处、风尘逆旅，几回愁绝。谢客词多兰茝瘦③，石家春去珊瑚折④。送闲情、千种到杯中，真萧屑。　　铁汉老⑤，心如铁。雪儿媚⑥，歌成雪。恣良宵游览，月圆无缺。湘水寄书梁燕远⑦，秦楼吹笛林花咽⑧。买沙棠、艇子系湖干⑨，人难别。

【编年】

此词无法确知具体创作年份。

【笺注】

①程古狂：不可详考。

②龙舟令节：端午节。端午有赛龙舟习俗，故称。

③兰茝（chǎi）：两种芳草。后用以喻高洁的人或事物。宋陈著《烛影摇红·寿族叔父衡之八十铨》词："平铺心地有天知，楚楚生兰茝。"

④石家句：《世说新语·汰侈》："石崇与王恺争豪，并穷绮丽，以饰舆服。武帝，恺之甥也，每助恺。尝以一珊瑚树高二尺许赐恺，枝柯扶疏，世罕其比。恺以示崇，崇视讫，以铁如意击之，应手而碎。恺既惋惜，以为疾已之宝，声色甚厉。崇曰：'不足恨，今还卿。'乃命左右悉取珊瑚树，有三尺、四尺、条干绝世、光彩溢目者六七枚；如恺许比，甚众。恺罔然自失。"

⑤铁汉：指坚强不屈的男子。

⑥雪儿：唐李密爱姬。能歌舞。密每见宾僚文章有奇丽入意者，即付雪儿叶音律歌之。事见《太平广记》卷二百引宋孙光宪《北梦琐言·韩守辞》。

后亦以"雪儿"泛指歌女。清孙枝蔚《对酒》诗:"莺歌雪儿曲,榆坠沈郎钱。"

⑦湘水:湘江。唐杜甫《建都十二韵》诗:"永负汉庭哭,遥怜湘水魂。"

⑧秦楼:见前《东风齐着力·春怨》注释③。

⑨沙棠:木名。木材可造船,果实可食。《山海经·西山经》:"(昆仑之丘)有木焉,其状如棠,黄华赤实,其味如李而无核,名曰沙棠;可以御水,食之使人不溺。"晋郭璞《沙棠》诗:"安得沙棠,制为龙舟,泛彼沧海,眇然遐游。"清吴兆骞《同陈子长坐毡帐中话吴门旧游怆然作歌》诗:"沙棠之桨云母舟,美人玉袖搊箜篌。"

六么令　张老四曾事云间周勒卣①,度曲甚美,遇之怅然

奈何声里,微见两眉皱。珠盘乍调宫徵②,诉出残莺口。欲唤周郎再起③,帐底亲传授。误来知否。含思不语,坐待屏深烬香兽④。　　客愿圆蟾荡漾⑤,合乐围青岫⑥。我爱孤鹤飘飖⑦,缓酌抛红豆⑧。心事非关粉黛⑨,借取消孱僽⑩。泪光浥透⑪。浮云谁在,每为多才更回首。

【编年】

此词无法确知具体创作年份。据词义,此词应作于入清后。

【笺注】

①张老四:女歌者,其他不详。周立勋,字勒卣。松江华亭人。周茂源侄子,"幾社"六子之一。卒于崇祯十二年丁丑(1639)。著有《符胜堂集》。

②珠盘:精美的盘。唐孟浩然《张郎中梅园作》诗:"绮席铺兰杜,珠盘折芰荷。"清吴伟业《楚两生歌》诗:"一丝萦曳珠盘转,半黍分明玉尺量。"宫徵,泛指声调。南朝齐陆厥《与沈约书》:"前英已早识宫徵,但未屈曲指的,若今论所申。"唐房玄龄《谏伐高丽表》:"文锋既振,则宫徵自谐。"

③周郎:见前《采桑子·查伊璜两度出家姬作剧》注释⑦。

④香兽：见前《青衫湿·记湖上弹琴之会》注释⑤。

⑤圆蟾：圆月。汉族神话传说月中有蟾蜍，故称。唐张碧《美人梳头》诗："玉容惊觉浓睡醒，圆蟾挂出妆台表。"宋张先《凤栖梧》（密宴厌厌池馆暮）词："明日不知花在否？今夜圆蟾，后夜忧风雨。"

⑥青岫：青山。岫，峰峦。晋陶潜《归去来辞》："云无心以出岫，鸟倦飞而知还。"唐司空图《杨柳枝寿杯词十八首》诗其十四："隔城远岫招行客，便与朱楼当酒旗。"

⑦飘飖：飞翔貌。三国魏阮籍《咏怀八十二首》诗其四十："焉得凌霄翼，飘飖登云湄。"唐元友直《小苑春望宫池柳色》诗："继续游蜂聚，飘飖戏蝶轻。"

⑧红豆：落叶乔木海红豆（别名相思树）的种子，红色，又叫"相思子""相思豆"。在古典诗词中代表相思寓意。唐王维《相思》诗："红豆生南国，春来发几枝。愿君多采撷，此物最相思。"

⑨粉黛：美女。唐白居易《长恨歌》诗："回眸一笑百媚生，六宫粉黛无颜色。"此处借指张老四。宋仲殊《诉衷情·寒食》词："三千粉黛，十二阑干，一片云头。"

⑩僝（chán）僽（zhòu）：烦恼，忧愁。宋周紫芝《宴桃园》（帘幕疏疏风透）词："宽尽沈郎衣，方寸不禁僝僽。"宋王嵎《祝英台近》（柳烟浓）词："须知两意长存，相逢终有。莫谩被、春光僝僽。"

⑪湮（yīn）透：湿透。湮，液体落在布或纸上而漾开。元赵禹圭《风入松·忆旧》曲："泪痕湮透香罗帕，凭阑干望夕阳西下。"

前调　宫香饼①，用辛稼轩韵

一从仙去②，茎上露盘折。龙奁竞开珠锁③，斜印花纹滑。舞袖宜教薰透，莫睡屏间鸭④。玉阶遥接⑤，着人春气，未试轻烟已频觉⑥。　　心事多随逝水，含怨凭谁说。长记宿火温温，绣被深宵压。近日披裘老大⑦，荀令难重学⑧。石肠新怯。许辞蕉盏⑨，静听松声扫庭雪。

【编年】

此词无法确知具体创作年份。据词义，或作于曹溶晚年。

【笺注】

①宫香饼：香料制成饼状，故称。

②一从两句：喻宫香饼为捧露盘仙人的承露盘。王琦注引《三辅黄图》："神明台，武帝造，上有承露盘，有铜仙人舒掌捧铜盘玉杯以承云表之露，以露和玉屑服之，以求仙道。"魏明帝时改元景初，迁徙铜仙人承露盘。

③龙奁两句：言宫香饼外状。

④屏间鸭：香炉的外形为鸭状，故曰。

⑤玉阶：玉石砌成或装饰的台阶，亦为台阶的美称。汉班婕妤《自悼赋》："华殿尘兮玉阶苔，中庭萋兮绿草生。"唐李白《玉阶怨》诗："玉阶生白露，夜久侵罗袜。"

⑥轻烟：轻淡的烟雾。宋王茂孙《高阳台·春梦》词："迟日烘晴，轻烟缕昼，琐窗雕户慵开。"宋陈允平《蝶恋花》（谢了梨花寒食后）词："浅黛娇黄春色透。薄雾轻烟，远映苏堤秀。"

⑦披裘老大：此处曹溶自喻。披裘，《后汉书》卷八十三《逸民列传·严光传》："严光字子陵，一名遵，会稽余姚人也。少有高名，与光武同游学。及光武即位，乃变名姓，隐身不见。帝思其贤，乃令以物色访之。后齐国上言：'有一男子，披羊裘钓泽中。'帝疑其光，乃备安车玄纁，遣使聘之。三反而后至。舍于北军，给床褥，太官朝夕进膳。"后因以"披裘"指归隐。欧阳修《蔡州再乞致仕第二表》："俾其解组官庭，还车故里，披裘散发，逍遥垂尽之年；凿井耕田，歌咏太平之乐。"

⑧荀令句：习凿齿《襄阳记》载，东汉荀彧性喜香，常将衣服薰香，若去他人家坐一下，坐处三日有香气。

⑨蕉盏：酒器。宋晏几道《玉楼春》（轻风拂柳冰初绽）词："画罗歌扇金蕉盏。记得寻芳心绪惯。"

玉漏迟　宣府严弁宅女乐①

莺声喧古榭②。良宵坐我，通明帘下。十八女郎③，须用大苏描写。莫被柳家恶句，把腻粉、涂污春社。刚一罅④，洞箫歇处⑤，浓香来也。　　肯道梦雨无情，便酿就悲欢，杂些真假。乍远屏风，欲团好花轻打。筵外貔貅尽散⑥，兰膏焰⑦、尚融霜瓦。辞送者，空余泪珠堕马。

【编年】

此词或作于清康熙二年癸卯（1663）至清康熙六年丁未（1667）曹溶官山西大同期间。

【笺注】

①宣府：宣化府，今属张家口市。明代宣化是北部边防重镇，不设地方政府，只沿长城设九镇，宣府镇为九镇之一，辖四海县至大同1300里的防御任务，是宣府镇总兵驻地和指挥中心，又称宣府镇城。严弁宅，未详。

②莺：传说中凤凰一类的瑞鸟。《旧唐书·文苑传上·杨炯》："莺者，太平之瑞也，非三公之德也。"

③十八女郎四句：明陶宗仪《说郛》卷二四引俞文豹《吹剑续录》："东坡在玉堂，有幕士善讴，因问：'我词比柳词何如？'对曰：'柳郎中词，只好十七八女孩儿，执红牙拍板唱"杨柳岸晓风残月"。学士词，须关西大汉，执铁板唱"大江东去"。公为之绝倒。'"于此可见曹溶尚苏抑柳的词学观念。

④罅（xià）：缝隙。

⑤洞箫：见前《唐多令·乙酉七夕感悼》注释②。

⑥貔貅：亦作"貅貅"。古籍中的两种猛兽。多连用以比喻勇猛的战士。唐张说《王氏神道碑》："赳赳将军，貅貅绝群。"清毕著《纪事》诗："乘贼不及防，夜进千貔貅。"

⑦兰膏：古代用泽兰子炼制的油脂。可以点灯。《楚辞·招魂》："兰膏明烛，华容备些。"王逸注："兰膏，以兰香炼膏也。"晋张华《杂诗三首》诗

其一："朱火青无光,兰膏坐自凝。"

前调　宿耕石山房①

云根林外绕②。卜庐恰在,吴天拂晓③。约我高凭,渐觉杖头绵邈④。南园那时柳色⑤,知阅过、骝骅多少⑥。眼底一,浮沤莫管⑦,芦笙世老⑧。池上狎遍群鸥,况玉醴盈瓢⑨,醉醒多好。借我闲宵。梦断王孙芳草。手弄一帘花雾,盼不彻、两湖青袅。谁解道。直把吟情压倒。(山房远近皆韩氏南园故址)

【编年】

此词作于清康熙二十年辛酉(1681)。唐梦赉《万年欢》词序有云："余寓吴山之白鹿泉亭上,曹秋岳先生馆于周雨文。"唐梦赉《贺新郎·叠秋水轩唱和韵》组词第十八首,词题曰："题周雨文耕石亭。"从中可以推断,曹溶的《玉漏迟·宿耕石山房》《汉宫春·借寓耕石山房》亦作于本年。

【笺注】

①耕石山房:唐济武《贺新郎·叠秋水轩唱和韵》组词第十八首,词题曰："题周雨文耕石亭。"可知,耕石山房为周雨文斋名。

②云根:深山云起之处。晋张协《杂诗十首》诗其十："云根临八极,雨足洒四溟。"唐杜甫《题忠州龙兴寺所居院壁》诗："忠州三峡内,井邑聚云根。"

③吴天:见前《清平乐·题壁》其二注释②。

④绵邈:长久,悠远。晋陆机《感时赋》："夜绵邈其难终,日晼晚而易落。"唐李华《咏史十一首》诗其三："绵邈数千祀,丘中谁隐沦。"

⑤南园:山房周围韩侂胄氏南园。明田汝成《西湖游览志》卷三："胜景园在雷锋塔路口。高宗时别馆也。光宗时慈福太后以赐韩侂胄,改名南园。陆务观《南园记》云:'庆元三年,慈福以别园赐少师平原郡王韩公,其地实武林之东麓,而西湖之水汇于其下,天造地设,极湖山之美。公既受命乃以

禄赐之余葺为南园。因其自然，辅以雅趣。'"

⑥骅骝：骅骝。良马名。宋曹组《小重山》（陌上花繁莺乱啼）词："陌上花繁莺乱啼。骅骝金络脑，锦障泥。"宋张炎《清平乐·平原放马》词："多少骅骝老去，至今犹困盐车。"

⑦浮沤（ōu）：水面上的泡沫。因其易生易灭，常比喻变化无常的世事和短暂的生命。唐姚合《酬任畴协律夏中苦雨见寄》诗："走童惊掣电，饥鸟啄浮沤。"宋范成大《石湖中秋二十韵感今怀旧而作》诗："水天双对镜，身世一浮沤。"

⑧芦笙：我国苗、侗等少数民族的吹管乐器，由芦竹管和一根吹气管装在木制的座子上制成。

⑨玉醴：美酒。唐李白《咏山樽》诗："外与金罍并，中涵玉醴虚。"宋刘筠《上巳津园赐宴》诗："蕙肴清荋莆，玉醴堪金瓯。"

满庭芳　金龙池祠唐鄂公传收龙马池中①

野陇余寒②，长桥无板，已到蛮语荒祠③。古泉吹雪，铁石响参差④。仿佛金镬欲出⑤，秋涛壮、绿满平池。骅骝逝⑥、唐家勋业，一片土花滋⑦。楼烦西尽处⑧，山围旧翠，柳曳新丝。问画船安在，渔舍谁施。雨歇鸳鸯自浴，军垒上⑨、芦管惊迟⑩。回头望、春江脉脉，目断故人思。

【编年】

此词作于清康熙二年癸卯（1663）至清康熙六年丁未（1667）曹溶官山西大同期间。曹溶《静惕堂诗集》卷二十《云中杂诗二十四首》诗其五有云："龙马清池出，今从别部来。"曹溶自注曰："金龙池尚存。"

【笺注】

①金龙池：位于今山西省朔州朔城区。为桑干河源头第一泉。池南有唐鄂国公忠武祠。唐鄂公，即尉迟敬德。

②陇：通"垄"。

③蛩语：蟋蟀鸣叫声。唐周贺《送石协律归吴》诗："夜随净渚离蛩语，早过寒潮背井行。"清陈维崧《泛清波摘遍·立秋日憺园塔影轩作》词："暗惆怅，蛩语乍亲枕函，砧韵渐生门巷。"

④参差：不齐的样子。唐孟郊《旅行》诗："野梅参差发，旅榜逍遥归。"宋苏轼《书李世南所画秋景二首》诗其一："野水参差落涨痕，疏林欹倒出霜根。"

⑤金镳（biāo）：金饰的马嚼子。又借指装饰华美的马匹。宋谭宣子《江城子·咏柳》词："短长亭外短长桥。驻金镳，系兰桡。"宋龙端是《忆旧游·题南楼》词："谩回首，记酹酒江山，曾共金镳。"

⑥骅骝：见前《玉漏迟·宿耕石山房》注释⑥。

⑦土花：苔藓。唐李贺《金铜仙人辞汉歌》诗："画栏桂树悬秋香，三十六宫土花碧。"宋周邦彦《风流子·春景》词："羡金屋去来，旧时巢燕，土花缭绕，前度莓墙。"

⑧楼烦：北狄的一支，约在春秋之际建国，其疆域大致在今山西省西北部的保德、岢岚、宁武一带。因其精于骑射，又借以代指善射的将士。《史记·樊郦滕灌列传》："（灌婴）军于燕西，所将卒斩楼烦将五人。"裴骃集解引李奇曰："其人善骑射，故以名射士为'楼烦'，取其美称，未必楼烦人也。"南朝梁刘孝威《行幸甘泉宫歌》诗："校尉乌桓骑，待制楼烦弓。"唐李白《宣城送刘副使入秦》诗："结交楼烦将，侍从羽林儿。"

⑨军垒：军营周围的防守工事。《史记·廉颇蔺相如列传》："军垒成，秦人闻之，悉甲而至。"唐杜甫《雨过苏端》诗："妻孥隔军垒，拨弃不拟道。"

⑩芦管：以芦苇的茎部制成的乐器，是胡人吹奏乐器的一种。唐李益《夜上受降城闻笛》诗："不知何处吹芦管，一夜征人尽望乡。"宋晏几道《蝶恋花》（庭院碧苔红叶遍）词："几点护霜云影转。谁家芦管吹秋怨。"

前调　李晋王墓下作①

殿宿莓苔②，冈平鼺鼠③，虚寝遥控帘钩④。义儿成队⑤，左右列松楸⑥。

谁放沙陀雁影⑦、盘仙李⑧、飞入并州。收京阙、赤心家世，长拱紫宸楼。英雄夸亚子⑨，提刀百战，囊矢前驺⑩。渐司香遗庙⑪，埋玉荒丘。事去棠梨漫落⑫，滹沱化⑬，泪点长流。金凫出⑭、优伶天下，麦饭一时休⑮。

【编年】

此词作于清康熙二年癸卯（1663）至清康熙六年丁未（1667）曹溶官山西大同期间。

【笺注】

①李晋王：李克用，生前称晋王，后唐献祖李国昌第三子。少时骁勇，善射，军中称为"李鸦儿"。墓在山西大同雁门。

②莓苔：青苔。宋苏舜钦《寄守坚觉初二僧》诗："松下莓苔石，何年重访寻。"明李瀚《光孝寺访唐佛》诗："一径莓苔寒瑟瑟，千年灯火坐萧萧。"

③赑屃（bì xì）：亦作"屃赑"。强壮有力；坚固壮实。宋苏轼《桄榔庵铭》："百柱屃赑，万瓦披敷。"明刘基《松风阁记》："土石屃赑，虽附之不能为声。"

④帘钩：见前《浪淘沙·初春》注释③。此处喻指弦月。

⑤义儿：李克用多义子，有记载者如李嗣源、李嗣昭、李嗣本、李嗣恩、李存信、李存孝、李存进、李存璋、李存贤。

⑥松楸（qiū）：松树与楸树。墓地多植，因以代称坟墓。南朝齐谢朓《齐敬皇后哀策文》："陈象设于园寝兮，映舆锾于松楸。"唐刘禹锡《酬乐天见寄》诗："若使吾徒还早达，亦应箫鼓入松楸。"

⑦沙陀：李克用为沙陀列部人。

⑧盘仙李：喻指李克用。

⑨亚子：李克用长子李存勖，小名"亚子"。李存勖善骑射，胆勇过人。唐昭宗见之，叹其"此子可亚其父"，故后称其"亚子"。

⑩囊矢：《新五代史·伶官传序》："世言晋王之将终也，以三矢赐庄宗（后唐庄宗）而告之曰：'梁，吾仇也；燕王吾所立，契丹与吾约为兄弟，而皆背晋以归梁。此三者，吾遗恨也。与尔三矢，尔其无忘乃父之志！'庄宗受而藏之于庙。其后用兵，则遣从事以一少牢告庙，请其矢，盛以锦囊，负而

前驱，及凯旋而纳之。"

⑪司香：内侍官名，多由宦官担任。负责烧香等事宜，亦指负责烧香的人。

⑫棠梨：俗称野梨。落叶乔木，叶长圆形或菱形，花白色，果实小，略呈球形，有褐色斑点。唐元稹《村花晚》诗："三春已暮桃李伤，棠梨花白蔓菁黄。"

⑬滹沱（hū tuó）：水名，源出山西省繁峙县泰戏山孤山村一带，东流至河北省献县臧桥与子牙河另一支流滏阳河相汇入海。全长587公里，流域面积2.73万平方公里。

⑭金凫：金铸的凫，帝王陪葬物。

⑮麦饭句：言李存勖因宠信优伶，用人不当，导致很快国亡。麦饭，祭祀用的饭食。

前调　贺吴园次迁居①

笠泽湖边②，沧浪亭畔③，而今始结芳邻。论丘数壑，谁主复谁宾。自卜浣花深处④，更辞他、严武车轮⑤。依然好、年年松菊，占断六朝春⑥。使君高世度⑦，紫衫苍珮⑧，不博闲身。但移书十乘。草阁无尘。安问乡关远近⑨，得徜徉、便属佳辰。奇怀在、休营一室，裘马正嶙峋⑩。

【编年】

此词无法确知具体创作年份。

【笺注】

①吴园次：见前《浪淘沙·题吴园次收纶小像》注释①。

②笠泽湖：太湖又名五湖、笠泽。

③沧浪亭：位于苏州城南。

④浣花：浣花溪。宋陆游《岁晚》诗："浣花道上人谁识，华表千年老令威。"一名濯锦江。又名百花潭。在四川省成都市西郊，为锦江支流。溪旁有杜甫故居浣花草堂。唐杜甫《将赴成都草堂途中有作先寄严郑公五首》诗其

三:"竹寒沙碧浣花溪,橘刺藤梢咫尺迷。"

⑤更辞他句:言吴园次不与达官贵人相交,一心避世。严武(726—765),字季鹰,华州华阴人。性豪爽。素与杜甫友善。曾任殿中侍御史,谏议大夫、成都尹,剑南节度使等职。广德二年(764),以功加检校吏部尚书,封郑国公。

⑥六朝:见前《唐多令·同晋贤泛舟》注释⑨。

⑦使君:指吴园次。

⑧紫衫:紫色衫衣。宋杨炎正《柳梢青》(生紫衫儿)词:"生紫衫儿。影金领子,著得偏宜。"苍珮,水苍玉琢成的佩饰。宋张镃《梦游仙》(晴昼永)词:"羽帔云轻苍佩响,宝冠星莹绀纱笼。"

⑨安问两句:言不管身处何地,只要心无挂碍就是好时光。徜徉,安闲自在地徘徊。唐韩愈《送李愿归盘谷序》:"膏吾车兮秣吾马,从子于盘兮,终吾生以徜徉。"

⑩裘马:轻裘肥马。形容生活豪华。嶙峋,形容气概不凡。宋徐宝之《桂枝香》(人间秋至)词:"旧时裘马行歌事,合都归、汀蘋烟芷。"宋陆游《风入松》(十年裘马锦江滨)词:"十年裘马锦江滨。酒隐红尘。"

前调 止岳有和忆广南胡家二姬之作①,再赋

锦席相招②,氍毹对列③,桦烛销尽铜壶④。醉人天气,兰露湿金铺⑤。翠黛双双自扫⑥,箜篌部、密甚还疏⑦。清音颤⑧、犹疑教就,窈窕世间无。当时年尚盛,飞觥按拍⑨,意大情粗。只等闲看过,不解成图。忽到青衫冷落⑩,鲛泪洒、一半模糊⑪。临高望、烟条雨叶,岭路付藤芜⑫。

【编年】

此词无法确知具体创作年份。

【笺注】

①止岳:见前《虞美人·同龚芝麓、沈止岳席上观伎》注释①。广南、

胡家二姬，均见前《摊破浣溪沙·忆广南胡家歌姬》注释①。

②锦席：锦制的坐卧铺垫之物。唐杜甫《章梓州橘亭饯成都窦少尹》诗："秋日野亭千橘香，玉杯锦席高云凉。"唐赵嘏《寄裴澜》诗："绮云初堕亭亭月，锦席惟横滟滟波。"

③氍毹（qú shū）：一种毛织或毛与其他材料混织的毯子。可用作地毯、壁毯、床毯、帘幕等。宋郭茂倩编《乐府诗集·相和歌辞十二·陇西行》："请客北堂上，坐客毡氍毹。"唐岑参《玉门关盖将军歌》诗："暖屋绣帘红地炉，织成壁衣花氍毹。"

④桦烛：用桦木皮卷成的烛。清吴伟业《赠吴永调》诗："相逢万事从头问，桦烛三条见泪痕。"吴翌凤注："《玉篇》：'桦木皮可以为烛。'程大昌《演繁露》：'古烛未知用蜡，直以薪蒸，即是烧柴取明耳。或亦剥桦皮爇之。'"唐沈佺期《和常州崔使君寒食夜》诗："无劳秉桦烛，晴月在南端。"宋陆游《雪夜感旧》诗："江月亭前桦烛香，龙门阁上驮声长。"铜壶，见前《霜天晓角·同香山、敬可夜坐倦圃》注释⑤。

⑤金铺：大门上用来衔门环的金属底座，一般为兽形或龙蛇形。宋周密《西江月》（波影暖浮玉甃）词："波影暖浮玉甃，柳阴深锁金铺。"宋仇远《唐多令》（凉露湿秋芜）词："凉露湿秋芜。空庭啼蟋蛄。紫苔衣、犹护金铺。"

⑥翠黛：眉的别称。古代女子用螺黛（一种青黑色矿物颜料）画眉，故名。唐杜甫《陪诸贵公子丈八沟携妓纳凉晚际遇雨二首》诗其二："越女红裙湿，燕姬翠黛愁。"宋秦观《南乡子》（妙手写徽真）词："往事已酸辛，谁记当年翠黛颦。"

⑦笙篌：见前《荷叶杯·怨思》其二注释④。

⑧清音两句：言胡家歌姬音声曼妙美好。

⑨飞觥按拍：言饮酒听曲。觥，见前《蓦山溪·与王襄璞饮酒》注释⑥。拍，见前《浣溪沙·独坐》注释①。

⑩青衫：见前《醉花阴·席上》注释④。

⑪鲛泪：犹眼泪。宋朱翌《雪作儿童以衣袖盛之如柳花状》诗："瓦响急

倾鲛泪颗，袖宽先得柳花团。"元王恽《病目书怀》（效乐天体）诗："越蛙悍目将谁怒，鲛泪倾珠尽日垂。"

⑫蘼芜：见前《浣溪沙·春怨》注释②。

前调　武陵寓舍①，与介皇兄②

天与深情，楼头花萼，晴烟最是氤氲③。葛巾拖杖④，同采峡山云。忽复移船入市，三通鼓、军帐惊闻⑤。乡关近、莼鲈佳趣⑥，小隐幸曾分。　建安无俗调⑦，名香宝鸭⑧，竟夕须薰。把芙蕖清露⑨，五色成纹。诮我金元弱藻⑩，握兰荃⑪、濡首辛勤。怀遗事、驱车洛水⑫，徐出宓妃裙⑬。

【编年】

此词或作于清康熙十三年甲寅（1674）。现有曹溶生平资料，并无查见其行迹至湖南者。崇祯年间曹溶曾出使楚藩湖北武昌，但并未见提及行至湖南常德府一带者，且词中所流露情感与当时曹溶情感状态亦不一致。故应不是作于此一阶段。曹溶于清康熙六年丁未（1667）在大同遭裁缺归里后，一直居乡里。清康熙十三年甲寅（1674），曹溶曾补用保举签发四川军前候用，赴蜀道中而改榕城之役。此词或是赴四川途中所作。词中曹溶心态及上片"忽复移船入市，三通鼓、军帐惊闻"，似与之相符。暂编年于此，再待详考。

【笺注】

①武陵：清常德府治所在武陵，今湖南常德。

②介皇：曹元方（1606—1687），字介皇，自号耘庵，浙江海宁人。崇祯十六年癸未（1643）进士。南京建号，授常熟知县。南明唐王隆武元年（1645）授吏验封司郎中，兵败后隐居碛石以终，筑东山草堂以居。著《淳村诗词文集》9卷。

③氤氲：迷茫貌、弥漫貌。三国魏曹植《九华扇赋》："效虬龙之蜿蝉，法虹霓之氤氲。"元王实甫《西厢记》第一本第三折："又不是轻云薄雾，都只是香烟人气，两般儿氤氲得不分明。"

④葛巾：用葛布制成的头巾。《宋书·隐逸传·陶潜》："郡将候潜，值其酒熟，取头上葛巾漉酒，毕，还复著之。"宋陆游《老学庵笔记》卷十："魏文帝善弹棋，不复用指，第以手巾角拂之，有客自谓绝艺，及召见，但低首以葛巾角拂之，文帝不能及也。"

⑤三通鼓：古代三通鼓用于击鼓催征。中国古代两军打仗，通常是面对面摆好阵势，然后一方擂鼓叫战，另一方擂鼓应战。如果对方并不擂鼓应战，叫战一方通常要擂三通鼓后开始进攻。

⑥莼鲈：莼菜和鲈鱼。南朝宋刘义庆《世说新语·识鉴》载，晋张翰在洛，见秋风起而思故乡莼鲈，因辞官归。后因以"莼鲈"为思乡之典。宋袁去华《水调歌头》（鸟影度疏木）词："功名事，今老矣，待何如。拂衣归去，谁道张翰为莼鲈。"

⑦建安：东汉末年汉献帝年号，公元196至219年。此时政治大权完全由曹操操纵。当时文学领袖都是曹家人物。介皇姓曹氏，故以建安美誉介皇。

⑧名香宝鸭：鸭形香炉里焚烧名贵的香料。

⑨芙蕖：荷花的别名。《尔雅·释草》："荷，芙渠。其茎茄，其叶蕸，其本蔤，其华菡萏，其实莲，其根藕，其中的，的中薏。"郭璞注："（芙渠）别名芙蓉，江东呼荷。"宋王安石《招约之职方并示正甫书记》诗："池塘三四月，菱蔓芙蕖馥。"

⑩诮我句：言介皇讥诮金元诗殊乏文采。曹溶曾选编金元诗，故云。藻，华丽的文采。宋张先《感皇恩》（万乘靴袍御紫宸）词："万乘靴袍御紫宸。挥毫敷丽藻，尽经纶。"宋赵士谷《醉蓬莱·春寿府》词："汉相功勋，陈思文藻，奕世风流，迥居人右。"

⑪握兰荃句：言介皇不屑金元诗，而辛勤于美艳之词。兰荃，晚唐温庭筠著有《握兰集》《金荃集》。濡首，埋头；专心致志。

⑫洛水：古水名。即今河南省洛河。汉扬雄《羽猎赋》："鞭洛水之宓妃，饷屈原与彭胥。"

⑬宓妃：传说中洛水女神。《楚辞·离骚》："吾令丰隆乘云兮，求宓妃之所在。"王逸注："宓妃，神女。"《文选·司马相如〈上林赋〉》："若夫青琴、

宓妃之徒，绝殊离俗。"李善注引如淳曰："宓妃，伏羲氏女，溺死洛，遂为洛水之神。"三国魏曹植《〈洛神赋〉序》："黄初三年，余朝京师，还济洛川。古人有言，斯水之神，名曰宓妃。"

前调　寄徐兰生[①]

飘尽桃花，几年相念，词场寂甚寒冰。松篱竹磴[②]，黛色远千层。梦想敲残玉子[③]，分曹赌[④]、清酒三升。方瞳好[⑤]、蝇头虿尾[⑥]，乌几日堪凭[⑦]。　香奁添软语，羌排风月[⑧]，占断溪藤[⑨]。是愁多丰度，混俗无能。筑就横秋小阁[⑩]，卧山中、白发难增。情深处、红弦绿拨，艳煞一宵灯。

【编年】

此词无法确知具体创作年份。

【笺注】

①徐兰生：吴庆坻《蕉廊脞录》："徐之瑞，字兰生，钱塘人，明崇祯九年丙子（1636）举人。申酉后弃孝廉，遁居北乌山，与汪魏美、万履安、巢端明齐名，浙中谓之四先生。当时将欲推选兰生，不行，或劫之以法，则举所佩示之，曰：'此我馨悬之具也！'尝为《西湖竹枝词》，以寓变哀之怨。"著有《横秋堂词》。

②竹磴（dèng）：竹子铺制的台阶。磴，台阶的一级。《太平广记》卷三九七引段成式《酉阳杂俎·河山石斛》："融州河水，有泉半岩，将注其下，相次九磴，每磴下一白石浴斛承之。"

③玉子：玉制的围棋子。唐杜牧《送国棋王逢》诗："玉子纹楸一路饶，最宜檐雨竹萧萧。"宋陆游《春晴》诗："静喜香烟萦曲几，卧惊玉子落纹枰。"

④分曹：分对。犹两两。《楚辞·招魂》："分曹并进，遒相迫些。"王逸注："曹，偶。言分曹列偶，竝进技巧。"唐李商隐《无题》诗："隔座送钩春酒暖，分曹射覆蜡灯红。"

⑤方瞳：方形的瞳孔。古人以为长寿之相。唐李白《游太山六首》诗其二："山际逢羽人，方瞳好容颜。"王琦注："按仙经云：八百岁人瞳子方也。"宋苏轼《子玉以诗见邀同刁丈游金山》诗："更有方瞳八十一，奋衣矍铄走山中。"

⑥蝇头虿（chài）尾：苍蝇的头，虿的尾，比喻微不足道。虿，蜻蜓的幼虫。形如蝎，故名。

⑦乌：疑问副词。何，哪里。《汉书·司马相如传上》："且夫齐楚之事，又乌足道乎？"颜师古注："乌，于何也。"

⑧羌：连词，犹"乃"。

⑨溪藤：借指纸。浙江剡溪所产藤制纸最为有名。宋苏轼《孙莘老求墨妙亭》诗："书来乞诗要自写，为把栗尾书溪藤。"苏辙注："溪藤，剡溪纸也。"宋陈与义《次何文缜题颜持约画水墨梅花韵二首》诗其一："窗间光景晚来新，半幅溪藤万里春。"

⑩横秋：徐兰生室名。

凤凰台上忆吹箫　题朱竹垞词集〔一〕①

烧烛鸿天②，惜花鸡塞③，马卿偏好伤春④。正翠钿盈袖⑤，弱絮随轮⑥。无限柔肠宛转⑦，秋雨夜，梦想朱唇。抽银管⑧，湘帘乍卷⑨，宝鸭横陈⑩。真真。此番瘦也，酒醒后新词，只索休频。待绣帆高挂，迟日江滨。齐列瑶筝檀板⑪，携妙妓、徐步香尘。归难定，寒宵坐来，一对愁人。

【校勘】

〔一〕"题朱竹垞词集"，朱彝尊《曝书亭集》卷二十七附此词，题为"题朱十《静志居琴趣》后"。

【编年】

此词应作于清康熙六年丁未（1667），此时曹溶仍居山西大同。朱彝尊《静志居琴趣》成编于清康熙六年丁未（1667），故此词附于此年。

【笺注】

①朱竹垞：朱彝尊（1629—1709），字锡鬯，号竹垞，晚号小长芦钓鱼师，又号金风亭长。汉族，秀水（今浙江嘉兴市）人。清代诗人、词人、学者、藏书家。清康熙十八年己未（1679）举博学鸿词科，除检讨。清康熙二十二年癸亥（1683）入直南书房。曾参加纂修《明史》。博通经史，诗与王士禛称南北两大宗。作词风格清丽，为浙西词派的创始者，与陈维崧并称"朱陈"。

②烧烛句：烧烛，点燃蜡烛。唐杜甫《夜宴左氏庄》诗："检书烧烛短，看剑引杯长。"鸿天，高天。清沉皥日《大圣乐·寄郭匡山》词："想碧水鸿天，诗成清绝。"

③鸡塞：特指"鸡鹿塞"，古塞名。在今内蒙古磴口西北哈隆格乃峡谷口，是古代贯通阴山南北的交通要冲。汉时筑城塞于此。后泛指西北少数民族地区。亦省作"鸡鹿""鸡塞"。唐李商隐《寄太原卢司空三十韵》诗："鸡塞谁生事？狼烟不暂停。"南唐李璟《浣溪沙》（菡萏香销翠叶残）词："细雨梦回鸡塞远，小楼吹彻玉笙寒。"此处借指山西大同。

④马卿：司马相如。此处喻指朱彝尊。

⑤翠钿：用翠玉制成的首饰。《西洲曲》诗："树下即门前，门中露翠钿。"宋贺铸《菩萨蛮》（绿窗残梦闻䴗鸠）词："帘下小凭肩，与人双翠钿。"

⑥弱絮：轻柔的柳絮。唐唐彦谦《汉代》诗："聊诗征弱絮，思友咏甘蕉。"宋翁元龙《谒金门》（莺树暖）词："莺树暖。弱絮欲成芳茧。流水惜花流不远。小桥红欲满。"

⑦宛转：谓缠绵多情，依依动人。唐元稹《莺莺传》："天将晓，红娘促去，崔氏娇啼宛转，红娘又捧之而去。"唐白居易《长恨歌》诗："六军不发无奈何，宛转蛾眉马前死。"

⑧银管：指饰银的毛笔管或白色的笔管。南唐韩定辞《答马彧》诗："盛德好将银管述，丽词堪与雪儿歌。"元袁桷《薛涛笺二首》诗其一："蜀王宫树雪初消，银管填青点点描。"

⑨湘帘：用湘妃竹制成的帘子。宋范成大《夜宴曲》诗："明琼翠带湘帘

斑，风帷绣浪千飞鸾。"宋刘埙《买陂塘·兵后过旧游》词："湘帘巷陌。但斜照断烟，谈萤衰草，零落旧春色。"

⑩宝鸭：见前《醉春风·有怀》注释⑤。

⑪瑶筝：见前《采桑子·寄赤豹》注释⑤。檀板，见前《浣溪沙·独坐》注释①。

汉宫春　人日雪①

金缕新妆②，过帖鸡时节③，酥酪堆盘④。愁人合遇此日，旧腊刚残⑤。天公着意，压萧条、游戏千般。依约借，并刀剪水⑥，和花飘到栏干。　边地没些梅柳⑦，尽无情山色，飞去漫漫。先生向来闭户，回避征鞍。将裘换酒⑧，踏琼瑶⑨、领略春寒。知只有，同心凤侣⑩，高楼自卷帘看。

【编年】

从下片"边地没些梅柳，尽无情山色"可推知，此词应作于清康熙二年癸卯（1663）至清康熙六年丁未（1667）曹溶官山西大同期间。

【笺注】

①人日：旧俗以农历正月初七为人日。《太平御览》卷九七六引南朝梁宗懔《荆楚岁时记》："正月七日为人日。以七种菜为羹，剪彩为人或镂金箔为人，以贴屏风，亦戴之头鬓。又造华胜以相遗，登高赋诗。"宋高承《事物纪原·天生地植·人日》："东方朔《占书》曰：岁正月一日占鸡，二日占狗，三日占羊，四日占猪，五日占牛，六日占马，七日占人，八日占谷。皆晴明温和，为蕃息安泰之候，阴寒惨烈，为疾病衰耗。"

②金缕句：人日旧俗以镂金箔为饰，故曰。

③帖鸡：《翰苑新书前集》卷六十四《庆贺》"元日"条："帖鸡。《荆楚岁时记》：'正旦帖画鸡于户上，挿符于其傍而百鬼畏。'又《宋书》旧时岁朔县官杀羊设苇茭桃梗，磔鸡于门以禳恶气。"

④酥酪：以牛羊乳精制成的食品。唐杜牧《和裴杰秀才新樱桃》诗："忍用烹酥酪，从将玩玉盘。"《宋史·职官志四》："乳酪院掌供造酥酪。"

⑤腊：古代年终大祭。《礼记·杂记下》："子贡观于蜡。"郑玄注："蜡也者，索也。岁十二月，合聚万物而索飨之祭也。"明杨慎《升庵经说·礼记·蜡腊二祭不同》："蜡音子豫切，蜡与腊不同。《玉烛宝典》云：腊，祭先祖；蜡，祭百神。腊，取禽兽以祭；故字从猎省；蜡，享农功之毕，故字从蜡省。腊，于庙；蜡，于郊。"

⑥并刀：亦称"并州刀"。即并州剪。宋陆游《秋思》诗："诗情也似并刀快，剪得秋光入卷來。"清陈维崧《念奴娇·与任青际饮》词："沥尽并刀悲壮血，看有何人怜惜。"

⑦边地：边境。此指山西大同。南朝宋鲍照《代边居行》诗："边地无高木。萧萧多白杨。"唐杜审言《送高郎中北使》诗："马衔边地雪，衣染异方尘。"

⑧将：取，拿。唐李白《将进酒》诗："五花马，千金裘，呼儿将出换美酒。"

⑨琼瑶：喻雪。唐白居易《西楼喜雪命宴》诗："四郊铺缟素，万室整琼瑶。"宋辛弃疾《满江红·和廓之雪》词："对琼瑶满地，与君酬酢。"

⑩凤侣：比喻美好的情侣。宋张先《临江仙》（自古伤心惟远别）词："况与佳人分凤侣，盈盈粉泪难收。"宋杜安世《杜韦娘》（暮春天气）词："想当初、凤侣莺俦，唤作平生，更不轻离拆。"

前调　借寓耕石山房①

僻好岩居，倩猊薰石枕②，蚁泛金船③。颠毛似欺暮雪③，特地争妍。樵童解意，剪藤梢、疏出飞泉。成逸致、邻家声叟④，打门来送蕉笺⑤。　　行乐须连上日⑥，看簇蛾妆艳⑦，衔凤灯圆⑧。长生亦自余事，玩世当然。耘花饲鹤，小经纶⑨、常废宵眠。谁并赠、西湖一曲，宋时宫月婵娟⑩。

【编年】

此词作于清康熙二十年辛酉（1681）。

【笺注】

①耕石山房：见前《玉漏迟·宿耕石山房》注释①。

②猊薰：用雕成狮子状的香炉熏香。猊，狮子。

③蚁：酒面泡沫。亦借指酒。唐杜甫《正月三日归溪上有作简院内诸公》诗："蚁浮仍腊味，鸥泛已春声。"金船，一种金质的盛酒器。南北朝庾信《北园新斋成应赵王教》诗："玉节调笙管，金船代酒卮。"倪璠注："《八王故事》曰：'陈思有神思，为鸭头杓，浮于九曲酒池。王意有所劝，丫头则回向之。又为鹊尾杓，柄长而直。王意有所到处，于镈上镟之，鹊则指之。'……按：金船即丫头杓之遗，陈思王所制也。后李白诗云：'却放酒船回。'李商隐诗云：'雨送酒船香。'皆云酒卮，盖本此也。"唐张祜《少年乐》诗："醉把金船掷，闲敲玉镫游。"

③颠毛：头发。宋梅尧臣《依韵和杨敏叔吴门秋晚见寄》诗："颠毛随日减，冉冉不胜簪。"宋刘克庄《念奴娇》（四朝遗老）词："颠毛虽秃，尚堪封管城子。"

④聱（áo）叟：有个性的老头儿。聱，不听取别人意见。宋刘克庄《木兰花慢·癸卯生日》词："帝锡余别号，江湖聱叟，山泽仙臞。"

⑤蕉笺：绿蕉笺。即以绿蕉为底纹的精美纸张。宋薛梦桂《眼儿媚·绿笺》词："碧筒新展绿蕉芽。黄露洒榴花。"

⑥上日：佳日，佳节。唐李乂《奉和人日清晖阁宴群臣遇雪应制》诗："上日登楼赏，中天御辇飞。"清曹寅《和竹硐侄上巳韵》诗："上日宜称巳，春来三月三。"

⑦簇蛾：聚集在一起的美女。

⑧衔凤：此处言灯之形状。

⑨经纶：整理过的蚕丝。喻指治理国家的抱负和才能。宋秦观《滕达道挽词》诗："经纶未了埋黄土，精爽还应属斗牛。"小经纶，言上句"耘花饲鹤"，与治国之大业无关者。

⑩宫月：照临宫廷之月。唐白居易《答马侍御见赠》诗："苑花似雪同随辇，宫月如眉伴直庐。"唐李商隐《宫中曲》诗："云母滤宫月，夜夜白于

水。"婵娟,美好貌。宋卢炳《一剪梅·元宵》词:"灯火楼台万斛莲。千门喜笑,素月婵娟。几多急管与繁弦。"杭州为南宋都城,故曰"宋时"。

水调歌头　钓台①

行过富春渚②,绝壁倚青天③。披裘男子高卧④,安取客星悬⑤。手弄桐庐烟雾,秋水不随人老,花覆打鱼船。青史几兴废⑥,竿影至今圆⑦。　摘松鼯⑧,摩藓石⑨,恨高寒。谢家如意偏到⑩,山顶泣婵娟⑪。欲起云台将相⑫,罗拜先生床下,汉鼎定千年⑬。旧事休深论,溪畔且安眠。

【编年】

此词作于清顺治十三年丙申(1656)曹溶赴广东布政使司左布政使任途中。

【笺注】

①钓台:相传为汉代严子陵垂钓之地,在桐庐(今属浙江)县东南。西汉末年,严光(字子陵)与刘秀是朋友,刘秀称帝(汉光武帝)后请严光做官,光拒绝,隐居在浙江富春江。其垂钓之所后人称为钓台,亦名严滩。

②富春渚:指富春江畔。南朝梁任昉《赠郭桐庐出溪口见候》诗:"朝发富春渚,蓄意忍相思。"清吴伟业《毛子晋斋中读吴匏庵手抄宋谢翱西台恸哭记》诗:"言过富春渚,登望文山哭。"

③绝壁:极陡峭不能攀缘的山崖。南朝宋谢灵运《登石门最高顶》诗:"晨策寻绝壁,夕息在山栖。"唐刘长卿《望龙山怀道士许法棱》诗:"悬崖绝壁几千丈,绿萝袅袅不可攀。"

④披裘男子:指严子陵。披裘,见前《六幺令·宫香饼,用辛稼轩韵》注释⑦。

⑤客星:天空中新出现的星。《后汉书·严光传》:"(光武帝)复引光入,论道旧故……因共偃卧,光以足加帝腹上,明日太史奏,客星犯御座甚急。帝笑曰:'朕故人严子陵共卧耳。'"

⑥青史：古代以竹简记事，故称史籍为"青史"。唐温庭筠《过陈琳墓》诗："曾于青史见遗文，今日飘蓬过此坟。"宋苏轼《题永叔会老堂》诗："嘉谋定国垂青史，盛事传家有素风。"

⑦竿影：竖竿的影子。唐韩翃《送客水路归陕》诗："相风竿影晓来斜，渭水东流去不赊。"

⑧松鬣（liè）：松针。宋王安石《归庵》诗："稻畦藏水绿秧齐，松鬣初干尚有泥。"宋陆游《十月十五夜对月》诗："重露滴松鬣，高风吹鹤声。"

⑨藓石：长有苔藓的石头。宋仇远《塞翁吟》（短绿抽堤草）词："短绿抽堤草，芳信未许花知。尚留冻梗冰枝。藓石雪消迟。"宋吴潜《柳梢青·戊午十二月十五日安晚园和刘自昭》词："绿野平泉，古来人事，空里飞花。月榭风亭，荷漪藓石，说郑公家。"

⑩谢家：指谢灵运。宋辛弃疾《水调歌头·题晋臣真得归、方是闲二堂》词："王家竹，陶家柳，谢家池。知君勋业未了，不是枕流时。"宋汪莘《点绛唇》（数朵芙蕖）词："谢家池沼。秋景偏宜少。"

⑪婵娟：月亮。宋苏轼《水调歌头》（明月几时有）词："但愿人长久，千里共婵娟。"宋李曾伯《贺新郎》（问讯南州守）词："兔魄初生人初度，期共婵娟长久。"

⑫云台：汉宫中高台名。汉明帝时因追念前世功臣，图画邓禹等二十八将于南宫云台，后用以泛指纪念功臣名将之所。宋沈明叔《水调歌头》（汉事正犹豫）词："问云台，还得似，钓台巅。"宋无名氏《满江红·严州钓台》词："风节倘能关社稷，云台何必图颜色。"

⑬汉鼎：指汉代社稷。鼎，国之重器。唐司空图《杂题二首》诗其一："若使只凭三杰力，犹应汉鼎一毫轻。"宋刘源《水调歌头》（几载沧江梦）词："不是先生高节，激起清风千古，汉鼎复如何"

前调　赠琴士程隐庵①

铁笛老仙去②，无复采花船。刚存湖角烟霭③，夕照助苍然。晞发横觚旅舍④，恰得提嵇挈阮⑤，古意满朱弦⑥。象板不须奏⑦，大雅正当前⑧。　　青冥处⑨，无人会，调空传。一切浮华剥尽⑩，高对逸人眠⑪。携到蜀都眉黛⑫，又拜汉家官爵，此福恐难全。曲罢且危坐⑬，香雪舞翩跹⑭。

【编年】

此词无法确知具体创作年份。据程嘉燧卒于明崇祯十六年癸未（1643），可概知此词应作于明。

【笺注】

①程隐庵：见前《卜算子·题琴士隐庵画像》注释①。

②铁笛老仙：杨维桢（1296—1370），元末明初著名文学家、书画家。字廉夫，号铁崖、老仙、铁笛道人，晚年自号老铁、抱遗老人、东维子，会稽（浙江诸暨）人。

③烟霭：云雾。宋曹遇《蓦山溪·游鉴湖》词："微茫烟霭，鸥鹭点菰蒲，云帆过，钓舟横，俱被劳生扰。"宋张先《熙州慢·赠述古》词："鹭石飞来，倚翠楼烟霭，清猿啼晓。"

④晞（xī）发横觥（gōng）：指狂放不羁的行为。晞发，晒发使干。常指高洁脱俗的行为。宋苏轼《留别金山宝觉圆通二长老》诗："艤舟北岸何时渡？晞发东轩未肯忙。"清屈大均《登浴日亭》诗："谁与同晞发，苍凉若木东。"横觥，酒器横放。

⑤提嵇挈阮：提携嵇康和阮籍。嵇康、阮籍，二人皆魏晋名士，"竹林七贤"之二。

⑥古意句：言程氏弹琴有古人雅趣。古意，古人的思想意趣或风范。宋苏轼《次韵子由所居六咏》诗其三："幽居有古意，义井分西墙。"朱弦，泛指琴瑟类弦乐器。唐太宗《春日玄武门宴群臣》诗："清尊浮绿醑，雅曲韵朱弦。"宋陆游《千峰榭宴坐》诗："朱弦静按新传谱，黄卷闲披累译书。"

⑦象板：象牙拍板。打击乐器。宋柳永《瑞鹧鸪》（宝髻瑶簪）词："凝态掩霞襟。动象板声声，怨思难任。"

⑧大雅：《诗经》分风、雅、颂三部分。雅有大、小雅。《诗大序》："雅者，正也，言王政之所废兴也。政有小大，故有《小雅》焉，有《大雅》

焉。"此处美誉程氏琴声。

⑨青冥：形容青苍幽远。指青天。《楚辞·九章·悲回风》："据青冥而摅虹兮，遂倏忽而扪天。"王逸注："上至玄冥，舒光耀也。所至高眇不可逮也。"

⑩浮华：指虚浮不实的荣华富贵。唐贾岛《寓兴》诗："浮华岂我事，日月徒蹉跎。"明高启《拟古十二首》诗其三："浮华一世中，倏若飞鸟过。"

⑪逸人：犹逸民。宋张炎《风入松·溪山堂竹》词："逸人未必犹酣酒，正溪头、风雨潇潇。"此处喻程隐庵。

⑫携到三句：言携带美女愉悦人生和拜官得禄不能两全。蜀都眉黛，成都的美人。蜀都，古代蜀国的都城。即今四川省成都市。汉左思《蜀都赋》："夫蜀都者，盖兆基于上世，开国于中古。"元虞集《张令鹿门图》诗："老我不乐思蜀都，人言嵩阳好隐居。"

⑬危坐：端坐。古人以两膝着地，耸起上身为"危坐"，即正身而跪，表示严肃恭敬。后泛指正身而坐。《管子·弟子职》："危坐乡师，颜色无怍。"《文选·东方朔〈非有先生论〉》："吴王愀然易容，捐薦去几，危坐而听。"吕延济注："危坐，敬之也。"

⑭翩跹：飘逸飞舞貌。《梁书·王僧孺传》："含吐缃缥之上，翩跹樽俎之侧。"唐杜甫《西阁曝日》诗："流离木杪猿，翩跹山巅鹤。"

天香　姚氏牡丹①

麝槛融脂②，蜂衔缬翠③，游人顾影宜昼。幻出珠含，斜分锦护，宛是洛京时候④。依稀谷雨⑤，枝共叶、难容春瘦。歌楼丛粉⑥，争翅酒国，千红密瞽。　　压倒群芳不谬，和清平、玉环能否⑦。此际为伊怜惜，任伊薰透。野老毫尖秃尽⑧，又谁料、风情尚如旧。远饯归樯⑨，林香晚奏。

【编年】

此词无法确知具体创作年份。

【笺注】

①姚氏牡丹：指姚黄牡丹，牡丹之一种。欧阳修《洛阳牡丹记》："姚黄者，千叶黄花，出于民姚氏家。此花之出，于今未十年。"

②麝槛（jiàn）：带有香气的栅栏。槛，指防护花木的栅栏。宋张淏《云谷杂记·兰蕙》："二兰移植小槛中，置座右，花开时满室尽香。"宋晏殊《蝶恋花》（槛菊愁烟兰泣露）词："槛菊愁烟兰泣露。罗幕轻寒，燕子双飞去。"

③蜂衙：飞绕的蜂群。群蜂早晚聚集，簇拥蜂王，如旧时官吏到上司衙门排班参见，故曰。宋陆游《青羊宫小饮赠道士》诗："微雨晴时看鹤舞，小窗幽处听蜂衙。"元钱霖《清江引》曲："高歌一壶新酿酒，睡足蜂衙后。"

④洛京：洛阳。因其是著名古都，故称。宋刘埙《天香·韵赋牡丹》词："翠羽低云，檀心晕粉，独冠洛京新谱。"洛阳盛产牡丹，故云"宛是洛京时候。"

⑤依稀两句：谷雨为二十四节气之六，在每年的4月19—21之间，是春季的最后一个节气。牡丹花期一般为4—5月。谷雨时正值牡丹花期。牡丹花丰盈，故曰"难容春瘦"。

⑥歌楼三句：描绘牡丹盛开时美丽景致。

⑦和清平句：唐李白《清平乐》以牡丹喻杨玉环的美艳，故云。

⑧野老：村野老人。南朝梁丘迟《旦发渔浦潭》诗："村童忽相聚，野老时一望。"唐杜甫《哀江头》诗："少陵野老吞声哭，春日潜行曲江曲。"此处为曹溶自指。毫尖，毛笔的尖端部分。毫，毛笔。《文选·陆机〈文赋〉》："或操觚以率尔，或含毫而邈然。"李善注："毫，谓笔毫也。"宋王安石《题中书壁》诗："夜开金鑰诏辞臣，对御抽毫草帝纶。"

⑨归樯（qiáng）：归船。樯，帆船。宋林逋《复送慈公还虎丘山》诗："子子归樯五两翻，香林禅石抱云根。"宋宋祁《登齐云亭》诗："归樯栉栉逗淮浦，凉飔猎猎生岩隩。"

烛影摇红　答香侯①

秋色中分②，银蟾催彻楼头宴③。五湖归浪隔芙蓉④，徙倚朱栏遍⑤。谁寄题诗纨扇⑥。仗宾鸿，彩毫重见⑦。远山停雪，野帐传烽，愁来庭院。　　未脱征衫⑧，一年听尽铜壶箭⑨。锦骝成队玉关开⑩，近息沙场战。不信孤臣身贱⑪。但看取、冰华拂面⑫。难医白发，任说丹砂⑬，夜凉人倦。

【编年】

此词应作于清康熙二年癸卯（1663）中秋。曹溶于清康熙二年癸卯（1663）春抵达大同，至中秋已半年之久，"一年听尽铜壶箭"是为约数。

【笺注】

①香侯：见前《采桑子·怀香侯》注释①。

②秋色中分：指中秋，阴历八月十五日。宋吴自牧《梦粱录·中秋》："八月十五日，中秋节，此日三秋恰半，故谓之中秋。"

③银蟾：见前《临江仙·次日复同瑶如诸公饮》注释②。

④五湖句：言当下尚不得隐遁。五湖，见前《霜天晓角·同香山、敬可夜坐倦圃》注释③。芙蓉，荷花。

⑤徙倚：犹徘徊，逡巡。《楚辞·远游》："步徙倚而遥思兮，怊惝怳而乖怀。"王逸注："彷徨东西，意愁愤也。"宋朱熹《石马斜川之集分韵赋诗得灯字》诗："徙倚绿树荫，摩挲苍石棱。"

⑥题诗纨扇：在用细绢制成的团扇上题诗。此处喻指香侯的寄诗。

⑦彩毫：画笔；彩笔。亦指绚丽的文笔。唐温庭筠《塞寒行》诗："彩毫一画竟何荣，空使青楼泪成血。"宋晏殊《胡捣练》（小桃花与早梅花）词："谁把彩毫描得，免恁轻抛掷。"

⑧征衫：见前《点绛唇·寄兴》注释③。

⑨铜壶：见前《霜天晓角·同香山、敬可夜坐倦圃》注释⑤。

⑩锦骝：骏马。骝，红身黑鬣尾的马。玉关，玉门关。宋刘克庄《贺新

郎·送唐伯玉还朝》词:"一句殷勤牢记取,在朝廷、最好图西事。何必向,玉关外。"

⑪孤臣:孤立无助或不受重用的远臣。南朝江淹《恨赋》:"或有孤臣危涕,孽子坠心,迁客海上,流戍陇阴。"唐柳宗元《入黄溪闻猿》诗:"孤臣泪已尽,虚作断肠声。"此处溶用以自指。

⑫冰华:素白的水花。元黄镇成《石桥山》诗:"悬瀑泻层崖,冰华垂空飘。"

⑬丹砂:指丹砂炼成的丹药。宋苏轼《临江仙》(细马远驮双侍女)词:"十年不见紫云车。龙丘新洞府,铅鼎养丹砂。"宋朱敦儒《苏幕遮》(瘦仙人)词:"瘦仙人,穷活计。不养丹砂,不肯参同契。"

前调　扬州己未正月十四夜

江左名宵①,六街化作流苏结②。让他灯影乍分明③,最爱朦胧月。搅动闲愁不歇。遍相逢,闹花惊蝶。裁纨扇小④,涂粉车轻,陈隋时节。　冷落红桥⑤,顿看箫管吹教热⑥。肯嫌芳药未开园⑦,火树层层叶⑧。今夜何人报帖⑨。记三生、杜郎曾说⑩。曲残帘下,酒醒楼头,春愁尚怯。

【编年】

此词作于清康熙十八年己未(1679)。曹溶一生历经两个己未年,一是明万历四十七年己未(1619),此时曹溶八岁;二是清康熙十八年己未(1679),此时曹溶六十八岁。此词应作于曹溶六十八岁时。

【笺注】

①江左:江东。指长江下游以东地区。清魏禧《日录·杂说》:"江东称江左,江西称江右,何也?曰:自江北视之,江东在左,江西在右耳。"扬州位于江东,故曰。

②六街句:言扬州街道元宵张灯盛景。六街,唐长安和宋汴京各有六条中心大街,故曰六街。宋柳永《玉楼春》(皇都今夕知何夕)词:"金吾不禁

六街游，狂杀云踪并雨迹。"此处借指扬州的大街和闹市。

③让：责备。清蒲松龄《聊斋志异·恒娘》："朱坚卧不起，洪始去。次夕复然。明日，洪让之。"

④裁纨扇三句：言扬州元宵盛况，似乎回到南朝陈、隋两代。

⑤红桥：见前《青衫湿·广林饮李太虚寓中，出家姬作剧》注释②。

⑥箫管：见前《卜算子·伊璜再携歌姬过》注释④。

⑦肯嫌句：不嫌芍药未开放。肯，表反问，犹岂。唐刘长卿《赠别于群投笔赴安西》诗："本持乡曲誉，肯料泥途辱。"宋杨万里《闻一二故人相继而逝》诗："我福肯如郭，我德敢望颜！"芳药，芍药，见前《浣溪沙·闲情》注释④。

⑧火树：元宵张灯于树，故曰。唐苏味道《正月十五夜》诗："火树银花合，星桥铁锁开。"宋无名氏《金盏子慢》（丽日舒长）词："天色夜更澄清。又千寻火树，灯山参差，带月鲜明。"

⑨今夜句：暗指谁能试中博学鸿儒考试。清康熙十七年戊午（1678），曹溶被举荐参加清康熙十八年己未（1679）三月的博学鸿儒考试，曹溶未赴。报帖，旧时向得官、复官、升官和考试得中的人家送去的喜报。《儒林外史》第三回："范进三两步走进屋里来，见中间报帖已经升挂起来，上写道：'捷报贵府老爷范讳进高中广东乡试第七名亚元。京报连登黄甲。'"

⑩三生杜郎：杜郎，指唐代杜牧。宋姜夔《扬州慢》（淮左名都）词："杜郎俊赏，算而今、重到须惊。"宋李莱老《扬州慢·琼花次韵》词："叹而今、杜郎还见，应赋悲春。"三生，佛教语。指前生、今生、来生。唐牟融《送僧》诗："三生尘梦醒，一锡衲衣轻。"

声声慢　七夕，嵋雪、敬可过，用禁体①

前宵雨急，翻海排江②，草阁幸自无忧。汛扫山厨③，百钱权买凉秋④。眼中好友都在，击珠盘、高按歌喉⑤。任相诮⑥，把烟波一曲，换却封侯。

翠幌浓香似梦⑦，指疏星、几点练影垂钩⑧。暗想罗衣⑨，飘动争倚危楼⑩。老夫正发清兴，肯学他、儿女含愁。原此去，折岩花、频记胜游。

【编年】

此词应作于曹溶晚年。

【笺注】

①禁体：亦称"禁字体"，指禁体诗。是一种遵守特定禁例写作的诗。据宋欧阳修《雪》诗自注、《六一诗话》及宋苏轼《聚星堂雪诗余》所记，其禁例大略为不得运用通常诗歌中常见的名状体物字眼，如咏雪不用玉、月、梨、梅、练、絮、白、舞等，意在难中出奇。宋秦观《念奴娇·赤壁舟中咏雪》词："禁体词成，过眉酒热，把唾壶敲缺。"宋陈傅良《和张孟阜寻梅韵》诗："我尝欲拟禁字体，不道雪月冰琼瑰。"嵋雪，见前《少年游·寄项嵋雪》注释①。敬可，见前《霜天晓角·同香山、敬可夜坐倦圃》注释①。

②翻海排江：形容雨水势浩大。

③汛扫：洒扫。《新唐书·后妃传下·章敬吴太后》："（肃宗）后入谒，玄宗见不悦，因幸其宫，顾廷宇不汛扫，乐器尘蠹，左右无嫔侍，帝愀然谓高力士曰：'儿居处乃尔，将军讵使我知乎？'"清钱谦益《赠太仆寺少卿姬公墓志铭》："蚩尤前驱兮玄武后行，鹼奴荡寇兮汛扫欃枪。"山厨，山野人家的厨房。唐王维《过崔驸马山池》诗："脱貂贳桂醑，射雁与山厨。"唐钱起《岁暇题茅茨》诗："溪路春云重，山厨夜火深。"

④权：衡量，比较。

⑤珠盘：见前《六么令·张老四曾事云间周勒卣，度曲甚美，遇之怅然》注释②。

⑥相诮：相互嘲讽。

⑦翠幌：绿色的帷幔。唐骆宾王《帝京篇》诗："翠幌珠帘不独映，清歌宝瑟自相依。"明夏完淳《钱长孺三春卧病合卺而起诗以嘲之》诗："九天环珮石榴裙，翠幌妆楼谒细君。"

⑧练影：指日、月、水波等的白色光影。唐无可《中秋台看月》诗："水光笼草树，练影挂楼台。"清施闰章《登岱》诗："邹鲁山灵真莽荡，吴间练

影漫徘徊。"

⑨罗衣：见前《浪淘沙·询孔子威坠马》注释⑥。

⑩危楼：见前《满江红·钱塘观潮》注释⑨。

倦寻芳　湖口①

晚风乍急，山势茫茫，曾诧龙踞②。一片云帆，游子寄愁何处。战舰横空天际落，百年都付渔樵语③。算羁栖，甫羊城挑菜④，又飘江絮。　　念处士⑤、葛巾漉酒，解组投闲，田舍如故。手种黄花，那管怒潮来去。孤帐惊寒芦荻岸，石钟声送长宵曙。正无聊，喜猿啼，对销兰炷⑥。

【编年】

此词作于清顺治十四年丁酉（1657）秋曹溶于广东任返乡途中。湖口，位于江西。据曹溶乡友朱彝尊《南车草》所载，当时从浙江到广东水路交通，先由江苏到安徽，再由安徽到江西。进入江西境后，要途经彭泽、湖口、德化、饶州、九江、南昌等地，然后进入广东境地。从上片"算羁栖，甫羊城挑菜，又飘江絮"可知，该词是作于离开广州返乡途中。

【笺注】

①湖口：位于江西省北部，长江与鄱阳湖交汇处。

②曾诧句：言湖口急风时似有龙盘踞于此。

③渔樵：渔人和樵夫。唐高适《封丘县》诗："我本渔樵孟诸野，一生自是悠悠者。"宋张昇《离亭燕》（一带江山如画）词："多少六朝兴废事，尽入渔樵闲话。"

④甫：刚刚，方才。羊城，广州的别称。挑菜，旧俗农历二月初二日，仕女出郊拾菜，士民游观其间，谓之挑菜节。唐贺铸《凤栖梧》（挑菜踏青都过却）词："挑菜踏青都过却。杨柳风轻，摆动秋千索。"

⑤念处士两句：言怀想陶渊明辞官隐居。渊明家在江西，故云。解组，犹解绶，谓辞官免职。《梁书·谢朏传》："虽解组昌运，实避昏时。"宋梅尧

臣《和酬裴君见过》诗："我昨谢铜章，解组犹脱屣。"

⑥兰炷：线香的美称。宋欧阳修《洛阳春》（红纱未晓黄鹂语）词："红纱未晓黄鹂语。蕙炉销兰炷。"宋程垓《菩萨蛮》（小窗荫绿清无暑）词："小窗荫绿清无暑。篆香终日萦兰炷。"

前调　招赤豹饮倦圃〔一〕①

五陵游歇②，催买花枝，重上吴阜。抖擞衣尘，旋觉野云生肘。谁载铜官山色到③，屐高惊破门前柳。拨寒灰，把生平乐事，一番回首。　怪作达、于吾何有。起舞阑珊④，敲缺壶口⑤。笔底风华⑥，恨乏按筝纤手。自与侯鲭长话别⑦，故人能共青蔬否。论欢场，尽千般，不如醇酒。

【校勘】

〔一〕"招赤豹饮倦圃"，《瑶华集》题作"蘧庵过饮倦圃"。

【编年】

此词应作于曹溶晚年。

【笺注】

①赤豹，见前《采桑子·寄赤豹》注释①。倦圃，见前《浣溪沙·倦圃山矾盛开》注释①。

②五陵：见前《南柯子·王家歌姬》注释④。

③铜官：古代官名。掌开采铜矿。历代均有类似设置。如秦时曾在铜庐县置官采铜。

④阑珊：见前《踏青游·闺情》注释④。

⑤敲缺壶口：晋王敦酒后辄咏曹操《乐府歌》："老骥伏枥，志在千里。烈士暮年，壮心不已。"以铁如意击唾壶为节，壶边尽缺。见《晋书·王敦传》。后因用"缺壶歌"为发抒壮怀之典实。宋周孚先《木兰花慢·富州道中》词："醉后唾壶高敲缺，龙光摇动晴漪。"宋邓剡《满江红》（王母仙桃）词："空有琵琶传出塞，更无环佩鸣归月。又争知、有客夜悲歌，壶敲缺。"

⑥风华：风采才华。《南史·谢晦传》："时谢混风华为江左第一，尝与晦俱在武帝前，帝目之曰：'一时顿有两玉人耳。'"唐司空图《上考功》："必弘声价，未浼风华；中外具瞻，浅深莫际。"

⑦侯鲭（zhēng）：精美的荤菜。鲭，鱼和肉合烹而成的食物。唐陈陶《冬日暮旅泊庐陵》诗："弃置侯鲭任羁束，不劳龟瓦问穷通。"明史谨《高唐驿》诗："慷慨具肴酒，侯鲭杂梨栗。"

扬州慢　与林铁崖、陈鹿友、程古狂饮①

读罢离骚，客闲无赖②，临春强自支持。向流莺声里。问往日花枝，话神武、门前轶事③，澄湖鱼鸟④，怅怏归迟。有糟丘百尺⑤，黄金尽买莼丝⑥。飞尘塞眼，谢公山、台榭参差。少如云歌伎，安边壮略，谱入新词。共诃狂奴老矣⑦，苍生泪、犹似平时。仗三更渔笛，回风吹散情痴。

【编年】

此词应作于曹溶晚年。

【笺注】

①林铁崖：林嗣环（1607—1662?），字起八，号铁崖。福建安溪赤岭后畲人（现安溪县官桥镇赤岭村）。清顺治六年己丑（1649）科进士，授大中大夫，调任广东琼州府先宪兼提督学政。清顺治十三年丙申（1656），官至广东提刑按察司副使，分巡雷琼道兼理学政，清康熙初年，山西左参政道，性耿介，多惠政，口碑甚佳。死于西湖寓所，家贫无以为敛，同年好友将其葬昭庆寺西5里龙潭。著有《铁崖文集》等。陈鹿友、程古狂，未可详考。

②无赖：无聊。谓情绪因无依托而烦闷。宋苏舜钦《奉酬公素学士见招之作》诗："意我羁愁正无赖，欲以此事相夸招。"宋陆游《桃源忆故人》（城南载酒行歌路）词："莺声无赖催春去。那更兼旬风雨。"

③神武门：北京紫禁城（故宫）北门叫"神武门"。

④澄湖：又名沉湖或陈湖，位于今苏州。《太平广记》云："该地古为陈

县（或云陈州）而名陈湖"。湖畔寝浦禅林寺内清顺治十八年（1961）铸钟刻有"天宝元年地陷成湖"，故名沉湖。

⑤糟丘：见前《南乡子·陈集生遗酒》其二注释④。

⑥莼丝：莼菜丝。莼菜又名凫葵。多年生水草。叶片椭圆形，浮水面。茎上和叶的背面有黏液。花暗红色，嫩叶可作汤菜。宋曾协《秦楼月·留别海陵诸公》词："莼丝惹起思归客。清光正好伤离别。"宋张炎《木兰花慢·归隐湖山，书寄陆处梅》词："秋痕尚悬鬓影，见莼丝、依旧也思鲈。"

⑦狂奴：狂放不羁之人。此为曹溶自嘲之词。清袁枚《随园诗话》卷一："李尚书雍熙学道，散遣歌姬，王西樵责以诗云：'谁为公画此策者，狂奴恨不鞭其背！'"

孤鸾　招夏乐只、张登子、程古狂、沈逢吉、张较书集舟中①

承平人物②。半敝尽征裘③，满头飞雪④。如此湖山，空锁一城风月。遥天尽多蔓草⑤，柁楼边、黛铺青抹⑥。客里阴晴时候，任蜀鹃啼彻⑦。　且卖文沽酒自存活。对万马停嘶，渔舍明灭。蛮柳乍来⑧，恰补白堤春缺⑨。藏钩试他皓腕⑩，出轻衫、响生条脱⑪。无语系情何处，指暮云千叠⑫。

【编年】

此词或作于清顺治十八年辛丑（1661）曹溶游杭州期间。

【笺注】

①夏乐只：夏名基，江南徽州人。侨寓湖滨，能诗工书画，旷然有高世之志。张登子，张陛，张岱族弟，字登子，绍兴府山阴（今浙江山阴）人。明天启年贡生。著有《救荒事宜》。明崇祯十三年庚辰（1640），山阴大饥。陛出其家粟五百石，又鬻家产得米千余石办赈，活人万余。后考授内阁撰文中书。清康熙十五年丙辰（1676），授延平府同知，署邵武府，摄沙邑令，卒于官，祀名宦。《嘉庆山阴县志》有载。程古狂、沈逢吉、张较书均不详。

②承平：治平相承；太平。《汉书·食货志上》："今累世承平，豪富吏民訾数巨万，而贫弱俞困。"唐鲍防《杂感》诗："汉家海内承平久，万国戎王皆稽首。"

③征裘：远行人所穿的皮衣。宋刘光祖《水调歌头·旅思》词："归计休令暮，宵露浥征裘。"元范梈《赠李山人》诗："昔向贵溪寻讲鼓，又从蓟郡揽征裘。"

④飞雪：喻头发变白。

⑤蔓草：生有长茎能缠绕攀缘的杂草。泛指蔓生的野草。《诗·郑风·野有蔓草》："野有蔓草，零露漙兮。"宋彭元逊《解佩环·寻梅不见》词："事阔心违，交淡媒劳，蔓草沾衣多露。"

⑥柁楼：船上操舵之室。亦指后舱室。因高起如楼，故称。唐杜甫《陪郑广文游何将军山林十首》诗其二："翻疑柁楼底，晚饭越中行。"宋范成大《满江红》（罨画溪山）词："天渐远，水云初静，柁楼人语。"

⑦蜀鹃：杜鹃。相传杜鹃为蜀帝死后所化成，故称。宋员兴宗《贺阳帅》诗："使节西来快旧游，淳和一洗蜀鹃愁。"元戴良《承君衡叔榦远送赋此以别》诗："半生望眼迷辽鹤，一夜归心到蜀鹃。"

⑧蛮柳：《太平广记》卷一百九十八《文章》"白居易"条："唐白居易有妓樊素善歌，小蛮善舞，尝为诗曰：'樱桃樊素口，杨柳小蛮腰。'"宋无名氏《沁园春·贺生第二子》词："蛮柳眠风，妃棠醉日，春意方浓。"

⑨白堤：见前《一络索》（焦团坐破添云甑）注释③。

⑩皓腕：洁白的手腕。多用于女子。三国魏曹植《洛神赋》："攘皓腕於神浒兮，采湍濑之玄芝。"唐韦庄《菩萨蛮》（人人尽说江南好）词："垆边人似月，皓腕凝霜雪。"

⑪条脱：指古代臂饰。呈螺旋形，上下两头左右可活动，以便紧松。一副两个。唐李商隐《李夫人歌》诗："蛮丝系条脱，妍眼和香屑。"宋吴曾《能改斋漫录·辨误》："文宗问宰臣：'条脱是何物？'宰臣未对，上曰：'《真诰》言，安妃有金条脱为臂饰，即金钏也。'"

⑫千叠：千层。叠，量词，层，用于重叠、累积的东西。唐许浑《岁暮

自广江至新兴往复中题峡山寺四首》诗其二:"水曲岩千叠,云重树百层。"宋苏轼《书王定国所藏烟江迭嶂图》诗:"江上愁心千叠山,浮空积翠如云烟。"

前调　悼亡姬

凤城春黑①。倏冷到罗衾②,教人痛惜。王谢门风③,林下一时标格。新妆总看大雅④,花钿送、阳昌酒值⑤。静夜挥毫并坐,听数声羌笛⑥。　更念我、游多添恻恻⑦。但走马归来,床头无色。相劝忘忧,屈指江南江北。黄尘忽栖玉镜⑧,话依稀、莫闻将息⑨。良友同心卧内,尽此生难得。

【编年】

从"凤城春黑"之"凤城",可知此词作于曹溶居北京期间。据下片"相劝忘忧,屈指江南江北",及曹溶入清后仕途经历,应作于清顺治十一年甲午(1654)或清顺治十二年乙未(1655)春天。

【笺注】

①凤城:京都的美称。宋李甲《帝台春》(芳草碧色)词:"忆得盈盈拾翠侣,共携赏、凤城寒食。"宋贺铸《沁园春》(宫烛分烟)词:"宫烛分烟,禁池开钥,凤城暮春。"

②倏(shū)冷句:言因独寝而觉被褥寒冷。倏,疾速。罗衾,见前《江城子·雪夜》注释②。

③王谢两句:言亡姬姿仪之美。王谢,南朝望族琅琊王氏与陈郡谢氏的并称。后用以代称显赫世家大族。林下,称颂妇女。宋周紫芝《南柯子》(白羽传觞急)词:"林下风流女,堂东坦腹儿。此郎标韵世间稀。好为伯鸾举案、又齐眉。"标格,风范、品格。宋晁补之《万年欢·梅》词:"真香媚情动魄。算当时寿阳,无此标格。"宋刘燾《花心动》(偏忆江南)词:"偏忆江南,有尘表丰神,世外标格。"

④大雅:高尚雅正。宋无名氏《踏青游》(岭上梅残)词:"岭上梅残,

堤畔柳眠娇小。绽数枝、横烟临沼。既大雅,且秾丽,繁而不扰。"

⑤花钿句:言亡姬以首饰当钱以偿酒值。花钿,见前《惜红衣·美人鼻》注释②。此处借指首饰。

⑥羌笛:古代的管乐器。长二尺四寸,三孔或四孔。因出于羌中,故名。唐王之涣《凉州词二首》诗其一:"羌笛何须怨杨柳,春风不度玉门关。"

⑦恻恻:凄凉。唐杜甫《梦李白二首》诗其一:"死别已吞声,生别常恻恻。"宋陈允平《兰陵王》(古堤直)词:"恻恻。怨怀积。渐楚榭寒收,隋苑春寂。"

⑧玉镜:玉磨成的镜子。《南齐书·东昏侯纪》:"帝有膂力,能担白虎橦,自制杂色锦伎衣,缀以金花玉镜众宝,逞诸意态。"唐白居易《游悟真寺诗一百三十韵》诗:"六楹排玉镜,四座敷金钿。"

⑨将息:珍重,保重。宋谢逸《柳梢青》(香肩轻拍)词:"香肩轻拍,樽前忍听,一声将息。"元朱庭玉《青杏子·送别》词:"唱道分破鸾钗,丁宁嘱付好将息。"

琐窗寒　敬可贻酢戏咏之①

杏子催黄,橙丝待熟②。一般酸楚。多嫌昼绣③,酷爱书生为侣④。望秦楼、量珠买歌⑤,闺中肠断邀郎语。惹旧愁滋味⑥,双眉蹙罢,绒尖徐吐。

春入清明路。便减麯加饧⑦,柳条如许。宵寒病渴⑧,花瓮偷将伊补。正黄金、零落汉宫,鹈鴂不到沽酒处⑨。怪张华⑩、博物烹龙,小字呼他苦。

【编年】

此词无法确知具体创作年份。

【笺注】

①酢(cù):同"醋"。醋酒,苦酒。《南齐书·良政传·虞愿》:"(宋明帝)食逐夷积多,胸腹痞胀,气将绝。左右启饮数升酢酒,乃消。"敬可,见前《霜天晓角·同香山、敬可夜坐倦圃》注释①。

②橙丝：切成丝的橙皮，作调味佐料。元张宪《中秋碧云师送蟹》诗："红膏溢齿嫩乳滑，脆美簇簇橙丝甜。"明王世贞《江口二首》诗其二："似玉鲈鱼鲙，橙丝缕更鲜。"

③昼绣：犹昼锦。据《史记》载，项羽见秦宫已毁，思归江东，曰："富贵不归故乡，如衣锦夜行。"后遂称富贵还乡为"衣锦昼行"，省作"昼锦"。宋黄人杰《瑞鹤仙》（飞花闲院落）词："双凫容与，摩天东上，稳步鸾台凤阁。管平泉，昼锦归时，发犹未鹤。"清吴伟业《项王庙》诗："凄凉思昼锦，遗恨在彭城。"

④酷爱句：旧时多用穷酸以称穷书生，故曰。元王实甫《西厢记》第四本第二折："老夫人猜那穷酸做了新婿。"明王九思《曲江春》第二折："这里有一位客饮酒，不许穷酸来打搅。"

⑤秦楼：见前《东风齐着力·春怨》注释③。

⑥惹旧愁三句：言闺中人因良人秦楼买欢而心生酸楚。

⑦麯（qū）：酒曲。酿酒时引起发酵的块状物，用某种霉菌和大麦、大豆、麸皮等制成。饧，用麦芽或谷芽熬成的饴糖。

⑧宵寒两句：言因患消渴症，寒夜喝醋酒。宵寒，夜寒。唐李贺《昌谷读书示巴童》："虫响灯光薄，宵寒药气浓。"宋鉴堂《菩萨蛮·答伯山四时四首·冬》词："残漏怯宵寒。寒宵怯漏残。"病渴，患消渴症。唐杜甫《过南岳入洞庭湖》诗："病渴身何去，春生力更无。"宋陆游《和张功父见寄》诗："正复悲秋如骑省，可令病渴似文园。"

⑨鹔鹴（sù shuāng）：传说中的西方神鸟，长颈绿身，其形似雁。宋黄庭坚《次韵子瞻以红带寄王宣义》诗："鹔鹴作裘初服在，猩血染带邻翁无。"

⑩怪张华两句：《晋书·张华传》："陆机尝饷华鲊……华发器，便曰：'此龙肉也。'众未之信。华曰：'试以苦酒濯之，必有异。'"张华，晋朝人。所著《博物志》内容包罗万象，涉及山川地理、历史人物传说、奇异草木虫鱼、飞禽走兽、神仙方术等。

玲珑四犯　答袁箨庵①

渚苑笼云②，莎台换暖③，茶烟花底初飏④。闭门眠雪客，鹤发心犹壮⑤。长风此来破浪。莫相忘、送行邢上⑥。亲写乌丝⑦，频催象拍，传与雪儿唱。

主人旧夸豪荡⑧。近神疲盾墨⑨，骨瘦茅瘴。百年白凤管⑩，五岳苍藤杖⑪。平生万事摧颓尽，刚留得、酒肠无恙。看此刻，春生更欲倾家酿⑫。

【编年】

此词或作于清康熙二年癸卯（1663）至清康熙六年丁未（1667）曹溶官山西大同期间。清康熙元年壬寅（1662）十月曹溶入都，之后赴山西按察副使任，备兵大同，整饬阳和道。兵备道属于文官，协理总兵军务，整理文书。该词下片"近神疲盾墨"即是借"盾墨"典故指此一经历。另可引证者，曹溶有《贺新郎·书怀》，可确知作于任职大同期间，下片"盾墨磨残征袖冷"同样使用了"盾墨"典故。

【笺注】

①袁箨庵：袁于令（1592—1674），原名韫玉，又名晋，字令昭，一字凫公，号箨庵，又号幔亭、白宾、吉衣主人，吴县人。明末为生员。居苏州因果庵，因恋一妓，革去学籍。清初任荆州太守，清顺治十年癸巳（1653）罢归，侨居南京，后又寓居西湖，晚年居会稽，清康熙十三年甲寅（1674）卒于会稽。

②渚苑：小洲上的园林。清乾隆帝《长河泛舟至乐善园小憩》诗："兰舟堪进矣，渚苑偶临之。"又《清音斋》诗："渚苑百年古，春来壮石泉。"

③莎台：长有莎草的高地。莎草，多年生草本植物。多生于潮湿地区或河边沙地。茎直立，三棱形。叶细长，深绿色，质硬有光泽。

④飏（yáng）：飞扬，飘动。

⑤鹤发：白发。唐刘希夷《代悲白头翁》诗："宛转娥眉能几时，须臾鹤发乱如丝。"唐田颖《梦游罗浮》诗："自言非神亦非仙，鹤发童颜古无比。"

⑥邗：水名，即邗沟。也称邗水，邗江，邗溟沟。春秋时吴王夫差为争霸中原，在江淮间开凿的一条古运河。

⑦亲写三句：忆当日邗水送行情景。乌丝，即乌丝阑。指上下以乌丝织成栏，其间用朱墨界行的绢素。后亦指有墨线格子的笔纸。宋韩元吉《瑞鹤仙·送王季夷》词："叹凌云才调，乌丝阑上，省把清诗漫与。"宋辛弃疾《临江仙》（逗晓莺啼声昵昵）词："碧草旋荒金谷路，乌丝重记兰亭。"象拍，见前《西江月·再过某宅闻歌》注释①。雪儿，见《少年游·寄项岷雪》注释⑦。

⑧豪荡：谓意气洋溢。唐王维《戏赠张五弟諲》诗："今子方豪荡，思为鼎食人。"宋刘敞《送张四隐直游边》诗："此语颇豪荡，书之在青编。"

⑨盾墨：盾鼻上磨墨。同"楯墨"。《北史·文苑传·荀济》："济初与梁武帝布衣交，知梁武当王，然负气不服，谓人曰：'会楯上磨墨作檄文。'"后因以"楯墨"为文人从军研墨草檄的典故。宋苏轼《送曹辅赴闽漕》诗："诗成横槊里，楯墨何曾干。"元洪希文《题仙游县酒家楼》诗："狂歌莫管唾壶缺，草檄从教楯墨斜。"

⑩凤管：笙箫或笙箫之乐的美称。《洞冥记》："（汉武帝）见双白鹄集台之上，倏忽变为二神女舞于台，握凤管之箫。"南朝宋鲍照《登庐山望石门》诗："倾听凤管宾，缅望钓龙子。"

⑪苍藤杖：用老藤制作的手杖。

⑫春生：犹言春天到来。

东风第一枝　园中摘茄

老子年来①，犁锄手把，满襟浑是风雨。帐前不动金戈②，谩夸雁门险处③。平沙冷淡④，幸留得、斜阳同住。为菜羹、梦想江乡⑤，倦听数声砧杵⑥。　　看席上、紫球青乳。知过了、五原野暑⑦。华筵空说羊羔⑧，腐儒自须伴侣⑨，掀髯一饱，试检点、荒宫禾黍⑩。渐月移、楼掩虫丝，莫问好秋谁主。

【编年】

此词作于清康熙二年癸卯（1663）至清康熙六年丁未（1667）曹溶官山西大同期间。

【笺注】

①老子两句：曹溶自言近年以来，手持犁锄，亲自耕作。老子，老年人自称。犹老夫。宋黄人杰《祝英台·自寿》词："老子今年，五十又还五。"宋辛弃疾《水调歌头·和王正之吴江观雪见寄》词："老子旧游处，回首梦耶非。"年来，近年以来或一年以来。唐戴叔伦《越溪村居》诗："年来桡客寄禅扉，多话贫居在翠微。"宋陈三聘《三登乐》（注望晓山）词："怅年来、心纵在，盟寒鸥鸟。故人中、黑头渐少。"

②金戈：戈的美称。唐李白《发白马》诗："一扫清大漠，包虎戢金戈。"宋辛弃疾《永遇乐·京口北固亭怀古》词："想当年，金戈铁马，气吞万里如虎。"

③雁门：位于山西代县。"天下九塞，雁门为首。"雄关依山傍险，高踞勾注山上。谩，徒然，空。

④平沙：见前《青衫湿·田戚畹家姬东哥，甲申后为教师，遇之，有感》注释⑥。

⑤江乡：多江河的地方。多指江南水乡。宋陈亮《一丛花·溪堂玩月作》词："芦花千顶水微茫。秋色满江乡。"宋吴潜《水调歌头·送叔永文昌》词："黄鸡白酒，吾亦归兴动江乡。"此处曹溶指江南家乡。

⑥砧杵：捣衣石和棒槌。亦指捣衣。宋苏轼《九月二十日微雪怀子由弟二首》诗其二："短日送寒砧杵急，冷官无事屋庐深。"宋姜夔《齐天乐》（庾郎先自吟愁赋）词："西窗又吹暗雨。为谁频断续，相和砧杵。"

⑦五原：关塞名。即汉五原郡之榆柳塞。在今内蒙古自治区五原县。唐贾至《出塞曲》诗："传道五原烽火急，单于昨夜寇新秦。"

⑧华筵：丰盛的筵席。唐杜甫《刘九法曹郑瑕邱石门宴集》诗："能吏逢联璧，华筵直一金。"《敦煌曲子词·浣溪沙》词："喜睹华筵献大贤，歌欢

共过百千年。"

⑨腐儒：迂腐的儒者。《史记·黥布列传》："上折随何之功，谓何为腐儒，为天下安用腐儒。"唐杜甫《江汉》诗："江汉思归客，乾坤一腐儒。"

⑩禾黍：《诗·王风·黍离序》："《黍離》，闵宗周也。周大夫行役至於宗周，过故宗庙宫室，尽为禾黍。闵宗周之颠覆，彷徨不忍去而作是诗也。"后以"禾黍"为悲悯故国破败或胜地废圮之典。唐许浑《金陵怀古》诗："楸梧远近千官塚，禾黍高低六代宫。"宋苏轼《南都妙峰亭》诗："池台半禾黍，桃李余榛菅。"

念奴娇　云署碧桃花①

清明已过，怪龙堆无赖②，酸风还剪③。谁寄武陵花数朵④，仿佛画船红软。扇影堤边⑤，粉香人面，倚树闻娇喘。倾城难遇⑥，且将塞上帘卷⑦。　最爱轻暖轻寒，随蜂趁蝶，乍嬉游心展。宿雨弄姿浑似梦⑧，年少赋情深浅。飘堕旗亭，胭脂万斛⑨，恨事空消遣。今朝酒醒，流莺如诉春远。

【编年】

此词作于清康熙二年癸卯（1663）至清康熙六年丁未（1667）曹溶官山西大同期间。

【笺注】

①云署：见前《醉花阴·云署五月，初见芍药》注释①。

②龙堆：白龙堆。古西域沙丘名。汉扬雄《法言·孝至》："龙堆以西，大漠以北，鸟夷兽夷，郡劳王师，汉家不为也。"李轨注："白龙堆也。"《汉书》卷九十四下《匈奴传六十四下》："岂为康居、乌孙能逾白龙堆而寇西边哉！"注："孟康曰：'龙堆形如土龙身，无头有尾，高大者二三丈，埤者丈，皆东北向，相似也，在西域中。'"唐岑参《献封大夫破播仙凯歌六首》诗其四："洗兵鱼海云迎阵，秣马龙堆月照营。"清纳兰性德《满庭芳》（堠雪翻鸦）词："堠雪翻鸦，河冰跃马，惊风吹度龙堆。"

③酸风：见前《东风齐着力·春怨》注释①。

④武陵：晋陶渊明作《桃花源记》，描绘武陵人所见一与世隔绝的乐土。后遂以"桃花源"喻指隐居胜境或世外仙境福地。"武陵"亦被借指世外佳境。唐孟浩然《登望楚山最高顶》诗："云梦掌中小，武陵花处迷。"

⑤扇影：河堤状如扇，故云。

⑥倾城：见前《临江仙·同俞右吉看牡丹》注释⑥。

⑦塞上：边境地区。亦泛指北方长城内外。唐杜甫《秋兴八首》诗其一："江间波浪兼天涌，塞上风云接地阴。"宋曾巩《西湖二首》诗其一："塞上马归终反覆，泰山鸱饱正飞扬。"曹溶居云塞大同，故云。

⑧宿雨：经夜的雨水。隋江总《诒孔中丞奂》诗："初晴原野开，宿雨润条枚。"宋周邦彦《苏幕遮》（燎沉香）词："叶上初阳干宿雨，水面清圆，一一风荷举。"

⑨胭脂：见前《江城子·雪夜》注释④。

前调　偶见

春将归去，为相如四壁①，临邛无伴。特送好花楼上影，斜卷押帘银蒜②。眉语呼郎③，弓靴倚婢④，蛱蝶谁拘管。横波迎笑⑤，又穿紫陌西畔⑥。

此际依约窥臣，催成新句，写当年团扇。风动湘裙⑦，最苦是、香气教人惊颤。粉帛频施，湖光作镜，着意回娇面。重逢何处，愿随轻絮吹遍。

【编年】

此词无法确知具体创作年份。

【笺注】

①为相如两句：用司马相如琴挑文君典故，言自己贫且无伴。《史记·司马相如列传》："相如之临邛，从车骑，雍容闲雅，甚都。及饮卓氏，弄琴，文君窃从窥之，心悦而好之，恐不得当也。既罢，相如乃使人重赐文君侍者通殷勤，文君夜亡奔相如。相如乃与驰归，家居徒四壁立。"

②押帘银蒜：古代富贵之家用以防止帘幕被风吹起的帘坠儿，多作银质蒜头形，故云。清梁清标《踏莎行·暮春》词："莺啭林梢，蝶沾粉絮，押帘银蒜牵蛛缕。"

③眉语：见前《采桑子·姑苏顾氏席上小鬟》注释⑤。

④弓靴：弓鞋。宋卢炳《菩萨蛮》（石榴裙束纤腰袅）词："石榴裙束纤腰袅，金莲稳衬弓靴小。"宋张榘《青玉案·和何使君次了翁韵三首》词其三："弓靴微湿，玉纤频袖，塑出狮儿好。"

⑤横波：横流的水波，借指妇女之目。北周庾信《拟咏怀二十七首》诗其七："纤腰减束素，别泪捐横波。"唐张碧《古意》诗："手持纨扇独含情，秋风吹落横波血。"

⑥紫陌：指京师郊野的道路。汉王粲《羽猎赋》："济漳浦而横阵，倚紫陌而并征。"唐刘禹锡《元和十一年自朗州召至京戏赠看花诸君子》诗："紫陌红尘拂面来，无人不道看花回。"

⑦湘裙：见前《巫山一段云·偶咏》注释①。

前调　采友堂夜集

晚潮烟袅，望楼头篙底①，琉璃云净②。揖冷侯门多倦羽，犹自高谈觥政③。雀颔堆盘④，莼羹下豉⑤，雅集真相称。釭花红灿⑥，夜深留取春剩。　　筵上绝少韶年⑦，风霜憔悴，同有忧时病。末路纡回饶鼓地⑧，清泪教人偷迸。蜡屐山中⑨，华鞯塞外⑩，欲去悲途泞。不如长聚，醉来聊枕松磴⑪。

【编年】

此词应作于清康熙元年壬寅（1662），时曹溶经京师赴山西大同兵备任。采友堂，未详其主人。清初吴绮有《庚子九日偶醉采友堂漫题》，庚子即清顺治十七年（1660）。据吴绮于清顺治十三年丙申（1656）至清康熙五年丙午（1666），一直任职京师，可知采友堂为京师某人室名。在此一期间，曹溶唯清康熙元年壬寅（1662）奉诏入京，之后由京师赴山西大同兵备任。词中下片"蜡屐山中,华鞯塞外,欲去悲途泞",与曹溶经历、心态相符,故应作于此时。

【笺注】

①篙:撑船的竹竿或木杆。

②琉璃云净:言水面平静清澈,天空无云。琉璃,因水晶莹碧透,故喻。唐杜甫《渼陂行》诗:"琉璃汗漫泛舟入,事殊兴极忧思集。"

③觞政:酒令。汉刘向《说苑·善说》:"魏文侯与大夫饮酒,使公乘不仁为觞政。"明王志坚《表异录》卷十:"觞政,酒令也。"

④雀额:借指精美的食物。

⑤莼羹:用莼菜烹制的羹。宋贺铸《望长安》(排办张灯春事早)词:"莼羹鲈鲙非吾好。去国讴吟,半落江南调。"宋周邦彦《蓦山溪》(湖平春水)词:"玉箫金管,不共美人游,因个甚,烟雾底。独爱莼羹美。"

⑥釭花:灯花。油灯馀烬结成的花形灯心。清陈维崧《三姝媚·寄远用梅溪词韵》词:"恰又平明,好梦与釭花都谢。"

⑦筵上三句:言相聚于采友堂者,都是心怀天下的中年人。因忧时念乱,都无比憔悴。

⑧纡回:曲折,回环。汉班彪《北征赋》:"涉长路之绵绵兮,远纡回以樛流。"南朝梁何逊《登石头城》诗:"马岭逐纡回,犬牙傍隆窣。"

⑨蜡屐:涂蜡的木屐。唐刘禹锡《送裴处士应制举》诗:"登山雨中试蜡屐,入洞夏里披貂裘。"宋苏舜钦《关都官孤山四照阁》诗:"他年君挂朱幡后,蜡屐邛枝伴此行。"

⑩华鞯(jiān):华美的鞍垫。宋曾惇《念奴娇·送淮漕钱处和》词:"宝带兼金,华鞯新绣,直上云霄去。"宋陆游《赤壁词·招韩无咎游金山》词:"蹙绣华鞯,仙葩宝带,看即飞腾速。"此借指马匹。

⑪松磴:有松树的坂道。唐王勃《九成宫颂》:"桃溪逸彦,塞丹井而归风;松磴遗英,斩玄关而奉制。"唐李峤《藤》诗:"吐叶依松磴,舒苗长石台。"

前调　同铁崖、古狂、逢吉集登子寓楼①，吴姬适至

小楼灯灺②，喜屏山、近与眉峰对映③。酒冷黄昏听宿雨④，客子愁肠无定。银管生尘⑤，玉奁随浪⑥，各自成孤另⑦。相怜何事，语香帘侧红凝。回想年少风流，丝管吴城⑧，强半因花病。春色抛人容易也，蝴蝶空余情性。锦缆横江⑨，珠鞍骤马⑩，总是凄凉境。追欢今夕，一声梦断清磬⑪。

【编年】

此词无法确知具体创作年份。

【笺注】

①铁崖：见前《扬州慢·与林铁崖、陈鹿友、程古狂饮》注释①。程古狂、沈逢吉，未可详考。登子，见前《孤鸾·招夏乐只、张登子、程古狂、沈逢吉、张较书集舟中》注释①。

②灯灺（xiè）：灯烛。宋毛滂《清平乐·春夜曲》词："兰堂灯灺。春入流苏夜。"清纳兰性德《浣溪沙·庚申除夜》词："竹叶樽空翻彩燕，九枝灯灺颤金虫。"

③屏山：屏风。晚唐温庭筠《南歌子》（扑蕊添黄子）词："扑蕊添黄子，呵花满翠鬟。鸳枕映屏山。"宋欧阳修《蝶恋花》（面旋落花风荡漾）词："枕畔屏山围碧浪。翠被华灯，夜夜空相向。"眉峰，见前《如梦令·有感》注释④。

④宿雨：见前《念奴娇·云署碧桃花》注释⑧。

⑤银管：见前《凤凰台上忆吹箫·题朱竹垞词集》注释⑧。

⑥玉奁：玉制的盛香物或梳妆用品的器具。唐元稹《开元观闲居酬吴士矩侍御三十韵》诗："醮起彤庭烛，香开白玉奁。"宋秦观《海康书事十首》诗其七："上客赋骊驹，玉奁开素手。"

⑦孤另：孤单，孤独。宋何梦桂《水龙吟·和邵清溪咏梅见寿》词："不为角声吹落，向花前、为伊悲恨。玉堂茅舍，风流随处，年年孤另。"宋刘克

庄《水调歌头·十三夜》词："嫦娥老去孤另，离别匹如闲。"

⑧丝管：弦乐器与管乐器。泛指乐器。此借指音乐。唐杜甫《赠花卿》诗："锦城丝管日纷纷，半入江风半入云。"宋晏殊《清平乐》（春花秋草）词："劝君绿酒金杯。莫嫌丝管声催。"

⑨锦缆：见前《祝英台近·同杨香山次辛稼轩韵》注释④。

⑩珠鞍：饰有珍珠的马鞍。宋徽宗《宫词三百首》诗其七八："珠鞍玉镫龙骧进，宝苑珍亭喜一过。"宋刘克庄《贺新郎·席上闻歌有感》词："谁向西邻公子说，要珠鞍、迎入梨花院。"

⑪磬（qìng）：寺院中召集众僧用的云板形鸣器或诵经用的钵形打击乐器。

前调　登子招同铁崖、循蛰、古狂饮采友堂，坐有张较书①

连朝花谢，惜名花、强欲留春同住。倦起疾书金缕带②，斗鸭阑边旧句③。羽琖传觞④，香尘按舞，快事浑无据⑤。阮途相识⑥，飘零还倚芳树。夜半如意敲残⑦，顾影低徊⑧，莫解伤心处。堂下湿云飞不起，堂上美人清曙。浅黛吴妆，横波楚态⑨，剪烛殷勤语。掀髯一笑，陶公自合归去⑩。

【编年】

此词无法确知具体创作年份。

【笺注】

①登子：见前《孤鸾·招夏乐只、张登子、程古狂、沈逢吉、张较书集舟中》注释①。铁崖，见前《扬州慢·与林铁崖、陈鹿友、程古狂饮》注释①。程古狂、循蛰，张较书，未可详考。

②金缕带：饰有金丝的带子。

③斗鸭阑：雕刻有斗鸭的栏杆。阑，栏杆。南唐冯延巳《谒金门》（风乍起）："斗鸭阑干独倚，碧玉搔头斜坠。"

④琖（zhǎn）：同"盏"，小杯子。

⑤快事：令人感到痛快的事。无据，无所依凭。宋赵佶《燕山亭·北行见杏花》词："无据。和梦也，新来不做。"宋陈允平《倦寻芳》（杏檐转午）词："杏檐转午。青漏沈沈，春梦无据。"

⑥阮途：阮籍途的省称。喻指令人悲哀的末路。唐杜甫《早发射洪县南途中作》诗："茫然阮籍途，更洒杨朱泪。"唐罗邺《闻友人入越幕因以诗赠》诗："正哭阮途归未得，更闻江笔赴嘉招。"

⑦如意敲残：见前《倦寻芳·招赤豹饮倦圃》注释⑤。

⑧低徊：徘徊，流连。《汉书·司马相如传》："低徊阴山翔以纡曲兮，吾乃今日睹西王母。"唐韩愈《驽骥》诗："骐骥不敢言，低徊但垂头。"

⑨横波：见前《西江月·再过某宅闻歌》注释④。

⑩陶公：陶渊明。宋邓将孙《八声甘州·九日登高》词："举世谁不醉，独属陶公。"

前调　端阳后二日箨庵招饮①

淋漓梅雨②，恣销沉、南渡宫垣烟月③。龙舸争标前日事④，刚剩奔涛飞雪。顾曲周郎⑤，开筵相命，拟待娇歌发。藉花眠柳，此中宁少英杰。　　何限上苑思量⑥，银灯回影，欢会翻凄切。弈局觞筹和屐齿⑦，妆点东山风物⑧。勒个金钟，拖条藤杖⑨，谁免星星发⑩。与君谈笑，旅愁多付鹍舌⑪。

【编年】

此词或作于清顺治十八年辛丑（1661）。从上片"恣销沉、南渡宫垣烟月"所用意象，可知该词作于杭州。据徐朔方《袁于令年谱》，袁于令于清顺治十年癸巳（1653）自荆州罢官后侨居南京，自清顺治十五年戊戌（1658）寓居西湖，清康熙七年戊申（1668）在南京，之后游会稽，并于清康熙十三年甲寅（1674）卒于会稽。曹溶清顺治十四年丁酉（1654）自广东回乡直至清康熙元年壬寅（1662），其间一直闲居乡里，或游走于周边。清顺治十八年夏辛丑（1661），曹溶游西湖并与朱彝尊等人相聚唱和。该词或作于此时。

【笺注】

①箓庵：见前《玲珑四犯·答袁箓庵》注释①。

②梅雨：指初夏产生在江淮流域持续较长的阴雨天气。因时值梅子黄熟，故亦称黄梅天。此季节空气长期潮湿，器物易霉，故又称霉雨。《太平御览》卷九七〇引汉应劭《风俗通》："五月有落梅风，江淮以为信风。又有霜霎，号为梅雨，沾衣服皆败黦。"宋晏几道《鹧鸪天》（陌上濛濛残絮飞）词："梅雨细，晓风微。倚楼人听欲沾衣。"

③恣销沉句：言一任历史消逝。销沉，消逝。唐杜牧《登乐游原》诗："长空澹澹孤鸟没，万古销沉向此中。"元王学文《绮寮怨》（忽忽东风又老）词："当日登临。都化作、梦销沉。"南渡，犹南迁。宋高宗渡长江迁于南方建都，故史称南渡。《宋史·孝宗纪赞》："高宗以公天下之心，择太祖之后而主之，乃得孝宗之贤，聪明英毅，卓然为南渡诸帝之称首，可谓难矣哉。"元赵孟𫖯《岳鄂王墓》诗："南渡君臣轻社稷，中原父老望旌旗。"此代指南宋。

④龙舸：龙舟。唐李白《上皇西巡南京歌十首》诗其六："濯锦清江万里流，云帆龙舸下扬州。"唐皮日休《汴河怀古二首》诗其一："万艘龙舸绿丝间，载到扬州尽不还。"争标，争夺优胜。标，锦标。俗于端午赛龙舟，故云。

⑤顾曲周郎：北宋著名词人周邦彦精通音乐，自题堂名曰"顾曲堂"。此处以喻袁箓庵。

⑥上苑：皇家的园林。南朝梁徐君倩《落日看还》诗："妖姬竞早春，上苑逐名辰。"明宋讷《壬子秋过故宫十九首》诗其一："离宫别馆树森森，秋色荒寒上苑深。"杭州为南宋都城，故云。

⑦弈局句：弈局，棋局，棋盘。宋叶适《东嘉开河记》："置郡者，环外内城皆为河，分画坊巷，横贯旁午，升高望之，如画弈局。"金麻革《游龙山记》："西北而望，峰豁而川明，村墟井邑，隐约微茫，如弈局然。"觞筹，见前《浪淘沙·初春》注释②。屐齿，见前《浣溪沙·湖上》注释①。

⑧妆点句：东山，据《晋书·谢安传》载，谢安早年曾辞官隐居会稽之东山，经朝廷屡次征聘，方从东山复出，官至司徒要职，成为东晋重臣。又，临安、金陵亦有东山，也曾是谢安的游憩之地。后因以"东山"为典，指隐

居或游憩之地。唐王维《戏赠张五弟諲三首》诗其一："吾弟东山时,心尚一何远!"宋沈遘《吴正肃公挽歌辞三首》诗其一："暂作东山去,还期宣室来。"风物,风光景物。晋陶潜《游斜川》诗序："天气澄和,风物闲美。"宋张升《离亭燕》(一带江山如画)词："一带江山如画,风物向秋潇洒。"

⑨藤杖:见前《玲珑四犯·答袁篛庵》注释⑪。

⑩星星发:白发。晋左思《白发赋》："星星白发,生于鬓垂。"

⑪旅愁句:相传蜀帝杜宇死后化为杜鹃,日夜哀鸣,其声似"不如归去"。故曰。

前调 感春和芝麓①

游丝吹尽②,为春归、撩乱几人心绪。欹枕长亭闻玉笛③,万事何如故土。花坠宫帘④,燕巢陵树,付与渔樵语。踏歌灯下⑤,让他年少为主。 镇日病酒孤眠⑥,征衫不暖,忆得分离苦。芳草香销南国恨⑦,侥幸新来雁羽。画桨徐开,珠屏曲掩,莫识留侬处⑧。东风方便,愿随轻絮飞舞。

【编年】

此词作于清康熙二年癸卯(1663)春,曹溶由京师赴山西大同任途中。曹溶于清康熙元年壬寅(1662)十月奉诏入京,之后由京赴大同兵备任,于次年三月抵达大同。

【笺注】

①芝麓:见前《浪淘沙·夜思同芝麓作》注释①。

②游丝:指蜘蛛等布吐的飘荡在空中的丝。南朝梁沈约《八咏诗·会圃临春风》："游丝暧如网,落花氛似雾。"南唐冯延巳《蝶恋花》(六曲阑干偎碧树)词："满眼游丝兼落絮。红杏开时,一霎清明雨。"

③欹(qī)枕两句:言于长亭休憩时,听闻笛声,内心涌起思乡之情。长亭,古时于道路每隔十里设长亭,故亦称"十里长亭"。供行旅停息。南北朝庾信《哀江南赋》:"十里五里,长亭短亭。"唐杜牧《题齐安城楼》诗:

"不用凭栏苦回首，故乡七十五长亭。"玉笛，见前《浣溪沙·四十年来所见歌姬，某氏最丽，赠之》其二注释①。

④花坠三句：借落花和栖息于陵树的燕子抒发历史兴亡之叹，此根源于清康熙元年壬寅（1662）南明的灭亡。渔樵，见前《倦寻芳·湖口》注释③。

⑤踏歌：见前《采桑子·姑苏顾氏席上小鬟》注释②。

⑥镇日三句：自言分别后时日艰难。曹溶赴大同任时，先是由家乡赴京，然后由京赴大同。曹溶赴京时与芝麓相见，芝麓作《喜秋岳奉诏入都八首》。"忆得分离苦"，即指此。

⑦芳草两句：暗指南明灭亡，曹溶内心无比遗憾、悲痛。南国，指南方国家。宋张孝祥《二郎神·七夕》词："南国，都会繁盛，依然似昔。"曹溶此处指南明。明朝京师失陷、崇祯帝殉国后，明朝宗室在南方建立南明政权，进行抗清。清康熙元年壬寅（1662）四月，永历帝与太子朱慈煊在昆明被吴三桂所弑，明统始亡。侥幸，犹幸运。唐韩愈《病鸱》诗："侥幸非汝福，天衢汝休窥。"春天大雁从南方飞回北方，故云。

⑧侬：见前《菩萨蛮·茉莉》注释③。

前调 长干秋夜[一]①

僧楼听雨，厌花侧虫鸣，好秋过半。记得微醺上画桥，十五雏姬回看。柳掩筝床②，风吹舞帐，的是秦淮岸。归来闲叹，凉杀也无人伴③。　　荡子青衫失意④，转眼江山，便把三春换⑤。药圃糟丘计未成⑥，何况罗襦粉汗⑦。月落城乌，露沾宫草，旧事君须算。且留残梦，莫被邻鸡催断。

【校勘】

〔一〕"长干"，南京大学中国语言文学系全清词编纂委员会编纂《全清词》（顺康卷）作"长千"，误。

【编年】

曹溶于清康熙十三年甲寅（1674）秋随军福建镇压三藩叛乱，三年后

（下片"转眼江山，便把三春换"）即清康熙十六年丁巳（1677）冬丁母忧归里。此词应作于清康熙十七年戊午（1678）之后。

【笺注】

①长干：即长干寺，又称建初寺、报恩寺、天禧寺。宋张敦颐《六朝事迹编类》卷下《山冈门第六》"长干寺"条："长干是秣陵县东里巷名……建康南五里有……大长干、小长干、东长干，并是地名。小长干在瓦棺寺南巷，西头出大江。梁初起长干寺。按塔记在秣陵县东。今天禧寺乃大长干也，今名天禧寺。"

②筝床：安放古筝的架子。

③凉杀：非常凉。杀，见前《点绛唇·平远台秋眺》注释②。

④青衫：见前《醉花阴·席上》注释④。

⑤三春：三个春天，即三年。晋陆机《答贾谧》："游跨三春，情固三秋。"

⑥药圃句：言治圃种药、酿酒积糟成丘的计划未能实现。糟丘，见前《南乡子·陈集生遗酒》其二注释④。

⑦罗襦粉汗：借指寻花问柳的生活。粉汗，妇女之汗。妇女面多敷粉，故云。宋贺铸《木兰花》（罗襟粉汗和香渑）词："罗襟粉汗和香渑。纤指留痕红一捻。"宋吴文英《夜行船》（逗晓阑干沾露水）词："归期杳、画檐鹊喜。粉汗余香，伤秋中酒，月落桂花影里。"

前调　戏与侍儿和李易安春情韵[一]

载花西去，听霜天玉笛①，江城初闭②。柳外重山飞白鹭，愁杀他乡秋气③。雁透平沙④，芦鸣骤雨，那得佳情味。王郎陶写⑤，艳歌桃叶须寄⑥。　自顾短发萧骚⑦，难销磊砢⑧，把香肩笑倚。铁石肝肠寒似水，又被鸳鸯呼起。中酒停杯，伤春倦绣，一样灰颓意⑨。五湖无恙⑩，但卜征帆归未。

【校勘】

〔一〕"戏与侍儿和李易安春情韵",南京大学中国语言文学系全清词编纂委员会编纂《全清词》(顺康卷)作"戏与侍儿和李易庵春情韵",误。

【编年】

此词无法确知具体创作年份。

【笺注】

①听霜天句:霜天,见前《相见欢·与蒋前民饮酒》注释②。玉笛,见前《浣溪沙·四十年来所见歌姬,某氏最丽,赠之》其二注释①。

②江城:临江之城市、城郭。唐崔湜《襄阳早秋寄岑侍郎》诗:"江城秋气早,旭旦坐南闱。"宋韩元吉《鹧鸪天·雪》词:"山绕江城腊又残。朔风垂地雪成团。"

③愁杀:非常愁。杀,见前《点绛唇·平远台秋眺》注释②。

④平沙:见前《青衫湿·田戚畹家姬东哥,甲申后为教师,遇之,有感》注释⑥。

⑤王郎:指晋王凝之。南朝宋刘义庆《世说新语·贤媛》:"一门叔父,则有阿大中郎;群从兄弟,则有封、胡、遏、末,不意天壤之中,乃有王郎。"原是谢道蕴轻视其丈夫王凝之的话。此处为曹溶自嘲。陶写,见前《西地锦·题虞山蒋文从雪泛卷》注释④。

⑥桃叶:晋王献之爱妾名。此处喻指溶侍儿。

⑦萧骚:稀疏。宋陆游《初秋书怀》诗:"二十年前已二毛,即今何恨鬓萧骚。"清吴伟业《翠峰寺遇友》诗:"不堪从置酒,白发自萧骚。"

⑧磊砢:形容郁结在心中的不平之气。宋程大昌《水调歌头》(绿净贯阛阓)词:"世间那有,如许磊砢栋梁材。"

⑨中酒三句:言溶因病酒而停止喝酒,侍儿因伤春而停止刺绣,二人都心意颓然。中酒,病酒。唐王建《赠溪翁》诗:"伴僧斋过夏,中酒卧经旬。"宋张元干《兰陵王·春恨》词:"中酒心情怕杯勺。"胡云翼注:"饮酒成病。"

⑩五湖:见前《霜天晓角·同香山、敬可夜坐倦圃》注释③。

前调　将赴云中①，留别胡彦远②，兼戏其卖药

疮痍四海③，笑澄清计短④，须鬓如戟。酒社飘零诗友散，高卧元龙百尺⑤。女子知名，男儿失意，聊学韩康剧⑥。千金肘后，何妨堪愈愁疾。

我亦北阮穷途⑦，鲛人泪尽⑧，双鬓多添白。风雪差排关塞去，不唤伤心不得。马背多寒，貂裘易敝⑨，秉烛娱今夕。渭城歌彻⑩，楼外晚山重碧。

【编年】

此词作于清康熙元年壬寅（1662）。

【笺注】

①云中：见前《采桑子·云塞秋夜》注释①。

②胡介，字彦远，号旅堂，钱塘（今浙江杭州）人，明诸生，入清不仕。

③疮痍句：言天下到处是灾祸后的景象。疮痍，创伤。唐杜甫《北征》诗："乾坤含疮痍，忧虞何时毕。"又《送从弟亚赴安西判官》诗："西极最疮痍，连山暗烽燧。"四海，犹言天下。唐李绅《古风二首》诗其一："四海无闲田，农夫犹饿死。"宋宋江《念奴娇》（天南地北）词："义胆包天，忠肝盖地，四海无人识。"

④澄清：谓肃清混乱局面。宋京镗《水龙吟·寿王漕，是日冬至》词："今代澄清妙手。为公家、忧心如疚。"宋赵善括《醉蓬莱》（正彩铃坠盖）词："有志澄清，誓击中流楫。谈笑封侯，雍容谋国，看掀天功业。"

⑤元龙百尺：指元龙百尺楼。《三国志·魏志·陈登传》："（刘备）曰：'君（许汜）求田问舍，言无可采，是元龙所讳也。何缘当与君语？如小人，欲卧百尺楼上，卧君于地，何但上下床之间耶？'"宋京镗《定风波》（休卧元龙百尺楼）词："休卧元龙百尺楼。眼高照破古今愁。"宋辛弃疾《贺新郎》（鸟倦飞还矣）词："元龙百尺高楼里。把新诗、殷勤问我，停云情味。"

⑥韩康：汉赵岐《三辅决录》卷一："韩康，字伯林，京兆霸陵人也。常游名山，采药卖于长安市中，口不二价者三十余年。时有女子买药于康，怒

康守价，乃曰：'公是韩伯林耶？乃不二价乎？'康叹曰：'我欲避名，今区区女子皆知有我，何用药为？'遂遁入霸陵山中，博士公车连征不至。"遂以"韩康"借指隐逸高士。亦泛指采药、卖药者。南北朝庾信《和张侍中述怀诗》诗："时占季主龟，乍贩韩康药。"

⑦北阮：南朝宋刘义庆《世说新语·任诞》："阮仲容步兵居道南，诸阮居道北，北阮皆富，南阮贫。七月七日，北阮盛晒衣，皆罗绮。仲容以竿挂大布犊鼻裈于中庭，人或怪之，答曰：'未能免俗，聊复尔耳。'"后遂以"北阮"代称亲族之富者。宋李彭《九日奉呈元亮兄》诗："北阮乌贺兰，绝影追风足。"

⑧鲛人泪尽：《洞冥记》："（吠勒国人）乘象入海底取宝，宿于鲛人之舍，得泪珠，则鲛所泣之珠也，亦曰泣珠。"后以"鲛人泣珠"谓神话传说中的鲛人能流出泪珠化作珍珠。鲛人泪尽，指鲛人无法再泣珠，喻指到了穷途末路。

⑨貂裘：见前《东风齐着力·春怨》注释①。

⑩渭城：乐府曲名，亦名《阳关》。因唐王维《送王二使安西》诗"渭城朝雨浥轻尘"中"渭城"名曲。

前调　俞右吉自言近日眼明①，喜为此赠

禾城冷淡②，阿谁是③、司马汉时颜色④。有眼只教看富贵⑤，对坐那分清白。春到君家，凤巢书帐⑥，虎卧珊瑚格⑦。乍逢岩电，一双秋水曾识⑧。新为读史功成，横陈千古，把浮云多掷⑨。打算暮年行乐事，阁住伤时珠滴。烁破神州⑩，风流映带，不用揩磨力⑪。酬他再顾，夜阑香泛瑶席⑫。

【编年】

此词无法确知具体创作年份。

【笺注】

①俞右吉：见前《临江仙·同俞右吉看牡丹》注释①。

②禾城：嘉兴。

③阿谁：谁，何人。《乐府诗集·横吹曲辞五·紫骝马歌辞》："十五从军征，八十始得归。道逢乡里人：'家中有阿谁？'"宋程垓《清平乐》（山城桃李）词："阿谁留得春风。长教绕绿围红。"

④司马：司马相如。

⑤有眼两句：用阮籍青白眼典故。《晋书·阮籍传》："籍又能为青白眼。见礼俗之士，以白眼对之。常言'礼岂为我设耶？'时有丧母，嵇喜来吊，阮作白眼，喜不怿而去；喜弟康闻之，乃备酒挟琴造焉，阮大悦，遂见青眼。""清白"，疑为"青白"之误。

⑥书帐：犹书斋。南朝梁萧统《锦带书·太簇正月》："神游书帐，性纵琴堂。"唐骆宾王《冬日过故人任处士书斋》诗："雪明书帐冷，水静墨池寒。"

⑦珊瑚格：即珊瑚笔格，用珊瑚制作架放毛笔的东西。也叫笔搁、笔架。宋程公许《一冬无雪和陆放翁梅诗陆句豪夸余句清苦要自不失梅兄本分家风也》诗："经营惨澹空亡奇，不如倚笔珊瑚格。"

⑧秋水：比喻明澈的眼波。唐白居易《宴桃源》（落月西窗惊起）词："鬓鬓弹轻松，凝了一双秋水。"元赵雍《人月圆》（人生能几浑如梦）词："别时犹记，眸盈秋水，泪湿春罗。"

⑨浮云：喻功名富贵。《论语·述而》："不义而富且贵，于我如浮云。"

⑩神州：见前《法曲献仙音·南汉铁塔》注释⑧。

⑪揩磨：拭擦。宋史达祖《杏花天》（扇香曾靠腮边粉）词："鸳鸯带上三生恨。将泪揩磨不尽。"又《满江红·中秋夜潮》词："有物揩磨金镜净，何人拿攫银河决。"

⑫瑶席：美称通常供坐卧之用的席子。南朝宋鲍照《代白纻舞歌词四首》诗其二："象床瑶席镇犀渠，雕屏匼匝组帷舒。"宋方千里《兰陵王》（晚烟直）词："行云去无迹。念暖响歌台，香雾瑶席。当时谁信盟言食。"

前调　贺嵋雪生子[①]

赋归陶令[②],但锄成南野[③],云溪一曲。忽送石麟天上种[④],绣褓珠光相续[⑤]。左倚琴心[⑥],右提玉树[⑦],此事平生福。嘉宾填户,隔花催暖醽醁[⑧]。须信稳卧名山,芝兰围绕[⑨],慰中年幽独。诗簏酒瓢多付与[⑩],安用黄金万斛。翠帐闻啼,朱弦伴笑,恰许聪明足。多多益善,劝君携满丝竹[⑪]。

【编年】

此词无法确知具体创作年份。

【笺注】

①嵋雪:见前《少年游·寄项嵋雪》注释①。

②陶令:见前《卜算子·题琴士隐庵画像》注释③。

③但锄成两句:言项嵋雪隐居躬耕生活。

④石麟:即石麒麟。对幼儿的美称。宋苏轼《徐元用使君与其子端常邀仆与小儿过同游东山浮金堂戏作》诗:"使君有令子,真是石麒麟;我子乃散材,有如木輶囷。"

⑤绣褓:覆裹婴儿的绣被。清毛奇龄《姜公子希轲诞儿》诗:"太傅堂前玉树新,香襕绣褓石麒麟。"清姚燮《谁家七岁》诗:"咄哉朱门儿,绣褓金辉煌。"

⑥琴心:书名。《黄庭内景经》的别名。元张仲深《金华洞》诗:"黄冠秀玉飘,《琴心》语胎仙。"

⑦玉树:美嵋雪新生子。南朝宋刘义庆《世说新语·言语》:"谢太傅问诸子侄:'子弟亦何预人事,而正欲使其佳?'诸人莫有言者。车骑答曰:'譬如芝兰玉树,欲使其生于阶庭耳。'"后以"玉树"称美佳子弟。唐杜甫《题柏大兄弟山居屋壁二首》诗其一:"叔父朱门贵,郎君玉树高。"

⑧醽醁(líng lù):美酒名。宋周紫芝《千秋岁》(小春时候)词:"波翻醽醁盏,雾暖芙蓉绣。"宋吴潜《满江红》(一笑相携)词:"金叵罗中醽醁

莹，玉玲珑畔歌珠缀。"

⑨芝兰：芷和兰，两种香草。此喻优秀子弟。唐杨炯《唐恒州刺史建昌公王公神道碑》："芝兰有秀，羔雁成行。"明陆采《明珠记·探留》："念荆花早年失偶，喜芝兰这回重茂。"

⑩诗箧酒瓢：诗箧，放诗稿的小箱子。唐白居易《醉吟先生传》："每良辰美景，或雪朝月夕，好事者相过必为之先拂酒罍，次开诗箧。"宋张舜民《体之推官侍亲出使聊书短篇以浼行色》诗："路遥诗箧重，雪映彩衣明。"酒瓢，盛酒的瓢。泛指酒具。唐姚合《酬田卿书斋即事见寄》诗："不是相寻懒，烦君举酒瓢。"宋王禹偁《题张处士溪居》诗："病来芳草生渔艇，睡起残花落酒瓢。"

⑪丝竹：弦乐器与竹管乐器之总称。亦泛指音乐。唐刘禹锡《陋室铭》："无丝竹之乱耳，无案牍之劳形。"唐韦应物《金谷园歌》诗："洛阳陌上人回首，丝竹飘飖入青天。"

前调　拜太白山人墓①

四山荒棘②，犹争道、国士和诗葬处③。冈势崚嶒吞雪水④，写就三秦风度⑤。弹遍青萍⑥，兴来拂袖，不向人间住。几番花落，问春曾否如故。莫恨短碣模糊⑦，高冢麒麟⑧，更销沉无数⑨。历算古今谁寿考⑩，百种输他词赋。结客东南，长留生气，吹散泉台暮⑪。一杯相酹，石门松鼯群舞⑫。

【编年】

此词无法确知具体创作年份。

【笺注】

①太白山人：孙一元（1484—1520），字太初，关中人。少好闭门读书，十八岁入终南山，后隐居太白山。精通道学，能诗。后离开太白山，遍游天下名山大川。明正德十三年戊寅（1518），卜居乌程（今浙江吴兴），与刘麟、龙霓等人结社唱和，时称"苕溪五隐"。明正德十五年庚辰（1520）卒

于乌程。著有《太白山人漫稿》。

②棘（jí）：指有芒刺的草木。

③国士：一国中才能最优秀的人物。此处指太白山人孙一元。《战国策·赵策一》："智伯以国士遇臣，臣故国士报之。"宋黄庭坚《书幽芳亭》："士之才德盖一国则曰国士。"

④崚嶒（líng céng）：高耸突兀。南朝沈约《钟山诗应西阳王教》诗："郁律构丹巘，崚嶒起青嶂，势随九疑高，气与三山壮。"唐陈子昂《送魏兵曹使巂州》诗："勿以王阳叹，邛道畏崚嶒。"霅（shì）水，即霅溪。在今浙江省湖州市。南朝梁顾野王《舆地志》："霅水亦若水之异名也，水深不可测。俗谓之霅水。"

⑤三秦：指陕西一带。唐王勃《杜少府之任蜀州》诗："城阙辅三秦，风烟望五津。"金冯璧《河山形胜图》诗："地形西控三秦远，河势南吞二华秋。"太白山人为关中人，故云。

⑥青萍：亦作青蓱。古宝剑名。又泛指剑。明沈鲸《双珠记·刑逼成招》："偶见他独行身酩酊，青萍触伤其颈。"陈世宜《赠孟硕》诗："眼底青萍三尺短，酒酣剩有气崚嶒。"

⑦短碣：墓碑上的简短文字。碣，石碣上的文字。文体的一种。萧统《〈文选〉序》："篇辞引序，碑碣志状，众制锋起，源流间出。"刘勰《文心雕龙·铭箴》："若班固燕然之勒，张昶华阴之碣，序亦盛矣。"

⑧麒麟：比喻才能杰出的人。《晋书·顾和传》："和二岁丧父，总角便有清操，族叔荣雅重之，曰：'此吾家麒麟，兴吾宗者，必此人也。'"

⑨销沉：见前《念奴娇·端阳后二日箬庵招饮》注释③。

⑩寿考：年高，长寿。宋无名氏《点绛唇》（仙子仙郎）词："荣华富贵。寿考千秋岁。"宋韦骧《沁园春·廷评拜官》词："休论。万事纷纭。算寿考、乡闾能几人。"太白山人年三十七而卒，故云。

⑪泉台：指墓穴。唐骆宾王《乐大夫挽辞五首》诗其五："忽见泉台路，犹疑水镜悬。"清周亮工《哭黄济叔》诗："海屿书方寄，泉台客不回。"

⑫松鬣：见前《水调歌头·钓台》注释⑧。

前调　送卜声垓北上①

绿香塘上，又催君、去踏尘沙为客②。匣有镆铘龙夜吼③，函谷曾纤草贼④。口不言功，松楸拄径⑤，暂与鸿沟隔。时来起舞，种花先问南陌。

也拟祖道长亭⑥，垂杨离恨，怕挽丝千尺。遥望红缨驱骏马⑦，脱帽宝钗楼侧。自致云霄，手提编户⑧，换了闲锋镝⑨。经过燕赵，寄情应把春惜。

【编年】

此词作于清康熙十二年癸丑（1673），时卜声垓将赴陕西洛川知县任。

【笺注】

①卜声垓：卜陈彝（1628—1689），初名之仪，字声垓，别字简庵，秀水人。清顺治十七年庚子（1660）举省试，清康熙三年甲辰（1664）会试，中试，赐进士出身。清康熙十二年癸丑（1673）除陕西洛川知县。未几，丁母忧归。服除补武昌知县，凡八年，以卓异举入为礼部仪制司主事，调吏部稽勋司主事，迁吏部验封清吏司员外郎。为官清廉。

②又催句：因卜声垓将赴陕西洛川任，故云。

③镆铘（mò yé）：宝剑名。《庄子·大宗师》："今之大冶铸金，金踊跃曰'我且必为镆铘'，大冶必以为不祥之金。"成玄英疏："镆铘，古之良剑名也。昔吴人干将为吴王造剑，妻名镆铘，因名雄剑曰干将，雌剑曰镆铘。"唐杨宇《赠舍弟》诗："袖里镆铘光似水，丈夫不合等闲休。"

④函谷：函谷关。三国魏曹植《又赠丁仪王粲》诗："从军度函谷，驱马过西京。"唐李白《古风五十九首》诗其三："收兵铸金人，函谷正东关。"纤，通"歼"，刺。

⑤松楸句：用松树和楸树枝作杖支撑身体前行。拄，谓手持棍棒等顶住地面以支持身体。唐白居易《游悟真寺》诗："手拄青竹杖，足蹋白石滩。"

⑥祖道：古代为出行者祭祀路神，并饮宴送行。《汉书·刘屈氂传》："贰师将军李广利将出兵击匈奴，丞相为祖道，送至渭桥。"颜师古注："祖者，

送行之祭，因设宴饮焉。"唐陈子昂《金门饯东平序》："群公以眷深王粲，思邀祖道之欢。"

⑦红缨：用线或绳等做的装饰品。宋秦观《满庭芳》（晓色云开）词："行乐处，珠钿翠盖，玉辔红缨。"宋朱敦儒《水调歌头·淮阴作》词："当年五陵下，结客占春游。红缨翠带，谈笑跋马水西头。"此借指饰有红缨的马鞭。

⑧编户：指编入户籍的普通人家。《北齐书·文宣帝纪》："周曰成康，汉称文景，编户之多，古今为最。"宋王安石《敕榜交趾》："比闻编户，极困诛求。"

⑨锋镝：锋是刀刃，镝是箭头，泛指兵器。宋张孝祥《满江红》（千古凄凉）词："边书静，烽烟息。通轺传，销锋镝。仰太平天子，坐收长策。"宋陆游《书悲》诗："常恐埋山丘，不得委锋镝。"

前调　碧岩茶至①

云芽乍啜②，恐新来、肌骨全因君瘦。活火煎成丘壑味③，略似初含豆蔻④。七碗频繁⑤，恶诗传写，甚觉卢仝陋。请辞欢伯⑥，无愁是此时候。　尽说产自深崖，佳人独处，隐约春难透。笠泽下方留不住⑦，绝顶和他青皱。一片烟横，盘旋肺腑，冷液犹堪漱。玉瓯谁捧⑧，宝龟闲配芳昼⑨。

【编年】

此词无法确知具体创作年份。

【笺注】

①碧岩茶：北宋徽宗政和年间，圆悟克勤大师住持灵泉禅院（夹山寺）时，在碧岩方丈室编著《佛果圆悟禅师碧岩录》，湖南石门夹山寺碧岩泉为泡茶上泉，夹山牛抵茶为名茶。

②云芽：云雾茶。唐陈子昂《卧病家园》诗："还丹奔日御，却老饵云芽。"宋毛滂《破子》（酒美）词："怕将醒眼看浮世，不换云芽雪水。"

③活火：有焰的火，烈火。唐赵璘《因话录·商上》："茶须缓火炙，活火煎。活火谓炭火之焰者也。"宋陆游《夏初湖村杂题八首》诗其三："寒泉自换菖蒲水，活火闲煎橄榄茶。"

④豆蔻：见前《采桑子·姑苏顾氏席上小鬟》注释②。

⑤七碗三句：唐代诗人卢仝曾作《走笔谢孟谏议寄新茶》，又名《七碗茶诗》。

⑥欢伯：见前《御街行·题程云来小像》注释⑤。

⑦笠泽：见前《满庭芳·贺吴园次迁居》注释②

⑧玉瓯：精美的杯盂一类的盛器。唐吴融《病中宜茯苓寄李谏议》诗："金鼎晓煎云漾粉，玉瓯寒贮露含津。"宋辛弃疾《破阵子》（掷地刘郎玉斗）词："燕雀岂知鸿鹄，貂蝉元出兜鍪。却笑泸溪如斗大，肯把牛刀试手不。寿君双玉瓯。"

⑨宝匜：见前《翻香令·史赤豹贻宜兴所制瓷炉》注释⑤。

前调　雪中过陈氏山庄①

肯嫌春谢，但随云飘动，冷眠湘簟②。蜡屐正宜苔径涩③，此处清晖荏苒④。亲扣柴关⑤，瀑香斜挂，全把吴山掩。长廊鸟散，我来玉雪微糁⑥。欲携一缕茶烟，和他幽意，不放笙歌染⑦。南宋风华萧飒尽⑧，惟胜顽云数点。又被闲心，十分搜剔，松竹添春黡。雁声催到，客中佳兴难减。

【编年】

此词无法确知具体创作年份。

【笺注】

①陈氏山庄：位于杭州，其他未详。

②湘簟：见前《醉花阴·云署五月，初见芍药》注释③。

③蜡屐：见前《念奴娇·采友堂夜集》注释⑨。

④荏苒：时间渐渐过去。常形容时光易逝。晋陶潜《杂诗十二首》诗其

五：" 荏苒岁月颓，此心稍已去。"唐韩愈《陪杜侍御游湘西两寺》诗："旅程愧淹留，徂岁嗟荏苒。"

⑤柴关：柴门。唐刘长卿《送郑十二还庐山别业》诗："浔阳数亩宅，归卧掩柴关。"元张可久《水仙子·湖上小隐》曲："歌《白石烂》，赋《行路难》，紧闭柴关。"

⑥糁（sǎn）：散落。

⑦笙歌：见前《踏青游·闺情》注释③。

⑧南宋句：杭州曾为南宋都城，故云。风华，优美的景色。

前调　为宗定九赋东原草堂①，和顾庵弟韵②

金风吹遍③，剩隋家堤影④，江皋书屋⑤。一洗近来荒索气，玉髓兰膏同沐⑥。四壁虽空，芙蓉相对⑦，还压新篘熟⑧。催归小艇，渔歌声振林木⑨。

应为毫底花繁，逢春调弄，占尽三生福⑩。沈约郊居多赋草⑪，雌霓连蜷谁读。七尺珊瑚⑫，百年轩冕，孰与餐松菊。让君高啸，世间余子豚犊⑬。

【编年】

此词无法确知具体创作年份。

【笺注】

①宗定九：宗元鼎（1620—1698）字定九，一字鼎九，号梅岑，又号香斋、东原居士、梅西居士、小香居士、芙蓉斋、卖花老人等，江都（今属江苏）人。清康熙十八年己未（1679）贡太学，部考第一。工诗善画，与兄元观、弟元豫、侄之瑾、之瑜时称"广陵五宗"。

②顾庵：曹尔堪（1617—1679），字子愿，号顾庵。浙江嘉兴人。清顺治九年壬辰（1652）进士。改庶吉士，散馆授编修，官至侍讲学士。工诗，为柳州词派盟主，尔堪善作艳词，多是宴饮狎妓之作。又与宋琬、沈荃、施闰章、王士禄、王士禛、汪琬、程可则合称"清八大诗家"。

③金风：见前《减字木兰花·红叶》注释④。

④隋堤：隋炀帝时沿通济渠、邗沟河岸修筑的御道，道旁植杨柳，后人谓之隋堤。唐韩琮《杨柳枝》诗："梁苑隋堤事已空，万条犹舞旧东风。"宋苏轼《江城子·恨别》词："隋堤三月水溶溶。背归鸿，去吴中。"

⑤江皋：江岸，江边地。《楚辞·九歌·湘夫人》："朝驰余马兮江皋，夕济兮西澨。"

⑥玉髓兰膏：玉髓，香名。宋吴文英《高阳台·落梅》词："寿阳空理愁鸾。问谁调玉髓，暗补香瘢。"兰膏，见前《玉漏迟·宣府严弁宅女乐》注释⑦。

⑦芙蓉：见前《浣溪沙·四十年来所见歌姬，某氏最丽，赠之》其二注释④。

⑧篘（chōu）：洒。宋苏轼《和子由闻子瞻将如终南太平宫溪堂读书》诗："近日秋雨足，公余试新篘。"⑨林木：树林。宋无名氏《虞美人·极目楼观芙蓉》词："这些林木这些山。恰似三贤堂后、凭阑干。"

⑩三生：见前《烛影摇红·扬州己未正月十四夜》注释⑩。

⑪沈约两句：宋王楙《野客丛书·雌霓》："沈约制《郊居赋》，其间曰：'驾雌霓之连蜷，泛大江之悠永。'出示王筠。筠读雌霓为雌鶃。约喜谓曰：'霓字惟恐人读作平声。'司马温公谓非霓字不可读为平声也，盖约赋协侧声故尔。"后因以"雌霓"为创作时精研声律之典。宋陈人杰《沁园春·壬寅春寓东林中有感而作》词："坐注虫鱼，行吟雌霓，竟负逍遥第一篇。"

⑫七尺珊瑚三句：言宗定九富贵高洁。轩冕，指官位爵禄。唐李白《赠孟浩然》诗："红颜弃轩冕，白首卧松云。"宋高子芳《念奴娇·庆朱察推》词："却笑玉阶轩冕客，难脱功名羁绊。"

⑬豚犊：比喻不肖之子。北齐颜之推《颜氏家训·风操》："昔刘文饶不忍骂奴为畜产，今世愚人遂以相戏，或有指名为豚犊者，有识傍观犹欲掩耳，况名之者乎！"

万年欢　唐济武太史过访耕石斋小寓①，次史邦卿旧韵②

药驾萧寒，鹤巢空③、俊人来共烹雪④。蜡就东山双屐⑤，顿教豪发。世界苍茫未辨，觉此地、亭皋清绝。銮坡邈⑥、楚调争弹，好官偏恼狂骨。军城暮笳渐歇⑦。算青回陌上，芳草难别。惜取风流，卿相恐是痴物⑧。重约秦楼酩酊⑨，想象里、莲花承袜⑩。漏声促⑪、柳巷旋车⑫，夜深谁饯瑶月⑬。

【编年】

此词作于清康熙二十年辛酉（1681）。此《万年欢》组词，皆作于该年，具体详见《一丛花·再饮唐济武寓中》注释①。

【笺注】

①唐济武：见前《一丛花·再饮唐济武寓中》注释①。

②史邦卿：史达祖（1163—1220?），字邦卿，号梅溪，汴（河南开封）人。著名词人，擅长咏物。有《梅溪词》112首传世。

③鹤巢：喻指隐逸之所。宋朱敦儒《满庭芳》（鹏海风波）词："鹏海风波，鹤巢云水，梦残身寄尘寰。"宋陆游《恋绣衾》（无方能驻脸上红）词："访旧隐、依然在，但鹤巢、时有堕松。"

④俊人：风度高雅的人；才德超卓的人。唐刘禹锡《唐故衡州刺史吕君集纪》："五行秀气，得之居多者为俊人。"此处借指唐济武。

⑤蜡就东山双屐：以蜡涂于木屐。东山，见前《念奴娇·端阳后二日籜庵招饮》注释⑧。

⑥銮坡：唐德宗时，尝移学士院于金銮殿旁的金銮坡上，后遂以銮坡为翰林院的别称。宋黄机《沁园春·送徐孟坚秩满还朝》词："从今去，好经从乌府，躐上銮坡。"

⑦军城：设兵戍守的城镇。唐白居易《浔阳宴别》诗："鞍马军城外，笙歌祖帐间。"宋孙光宪《北梦琐言》卷二："李琢后镇是邦，用法太酷，军城远出，而属南蛮，六七年间，劳动兵役。"

⑧卿相：执政的大臣。唐杜甫《送顾八分文学适洪吉州》诗："高歌卿相宅，文翰飞省寺。"宋柳永《鹤冲天》（黄金榜上）词："才子词人，自是白衣卿相。"此处指唐济武。

⑨重约句：约定再次到妓楼买醉。秦楼，妓院。宋王雱《眼儿媚》（杨柳丝丝弄轻柔）词："而今往事难重省，归梦绕秦楼。"酩酊，大醉貌。宋百兰《满庭芳·贺晚生子》词："金荷劝，从教酩酊，扶醉看孙株。"

⑩莲花承袜：《十国春秋》卷十八《南唐四》："又有秋水窅娘两宫人……窅娘纤丽善舞，后主作金莲高六尺，饰以宝物……命窅娘以帛绕足，令纤小屈上作新月状，素袜舞莲花中。回旋有凌波之态。"此处言溶想象日后买醉妓院时能欣赏到的歌妓美态。

⑪漏声：铜壶滴漏之声。唐杜甫《奉和贾至舍人早朝大明宫》诗："五夜漏声催晓箭，九重春色醉仙桃。"宋苏轼《寒食夜》诗："漏声透入碧窗纱，人静秋千影半斜。"

⑫柳巷：指妓院。宋王禹偁《寄砀山主簿朱九龄》诗："歌楼夜宴停银烛，柳巷春泥污锦鞯。"清孔尚任《桃花扇·却奁》："人宿平康深柳巷，惊好梦门外花郎。"

⑬瑶月：月亮的美称。唐令狐楚《还珠亭赋》："掩星彩，迷瑶月。"金王庭筠《清平乐·应制》词："琼枝瑶月，帘卷黄金阙。"

前调　济武命饮白鹿泉亭①，再叠前韵

玉局无尘②，又邀宾、十洲分赋甜雪③。吴练天门曾睹④，布帆南发。禊被澄湖上下⑤，信只有、三冬奇绝⑥。寒威紧、勒住花期，此番疑锻柔骨。

槌床放歌未歇⑦。美盘空硬句，风调全别。除却相如，余子碌碌常物。犹怪毫成五彩，不肯赋、鸦头香袜⑧。他年记、瑞石流光⑨，草堂人倚斜月。

【编年】

此词作于清康熙二十年辛酉（1681）。

【笺注】

①唐济武：见前《一丛花·再饮唐济武寓中》注释①。白鹿泉亭，唐济武游吴越时寓所。

②玉局：棋盘的美称。唐李商隐《灯》诗："锦囊名画掩，玉局败棋收。"宋贺铸《南乡子》（秋半雨凉天）词："玉局弹棋无限意，缠绵，肠断吴蚕两处眠。"

③十洲：道教称大海中神仙居住的十处名山胜境。亦泛指仙境。唐卢照邻《赠李荣道士》诗："风摇十洲影，日乱九江文。"宋晏几道《清平乐》（西池烟草）词："正在十洲残梦，水心宫殿斜阳。"

④吴练：吴阊门。代指苏州。《太平御览》卷八一八引《韩诗外传》："孔子、颜渊登鲁东山望吴昌门，渊曰：'见一疋练，前有生蓝。'子曰：'白马、芦蒭也。'"后遂以"吴练"为典实。清徐晟《春感和舍弟漳州来韵》诗："几曾极目观吴练，最是伤心续楚词。"

⑤襆被澄湖：襆，包头巾。被（pī），指雪覆盖澄湖。澄湖，见前《扬州慢·与林铁崖、陈鹿友、程古狂饮》注释④。

⑥三冬：冬季三月，即冬季。唐杨炯《李舍人山亭诗序》："三冬事隙，五日归休。"宋张元干《好事近》（华烛炯离觞）词："三冬兰若读书灯，想见太清绝。"

⑦槌床：用拳头敲打坐具。《孔雀东南飞》："阿母得闻之，槌床便大怒：'小子无所畏，何敢助妇语！吾已失恩义，会不相从许！'"

⑧鸦头：即鸦头袜。指拇趾与其他四趾分开的袜子。唐李白《月女词五首》诗其一："屐上足如霜，不着鸦头袜。"宋姜夔《鹧鸪天·己酉之秋苕溪记所见》词："京洛风流绝代人，因何风絮落溪津。笼鞵浅出鸦头袜，知是凌波缥渺身。"吴无闻注："鸦头袜，女子歧头袜。"

⑨流光：指如流水般逝去的时光。唐鲍防《人日陪宣州范中丞传正与范侍御传真宴东峰亭》诗："流光易去欢难得，莫厌频频上此台。"宋宋祁《浪淘沙·别刘原父》词："少年不管，流光如箭，因循不觉韶华换。"

前调　济武同诸子过周雨文山房①

小径平分，驾高轩②、碾破袁安深雪③。何意催将春到，柳丝争发。户外雕戈拄眼④，且静对、瑶琴声绝⑤。黄金去、意冷封侯，荷锄来劚山骨⑥。酸心壮游已歇⑦。待天涯息战，弹剑留别，休学湘累⑧，桂醑毕竟神物⑨。人澹修筠欲舞⑩，莫便是、凌波仙袜⑪。今宵纵、冻影遮窗，不妨峰顶寻月。

【编年】

此词作于清康熙二十年辛酉（1681）。

【笺注】

①唐济武：见前《一丛花·再饮唐济武寓中》注释①。周雨文，不详。

②高轩：高车。贵显者所乘。宋卢炳《水调歌头》（富贵本何物）词："衣轻裘，乘驷马，驾高轩。算来荣耀，终输渔叟钓江村。"亦借以尊称他人的车子。清周之琦《踏莎行·劝客清尊》词："绮席频邀，高轩惯驻，闷来却觅栖鸦语。"

③袁安：汉代人。未达时，洛阳大雪，人多出乞食，安独僵卧不起。洛阳令按行至安门，见而贤之，举为孝廉。除阴平长，任城令。

④雕戈拄眼：满目雕戈之意。雕戈，刻绘花纹的戈；精美的戈。唐钱起《送萧常侍北使》诗："绛节引雕戈，鸣驺动玉珂。"宋陆游《谢池春》（壮岁从戎）词："朱颜青鬓，拥雕戈西戍。"

⑤瑶琴：见前《浪淘沙·夜思同芝麓作》注释④。

⑥劚（zhú）：用砍刀、斧等工具砍削。

⑦酸心：伤心。晋陆云《与杨彦明书》："朋类丧索，同好日尽，如此生辈那可复多耶！临书酸心。"宋史达祖《玉烛新》（疏云萦碧岫）词："越溪近远，空频向、过雁风边回首。酸心一缕。"

⑧湘累：指屈原投湘水而死。《汉书·杨雄传上》："钦吊楚之湘累。"颜师古注引李奇曰："诸不以罪死曰累，荀息、仇牧皆是也。屈原赴湘死，故曰

湘累也。"宋辛弃疾《蝶恋花·月下醉书两岩石浪》词："水满汀洲，何处寻芳草。唤起湘累歌未了。"

⑨桂醑：桂花酒。亦泛指美酒。南朝梁沈约《郊居赋》："席布骍驹，堂流桂醑。"宋苏轼《新酿桂酒》诗："烂煮葵羹斟桂醑，风流可惜在蛮村。"

⑩修筼：修竹，长竹。筼，竹子的青皮，借指竹子。宋杜良臣《三姝媚》（花浮深岸树）词："心事应辜桃叶，但自把新诗，偏写修筼。"元甘复《晓出西园由谷中归》诗："流水漂余花，修筼度啼鸟。"

⑪凌波仙袜：比喻美人步履轻盈，如乘碧波而行。《文选·曹植〈洛神赋〉》："凌波微步，罗袜生尘。"吕向注："步于水波之上，如尘生也。"宋洪瑹《行香子·代赠》词："楚楚精神。杨柳腰身。是风流、天上飞琼。凌波微步，罗袜生尘。"

前调　同杨香山、周雨文夜坐①

病渴词人②，水云乡③、系篷微点鸿雪④。屈指星桥将近⑤，故园梅发。邻肆纯灰百瓮⑥，颠倒把、酒肠枯绝。飘零际、握手荆高⑦，悲歌多见丰骨。　瑶音宋宫遽歇⑧。似萧关祖帐⑨，哀管催别。离却青毡，无复王郎家物⑩。巨耐缣绸债满⑪，榜座右、吾将为袜。乘闲好、拔遣浮沤⑫，一蓑篱外耕月。

【编年】

此词作于清康熙二十年辛酉（1681）。

【笺注】

①杨香山：见《霜天晓角·同香山、敬可夜坐倦圃》注释①。周雨文，耕石山房主人，曹溶借居其处。其他不详。

②病渴：见前《琐窗寒·敬可贻酢戏咏之》注释⑧。

③水云乡：水云弥漫，风景清幽的地方。多指隐者游居之地。宋苏轼《南歌子·别润守许仲途》词："一时分散水云乡，惟有落花芳草断人肠。"傅榦注："江南地卑湿而多沮泽，故谓之水云乡。"宋陆游《秋夜遣怀》诗：

"六年归卧水云乡,本自无闲可得忙。"

④系篷:宋韩淲《水际五首》诗其三:"寂寂浮桥尚堆缆,芜城横处系篷船。"

⑤星桥:本形容节日的夜晚灯火辉煌的景色。唐苏味道《正月十五夜》诗:"火树银花合,星桥铁锁开。"《清史稿·乐志五》:"火树星桥,烂煌煌,灯月连宵夜如昼。"此借指元宵节。

⑥纯灰:灰酒。酒初熟时,下石灰水少许,使之澄清,所得之清酒称"灰酒"。宋陆游《老学庵笔记》卷五:"唐人喜赤酒、甜酒、灰酒,皆不可解……陆鲁望云:'酒滴灰香似去年。'"明郎瑛《七修类稿·辩证九·甜酒灰酒》:"予则以为灰酒甚不堪人,亦未然也……陆饮灰酒,或亦性之使然耶!"清厉鹗《秋分日呈陈楞山兼寄亦谙上人》诗:"隔岁相思同浊酒,几旬尘土挽纯灰。"

⑦荆高:荆轲和高渐离的并称。后泛指任侠行义的人。

⑧瑶音句:感叹南宋疾速灭亡。因杭州为南宋都城,故有此叹。

⑨萧关祖帐:在萧关设帷帐置酒宴饯行。萧关,古关名。故址在今宁夏固原东南,为自关中通向塞北的交通要冲。亦指北宋崇宁四年为防御西夏而筑的萧关,故址在今固原北二百余里。祖帐,古代送人远行,在郊外路旁为饯别而设的帷帐。亦指送行的酒筵。唐杨炯《祭汾阴公文》:"垂穗帷与祖帐兮,罢歌台与舞阁。"宋文天祥《赠秘书王监丞》诗:"太子师傅两疏氏,东门祖帐罗群公。"

⑩离却青毡两句:《太平御览》卷七〇八引晋裴启《语林》:"王子敬在斋中卧,偷入取物,一室之内略尽。子敬卧而不动,偷遂登榻,欲有所觅。子敬因呼曰:'石染青毡是我家旧物,可特置否?'于是群偷置物惊走。"后遂以"青毡故物"泛指仕宦人家的传世之物或旧业。宋无名氏《鹧鸪天·五月初十》词:"卿家奕世青毡在,况是双亲未老时。"

⑪叵耐:不可容忍,可恨。《敦煌曲子词·鹊踏枝》:"叵耐灵鹊多漫语,送喜何曾有凭据。"宋石孝友《浪淘沙》(好恨这风儿)词:"因甚眉儿吹不展,叵耐风儿。"缥缃,供书写用的浅黄色细绢。唐颜真卿《送辛子序》:

"惜乎困于缣缃，不获缮写。"亦借指书册。宋王安石《和平甫舟中望九华山二首》诗其一："当时备巡游，今不存缣缃。"清孙枝蔚《九江舍舟登岸行庐山道中作》诗："或言最高处，尘不到缣缃。"

⑫浮沤：见前《玉漏迟·宿耕石山房》注释⑦。

前调　济武席上闻歌①

午漏阴阴②，许忘机③、翠禽屏罅衔雪④。太息年光逝水⑤，客装难发。忙过幽亭痛饮，放诞使、俗流惊绝。嬉游惯、秉烛弹棋⑥，尘埃谁识清骨。朝簪唱鸡又歇⑦。况林间伴侣，长聚休别。残蜡无多，堤上渐有春物。重奏沉香乐府⑧，不忍问、杨妃遗袜。从今去、镂管难停⑨，白家全要烟月⑩。

【编年】

此词作于清康熙二十年辛酉（1681）。

【笺注】

①唐济武：见前《一丛花·再饮唐济武寓中》注释①。

②午漏：午时的滴漏。亦指午时。唐姚合《夏日书事寄丘亢处士》诗："树里鸣蝉咽，宫中午漏长。"宋欧阳修《下直呈同行三公》诗："午漏声初转，归鞍路偶同。"

③忘机：宋李昉等撰《太平御览》卷九百二十五《羽族部十二》"鸥"条："列子曰：'海上之人有好鸥鸟者，每旦至海上从鸥鸟游。鸥鸟之至者百数而不止。其父曰：'吾闻鸥鸟皆从汝游，取来吾玩之。明日之海上，鸥鸟舞而不下也。"后用以指消除机巧之心。唐李白《下终南山过斛斯山人宿置酒》诗："我醉君复乐，陶然共忘机。"唐王勃《江曲孤凫赋》："尔乃忘机绝虑，怀声弄影。"

④屏罅（xià）：屏风的缝隙。

⑤太息：大声长叹，深深地叹息。《楚辞·离骚》："长太息以掩涕兮，哀民生之多艰。"宋叶适《剡溪舟中》诗："自伤憔悴少筋骨，半生逆旅长

太息。"

⑥弹棋：西汉末年始流行的一种古代棋戏。最初主要在宫廷和士大夫中间盛行，后流入民间。

⑦朝簪句：朝簪，朝廷官员的冠饰。常用以借指京官。唐张说《襄州景空寺题融上人兰若》诗："何由侣飞锡，从此脱朝簪。"宋苏舜钦《寄守坚觉初二僧》诗："师方传祖印，我欲谢朝簪。"唱鸡，亦作"鸡唱"。犹言鸡鸣、鸡啼。唐刘禹锡《酬乐天初冬早寒见寄》诗："霜凝南屋瓦，鸡唱后园枝。"宋文天祥《闻鸡》诗序："自入北营，未尝有鸡唱；因泊谢村，始有闻。"

⑧沉香乐府：指李白《清平调》。李白《清平调三首》诗其三："名花倾国两相欢，长得君王带笑看。解释春风无限恨，沉香亭北倚阑干。"

⑨镂管：乐器。刻花的竹管。晋王嘉《拾遗记·周穆王》："器则有岑华镂管……岑华，山名也，在西海上，有象竹，截为管吹之，为群凤之鸣。"宋无名氏《六州》（娟娟月）词："往事如今好寻思。留得香笺镂管、写新诗。"

⑩烟月：烟花风月。指风流韵事。宋杨炎正《贺新郎·寄辛潭州》词："吹到楚楼烟月上，不记人间何处。"清孔尚任《桃花扇·余韵》："陈隋烟月恨茫茫，井带胭脂土带香。"

前调　答星期①

懒上燕台②，续吴吟、锦囊刚贮凉雪③。极目沙场征马，控弦齐发。更送清砧一片，带晚景、乱鸦飞绝。香篝小④，花梦床寒，山中贪炼愁骨。　　欢娱半生竟歇。错红楼洒泪，和美人别。欲浣萧骚⑤，杯外总是余物。珍重填词丽掌，定载得、如钩轻袜⑥。相逢再、料理浮家⑦，隔江吹起虹月。

【编年】

此词作于清康熙二十年辛酉（1681）。

【笺注】

①星期：见前《洞仙歌·同叶星期探桂未开，感赋》注释①。

②燕台：战国时燕昭王所筑的黄金台。故址在今河北省易县东南。相传燕昭王筑台以招纳天下贤士，故也称贤士台、招贤台。

③锦囊：用锦制成的袋子。古人多用以藏诗稿或机密文件。《新唐书·文艺传下·李贺》："每旦日出，骑弱马，从小奚奴，背古锦囊，遇所得，书投囊中。"宋苏舜钦《送王杨庭著作宰巫山》诗："落笔多佳句，时应满锦囊。"

④香篝：熏笼。宋周邦彦《花犯·梅花》词："更可惜，雪中高树，香篝薰素被。"

⑤浣：涤除（愁、闷等）；宽解。萧骚，凄凉。宋张孝祥《念奴娇·过洞庭》词："短发萧骚襟袖冷，稳泛沧浪空阔。"宋曾协《水龙吟·别故人》词："秋气萧骚，月华如洗，一天风露。"

⑥如钩轻袜：见前《万年欢·唐济武太史过访耕石斋小寓，次史邦卿旧韵》注释⑩。

⑦浮家：以船为家。宋张元干《临江仙·送宇文德和被召赴行在所》词："泛宅浮家游戏去，流行坎止忘怀。"宋陆游《书志》诗："老身长子知无憾，泛宅浮家苦未能。"

前调　同济武、香岩、雨文、星期雪中小饮①，是夕沈生度曲②，程生鼓琴③

兆应丰年，下重帏、沈郎腰瘦歌雪④，互祝差池倦羽⑤，鹿车停发⑥。袅袅晴丝不断⑦，被落雁、数声弹绝。浮尘隘、通计彭殇，平原高冢留骨⑧。　邹枚赋心已歇⑨。奈时当缟纻⑩，何以为别。骯髒须存⑪，穷岂挫人之物。聊屈匡扶巨手⑫，刻画到、陈隋妖袜。灯前只、满泛兰觞，麝煤庭下薰月。

【编年】

此词作于康熙二十年辛酉（1681）。

【笺注】

①济武：见前《一丛花·再饮唐济武寓中》注释①。香岩，龚鼎孳。因

其愚所有香岩斋，词集初题《香岩词》，故称。雨文，见前《万年欢·济武同诸子过周雨文山房》注释①。星期，见前《洞仙歌·同叶星期探桂未开，感赋》（今年白露）注释①。

②沈生：不详。

③程生：不详。

④沈郎腰瘦：《梁书·沈约传》载，沈约与徐勉素善，遂以书陈情于勉，言己老病，"百日数旬，革带常应移孔，以手握臂，率计月小半分。以此推算，岂能支久？"后因以"沈腰"作为腰围瘦减的代称。此处借指沈生。

⑤差池（cī chí）：犹参差。不齐貌。《诗·邶风·燕燕》："燕燕于飞，差池其羽。"马瑞辰通释："差池，义与参差同，皆不齐貌。"唐杜甫《白沙渡》诗："差池上舟楫，杳窕入云汉。"

⑥鹿车：见前《少年游·寄项嵋雪》注释⑤。

⑦晴丝：虫类所吐的、在空中飘荡的游丝。唐杜甫《春日江村五首》诗其四："燕外晴丝卷，鸥边水叶开。"清纳兰性德《南乡子》（飞絮晚悠飏）词："刺绣女儿楼上立，柔肠。爱看晴丝百尺长。"

⑧彭殇：犹言寿夭。彭，彭祖，指高寿；殇，未成年而死。语本《庄子·齐物论》"莫寿于殇子，而彭祖为夭。"晋王羲之《〈兰亭集〉序》："固知一死生为虚诞，齐彭殇为妄作。"唐杨炯《原州百泉县令李君神道碑》："情均荣辱，则万象同归；迹混彭殇，则百龄俱尽。"

⑨邹枚：汉邹阳、枚乘的并称。北魏郦道元《水经注·睢水》："梁王与邹、枚、司马相如之徒极游于其上。"两人皆以才辩著名当时。后因以"邹枚"借指富于才辩之士。邹枚赋心已歇，暗指曹溶已无意为当初踏入清朝仕途而自剖心迹。

⑩奈时两句：言昔日崇祯帝自缢，本该披麻戴孝表痛悼之情，不该出仕清朝。隐曲忏悔自己当初走向清朝仕途。甲申五月，在南京为崇祯帝发丧，而曹溶五月投诚。缟纻（gāo zhù），缟带和纻衣。缟带指用白色绢制成的大带。纻衣指用纻麻纤维织成的衣服。

⑪骯髒（kǎng zǎng）须存两句：言不能因贫穷而改变刚直的内心。隐曲

解释当初入仕清朝有因生存的压力。骯髒，高亢刚直貌。文天祥《得儿女消息》诗："骯髒到头方是汉，聘婷更欲向何人。"

⑫聊屈两句：言自己双手虽有匡扶天下之才能，因昔日错误选择而只能作些类似陈隋香艳之风的小词。

前调　和济武感怀①

路扫行踪，白漫漫②、万家炊冷啼雪〔一〕。颇似哀猿巴水③，昼长声发。布帽桥头策蹇④，正逼出、诗情酸绝。折花罢、几度凌兢⑤，滑稽应笑波骨。征铙有时定歇⑥。只苍生况瘁⑦，焉敢言别。冷炙侯门⑧，方悟错解齐物⑨。焰焰名场利薮⑩，或不免、口中含袜。何如且孤啸绳床⑪，野鸥同卧黄月。

【校勘】

〔一〕"炊"，《百名家词钞》本《寓言集》作"吹"。

【编年】

此词作于清康熙二十年（1681）。

【笺注】

①济武：见前《一丛花·再饮唐济武寓中》注释①。

②白漫漫句：言雪后状。

③哀猿巴水：郦道元《水经注·三峡》："每至晴初霜旦，林寒涧肃，常有高猿长啸，属引凄异，空谷传响，哀转久绝。故渔者歌曰：'巴东三峡巫峡长，猿鸣三声泪沾裳。'"

④策蹇："策蹇驴"的省称。乘跛足驴。喻工具不利，行动迟慢。晋葛洪《抱朴子·金丹》："何异策蹇驴而追迅风，棹蓝舟而济大川乎？"亦省作"策蹇"。唐孟浩然《唐城馆中早发寄杨使君》诗："访人留后信，策蹇赴前程。"

⑤凌兢：形容寒凉。唐李白《鸣皋歌送岑徵君》诗："洪河凌兢不可以径度，冰龙鳞兮难容舠。"宋苏轼《兴龙节前一日微雪与子由饮清虚堂》诗："踏冰凌兢战疲马，扣门剥啄惊寒鸦。"

⑥铙(náo)：古代军中用以止鼓退军的乐器。

⑦况瘁：憔悴。《诗·小雅·出车》："忧心悄悄，仆夫况瘁。"清毛奇龄《北征》诗："车徒既况瘁，我行劳如何。"

⑧冷炙：已凉的饭菜，剩余的饭菜。北齐颜之推《颜氏家训·杂艺》："今世曲解，虽变于古，犹足以畅神情也。唯不可令有称誉，见役勋贵，处之下坐，以取残杯冷炙之辱。"唐杜甫《奉赠韦左丞丈二十二韵》诗："朝扣富儿门，暮随肥马尘。残杯与冷炙，到处潜悲辛。"

⑨齐物：庄子"齐物之论"。认为世间一切矛盾对立的双方，诸如生与死、贵与贱、荣与辱、成与毁、大与小、寿与夭、然与不然、可与不可等等，都是没有差别的。

⑩焰焰两句：言名利场上，有时有些事口不能言。

⑪绳床：一种可以折叠的轻便坐具。以板为之，并用绳穿织而成。又称"胡床""交床"。宋王观国《学林·绳床》："绳床者，以绳贯穿为坐物，即俗谓之交椅之属是也。"清杜濬《为斯上人题》诗："谁识山僧意，绳床绘牡丹。"

前调　答于畏之①

变态难穷②，炫游人碧翁③，能造炎雪。况值悲凉节候，壮怀宜发。箧里枫天似镜，叹一线、图书遥绝。金鞭鞳④、紫陌轻裘⑤，少年多恨无骨。　唾壶击残且歇⑥。论高阳栗里⑦，英气无别。曆火乾坤⑧，旧是痛哭中物。招向家山隐处⑨，赤脚踏、层冰无袜。遨游快、摆落纤尘，珊瑚枝上撑月。

【编年】

此词作于清康熙二十年辛酉（1681）。

【笺注】

①于畏之：不详。

②变态难穷：言各种变化，没有穷尽。

③碧翁：犹天公。明袁宏道《天坛》诗："碧翁难道是无情，分合千年议不成。"清陈维崧《渡江云·欲雪》词："碧翁将试手，趁春未到，要放一城花。"

④鬌（duǒ）：下垂。唐岑参《送郭乂杂言》诗："朝歌城边柳鬌地，邯郸道上花扑人。"宋周邦彦《浣溪纱慢》（水竹旧院落）词："灯尽酒醒时，晓窗明，钗横鬓鬌。"

⑤紫陌：见前《念奴娇·偶见》注释⑥。轻裘，轻暖的皮衣。《论语·雍也》："赤之适齐也，乘肥马，衣轻裘。"明王世贞《忆昔》诗："轻裘鄂杜张公子，挟瑟邯郸吕氏倡。"

⑥唾壶击残：见前《倦寻芳·招赤豹饮倦圃》注释⑤。

⑦论高阳两句：言不管位居高位，还是隐居乡里，所彰显的英气相同。高阳，颛顼有天下，号高阳。栗里，地名，在今江西省九江市西南。晋陶潜曾居于此。

⑧厝火乾坤：言天下危机四伏。喻指明清鼎革。厝火，"厝火积薪"的简缩语。喻隐伏的危机。明沉钦圻《咏史》诗："但识凭江险，而忘厝火危。"清吴伟业《焦桐》诗："汉家忘厝火，绝调过江来。"

⑨家山：谓故乡。唐钱起《送李栖桐道举擢第还乡省侍》诗："莲舟同宿浦，柳岸向家山。"宋梅尧臣《读〈汉书·梅子真传〉》诗："旧市越溪阴，家山镜湖畔。"

前调　答曾青藜①，兼留别雨文诸子②

百斛明珠，遍江南、几家能绘空雪。逆旅逢君意气③，买舟同发。见许柔情旖旎④，笑铁板、髯苏粗绝⑤。小红倚⑥、白石吹箫，西湖堪换枯骨。青萍电光怨歇⑦。卷高台酒幔⑧，如与春别。调弄英雄，不过旦暮间物。起赋临风弱絮，仿佛见、江妃绡袜⑨。幽人事、虾菜犹存⑩，曰归分赋吴月。

【编年】

此词作于康熙二十年辛酉（1681）。

【笺注】

①曾青藜：曾灿（1622—1688），原名曾传灿，字青藜，号止山，晚自号六松老人。江西宁都人。"易堂九子"之一。明亡后，随父曾应遴抗击清军。兵败，削发为僧。游历闽、浙、两广间。后还俗，筑六松草堂。后侨居吴下二十余年，客游燕市以卒。著有《六松草堂文集》《止山集》《西崦草堂集》等。

②雨文：见前《万年欢·济武同诸子过周雨文山房》注释①。

③逆旅：旅居。晋陶潜《自祭文》："陶子将辞逆旅之馆，永归于本宅。"明何景明《宗哲初至夜集》诗："聚散古今同逆旅，莫看风景倍凄然。"

④见许：相称许。唐杜甫《戏赠阌乡秦少公短歌》诗："同心不减骨肉亲，每语见许文章伯。"宋李之仪《青玉案·用贺方回韵，有所祷而作》词："试祷波神应见许。帆开风转，事谐心遂，直到明年雨。"旖旎，见前《浣溪沙·四十年来所见歌姬，某氏最丽，赠之》注释③。

⑤铁板髯苏：《说郛》卷二四引俞文豹《吹剑续录》："东坡在玉堂，有幕士善讴，因问：'我词比柳词何如？'对曰：'柳中郎词，只好十七八女孩儿，执红牙拍板唱"杨柳岸晓风残月"。学士词，须关西大汉，执铁板唱"大江东去"。'公为之绝倒。"

⑥小红两句：元陆友《砚北杂志》："小红，顺阳公（范成大）青衣也，有色艺。顺阳公之请老，姜尧章（姜夔）诣之。一日，授简征新声，尧章制《暗香》《疏影》两曲。公使二妓肄习之，音节清婉。姜尧章归吴兴，公寻以小红赠。其夕大雪，过垂虹赋诗曰：'自琢新词韵最娇，小红低唱我吹箫。曲终过尽松陵路，回首烟波十四桥。'尧章每喜自度曲，小红则歌而和之。"

⑦青萍：见前《念奴娇·拜太白山人墓》注释⑥。

⑧酒幔：酒店门前所悬的布招子。唐窦叔向《夏夜宿表兄话旧》诗："明朝又是孤舟别，愁见河桥酒幔青。"宋周邦彦《诉衷情》（堤前亭午未融霜）词："风翻酒幔，寒凝茶烟，又是何乡？"

⑨江妃：见前《满江红·钱塘观潮》注释⑦。绡袜，薄丝袜。

⑩虾菜：鱼类菜肴的泛称。唐杜甫《赠韦七赞善》诗："洞庭春色悲公

子,虾菜忘归范蠡船。"仇兆鳌注:"马永卿《懒真子》曰:尝见浙人呼海错为虾菜,每食不可缺。"

桂枝香　望罗浮山①

江霞万叠②。乍影到艨艟③,梅花飞雪。怪石丛边,犹是晋时薇蕨④。山村几许佳人梦,被青鸾⑤、一声啼歇。葛洪存否⑥,罏空煮药,夜寒碑碣⑦。

又何必、仙桥踏月。怕坐来深洞,十分难别。较似髯苏⑧,官舍共眠冰铁。风尘无限关心事,算丹丘⑨、应属豪杰。戏鞭哑虎⑩,瑶笙更把⑪,海云吹裂。

【编年】

此词作于清顺治十三年丙申(1656)至清顺治十四年丁酉(1657)曹溶官广东布政使期间。

【笺注】

①罗浮山:顾祖禹《读史方舆纪要》卷一百《广东一·罗浮》:"罗浮山在广州府增城县东北三十里,惠州府博罗县西北五十里,其山袤直五百里,高三千六百丈,峰峦四百三十有二,岭十五,洞壑七十有二,溪涧瀑布之属,九百八十有九,盖宇内名山,东粤之重镇也。五代周显德六年,南汉主刘鋹建天华宫于山中。宋开宝初,鋹又凿增江水口,欲通舟道入山,不果。《岭南志》:罗山之脉,来自大庾,浮山乃蓬莱之一岛,来自海中,与罗山合,故曰'罗浮'。其瑰奇灵异,游历所不能遍。"晋葛洪曾在此山修道,道教称为"第七洞天"。相传隋赵师雄在此梦遇梅花仙女,后多为咏梅典实。

②叠:层。

③艨艟(méng chōng):古代战船。宋苏轼《和宋肇游西池次韵》诗:"贪看艨艟飞斗舰,不知蟊贼舞钧天。"宋张耒《次韵王敏仲至西池会饮》诗:"圣朝无复用舟师,戏遣艨艟插戟枝。"

④薇蕨:薇和蕨。嫩叶皆可作蔬,为贫苦者所常食。唐杜甫《解闷二十

首》诗其三:"今日南湖采薇蕨,何人为觅郑瓜州。"唐孟郊《长安羁旅》诗:"野策藤竹轻,山蔬薇蕨新。"

⑤青鸾:鸟名。体大如鸡而形近孔雀,羽毛美丽,不大飞翔,常轻快行走。唐李白《凤凰曲》诗:"青鸾不独去,更有携手人。"唐李商隐《相思》诗:"相思树上合欢枝,紫凤青鸾并羽仪。"

⑥葛洪:葛洪(284—364 或 363),字稚川,自号抱朴子,丹阳郡句容(今江苏句容县)人。东晋道教学者、著名炼丹家、医药学家。曾受封为关内侯,后隐居罗浮山炼丹。著有《神仙传》《抱朴子》《肘后备急方》《西京杂记》等。

⑦碑碣:石碑方首者称碑,圆首者称碣。后以之为碑刻的统称。《南史·文学传·颜协》:"时吴人范怀约能隶书,协学其书,殆过真也。荆楚碑碣皆协所书。"唐杜甫《赠蜀僧闾丘师兄》诗:"青荧雪岭东,碑碣旧制存。"

⑧髯苏:见前《浣溪沙·闲情》注释①。

⑨丹丘:亦作"丹邱"。传说中神仙所居之地。唐韩翃《同题仙游观》诗:"何用别寻方外去,人间亦自有丹丘。"宋林景熙《宿台州城外》诗:"荒驿丹邱路,秋高酒易醒。"

⑩哑虎:《广东通志》卷五十二引《罗浮志》:"罗浮山有哑虎,不啸不哑,仙人常乘之。"

⑪瑶笙:见前《南柯子·王家歌姬》注释⑦。

前调　祖园春宴①

侯家第宅②,有野水朱桥,锦帆轻渡。一架藤花索袅③,玉铃新护④。卖饧天气争游冶⑤,画楼前、是东风路。乍停珠勒⑥,半揎翠袖⑦,女郎无数。

爱筵上、笙歌似雾⑧。尽杜鹃啼遍⑨,不教春暮。絮扑征衫,重与鞠尘相遇⑩,多情本是江南物,到长安、牵惹如故⑪,倚阑半醉,谁家蛱蝶,换人愁去。

【编年】
此词无法确知具体创作年份。概作于曹溶为官京师期间。
【笺注】
①祖园：位于今北京陶然亭公园露天舞池一带。《京师坊巷志稿》载"刺梅园旁又有祖园"。

②侯家：犹侯门。指显贵人家。唐王维《奉和圣制御春明楼临右相园亭赋乐贤诗应制》诗："小苑接侯家，飞甍映宫树。"宋苏庠《诉衷情·渔父家风，醉中赠韦道士》词："杖头挑得布囊行。活计有谁争。不肯侯家五鼎，碧涧一杯羹。"

③藤花：蝶形花科紫藤属，大型落叶木质藤本，藤长达18米以上。花大，花冠紫色或深紫色，稍有香味。唐王维《戏题辋川别业》诗："藤花欲暗藏猱子，柏叶初齐养麝香。"

④玉铃新护：《开元天宝遗事》卷一"花上金铃"条："天宝初，宁王日侍好声乐，风流蕴藉，诸王弗如也。至春时于后园中纫红丝为绳，密缀金铃，系于花梢之上。每有鸟鹊翔集则令园吏掣铃索以惊之。盖惜花之故也。诸宫皆效之。"

⑤饧：见前《蝶恋花·杏花》其二注释⑥。

⑥珠勒：珠饰的马络头。此指代马。明于慎行《入塞》诗："少妇迎珠勒，亲兵赐锦袍。"清吴伟业《武林谒同年张石平》诗："旧游笑我连珠勒，多难逢君倒玉缸。"

⑦揎（xuān）：捋袖露臂。唐王建《捣衣曲》诗："妇姑相对神力生，双揎白腕调杵声。"宋苏轼《四时词四首》诗其二："玉腕半揎云碧袖，楼前知有断肠人。"

⑧笙歌：见前《踏青游·闺情》注释③。

⑨杜鹃：见前《鹧鸪天·送项峋雪游山阴，兼讯刘苍臣》注释③。

⑩麹尘：酒曲上所生菌。因色淡黄如尘，故称。唐谷神子《博异志·阎敬立》："须臾吐昨夜所食，皆作朽烂气，如黄衣麹尘之色，斯乃椟中送亡人之食也。"唐元稹《离思五首》诗其三："红罗著压逐时新，杏子花纱嫩

麴尘。"

⑪长安：此处指代京城北京。

水龙吟　与兰生饮酒①

萧萧阮杖犹存②，得钱便觅余杭姥③。茂陵芳草④，联翩裘马⑤，今成尘土。欲称情怀，邹枚捧砚⑥，美人歌舞。自蓬莱清浅⑦，新愁隔断，空留下，对床雨。　　兄弟二三零落，各匆匆、渔樵为伍⑧。霜花布帽，杜家诗瘦，逢春更苦。青山无恙，尚堪行乐，莫嫌豺虎⑨。征往事，古屋灯昏，闲数尽城头鼓。

【编年】

此词无法确知具体创作年份。

【笺注】

①兰生：见前《满庭芳·寄徐兰生》注释①。

②阮杖：见前《浣溪沙·独坐》注释③"阮家钱"。元倪瓒《朱泽民为徐良甫题耕渔轩图》诗："汉书自可挂牛角，阮杖何妨挑酒壶。"

③余杭姥：陈元龙《格致镜原》卷二十二《饮食类二·酒》："《神仙传》：余杭姥嫁于西湖农家，善采百花酿酒。王方平尝以千钱过蔡经家与姥沽酒，饮而甘之。是后群仙时降。因授一丸药以偿酒价。姥服之仙去。后十余年有人经过洞庭湖边见卖百花酒者即姥也。"

④茂陵：汉武帝刘彻的陵墓。

⑤联翩：形容连续不断。唐杜甫《八哀诗·赠左仆射郑国公严公武》诗："感激动四极，联翩收二京。"宋王安石《和蔡枢密孟夏旦日西府书事》诗："联翩人贺知君意，咫尺威颜不隔霄。"

⑥邹枚：见前《万年欢·同济武、香岩、雨文、星期雪中小饮，是夕沈生度曲，程生鼓琴》注释⑨。

⑦蓬莱：见前《清平乐·题壁》其三注释⑥。

⑧渔樵：见前《倦寻芳·湖口》注释③。

⑨豺虎：豺与虎。泛指猛兽。晋张载《七哀诗》："季世丧乱起，贼盗如豺虎。"明李东阳《风雨叹》诗："山陾谷汹豺虎嗥，万木尽拔乘波涛。"

前调　垂丝海棠①

对花疑对佳人，问他栏外将谁倚。成都陌上，秤量颜色，似君无几。摇漾芳年②，莫惊飘堕，蜂须扶起。忆唐宫旧事③，杨家姊妹，同午梦，新妆洗。　　漫说纤茸自喜④。护余寒、正当愁际。丰姿想像，蝉光绿润，分簪红珥⑤。引罢回波，衔来娇屑，软绵如此。愿萦牵不断，情丝万缕，把东风系。

【编年】

此词或作于清康熙十三年甲寅（1674）春。从上片"成都陌上，秤量颜色，似君无几"可得知，此词作于成都。清黄汝铨编选《曹秋岳先生尺牍》卷六《与齐绳武》："不佞自客秋来，入蜀之役趋程未半，改向榕城，辛苦尘途，不遑宁处。"故此词应作于此入蜀之役。按曹溶于清康熙十三年甲寅（1674）中秋后赴榕城，而入蜀在此前。垂丝海棠花期在3—4月，时间亦不矛盾。姑且暂附此年。

【笺注】

①垂丝海棠：蔷薇科苹果属植物。落叶小乔木，树冠开展；叶片卵形或椭圆形至长椭卵形，花梗细弱下垂，有稀疏柔毛，紫色；花期3—4月。果实梨形或倒卵形，略带紫色。分布于中国江苏、浙江、安徽、陕西、四川和云南。

②摇漾：荡漾。宋赵师侠《水调歌头·癸卯信丰送春》词："新荷泛水摇漾，萍藻弄晴漪。"明汤显祖《牡丹亭·惊梦》："袅晴丝，吹来闲庭院，摇漾春如线。"

③忆唐宫四句：言海棠美艳，杨家姊妹若见到，定会洗却新妆作海棠妆。

④纤茸：海棠花梗有柔毛，故云。

⑤红珥：红色珠玉作的耳饰。《文选·枚乘〈七发〉》："九寡之珥以为约。"李善注引《苍颉篇》："珥，珠在耳也。"唐韩愈《城南联句》诗："酣欢杂弁珥，繁价流金琼。"

前调　午日湖上①

一年莺外时光，藕花将满湖南路。绿阴斜带，层层珠箔②，惹人深处。倚遍重楼，共移清景，寻他箫鼓③。怅吴霜染鬓④，难簪艾叶⑤，佳梦逐，奔驹去。

刚觉山川如故。别灵均⑥、渐涸兰杜⑦。红情待续，小吟消夏，谁传纨素⑧。徐挂轻帆，此身宜称，闲风浪雨。算归来未得⑨，鸥盟七泽⑩，被杯中误。

【编年】

此词或作于清顺治十八年辛丑（1661）曹溶游杭期间。

【笺注】

①午日：端午。即农历五月初五日。宋陈与义《临江仙》（高咏楚词酬午日）词："高咏楚词酬午日，天涯节序匆匆。"宋赵长卿《醉蓬莱·端午》词："午日熏风，楚词高咏，度遏云声脆。"

②珠箔：见前《青衫湿·记湖上弹琴之会》注释①。

③箫鼓：箫与鼓。泛指乐奏。南朝梁江淹《别赋》："琴羽张兮箫鼓陈，燕赵歌兮伤美人。"宋张孝祥《水调歌头·桂林集句》词："家种黄柑丹荔，户拾明珠翠羽，箫鼓夜沉沉。"

④吴霜：吴地的霜。亦比喻白发。唐李贺《还自会稽歌》诗："吴霜点归鬓，身与塘蒲晚。"宋范成大《丙申元日安福寺礼塔》诗："耳畔逢人无鲁语，鬓边随我是吴霜。"

⑤簪艾叶：端午风俗。《御定佩文齐广群芳谱》卷四《天时谱·夏》："《吴中岁时记》：'端午簪艾叶、榴花以辟邪。'"

⑥灵均：战国时期楚国爱国诗人屈原的字。

⑦兰杜：兰花和杜若，均为香草。宋唐庚《诉衷情·旅愁》词："风悲兰

杜，烟淡沧浪，何处扁舟。"宋刘子寰《沁园春·庆叶镇，五月初八》词："兰杜绥旌，芙蓉寨盖，飞下清源云水乡。"

⑧纨素：细致光洁的绢。汉班婕妤《怨诗》："新裂齐纨素，鲜洁如霜雪。"宋康与之《应天长·闺思》词："香梦悠悠，花月更谁主。惆怅后期，空有鳞鸿寄纨素。"此处指以细绢制成的团扇，称纨扇。

⑨归来：晋陶渊明辞官归隐而作《归去来兮辞》。此处借指归隐。

⑩鸥盟七泽：谓归隐。鸥盟，与鸥鸟为友，喻隐退。宋陆游《夙兴》诗："鹤怨凭谁解，鸥盟恐已寒。"明李东阳《次韵寄题镜川先生后乐园二首》诗其一："海边钓石鸥盟远，松下棋声鹤梦回。"七泽，相传古时楚有七处沼泽。后以"七泽"泛称楚地诸湖泊。《史记·司马相如传·子虚赋》："臣闻楚有七泽，尝见其一，未睹其余也。"南朝宋颜延之《登巴陵城楼》诗："三湘沦洞庭，七泽蔼荆牧。"

木兰花慢　题项东井画①，为文公寿②

禾兴悭岫色③，赖张璪④、富霜毫⑤。恣翠晕安篱⑥，烟丝倚瀑，全取空寥。登临送情不浅，带斜晖、又听暮钟飘。疑有支公故业⑦，闭关安问征桡⑧。　名山何许傍云根⑨，吾欲借书寮⑩。向王猷买竹⑪，苏耽酿橘，兼种芭蕉。春应去人未远，肯蹉跎⑫、三万六千朝，除却图成景物⑬，眼前都是蓬蒿。

【编年】

此词无法确知具体创作年份。

【笺注】

①项东井：项奎（1623—1702），字天武，号子聚，又号东井，自称墙东居士、水墨处士，秀水（今浙江嘉兴）人。明末清初画家。项德达孙，项徽谟子。庠生。工诗，山水好用秃笔，兼长兰竹。笔墨秀雅，颇得元人枯淡之趣。与叶燮友善。

②文公：僧人，曹溶同乡密友。

③禾兴：嘉兴县古称。悭，稀少。

④张璪：生卒年不详。约活跃于 8 世纪后期。璪，一作藻。字文通。吴郡（治今江苏苏州）人。善画山水松石，尤以画松为人所称道。

⑤霜毫：见前《临江仙·次日复同瑶如诸公饮》注释⑤。

⑥恣：听任，任凭。

⑦支公：晋高僧支遁。字道林，时人也称为"林公"。河内林虑人，一说陈留人。精研《庄子》与《维摩经》，擅清谈。当时名流谢安、王羲之等均与为友。明高启《南峰寺》诗："悬灯照静室，一礼支公影。"

⑧闭关：又称"坐关"。谓佛教徒闭居一室，静修佛法。此处借指闭门谢客，与外界断绝往来，不为尘事所扰。《文选·颜延之》："刘伶善闭关，怀情灭闻见。"李周翰注："言伶怀情不发，以灭闻见，犹闭关却归而无事也。"宋苏舜钦《答韩持国书》："衣食虽足，闭关常不与人相接可乎？"

⑨云根：见前《玉漏迟·宿耕石山房》注释②。

⑩书寮：书屋。清乾隆帝《题关槐山水》诗："松下敞书寮，策筇人过桥。"又《香扆殿忆旧作》诗："香扆名原题胜国，甲辰曾此作书寮。"

⑪向王猷三句：言清雅脱俗的生活。王猷，即王子猷，字徽之，东晋琅邪临沂（今属山东）人。大书法家王羲之第五子。生性酷爱竹。苏耽，传说中的仙人，又称"苏仙公"。明蔡清《易经蒙引》卷七上引《神仙传》，苏耽种橘凿井以救时疫。病者食橘叶，饮泉水即愈，号"橘井"。芭蕉，见前《采桑子·云塞秋夜》注释④。

⑫肯蹉跎句：言岂能虚度人生百年。朝，天。三万六千朝，即三万六千天，概指人生百年。

⑬除却两句：言除了画中景物，其他皆不足称道。蓬蒿，见前《采桑子·巩都尉席上》注释⑥。

前调　采山亭北杏花盛开

问艳春何处，三四点、雨声中。便蒨影栽成①，疏红不闹，衬粉玲珑。枝头有些冷在，笑尚书②、赋物未能工。好认一帘墙外，那如双鬓楼东。　　是他不放小园空。略比玉台松③。谅有意偎人，烟横渐折，日淡斜烘。追看上林游侣④，趁垂杨、夹道马蹄浓。旧梦不随妖冶，嫩情多寄微濛⑤。

【编年】

此词无法确知具体创作年份，或作于曹溶裁缺归里闲居期间。曹溶家有倦圃，采山亭是倦圃一景，旁植杏花。闲居期间，曹溶常邀友人赋诗作词于亭下。清胡泰编选《倦圃曹秋岳先生尺牍》卷下《与项东井》，即是曹溶盛情邀请友人赏花的书信，其中有云："群贤过采山亭赋杏花，卷中岂可无井公也，立侯。"此词大概即作于此时。

【笺注】

①蒨（qiàn）：鲜明，鲜艳。南朝宋谢灵运《山居赋》："水香送秋而擢蒨，林兰近雪而扬猗。"唐韦应物《题从侄成绪西林精舍书斋》诗："果药杂芬敷，松筠疏蒨峭。"

②尚书：指宋代宋祁。其《玉楼春》（东城渐觉风光好）词有"红杏枝头春意闹"，因之被称为"红杏尚书"。

③玉台：传说中天帝的居处。《汉书·礼乐志》："天马徕，龙之媒，游阊阖，观玉台。"颜师古注引应劭曰："阊阖，天门。玉台，上帝之所居。"晋陶潜《读〈山海经〉十三首》诗其二："玉台凌霞秀，王母怡妙颜。"

④上林：古宫苑名。亦泛指帝王的园囿。宋岳飞《从驾游内苑应制》诗："勒报游西内，春光霭上林。"清孔尚任《桃花扇·归山》："何处家山，回首上林春老，秣陵城烟雨萧条。"

⑤微濛：隐约迷蒙。南朝梁萧统《示云麾弟》诗："山岩峣兮乃逼天，云微濛兮后兴雨。"唐李颀《与诸公游济渎泛舟》诗："淹留怅言别，烟屿夕微蒙。"

花犯　重过林家看牡丹①

为春忙，名园踏遍，笙歌迹如扫②。嫩阴开后，动白袷青鞍③，游侣都好。几时不到城南道。湖漘多弱草④。记旧日、小庭莺燕,因他憔悴了。流苏步障更留人⑤,盛衰翻下涕、洛阳年少。杯待举,妖红湿⑥,微传风调。回车觉、暖香入座,湘箔掩⑦、花房眠乍晓。恐逗起、一眶幽恨,雕栏随世老。

【编年】

此词无法确知具体创作年份。

【笺注】

①林家:见前《虞美人·同徐敬可看林家紫牡丹》注释①。

②笙歌:见前《踏青游·闺情》注释③。

③白袷(jiá):白色夹衣。《世说新语·雅量》"顾和始为扬州从事"刘孝标注引晋裴启《语林》:"周侯饮酒已醉,箸白袷,凭两人来诣丞相。"唐李商隐《楚泽》诗:"白袷经年卷,西来及早寒。"

④湖漘(chún):湖边。宋郭祥正《松门阻风望庐山有怀李白》诗:"北风阻船泊湖漘,北望庐阜青无痕。"

⑤流苏步障:饰有流苏的屏幕。流苏,见前《青衫湿·记湖上弹琴之会》注释①。步障,见前《虞美人·同徐敬可看林家紫牡丹》注释⑤。

⑥妖红:指姹紫嫣红的花。宋张元干《菩萨蛮》(天涯客里秋容晚)词:"天涯客里秋容晚。妖红聊戏思乡眼。"宋杨无咎《柳梢青》(为爱冰姿)词:"只应自惜高标,似羞伴、妖红媚绿。"此借指牡丹花。

⑦湘箔:湘地丝织品制成的帘子。清成文昭《和韵夏日邀诸同人寓斋小集晚过龙泉寺南风氏园看古松限韵同赋》诗:"湘箔启虚堂,幽兰淡亭午。"

齐天乐　钱尔斐过访①

晚登虚阁徘徊遍,孤怀饯秋偏早②。古渡兰桡③,平皋玉辔④,零谢和谁知道⑤。横塘百里⑥,梦青雨低迷⑦,紫烟斜抱⑧。勤寄鳞书⑨,相思相见尚嫌少。

云林终是念旧⑩,顿携花买酒,披襟天表⑪。拂剑余年,枕流僻巷⑫,床上尘埃难扫。留君不了。约此后春嬉，莫辜芳草。笑指琼花⑬，壑中人未老。

【编年】

此词无法确知具体创作年份。

【笺注】

①钱尔斐：钱继章，字尔斐，号菊农，浙江嘉善人，明崇祯九年丙子（1636）举人。明朝曾为官，入清不仕。著有《菊农词》。

②孤怀：孤高的情怀。唐孟郊《连州吟》诗："孤怀吐明月，众毁烁黄金。"宋曾巩《回枢密侍郎状》："孤怀易感，重谊难忘。"

③古渡：古老的渡口。唐戴叔伦《京口怀古》诗："大江横万里，古渡渺千秋。"宋吕渭老《南乡子》（小雨阻行舟）词："小雨阻行舟。人在烟林古渡头。欲挈一尊相就醉，无由。"兰桡，见前《唐多令·同晋贤泛舟》注释③。

④平皋：水边平展之地。南朝梁江淹《自序》："青春爱谢，则接武平皋；素秋澄景，则独酌虚室。"明陈子龙《九日昆山道中》诗："平皋霁杪秋，行迈臻令节。"玉辔，精美的马缰绳。此处借指装备精良的马。宋康与之《杏花天·慈宁殿春晚出游》词："南陌上、玉辔钿车，怅紫陌、青门日暮。"宋刘克庄《宿山中十首》诗其二："玉辔上沙堤，金鞍戍碛西。"

⑤零谢：凋落。宋韩维《和如晦游临淄园示元明》诗："尔来风雨就零谢，忍见踏尽随春泥。"明夏完淳《红莲故衣赋》："何凉飔之秋晚，遂零谢于池塘。"

⑥横塘：古堤名。在江苏省吴县西南。宋贺铸《青玉案》（凌波不过横塘路）词："凌波不过横塘路，但目送、芳尘去。"宋贺铸《南歌子》（绣幕深朱户）词："一钩月渡横塘。谁认凌波微步、袜尘香。"

⑦青雨：烟雨。元李孝光《鄱江寺拥翠楼》诗："未放白云分榻前，爱看青雨映帘悬。"元张昱《题画》诗："老树含青雨，平林澹白烟。"

⑧紫烟：山谷中的紫色烟雾。南朝梁武帝《游钟山大爱敬寺》诗："长途弘翠微，香楼间紫烟。"唐李白《望庐山瀑布水二首》诗其二："日照香炉子生紫烟，遥看瀑布挂前川。"

⑨鳞书：特指"锦鳞书"。语本汉无名氏《饮马长城窟行》诗："客从远

方来，遗我双鲤鱼。呼儿烹鲤鱼，中有尺素书。"因指远方之书信。唐杜牧《春思》诗："绵羽啼来久，锦鳞书未传。"

⑩云林：隐居之所。唐王维《桃源行》诗："当时只记入山深，青溪几度到云林。"金张斛《还家》诗："云林无俗态，相对可终老。"

⑪披襟天表：喻心情舒畅。披襟，敞开衣襟。多喻舒畅心怀。战国楚宋玉《风赋》："有风飒然而至，王乃披襟而当之曰：'快哉此风！'"宋张景星《秋日白鹭亭》诗："开樽屏丝竹，披襟向萧籁。"天表，犹天外。唐李白《金乡薛少府厅画鹤赞》诗："形留座隅，势出天表。"

⑫枕流：南朝宋刘义庆《世说新语·排调》："孙子荆年少时欲隐，语王武子当枕石漱流，误曰漱石枕流。王曰：'流可枕石可漱乎？'孙曰：'所以枕流，欲洗其耳；所以漱石，欲砺其齿。'"后以喻隐居山林。宋苏颂《清晖茅亭》诗："谁为漱石枕流人，老此优游避喧俗。"

⑬琼花：一种珍贵的花。叶柔而莹泽，花色微黄而有香。宋宋敏求《春明退朝录》卷下："扬州后土庙有琼花一株，或云自唐所植，即李卫公所谓玉蕊花也。"宋周密《齐东野语·琼花》："扬州后土祠琼花，天下无二本，绝类聚八仙，色微黄而有香。仁宗庆历中，尝分植禁苑，明年辄枯，遂复载还祠中，敷荣如故。淳熙中，寿皇亦尝移植南内，逾年憔悴无华，仍送还之。其后，宦者陈源，命园丁取孙枝移接聚八仙根上，遂活，然其香色则大减矣。杭之褚家塘琼花园是也。今后土之花已薪，而人间所有者，特当时接本，仿佛似之耳。"

前调　倦圃秋集①，和沈客子②

任他华毂长安队③，偏觉座中人好。井巷斜连，蓬蒿绿满④，娱晚刚宜耕钓。痴狂各妙，肯月令方佳⑤，被蛩吹老⑥。冷石欹眠，隔江真喜战尘少。摩挲柳色最古⑦，夜来空想像，白家蛮小⑧。黑子禾城⑨，无多卖酒，赊取儿童惯到。盘餐草草。尽别绪欢场，一时围绕。屋里青山⑩，至今留晋啸。

【编年】

此词无法确知具体创作年份。从下片末"屋里青山,至今留晋啸"可判断,或作于清康熙六年丁未(1667)曹溶由山西大同遭裁缺归里之后。

【笺注】

①倦圃:见前《浣溪沙·倦圃山矾盛开》注释①。

②沈客子:沈季友(生卒年不详),字南疑,号客子。浙江嘉兴人。著《学古堂诗集》(六卷)、《凡南旋集》(三卷)、《秋蓬集》(三卷)。辑《檇李诗系》。

③华毂(gū):饰有文采的车毂。常用以指华美的车。宋王安石《诉衷情·和俞秀老鹤五首》词其二:"追思往昔如梦,华毂也曾丹。"清孙枝蔚《寿汪生伯先生闵老夫人》诗:"堂中绮襦集,门前华毂驰。"

④蓬蒿:见前《采桑子·巩都尉席上》注释⑥。

⑤月令:农历某个月的气候和物候。唐庚光生《奉和刘采访缙云南岭作》诗:"鸟讶山经传不尽,花随月令数仍稀。"《明史·职官志三》:"荐新,循月令献其品物。"

⑥蛩(qióng):蟋蟀的别名。南朝宋鲍照《拟古八首》诗其七:"秋蛩扶户吟,寒妇晨夜织。"

⑦摩挲:模糊。宋陆游《睡起遣怀》诗:"摩挲困睫喜汤熟,小瓶自拆山茶香。"宋葛长庚《鹧鸪天》(西畔双松百尺长)词:"摩挲东晋苍苔灶,细说仙翁炼药方。"

⑧白家蛮小:见前《孤鸾·招夏乐只、张登子、程古狂、沈逢吉、张较书集舟中》注释⑧。

⑨黑子禾城:言嘉兴城小。黑子,比喻地域的狭小。南北朝庾信《哀江南赋》:"地惟黑子,城犹弹丸。"

⑩屋里两句:或言屋内存有画青山的画,而此画是曹溶由山西大同带回。故曰。

珍珠帘 题画

　　黄莺屡唤支筇去①。黛香浓②、石隐心情如故。文杏小亭台③，消得王维幽句。脉脉筠帘遮不定④，又一派、动人愁处。何处。是碧沼流花⑤，渔梁飞渡⑥。

　　频念访戴新盟⑦，把诗瓢挂了⑧，再携茶具。难买此时闲，况旧游曾住。裘马平生挥斥久⑨，付玉笛⑩、吹开迟暮。未暮。听松底鸥吟，万山春曙。

【编年】

此词无法确知具体创作年份。

【笺注】

①支筇（qióng）：犹言拄杖。筇，竹名，可以作杖，故亦用于泛指手杖。宋赵湘《野步》诗："原野宜秋步，支筇日欲斜。"明胡应麟《杪秋游金华芙蓉峰憩刘孝标读书处》诗："叠岭危梯挂碧天，支筇遥踏乱云前。"

②黛香：作画用的青黑色颜料散发的香气。明周是修《临清轩歌》诗："又不见富贵金阶白玉堂，美人如花珠黛香。"

③文杏两句：唐王维有《文杏馆》诗。诗曰："文杏裁为梁，香茅结为宇。不知栋里云，去作人间雨。"

④筠帘：竹帘。用竹篾或竹丝编制的帘子。多用遮蔽门窗。明邱濬《秋窗诗为羊城义士袁鉴作》诗："筠帘昼卷宝凫微，缃帙午寒金薤湿。"又《新秋晚兴》诗"忽看萤影度，一点缀筠帘。"

⑤碧沼：青绿色的池子。宋张抡《柳梢青》（柳色初匀）词："一阵东风，縠纹微皱，碧沼鳞鳞。"宋史浩《满庭芳·叔父庆宅并章服代作》词："画堂初建，碧沼映朱楹。"

⑥渔梁：鱼梁。筑堰拦水捕鱼的一种设施。宋王安石《歌元丰五首》诗其二："露积山禾百种收，渔梁亦自富虾鳅。"清查慎行《渡芦沟桥》诗："草草渔梁枕水边，石湖诗里想当年。"

⑦访戴：南朝宋刘义庆《世说新语·任诞》："王子猷（王徽之）居山

阴，夜大雪，眠觉，开室命酌酒。四望皎然，因起彷徨，咏左思《招隐诗》，忽忆戴安道（戴逵）。时戴在剡，即便夜乘小船就之。经宿方至，造门不前而返。人问其故，王曰：'吾本乘兴而行，兴尽而返，何必见戴？'"后因称访友为"访戴"。唐李白《酬坊州王司马与阎正字对雪见赠》诗："访戴昔未偶，寻嵇此相得。"

⑧诗瓢：见前《采桑子·怀香侯》注释⑥。

⑨裘马：见前《满庭芳·贺吴园次迁居》注释⑩。

⑩玉笛：见前《南乡子·陈集生遗酒》注释③。

前调　对菊

山家大有归来事①。草堂前、满眼横天秋思。台上采萸回②，又见薄裘初试。晋代残花开未了③，惯占却、许多情致。须记。爱几尺虾须④，酒边香细。　今夜短烛西窗，纵良朋见访，石床难寐⑤。锄菜此衰翁⑥，倚画栏十二。似锦年光消减尽，更叫月、蛩吟盈耳⑦。谁寄。怨飘叶空江，霜华千里⑧。

【编年】

此词无法确知具体创作年份。据词义，应作于曹溶晚年。

【笺注】

①归来事：见前《水龙吟·午日湖上》注释⑨。

②萸：即茱萸。植物名。香气辛烈，可入药。古俗农历九月九日重阳节，佩茱萸能祛邪辟恶。《西京杂记》卷三："九月九日，佩茱萸，食蓬饵，饮菊华酒，令人长寿。"唐王维《九月九日忆山东兄弟》诗："遥知兄弟登高处，遍插茱萸少一人。"

③晋代残花：指菊花。晋陶渊明爱菊，故称。

④虾须：茶名。宋杨伯嵒《臆乘·茶名》："茶之所产，'六经'载之详矣，独异美之名未备……若蟾背、虾须、鹊舌、蟹眼、瑟瑟尘、霏霏霭及鼓

浪、涌泉、琉璃眼、碧玉池,又皆茶事中天然偶字也。"

⑤石床:供人坐卧的石制用具。《西京杂记》卷六:"魏襄王冢,皆以文石为椁……中有石床,石屏风,婉然周正。"《南史·宋纪上·武帝》:"帝素有热病……坐卧常须冷物,后有人献石床,寝之,极以为佳,乃叹曰:'木床且费,而况石耶!'即令毁之。"唐许浑《寄题南山王隐居》诗:"更忆前年醉,松花满石床。"

⑥锄菜此衰翁:曹溶晚号锄菜翁。

⑦蛩吟:蟋蟀吟叫。宋柳永《倾杯》(鹜落霜洲)词:"离绪万端,闻岸草,切切蛩吟如织。"元马致远《夜行船·秋思》曲:"蛩吟罢,一觉才宁贴,鸡鸣时万事无休歇。"

⑧霜华:皎洁的月光。唐太宗《秋暮言志》诗:"朝光浮烧夜,霜华净碧空。"宋无名氏《六州》(垂炎运)词:"星彩动,霜华薄,禁阁漏声疏。"

瑞鹤仙　寿薛楚玉八月十三日　时在云中①

稚川仙灶碧②。向堂前、玉树好秋如滴③。嫦娥寄消息④。把徐圆蟾兔⑤,良宵留得。风流似昔。倩天香、飘来舞席⑥。看年年、琥珀杯浓⑦,浮出武夷山色⑧。　　相忆。五湖曲处⑨,锦帐珠围,海筹堆积⑩。安边报绩⑪。正愧见、陶彭泽。况江南时候,送鸿清调,遥映关门龙笛⑫。待携归、张翰鲈鱼⑬。为公座客。楚玉,闽人而居我里。

【编年】

此词作于清康熙二年癸卯(1663)至清康熙六年丁未(1667)曹溶官山西大同期间。

【笺注】

①薛楚玉,福建人,时居曹溶家乡。其他未详。云中,见前《采桑子·云塞秋夜》注释①。

②稚川:道家传说的仙都,为稚川真君所居。据传,唐玄宗时,僧契虚

入商山，遇桦子（肩背竹篓的商贩），同游山顶，见有城邑宫阙，玑玉交映于云霞之外。桦子指语："此仙都稚川也。"至一殿，见一人具簪笏，凭玉几而坐，其貌甚伟，侍卫环列，呵禁极严，曰是稚川真君。见唐张读《宣室志》卷一。按，稚川，晋葛洪字。葛洪好神仙之事，死后，人以为其成仙。仙灶，指学仙者炼丹之灶。唐王泠然《夜光篇》诗："初谓炼丹仙灶里，还疑铸剑神溪中。"

③玉树：神话传说中的仙树。唐李白《怀仙歌》诗："仙人浩歌望我来，应攀玉树长相待。"金元好问《幽兰》诗："钧天帝居清且夷，瑶林玉树生光辉。"

④嫦娥：见前《苏幕遮·中秋无月》注释⑧。

⑤徐圆蟾兔：指月亮。蟾兔，蟾蜍与玉兔。旧说两物为月中之精，因作月的代称。《古诗十九首·孟冬寒气至》："三五明月满，四五蟾兔缺。"唐欧阳詹《玩月》诗："八月十五夕，旧嘉蟾兔光。"

⑥天香：天庭中用的薰香。宋姜特立《声声慢·岩桂》词："云迷越岫，枫冷吴江，天香忽到人寰。"

⑦琥珀：指美酒。唐李贺《残丝曲》诗："绿鬓年少金钗客，缥粉壶中沉琥珀。"宋赵令畤《侯鲭录》卷一："（张文潜诗）'尊酒且倾浓琥珀，泪痕更著薄胭脂。'"

⑧武夷山：位于福建省武夷山市，是三教名山。自古为禅家栖息之地。保留很多宫观、道院和庵堂故址。

⑨五湖：见前《霜天晓角·同香山、敬可夜坐倦圃》注释③。

⑩海筹：即海屋筹添。原指长寿，后为祝寿之词。宋苏轼《东坡志林·三老语》："尝有三老人相遇，或问之年……一人曰：'海水变桑田时，吾辄下一筹，尔（迩）来吾筹已满十间屋。'"宋秦观《喜迁莺》（花香馥郁）词："花香馥郁。正春色平中，海筹添屋。"

⑪安边两句：曹溶此时任山西大同兵备道一职，职于安边。不能像陶渊明一样隐居。故曰。

⑫龙笛：指笛。据说其声似水中龙鸣，故称。语本汉马融《长笛赋》：

"龙鸣水中不见已,截竹吹之声相似。"后则多指管首为龙形的笛。

⑬张翰鲈鱼:张翰,字季鹰,西晋人。南朝宋刘义庆《世说新语》卷中之上《识鉴第七》:"张季鹰辟齐王东曹掾,在洛见秋风起,因思吴中菰菜羹、鲈鱼脍。曰:'人生贵得适意尔。何能羁宦数千里以要名爵?'遂命驾便归。俄而,齐王败。时人皆谓其见机。"

前调　和赤豹吊朱买臣①,墓在福城寺中②

问泉台俊杰③。曾掉下书囊,横飞金阙④。归来便华发⑤。况历残唐宋,几朝烟月。苍松叠雪。是樵斤⑥、留余枝叶。踏荒丘、三五僧雏,又见晚钟明灭。　伤别。罗裙迎马⑦,玉镜分鸾,那堪重说。阴风凄切⑧。孤眠处,尽鸣咽。想当时艳说,还乡富贵⑨,不道浮荣易歇。只稽山、远作丰碑,宛然汉物。

【编年】

此词无法确知具体创作年份。

【笺注】

①朱买臣:生卒年不详。字翁子,吴县(今属江苏)人。年少家贫,好学,经同乡推荐,拜官中大夫。因向武帝陈平定东越计策,获出任会稽太守。后因事被武帝诛杀于长安。

②墓在福城寺:《槜李诗系》载张尧同《朱买臣墓》诗后云:"附考:墓在郡城东三里东塔寺中。"

③泉台:见前《念奴娇·拜太白山人墓》注释⑪。

④金阙:道家谓天上有黄金阙,为仙人或天帝所居。唐杨炯《盂兰盆赋》:"晃兮瑶台之帝室,赩兮金阙之仙家。"

⑤华发:斑白的头发。宋苏轼《念奴娇·赤壁怀古》词:"故国神游,多情应笑我,早生华发。"清周亮工《次施尚白韵与陈伯玑》诗:"谁谓故人来,相顾无华发。"

⑥樵斤：砍柴的斧头。斤，斧子。宋彭汝砺《过岭上》诗："岩溜飞光动天上，樵斤遗响落云中。"元末明初善学《山房独坐》诗："草坡闻牧笛，松坞响樵斤。"

⑦罗裙三句：《前汉书》卷六十四上《朱买臣传》："朱买臣……家贫好读书，不治产业，常艾薪樵卖以给食。担束薪，行且诵书。其妻亦负戴相随，数止买臣勿歌呕道中，买臣愈益疾歌。妻羞之，求去。买臣笑曰：'我年五十当富贵。今已四十余矣，女苦日久，待我富贵报女功。'妻恚怒曰：'如公等终饿死沟中耳。何能富贵？'买臣不能留，即听去。其后买臣独行歌道中，负薪墓间。故妻与夫家俱上冢，见买臣饥寒，呼饭饮之。……会稽闻太守（按：买臣）且至，发民除道，县吏并送迎，车百余乘。入吴界，见其故妻，妻夫治道。买臣驻车呼，令后车载其夫妻到太守舍。置园中给食之，居一月，妻自经死。买臣乞其夫钱，令葬。"

⑧阴风：阴冷之风。南朝宋颜延之《北使洛》诗："阴风振凉野，飞雪瞀穷天。"宋范仲淹《岳阳楼记》："阴风怒号，浊浪排空。"

⑨还乡富贵：《前汉书》卷六十四上《朱买臣传》："上谓买臣曰：'富贵不归故乡，如衣绣夜行。今子何如？'买臣顿首辞谢。"

石州慢　咏雪

禁住梅花①，闲夜卷帘，银霰轻洒②。凭谁知我，绿樽罢举③，彩毫勤把④。茸裘破帽，傍他范蠡荒祠⑤，十年不鞚关城马⑥。重听打窗声，恰边愁偷写。　　牵惹。似曾年少⑦，翠厴垆头，宝筝楼下。翻借调冰，刻玉添成游冶。而今休矣，只剩松火堆盘，此身辜负鸳鸯瓦⑧。寒意满人间，任先生卧也。

【编年】

此词作于清康熙十六年丁巳（1677）冬。从上片"茸裘破帽，傍他范蠡荒祠，十年不鞚关城马"可约略得知，此时曹溶居里中，且已由大同归里十年。曹溶于清康熙六年丁未（1667）由大同裁缺归里，年底抵家。故可推知该词应创作于清康熙十六年丁巳（1667）。

【笺注】

①禁住：亦作"禁驻"。制约，约束，制住。《宋书·刘景素传》："候废帝出行，因众作难，事克奉景素。景素每禁驻之，未欲匆匆举动。"《红楼梦》第六五回："再加方才一席话，直将二人禁住。"

②银霰：白色小冰粒，多在下雪前或下雪时出现。

③绿樽：亦作"绿尊"，酒杯。南朝梁沈约《和谢宣城》诗："宾至下尘榻，忧来命绿樽。"唐钱起《送族侄赴任》诗："此时知小阮，相忆绿尊前。"

④彩毫：见前《烛影摇红·答香侯》注释⑦。

⑤范蠡荒祠：范蠡祠位于浙江嘉兴，金明寺旁。曹溶家邻之。

⑥十年句：谓距离骑马关塞的生涯已经十年之久。关城，关塞上的城堡。鞚（kòng），谓控制、驾驭马匹。宋苏轼《虢国夫人夜游图》诗："佳人自鞚玉花骢，翩如惊燕踏飞龙。"

⑦似曾五句：描绘往昔年少轻狂生活。

⑧鸳鸯瓦：成对的瓦，中国传统屋瓦形式，一俯一仰，形同鸳鸯依偎交合，故称鸳鸯瓦。南朝梁萧统《讲席将毕赋三十韵诗依次用》诗："日丽鸳鸯瓦，风度蜘蛛屋。"唐白居易《长恨歌》诗："鸳鸯瓦冷霜华重，翡翠衾寒谁与共。"

春云怨　铁崖招饮湖中①

心情似昨。识桄榔庵底②，一囊丘壑③。雨洗平蛮碑额④，铜鼓唱声歌不恶⑤。送客南还，凤凰山曲⑥，十二雕栏斗红药⑦。铁石肝肠，龙蛇翰墨⑧，肯负旧时诺。　　新酥试饼玻璃薄⑨。更洞庭春色，词人风味，画舫沿流汀畔泊⑩。酒语凄然⑪，半入浔阳，夜深弦索。绿鬓何如⑫，青衫在此⑬，泪与晚潮并落。

【编年】

此词作于清顺治十八年辛丑（1661）曹溶游杭期间。

【笺注】

①铁崖：见前《扬州慢·与林铁崖、陈鹿友、程古狂饮》注释①。

②桄榔庵：坐落于儋州市中和镇的南郊，是苏东坡谪居儋州时住了三年的处所。

③丘壑：乡村；幽僻之地。宋苏轼《乞罢学士除闲慢差遣札子》："臣多难早衰，无心进取，得归丘壑以养余年，其甘如荠。"宋袁去华《念奴娇》（竹阴窗户荐微凉）词："堪笑丘壑闲身，儒冠相误，著青衫朝市。"

④平蛮碑额：《平蛮三将题名碑》，记载北宋皇祐五年（1053）二月，宋将狄青、孙沔、余靖，在战败侬智高后，班师返回桂林，把参战将官以上三十多人姓名刻石树碑，碑高3.7米，宽2.2米，碑额为《平蛮三将题名》序曰："大宋皇祐四年夏，蛮贼侬智高，寇广南，陷十二郡，据邕州。其年九月，诏以枢密副使狄公，统兵南征，号二十万。明年正月己未，与贼战于邕之归仁，大破之。翌日复邕州，贼之余堂，遁于铜柱之外，二月丁亥，班师至桂林。"

⑤铜鼓：古代青铜打击乐器。由用作炊具的铜釜发展而成。流行于中国南方一些少数民族居住地区和东南亚一带，以中国出土最多。

⑥凤凰山：见前《唐多令·同晋贤泛舟》注释④。

⑦红药：见前《浣溪沙·闲情》注释④。

⑧龙蛇翰墨：形容书法生动有气势。唐李白《草书歌行》诗："时时只见龙蛇走，左盘右蹙旭惊电。"

⑨玻璃：指酒。宋陆游《蜀酒歌》诗："青丝玉瓶到处酤，鹅黄玻璃一滴无。"金元好问《踏莎行》（月挂琼钩）词："翠缕香凝，玉膏酒滟。仙翁莫诉玻璃满。"

⑩画舫：装饰华丽的游船。唐刘希夷《江南曲八首》诗其二："画舫烟中浅，青阳日际微。"清孙枝蔚《重游徐幼长园林》诗："门前增画舫，墙外落红梅。"

⑪酒语三句：曹溶此处引入唐白居易《琵琶行》典故，表达由广东左布政使降调后的失意。"半入浔阳"，《琵琶行》开篇有："浔阳江头夜送客，枫叶荻花秋瑟瑟"，故曰。弦索，弦乐器上的弦。亦借指弦乐器。唐元稹《连昌宫词》诗："夜半月高弦索鸣，贺老琵琶定场屋。"宋周邦彦《解连环》（怨怀无托）词："燕子楼空，暗尘锁、一床弦索。"

⑫绿鬓：指乌黑而有光泽的鬓发。形容年轻美貌。唐李白《怨歌行》诗："沉忧能伤人，绿鬓成霜蓬。"宋欧阳修《采桑子》（画楼钟动君休唱）词："去年绿鬓今年白，不觉衰容。"

⑬青衫：见前《醉花阴·席上》注释④。

前调　悼钱葆馚中翰①

最难将息②。怪山鬼不情③，催人如织。瘦损帝台鸾凤④，渤海迤南无翠色⑤。絮语萧斋⑥，无多时候，忽报莲花镂双翼。泡幻前生⑦，翩然梦断，笑拥众香国。　　卿云绚锦真当惜⑧。步西清复道⑨，蓬莱宫侧⑩。愁满瑶琴太相逼⑪。彩管尘飞⑫，孰赋吴天⑬，绿窗鹡鸰⑭。雅骨长留，九峰犹在⑮，但唤醉游未得。

【编年】

此词作于清康熙十八年己未（1679）。

【笺注】

①钱葆馚：钱芳标（1635—1679），初名鼎瑞，字宝汾。后易今名，字葆馚，号莼渔，别号蘅皋吟客。江苏华亭（今上海市松江县）人。明刑部侍郎士贵子。年十五补诸生，清康熙元年壬寅（1662）入太学，次年授中书舍人。清康熙五年丙午（1666）中顺天乡试，仍留院中。既而告终养。清康熙十七年戊午（1678）荐举博学鸿词，适丁母艰，不赴。以哀毁内伤，遂卒。著有《湘瑟词》，编选有《词鞕》。

②将息：调养休息。唐王建《留别张广文》诗："千万求方好将息，杏花

寒食约同行。"宋李清照《声声慢》（寻寻觅觅）词："乍暖还寒时候，最难将息。"

③山鬼：泛指山中鬼魅。唐杜甫《奉酬薛十二丈判官见赠》诗："卧病识山鬼，为农知地形。"元萨都剌《过居庸关》诗："草根白骨弃不收，冷雨阴风泣山鬼。"

④瘦损句：言钱葆酚去世后，帝阙失去贤俊之才。帝台，犹帝阙。唐骆宾王《和孙长史秋日卧病》诗："霍第疏天府，潘园近帝台。"宋范仲淹《送江南运使张傅度支》诗："启心知有嘉谟在，足乱云霓忆帝台。"鸾凤，喻贤俊之士。《楚辞·贾谊〈惜誓〉》："独不见夫鸾凤之高翔兮，乃集大皇之壄。"王逸注："以言贤者亦宜处山泽之中，周流观望，见高明之君，乃当仕也。"唐韩愈《重云李观疾赠之》诗："劝君善饮食，鸾凤本高翔。"此处指钱葆酚。

⑤迤（yǐ）：介词，向，往。

⑥絮语：连续不断地低声说话。明王錂《春芜记·邂逅》："听花前絮语情无已。"清陈廷敬《送穋恭兼寄尊甫射陵先生》诗："临风景豪贤，絮语不能默。"

⑦泡幻：谓虚幻。唐卢照邻《益州长史胡树礼为亡女造画赞》："犹为龟组相辉，不离泡幻之域；熊车结辙，尚迷苦爱之津。"宋王禹偁《月波楼咏怀》诗："身世喻泡幻，衣冠如赘瘤。"

⑧卿云：即庆云。一种彩云，古人视为祥瑞。《史记·天官书》："若烟非烟，若云非云，郁郁纷纷，萧索轮囷，是谓卿云。卿云见，喜气也。"清赵翼《养疾未愈书感》诗："岁晚沧江几回首，卿云五色丽高旻。"

⑨西清：西厢清净之处。《文选·司马相如〈上林赋〉》："青龙蚴蟉于东厢，象舆婉僤于西清。"郭璞注引张揖曰："西清者，厢中清净处也。"后指帝王宫内游宴之处。宋徐铉《茱萸》诗："长和菊花酒，高宴奉西清。"

⑩蓬莱：见前《清平乐·题壁》其三注释⑥。

⑪瑶琴：见前《浪淘沙·夜思同芝麓作》注释④。

⑫彩管：彩笔；笔的美称。清吴绮《宋武葵沧洲集序》："何妨角垫乌巾，

叶始从波,不觉毫飞彩管。"

⑬吴天:见前《清平乐·题壁》其二注释②。

⑭鹢鶒:见前《玉楼春·同止岳南湖舟中听歌》注释⑨。

⑮九峰:借喻九疑山。唐罗隐《湘妃庙》诗:"九峰相似堪疑处,望见苍梧不见人。"

喜迁莺　湖上,值朱子蓉①

菰芦暂起②。看古意夕阳,一肩行李。竹艇轻帆,锦囊新句③,浑似鹤洲烟水④。襆被吴山佳景⑤,柳外高楼频倚。临长笛,劝加餐不用,澄江双鲤。

狂喜与尔共⑥,松菊故园,少小陶朱里。瘴雨蛇悬⑦,边沙虎踞,我独尘埃驱使。世事浮沉失算,雪点垂垂过耳。再相遇、只挝鼓灯前⑧,赏花杯底。

【编年】

此词下片"瘴雨蛇悬,边沙虎踞,我独尘埃驱使",为曹溶总结南至广东,北到山西的人生经历,故可推知此词应作于清康熙六年(1667)曹溶山西大同归里以后。

【笺注】

①朱子蓉:朱茂暻(1626—1690),字子蓉,号东溪。朱彝尊第十五叔。明崇祯年间秀水县学生。明亡后,甘为遗民,穷老湖山。居室曰"城南别墅""镜云亭",别业曰"东溪草堂"。工书法,擅诗词文。著有《镜云亭集》《东溪草堂诗余》。

②菰芦:菰和芦苇。此借指隐者所居之处。三国蜀诸葛亮《称殷礼》:"东吴菰芦中,乃有奇伟如此人。"明冯梦龙《〈智囊补〉自叙》:"余菰芦中老儒尔。"

③锦囊:见前《万年欢·答星期》注释③。

④浑似句:言眼前景象犹如鹤洲风景。鹤洲,在嘉兴鸳鸯湖畔。唐代著名宰相裴休曾在此建造别墅,但久已荒废。朱葵石在其遗址上疏浚河道,广

植树木，重新再造。北京故宫博物院现藏明项圣谟绘制《放鹤洲图》，作者自题曰："此洲即唐时裴公美别业放鹤洲也。在吾禾鸳鸯湖畔，荒废久之。朱葵石筑以浚以树，将四十年，宛若深山盘涧。今癸巳九月招予舟泛，有诗别录为补。是图以纪其胜，林泉之乐不遇是矣。登高后五日书于朗云堂。"

⑤襆被：用包袱裹束衣被，意为整理行装。《晋书·魏舒传》："入为尚书郎。时欲沙汰郎官，非其才者罢之。舒曰：'吾即其人也。'襆被而出。"唐宋之问《桂阳三日述怀》诗："载笔儒林多岁月，襆被文昌事吴越。"

⑥狂喜三句：言溶与朱子蓉同乡。陶朱里，范蠡晚年寄居处，为曹溶与朱子蓉家乡。

⑦瘴雨三句：曹溶曾任职于广东和山西大同，故曰。

⑧挝（zhuā）鼓：敲鼓。唐岑参《与独孤渐道别长句兼呈严八侍御》诗："军中置酒夜挝鼓，锦筵红烛月未午。"清陈维崧《水龙吟·江行望秣陵作》词："何处回帆挝鼓，更玉笛数声哀怨。"

绮罗香　云中吊古①

垒学流云②，沟成积雪③，摇落城头军鼓。锁钥千门④，高去旧京尺五⑤。杂花映、美酒人家，软沙到、玉骢归路⑥。诧无端、衰草牛羊，边声瞬息便今古⑦。　　金舆曾过宴赏⑧，愁入瑶筝变⑨，魏貅新谱⑩。锦帐嫌寒，肯管征人辛苦。看辇道、数改莺啼，有乱山、不随黄土。几时再、杨柳春风，朱楼灯下舞⑪。

【编年】

此词作于清康熙二年癸卯（1663）至清康熙六年丁未（1667）曹溶官山西大同期间。

【笺注】

①云中：见前《采桑子·云塞秋夜》注释①。

②垒学流云：言大同城墙像流云般消散。垒，军壁，阵地上的防御工事。

此处指大同城墙。

③沟：护城河。

④锁钥千门：指大同城门很多。锁钥，喻指在军事上相当重要的地方。此处指大同。大同地理形势险峻，顾祖禹《读史方舆纪要》卷四十四《大同府》："府东连上谷，南达并恒，西界黄河，北控沙漠，居边隅之要害，为京师之藩屏……府据天下之脊，自昔用武地也。"故有"大同北门锁钥"之称。千门，乾隆《大同府志》卷十二《建置·大同县附郭·城池》："明洪武五年，大将军徐达因旧土城增筑，周十三里，高四丈二尺。址砌以石墙，甃以砖门四，东曰和阳，南曰永泰，西曰清远，北曰武定。门各建楼，角楼四，望楼五十有四，窝铺九十有六。西半属大同前卫，东半属大同后卫。西北角楼较益雄壮，扁曰'乾楼'。景泰间巡抚年富，于城北筑小城，周六里，高三丈八尺，东南北门凡三，东曰长春，南曰大夏，北曰元冬。天顺间巡抚龚雍续筑东小城，南小城，各周五里，池深一丈五尺。东小城门凡三，南小城门凡四。嘉靖三十九年，巡抚李文进加高南小城八尺，隆庆间巡抚刘应箕增高一丈，增厚八尺，石砌砖包，建门楼四。万历二十年，南小城北门楼改建文昌阁，二十八年总兵郭琥砖甃女墙，三十年巡抚房守土重修。"可知大同城城门多，角楼、望楼、窝铺、门楼多。

⑤高去句：言顺治五年（1648）姜瓖领导的反清复明运动失败后，多尔衮拆除大同城墙以泄久攻不下之愤。《清实录·世祖章皇帝实录》："（顺治六年九月二日），谕和硕英亲王：斩献姜瓖之杨振威等二十三员及家属，并所属兵六百名，俱著留养，仍带来京。其余从逆之官吏兵民尽行诛之。将大同城垣自垛撤去五尺。"

⑥玉骢归路：暗指明朝三位皇帝曾到大同巡边、宴赏边军。《明史》卷七《成祖本纪三》："（永乐十二年春三月）庚寅，发北京，皇太孙从。夏四月甲辰朔，次兴和（按：属大同府），大阅。己酉，颁军中赏罚号令。庚戌，设传令纪功官。"《明史》卷十《英宗前纪》："（正统十四年）秋七月己丑，瓦剌也先寇大同，参将吴浩战死，下诏亲征……甲午，发京师……丁酉，次居庸关……丙午，次阳和。八月戊申，次大同。"《明史》卷十六《武宗本纪》：

· 232 ·

"（正德十二年秋八月）丙寅，夜微服出德胜门，如居庸关。辛未，出关，幸宣府……九月……壬辰，如阳和……冬十月……辛亥……驻跸大同。"

⑦边声句：言边疆的战争定局明清鼎革。边声，指清军入侵中国与姜瓖领导的大同反清战争，瞬息便今古，指战争结束，清代替明，遂成历史上今古之别。

⑧金舆句：指明朝皇帝到大同巡边事。详见注释⑥。

⑨瑶筝：见前《采桑子·寄赤豹》注释⑤。

⑩貔貅：见前《玉漏迟·宣府严弁宅女乐》注释⑥。

⑪朱楼：红楼。暗指朱明王朝。明朝朱姓，朱，红也。明末清初诗词作者多以红楼喻指明朝，以抒故国情怀。清徐灿《风流子·同素庵感旧》词："谢前度桃花，休开碧沼，旧时燕子，莫过朱楼。"

探春慢　立夏日，看汪园莺粟①

湖雨斜收，锦帆脉脉，闲游一任疏散。弄酒台荒，买歌金尽，白发难教且缓②。闻道临风处，剩无数、腰肢香软③。愁红怨绿平分④，韶光还放轻暖⑤。　　细数隔年花信⑥，过老圃商量，翠屩重剪。乳燕来时，杜鹃啼后，别占谁家池馆。不向东君笑⑦，似失路、琵琶天远⑧。客里怜伊，凭栏唤将春转。

【编年】

此词无法确知具体创作年份。

【笺注】

①汪园：浙江富商汪尔泰园。据清人徐庆滨《信征录》载，杭州大商汪尔泰，世代业盐，遂成巨富。又中武进士。清康熙十年辛亥（1671）间，于北关武林门内穷极土木，构造大园。莺粟，罂粟。二年生草本植物，花红色、粉红色、白色，可供观赏，果实球形，可入药。

②白发句：言无计减慢黑发变白，感叹时光飞逝。

③腰肢香软：状莺粟花枝柔软。

④愁红怨绿：喻莺粟花与叶。

⑤韶光：见前《蝶恋花·杏花》注释③。

⑥花信：见前《醉花阴·云署五月，初见芍药》注释⑤。

⑦东君：司春之神。唐王初《立春后作》诗："东君珂佩响珊珊，青驭多时下九关。"宋辛弃疾《满江红·暮春》词："可恨东君，把春去，春来无迹。"

⑧似失路句：用昭君出塞典故，喻指春归花落，凋尽美丽容颜。

霓裳中序第一　咏镜

绣囊冷云软①。古意何年读秦篆②。余的的③、水心清浅。伴罗荐春衫④，珠珰玉串⑤。凝愁不卷。似新蟾⑥、楼侧初转。怪生就、影儿无几，终日向人满⑦。　消遣。彩丝双绾。仗频磨、铅华吹暖⑧依然相对天远。况霜杵魂惊，淋铃路断⑨。浓妆近来懒。只描得、长蛾一半⑩。菱花里⑪、自看妖冶⑫，却胜薄情眼。

【编年】

此词无法确知具体创作年份。

【笺注】

①绣囊句：言镜子装在有绣花的布袋里。绣囊，绣花的袋子。唐陆龟蒙《邺宫词二首》诗其一："魏武平生不好香，枫胶蕙炷洁宫房。可知遗令非前事，却有余薰在绣囊。"

②秦篆：即小篆。《汉书·艺文志》："《苍颉》七章者……文字多取《史籀篇》，而篆体复颇异，所谓秦篆者也。"南朝梁刘勰《文心雕龙·练字》："秦灭旧章，以吏为师，乃李斯删籀而秦篆兴，程邈造隶而古文废。"

③的的：光亮、鲜明貌。唐陈子昂《宿空舲峡青树村浦》诗："的的明月水，啾啾寒夜猿。"明徐渭《宣府槐龙篇》诗："的的朱门照，霏霏绿雾濛。"

④罗荐：丝织席褥。唐刘禹锡《秦娘歌》诗："长鬟如云衣似雾，锦茵罗荐承轻步。"宋周邦彦《玲珑四犯》（秾李夭桃）词："夜深偷展香罗荐。暗窗前、醉眠葱蒨。"

⑤珠珰：缀珠的耳饰。汉刘桢《鲁都赋》："插曜日之珍笄，珥明月之珠珰。"宋张孝祥《咏雪》诗："东皇携春来，属车载霓裳。回风作妙舞，杂佩鸣珠珰。"

⑥新蟾：新月。神话传说月中有三足蟾蜍，因以蟾代称月。唐温庭筠《夜宴谣》诗："高楼客散杏花多，脉脉新蟾如瞪目。"宋贺铸《菩萨蛮》（朱甍碧树莺声晓）词："眉样学新蟾，春愁入翠尖。"

⑦终日向人满：镜为圆形，不似新月，故云。

⑧铅华：借指妇女的美丽容貌、青春年华。晋葛洪《抱朴子·畅玄》："冶容媚姿，铅华素质，伐命者也。"唐韦庄《抚盈歌》诗："铅华窅窕兮秋姿，棠公胚蜜兮靡依。"

⑨淋铃：指雨声。唐韦庄《宿蓬船》诗："夜来江雨宿蓬船，卧听淋铃不忍眠。"宋韦骧《宿上亭驿》诗："淋铃尽想当时雨，吼地愁闻竟夕风。"

⑩长蛾：指妇女所画细长的眉毛。唐冯贽《南部烟花记·螺子黛》："炀帝宫中，争画长蛾。司官吏日给螺子黛五斛，出波斯国。"宋吴文英《扫花游·西湖寒食》词："正笙箫竞渡，绮罗争路。骤卷风埃，半掩长蛾翠妩。"

⑪菱花：菱花镜。因镜背面刻有菱花，故称。亦泛指镜。宋方千里《倒犯》（尽日）词："任鬓发霜侵，莫待菱花照。"宋孙居敬《喜迁莺·晓行》词："这滋味，最不堪两鬓，菱花羞觑。"

⑫妖冶：艳丽。宋郑刚中《清明前十日大雪二首》诗其一："天为韶阳太妖冶，故令蓊水作清严。"宋王柏《和立斋橘花韵》诗："万物竞妖冶，二气劳氤氲。"

南浦　木瓜①，用张叔夏体②

庭下结芳心。好移栽，碧甃梧桐双井③。犹记蕊初含，妆痕淡、娇学棠梨红静④。金飙剪剪⑤,抱枝才觉轻衫冷。仙露成团秋弄色⑥,缥绿微赪难定⑦。

摘归珠阁相偎⑧,奈温柔不改,花时本性。谁忍泛香瓯,罗帷里、旋买玉盘高映⑨。余酣乍醒。夜来纤手和香凝。明把春情逗着,还许疗人愁病。

【编年】

此词无法确知具体创作年份。

【笺注】

①木瓜:又叫海棠梨、铁脚梨,性温、味甘酸,主产四川、湖北、安徽、浙江,而以安徽宣州木瓜为佳。未成熟者可作为蔬菜食用;成熟后可当作水果生食。果皮光滑,果肉厚实,香浓汁多,极富营养。

②张叔夏:张炎(1248—1320),字叔夏,号玉田,晚年号乐笑翁。祖籍陕西凤翔。六世祖张俊,宋朝著名将领。父张枢,"西湖吟社"重要成员,妙解音律,与周密相交。前半生居于临安,生活优裕,而宋亡以后则家道中落,晚年漂泊落拓。著有《山中白云词》。

③碧甃:青绿色的井壁。此处借指井。唐卢照邻《乐府杂诗序》:"紫楼金阁,雕石壁而镂群峰;碧甃铜池,俯银津而横众壑。"宋徐铉《忆新淦舫池寄孟宾于员外》诗:"自有溪光还碧甃,不劳人力递金船。"

④棠梨:见前《满庭芳·李晋王墓下作》注释⑫。

⑤金飙:秋季急风。明夏完淳《秋郊赋》:"届素律而厉威,搏金飙而矫势。"清陈维崧《念奴娇·月夜看桂花》词:"凄清庭院,乍金飙压下一天黄雪。"

⑥仙露:露水的美称。宋张先《更漏子》(寒鸿高)词:"寒鸿高,仙露满。秋入银河清浅。"宋程珌《鹧鸪天·汤词》词:"凡骨变,骤清凉。何须仙露与琼浆。"

⑦缥绿句:言木瓜颜色有变化。缥绿,青绿色。唐沈亚之《谊鸟录》:"谊鸟性与他禽不类。色缥绿而文颈,形大小类鹨而意气状貌复不类。"赪(chēng),指颜色变红。宋陆游《养疾》诗:"菊颖寒犹小,枫林晓渐赪。"

⑧珠阁:华丽的楼阁。唐李白《双燕离》诗:"玉楼珠阁不独栖,金窗绣户长相见。"清黄景仁《登千佛阁》诗:"珠阁望岩峣,飞甍切星汉。"

⑨罗帷句：言月光高映帷幔中的木瓜。罗帷，丝制帷幔。汉刘向《说苑·善说》："居则广厦邃房，下罗帷，来清风。"唐张鷟《游仙窟》："锦障划然卷，罗帷垂半敲。"玉盘，喻圆月。唐李白《古朗月行》诗："小时不识月，呼作白玉盘。"

前调　寄香侯①

无限故人怀，住荒溪，渔市晚来天气。赤手散千金，归来早，快意药炉风细。豪游旧梦，凤凰楼侧花骢系②。徒识祖生③，鞭尚在④，博得几番清涕。

新晴欲买轻舟，启书帏研北⑤，苔香满砌。长负酒家钱，诗喉渴、同对隔墙螺髻⑥。关愁不小，劫灰身世谁根蒂⑦。也知青雪催春近，别后荆扉深闭。

【编年】

此词作于清康熙六年丁未（1667）曹溶由大同归里之后。

【笺注】

①香侯：见前《采桑子·怀香侯》注释①。

②花骢：即五花马。唐杜甫《骢马行》诗："邓公马癖人共知，初得花骢大宛种。"宋周邦彦《夜飞鹊·别情》词："花骢会意，纵扬鞭，亦自行迟。"

③祖生：祖逖（266—321），字士稚，范阳遒县（今河北涞水）人。东晋初期著名的北伐将领。曾率众渡江，中流击楫而誓曰："祖逖不能清中原而复济者，有如大江！"辞色壮烈，众皆慨叹。

④鞭尚在：《晋书》卷一百十四《苻坚传下》："（坚曰）虽有长江其能固乎？以吾之众旅，投鞭于江，足断其流。"

⑤书帏：犹书斋。唐杜甫《雨四首》诗之二："高轩当滟预，润色静书帏。"

⑥螺髻：螺壳状的发髻。此处借美女。晋崔豹《古今注·鱼虫》："童子结发，亦为螺髻，亦谓其形似螺壳。"宋辛弃疾《水龙吟·登建康赏心亭》词："遥岑远目，献愁供恨，玉簪螺髻。"

⑦劫灰身世：身世遭遇战乱。劫灰，本谓劫火的余灰。南朝梁慧皎《高僧传·译经上·竺法兰》："昔汉武穿昆明池底，得黑灰，问东方朔。朔云：'不知，可问西域胡人。'后法兰既至，众人追以问之，兰云：'世界终尽，劫火洞烧，此灰是也。'"后因谓战乱或大火毁坏后的残迹或灰烬。宋陆游《数年不至城府丁巳火后始见》诗："陈迹关心已自悲，劫灰满眼更增欷。"曹溶遭遇明清鼎革，故云"劫灰身世"。

送入我门来　夏日塞上①

山射蛟冰②，墙高燕麦，桃花五月难开。魏家遗迹③，石马绣深苔。连宵羌管离亭奏，写一半、江淹赋恨才④。春何在。只有风翻雨圻，前日池台。南国嬉游此日⑤，抛残堕钗枕簟，湖上安排。遍种红蕖⑥，潮动画船回。数年不见轻罗扇，听银箭⑦、空将蜡炬催。祝良宵好梦，个人相送，到客窗来。

【编年】

此词作于清康熙二年癸卯（1663）至清康熙六年丁未（1667）曹溶官山西大同期间。

【笺注】

①塞上：边境地区。亦泛指北方长城内外。此处指曹溶任所山西大同。

②山射三句：极言塞上气候寒冷。蛟冰，即冰。古人认为洪水为蛟所发，故称洪水为蛟水。因塞上天气寒冷，山上洪水发出来即变成冰。故曰。唐沈佺期《奉和立春游苑》诗："风射蛟冰千片断，气冲鱼钥九关开。"明陆深《浣溪沙·都下思家》词："绿送蛟冰出御沟，黄回鹅柳覆朱楼。"燕麦，又称雀麦，野麦子，禾本科植物，耐寒，抗旱。

③魏家两句：魏家，指魏仁浦。魏仁浦（911—969），字道济，卫州汲（今河南卫辉市）人。五代后周至北宋初年宰相。历官后晋小吏、后周枢密都承旨、中书侍郎、平章事。宋初，进位右仆射，从征太原中途病死。石马，石雕的马。古时多列于帝王及贵官墓前。《西京杂记》卷五："余所知陈缟，

质木人也，入终南山采薪还，晚，趋舍未至，见张丞相墓前石马，谓为鹿也，即以斧挝之，斧缺柯折，石马不伤。"宋梅尧臣《叶大卿挽辞三首》诗其三："石马天麟肖，松枝国栋成。"

④江淹赋恨才：南朝江淹曾作《恨赋》，故云。

⑤南国三句：忆往昔居乡时欢乐时光。南国，泛指我国南方。《楚辞·九章·橘颂》："受命不迁，生南国兮。"王逸注："南国，谓江南也。"三国魏曹植《杂诗七首》诗其五："南国有佳人，容华若桃李。"曹溶家乡位于南方，故称。

⑥红蕖：红荷花。蕖，芙蕖。唐李白《越中秋怀》诗："一为沧波客，十见红蕖秋。"宋王安石《筹思亭》诗："数株碧柳苍苔地，一丈红蕖绿水池。"

⑦银箭：指银饰的标记时刻以计时的漏箭。宋葛立方《蝶恋花·冬至日席上》词："日永绣工才一线。挈壶已报添银箭。"清吴伟业《洛阳行》诗："铜扉未启牵衣谏，银箭初残泪如霰。"

花心动　与篛庵诸子夜泛①

吴越名都②，倚船窗，满幅髯苏游稿③。翠滴愁霖④，玉喷飞泉⑤，催客酿成清醑⑥。浮沉四海无拘系⑦，论麋鹿、何知烦恼。探囊底、题花彩笔，可随春老。　　已挂城头片月，有红粉新妆⑧，慰人怀抱。左把金蕉⑨，又把珠钿，极目万山清晓。夜深鹤背寒如水⑩，终难称、麻姑纤爪⑪。愿挥手、蓬瀛只生江表⑫。

【编年】

此词作于清顺治十八年辛丑（1661）曹溶游杭期间。时篛庵寓居西湖。

【笺注】

①篛庵：见前《玲珑四犯·答袁篛庵》注释①。

②吴越名都：指杭州。

③髯苏：见前《浣溪沙·闲情》注释①。

④愁霖：久雨。雨久使人愁，故称。《初学记》卷三引《纂要》："雨久曰苦雨，亦曰愁霖。"宋朱熹《秋夕怀子厚二首》诗其二："浮云蔽中天，愁霖隔秋窗。"

⑤飞泉：喷泉。宋张抡《踏莎行·山居十首》词其二："一道飞泉，来从何许。"宋李洪《满江红·和监田驿驹父留题》词："轻木凌波冲卷雪，飞泉奔壑鸣哀玉。"

⑥清醥（piǎo）：清酒。唐杜甫《聂耒阳书致酒肉》诗："礼过宰肥羊，愁当置清醥。"仇兆鳌注："酒清曰醥。"宋王洋《近冬至祭肉未给因叙其事》诗："待得故乡兵马空，共买羔羊荐清醥。"

⑦浮沉两句：言摆脱仕途尘累，生活闲适，无烦忧。

⑧红粉新妆：指佳人。

⑨金蕉：见前《唐多令·沈石友宅，同王觉斯听歌达旦》注释⑧。

⑩鹤背：鹤的脊背。传说为修道成仙者骑坐处。唐司空图《杂题二首》诗其二："世间不为蛾眉误，海上方应鹤背吟。"金元好问《步虚词三首》诗其一："三更月底鸾声急，万里风头鹤背高。"

⑪麻姑：神话中仙女名。传说东汉桓帝时曾应仙人王远（字方平）召，降于蔡经家，为一美丽女子，年可十八九岁，手纤长似鸟爪。蔡经见之，心中念曰："背大痒时，得此爪以爬背，当佳。"方平知经心中所念，使人鞭之，且曰："麻姑，神人也，汝何思谓爪可以爬背耶？"宋祝穆《贺新郎》（此木生林野）词："肌肤薄、长身挺立，扶疏潇洒。定怯麻姑爬痒爪，只许素商陶冶。"宋徐瑞《点绛唇》（多事春风）词："梦入瑶台，搔背麻姑爪。还惊觉。杜鹃啼早。"

⑫蓬瀛：蓬莱和瀛洲。神山名，相传为仙人所居之处。亦泛指仙境。宋辛弃疾《绿头鸭·七夕》词："笑此夕、金钗无据，遗恨满蓬瀛。"宋章斯才《水调歌头·寿杨宪》词："楚观连天境界，四景撩人风物，身世自蓬瀛。"

前调　得荩臣书报之①

闻笛楼头，剖双鱼②、当关残照。柳作氍毹③，莺送笙竽④，才称狂奴风调。酒龙渴饮澄湖隘⑤，记射虎、雕弓犹啸。更何日、鹍弦再鼓⑥，侧檐前帽。　　见说天翁有意，出千种徘徊，摧人年少。僝僽心情⑦，瘦损身躯，三月黄鹂乱叫。稽山百仞清难极⑧，遥传与、个侬知道⑨。且收拾，芒鞋好春还到⑩。

【编年】

此词无法确知具体创作年份。

【笺注】

①荩臣：见前《鹧鸪天·送项嵋雪游山阴，兼讯刘荩臣》注释①。

②双鱼：特指书信。典出汉无名氏《饮马长城窟行》诗："客从远方来，遗我双鲤鱼。"

③氍毹：见前《满庭芳·止岳有和忆广南胡家二姬之作，再赋》注释③。

④笙竽：笙和竽。因形制相类，故常联用。竽和笙属乐器，有三十六簧。晋左思《吴都赋》："盖象琴筑并奏，笙竽俱唱。"唐杜甫《玉华宫》诗："万籁真笙竽，秋色正萧洒。"

⑤酒龙句：酒龙，以豪饮著名的人。唐陆龟蒙《自遣三十首》诗其八："思量北海徐刘辈，枉向人间号酒龙。"宋葛长庚《贺新郎·别鹤林》词："来此人间不知岁，仍是酒龙诗虎。做弄得、襟情如许。"澄湖，见前《扬州慢·与林铁崖、陈鹿友、程古狂饮》注释④。

⑥鹍弦：见前《临江仙·旅恨》注释⑦。

⑦僝僽（chán zhōu）：烦恼；愁苦。宋周紫芝《宴桃源》（帘幕疏疏风透）词："宽尽沈郎衣，方寸不禁僝僽。"宋辛弃疾《贺新郎·赋水仙》词："烟雨凄迷僝僽损，翠袂摇摇谁整。谩写入、瑶琴幽愤。"

⑧稽山：会稽山的省称。唐李白《送友人寻越中山水》诗："闻道稽山

去，偏宜谢客才。"宋陆游《沈园二首》诗其二："此身行作稽山土，犹吊遗踪一泫然。"

⑨个侬：这人；那人。宋范成大《余杭初出陆》诗："霜毛瘦骨犹千骑，少见行人似个侬。"清纳兰性德《临江仙·永平道中》词："械书欲寄又还休，个侬憔悴，禁得更添愁。"

⑩芒鞋：用芒茎外皮编织成的鞋。亦泛指草鞋。唐张祜《题灵隐寺师一上人十韵》诗："朗吟挥竹拂，高揖曳芒鞋。"宋苏轼《宿石田驿南野人舍》诗："芒鞋竹杖自轻软，蒲荐松床亦香滑。"

永遇乐 雁门关①

眼底秋山②，旧来风雨，横槊之处。壁冷沙鸡③，巢空海燕，各是酸心具。老兵散后④，关门自启，脉脉晚愁穿去。一书生、霜花踏遍，酒肠涩时谁诉。阑珊鬓发⑤，萧条衣帽，打入唱骊新句。回首神州⑥，重重遮断，惟有翻空絮。岁华贪换，刀环落尽⑦，草际夕阳如故。嗟同病⑧、南冠易感，登楼莫赋。

【编年】

此词作于清康熙二年癸卯（1663）至清康熙六年丁未（1667）曹溶官山西大同期间。

【笺注】

①雁门关：《吕氏春秋》："天下九塞，勾注其一。"勾注关即雁门关。顾祖禹《读史方舆纪要》卷三十九《山西一》："雁门关在代州北四十里，为戍守重地，与宁武、偏头为山西三关（所谓外三关也）。关城周二里有奇，傍山就险，屹为巨防。"又云："勾注山在太原代州西北二十五里，一名西陉山，亦曰雁门。"雁门关在雁门山顶上，傍山就险，屹为巨防，是山西北部、中部之间的交通咽喉，具有重要的战略作用，历来为兵家必争之地。

②眼底三句：言雁门关曾是明代和明清易代之际战场。明末塞外满军与明朝和议不成，满军从雁门关进入侵犯塞内。《明史》卷二十四《庄烈帝

二》："（崇祯十五年十一月）壬申，大清兵分道入塞，京师戒严。"《清实录·太宗文皇帝实录》崇德七年（1642）："十一月五日，从界岭口毁边墙而入。有明大同兵二千五百人，往守山海关。行粮缺乏，在抬头营驻扎。我军将入长城，即来拒战，我护军及骑兵两路击败之。获马四百三十三匹。席特库明礼布等奏言，右翼兵前进，地隘路险，俱单骑而进。未入长城时，擒明卒问之，言距黄崖口外四十里余，有石城关甚隘……又距二十里有雁门关，用石筑砌，内有大炮四位，步兵一百，两处伏藏地雷。遂遣前锋兵，同汉军每旗兵五名，骁骑校一名，乘夜拆毁两关。取其地雷，守关抵兵不及施炮，俱为我军所戮。"清顺治六年己丑（1649），大同总兵姜瓖举义反清后，引起山西几乎遍布全省的反清战争。其中著名的一支反清义军就是代州刘迁领导的义军。《清史列传·姜瓖传》："刘迁者，亦明废弁也，纠亡命，受伪左大将军职，略雁门关及代州、繁峙、五台等邑。"

③壁冷三句：隐指清顺治六年己丑（1649）守卫雁门关的刘迁反清义军战败，雁门关失守。言自雁门关失守至今，雁门关一片萧条景象，令人无限伤心。沙鸡，鸟名。形似鸽，嘴小，翅尖长，脚短，只有三趾。生活于草原地带。主要吃植物种子。为不定性的冬候鸟。肉可食。

④老兵三句：暗示守卫雁门关者的抵抗，以及抵抗失败后关门洞开，反清失败。老兵，隐指守卫雁门关的刘迁反清义军战士。

⑤阑珊三句：言溶落魄困窘之际，为明朝唱起挽歌。"阑珊鬓发，萧条衣帽"，暗示词人之落魄困窘。唱骊，即骊唱、骊歌，指告别的歌。唐李毅《浙东罢府西归酬别张广文皮先辈陆秀才》诗："相逢只恨相知晚，一曲骊歌又几年。"

⑥神州：见前《法曲献仙音·南汉铁塔》注释⑧。

⑦刀环：刀头上的环。清王秀楚《扬州十日记》："刀环响处，怆呼乱起。"清方维仪《旅夜闻寇》诗："生民涂炭尽，积血染刀环。"

⑧嗟同病两句：暗示词人登高则引故国之思。南冠，《左传·成公九年》："晋侯观于军府，见钟仪。问之曰：'南冠而絷者谁也？'有司对曰：'郑人所献楚囚也。'"后作羁囚的代称。曹溶以"南冠"自比，可见其出仕清朝的心

· 243 ·

态。"登楼莫赋",王粲避乱荆州,依附刘表,登城楼而作《登楼赋》,有云:"虽信美而非吾土兮,何曾足以少留","人情同于怀土兮,岂穷达而异心。"

前调　芜城答宗定九①

杯酒平生,乍分烟月,良友难遇。琼蕊城边②,开襟话旧,俯仰论吴楚。芙蓉别苑,几年增筑,管领艳秋虫语。问人间、谁当行乐,啖名只成相误③。

香词脱腕,碧茸绀蝶④,羞与周秦为侣⑤。客艇空江,系花不定,同属关情处。勤来慰我,雪毛盈顶⑥,万事莫如乡路。愁肠动⑦,吴州聚铁,难将错铸。

【编年】

曹溶于清顺治四年丁亥(1647)正月被革职,回籍后一度寓居苏州,直到清顺治八年辛卯(1651)归里。此词或应作于寓居苏州期间,往来芜城扬州之时。清顺治二年乙酉(1665),扬州遭屠城,亦与"芜城"相符。

【笺注】

①芜城:指扬州。南朝宋鲍照曾作《芜城赋》以讽广陵之荒芜。清顺治二年乙酉(1645)四月,扬州遭多铎领导的清军屠城,亦荒芜。故称。宗定九,见前《念奴娇·为宗定九赋东序草堂,和顾庵弟韵》(金风吹遍)注释①。

②琼蕊城:扬州。琼蕊,即琼花。扬州有珍贵琼花,故称。详见前《齐天乐·钱尔斐过访》注释⑬。

③啖(dàn)名句:暗示溶对自己入仕清朝的懊悔。啖名,好名。谓贪名之甚,犹如饮食。南朝宋刘义庆《世说新语·排调》:"简文在殿上行,右军与孙兴公在后。右军指简文语孙曰:'此啖名客。'简文顾曰:'天下自有利齿儿。'"

④碧茸绀(gàn)蝶:喻指无聊之作。碧茸,指碧绿松软的草茵。唐韩翃《奉和元相公家园即事寄王相公》诗:"回车青阁晚,解带碧茸深。"绀

蝶，昆虫名。

⑤周秦：指北宋著名词人周邦彦、秦观。二人词以婉约香艳著称。

⑥雪毛盈顶：指满头白发。

⑦愁肠动三句：承接上片末句，言误入清朝仕途，悔铸大错。

尉迟杯　有感

鸾箫寂①。向晚岁、难藉交游力。奚囊谁贮骊珠②，剑气楼中傲客。苴裘小敝，赊酒惯、阳昌定相识。约梅花、早发岩坰③，雪销来听横笛。　曾经绣被银鞍，向粉黛深丛，大写胸膈④。市上卖呆呆不了⑤，徒仰睇、星河夜白⑥。纵龙塞、有人深忆⑦，漂泊去、清江寄孤翮。为腊醅⑧、访遍村帘，寸肠休放愁人。

【编年】

此词作于清康熙六年丁未（1667）曹溶由大同归里之后。

【笺注】

①鸾箫：箫的美称。元刘壎《西湖明月引·用白云翁韵送客游行都》词："目断京尘，何日听鸾箫？"明无名氏《霞笺记·霞笺题字》："听秦楼一派鸾箫，闻巷陌几声筝调。"

②奚囊：唐李商隐《李长吉小传》："每旦日出，与诸公游，恒从小奚奴，骑距驴，背一古破锦囊，遇有所得，即书投囊中。"后因称诗囊为"奚囊"。宋楼钥《山阴道中》诗："奚囊莫怪新篇少，应接山川不暇诗。"骊珠，一种珍贵的珠，传说出自骊龙颔下，故名。又以之喻珍贵的人或物。唐元稹《赠童子郎》诗："杨公莫讶清无业，家有骊珠不复贫。"此处喻诗句。

③岩坰（jiōng）：犹山野。唐白居易《答桐花》诗："如何有此用，幽滞在岩坰；岁月不尔驻，孤芳坐凋零。"

④胸膈：犹胸怀、胸臆。宋苏舜钦《过濠梁别王原叔》诗："余生性阔疏，逢人出胸膈。"清赵翼《瓯北诗话·查初白诗》："然放翁多自写胸膈，

非因人因地曲折以赴，往往先得佳句而足成之。"

⑤卖呆：出售痴呆。谓求得聪明。元戴表元《壬午六月八日书怀》诗："四壁空存医俗具，千金难售卖呆方。"

⑥星河：银河。南朝齐张融《海赋》："湍转则日月似惊，浪动而星河如覆。"宋李清照《南歌子》（天上星河转）词："天上星河转，人间帘幕垂。"

⑦龙塞：龙城。泛指边远地区。南朝梁江淹《萧骠骑谢甲仗入殿表》："官骑辰居，羽林天部，瞰城龙塞，言伏鬼方。"唐杜牧《贵游》诗："斧钺旧威龙塞北，池台新赐凤城西。"

⑧腊醅：腊月酿制的酒。清吴伟业《怀王奉常烟客》诗："犹喜梅花开绕屋，腊醅初熟草堂中。"

一萼红　忆辛卯岁湖上五日事①

变柔花[一]、向朱栏借得，春影最玲珑②。粟玉纤环③，泥金双带，娇小浑不胜风。樱桃试④、菖蒲碧醽⑤，知有意、分我醉颜红。粉汗生凉⑥，绣巾香霭，人在楼中。　　身本三生杜牧⑦，赋鸳鸯遗恨，绿叶茸茸。锦帽星移⑧，雕轮雨散，听彻清昼疏钟。纵留取、同心旧约，对湖光，空画两眉峰⑨。况是黄梅天气，冷到薰笼⑩。

【校勘】

〔一〕"变"，《百名家词钞》本《寓言集》作"爱"。

【编年】

此词无法确知具体创作年份。

【笺注】

①辛卯：清顺治八年辛卯（1651）。五日，指农历五月初五，端午节。宋姜夔《诉衷情·端午宿合路》词："石榴一树浸溪红，零落小桥东。五日凄凉心事，山雨打船篷。"

②玲珑：精巧灵活。宋沈端节《惜分飞·桂花》词："喜入眉心黄点莹。

珠珮玲珑透影。风露萧萧冷。"宋赵长卿《画堂春》（当时巧笑记相逢）词："当时巧笑记相逢。玉梅枝上玲珑。"

③粟玉三句：言忆中人物装扮和情态。粟玉，即玉粟，佩戴在手腕上的饰品。泥金双带，饰有金粉的飘带。欧阳修《南歌子》（凤髻金泥带）词："凤髻金泥带，龙纹玉掌梳。"

④樱桃：见前《玉楼春·同止岳南湖舟中听歌》注释⑤。

⑤菖蒲碧醖：指菖蒲酒。菖蒲，植物名。多年生水生草本，有香气。叶狭长，似剑形。肉穗花序圆柱形，着生在茎端，初夏开花，淡黄色。全草为提取芳香油、淀粉和纤维的原料。根茎亦可入药。民间在端午节常用来和艾叶扎束，挂在门前。

⑥粉汗：见前《念奴娇·长干秋夜》注释⑦。

⑦三生杜牧：见前《烛影摇红·扬州己未正月十四夜》注释⑩。

⑧锦艒（mù）：华美的小船。艒，小船。

⑨眉峰：见前《如梦令·有感》注释④。

⑩薰笼：见前《夜游宫·俺叭香》注释⑦。

前调　题香山半村草堂①

近城楼，剩清阴数亩，刚许结烟萝②。逸士移梅，佳人倚竹，名园那得如他。分明是、五陵侠少③，抛紫绶④、不肯听鸣珂⑤。自渡江来，百年心事，渺渺关河⑥。　　此际水幽林寂，坐幼舆一个，丘壑增多。石户堆书⑦，云窗袅篆⑧，时光总付消磨。频回眺、天台仙侣⑨，领春情、脉脉画双蛾⑩。约我为邻砚北⑪，各占青螺⑫。香山，燕人，俾台州。后寓武林三十年矣。

【编年】

此词无法确知具体创作年份。

【笺注】

①香山：见前《霜天晓角·同香山、敬可夜坐倦圃》注释①。

②烟萝：借指幽居或修真之处。宋苏舜钦《离京后作》诗："脱身离网罟，含笑入烟萝。"宋张元干《沁园春·绍兴丁巳五月六夜，梦与一道人对歌数曲，遂成此词》词："灵宝玄门，烟萝真境，三日庚生兑户开。"

③五陵：见前《南柯子·王家歌姬》注释④。

④紫绶：紫色丝带。古代高级官员用作印组，或作服饰。《汉书·百官公卿表上》："相国、丞相，皆秦官，金印紫绶。"唐李白《门有车马客行》诗："空谈霸王略，紫绶不挂身。"

⑤鸣珂：显贵者所乘的马以玉为饰，行则作响，因名。南朝梁何逊《车中见新林分别甚盛》诗："隔林望行幰，下阪听鸣珂。"唐王昌龄《朝来曲》诗："月昃鸣珂动，花连绣户春。"

⑥关河：见前《蝶恋花·宿半村草堂》注释⑥。

⑦石户：石门。南朝宋谢灵运《过瞿溪山饭僧》诗："钻燧断山木，掩岸墐石户。"宋苏轼《和孙同年卞山龙洞祷晴》诗："我来叩石户，飞鼠翻白鸦。"

⑧云窗句：言透过窗户能看到袅袅青烟。云窗，云雾缭绕的窗户。借指深山中僧道或隐者的居室。唐李白《商山四皓》诗："云窗拂青蔼，石壁横翠色。"宋范成大《华山寺》诗："我今闲行作闲客，暂借云窗解包具。"袅篆，指香焚烧时的烟缕。

⑨天台：山名。在浙江天台县北。唐李白《梦游天姥吟留别》诗："天台四万八千丈，对此欲倒东南倾。"道教曾以天台为南岳衡山之佐理，佛教天台宗亦发源于此。相传汉刘晨、阮肇入此山采药遇仙。

⑩双蛾：见前《踏莎行·春忆》注释③。

⑪砚北：谓几案面南，人坐砚北。指从事著作。宋张邦基《墨庄漫录》卷十："唐段成式书云：'杯宴之余，常居砚北。'"宋晁说之《感事二首》诗其一："干戈难作墙东客，疾病犹存砚北身。"

⑫青螺：喻青山。唐刘禹锡《望洞庭》诗："遥望洞庭山水翠，白银盘里一青螺。"清纳兰性德《南乡子·御沟晓发》词："曙色远连山色起，青螺。回首微茫忆翠娥。"

疏影　夏卤均再招集舟中①

漫空柳絮。似断云独鹤②，漂泊难遇。写怨尘途，绾带题襟，蒲觞预约相聚③。清波远照三湘影④，不肯放、屈平醒去⑤。泛中流⑥、静夜弹棋⑦，落子忽惊松雨。　　盛事莫嫌无据⑧，藉右军笔阵⑨，亲记游处。属玉桥边，潮信初生⑩，可着龙舟飞耆⑪。尊前一半苍颜叟，喜济胜、尚骄童孺。遣紫骝⑫、重觅妖姬⑬，谱我荐春新句。

【编年】

此词或作于清顺治十八年辛丑（1661）夏曹溶游杭期间。

【笺注】

①夏卤均：绍兴人，其他未详。

②断云：片云。宋柳永《迷神引》（一叶扁舟轻帆卷）词："芳草连空阔，残照满。佳人无消息，断云远。"独鹤，孤鹤；离群之鹤。南朝齐谢朓《游敬亭山》诗："独鹤方朝唳，饥鼯此夜啼。"唐杜甫《陪郑公秋晚北池临眺》诗："独鹤元依渚，衰荷且映空。"

③蒲觞：菖蒲酒。

④三湘：多泛指湘江流域及洞庭湖地区。唐李白《江夏使君叔席上赠史郎中》诗："昔放三湘去，今还万死余。"宋文天祥《端午即事》诗："吾欲从灵均，三湘隔辽海。"

⑤屈平：屈原，名平，字原。

⑥中流：江河中央，水中。唐张祜《题润州金山寺》诗："树影中流见，钟声两岸闻。"

⑦弹棋：见前《万年欢·济武席上闻歌》注释⑥。

⑧无据：见前《念奴娇·登子招同铁崖、循蚩、古狂饮采友堂，坐有张较书》注释⑤。

⑨右军笔阵：喻似王羲之般的书法。右军，晋王羲之曾任右军将军，后

称羲之为"右军"。笔阵，比喻书法。谓作书运笔如行阵。晋王羲之《题〈笔阵图〉后》："夫纸者，阵也；笔者，刀矟也；墨者，鍪甲也；水砚者，城池也；心意者，将军也；本领者，副将也；结构者，谋略也。"清吴伟业《项黄中家观万岁通天法帖》诗："此卷仍逃劫火中，老眼纵横看笔阵。"

⑩潮信：潮水。以其涨落有定时，故称。唐刘长卿《奉送裴员外赴上都》诗："独过浔阳去，空怜潮信回。"宋张炎《琐窗寒》（乱雨敲春）词："傍新晴，隔柳呼船、待教潮信稳。"

⑪飞騫：飞举；飞腾。唐黄滔《沈侍御书》："飞騫九霄，梯航陆海。"宋文莹《湘山野录》卷下："有皂鹤两只，至殿盘旋飞騫甚久。"

⑫紫骝：见前《浪淘沙·询孔子威坠马》注释③。

⑬妖姬：美女。多指妖艳的侍女、婢妾。三国魏阮籍《咏怀八十二首》诗其五一："念我平居时，郁然思妖姬。"唐韩愈《龊龊》诗："妖姬坐左右，柔指发哀弹。"

风流子 寄登子[一]①

芳堤春絮老，今张绪②、只与六朝同③。怅远山不绝，乍迷屐齿④，隔江相望，如在帘栊⑤。送行后，歌场销旧翠，浣女泣新红。陶令素琴⑥，晚风空袅，柳家长句⑦，残月难工。 南华亭台好，娱清暑、屏际宝鸭香浓⑧。偏是梅天多雨⑨，常阻邮筒。想三影词成⑩，银筝斜抱⑪，四愁怀切，玉案轻笼⑫。无限断肠滋味，分付杯中。

【校勘】

[一] "寄登子"，《百名家词钞》本《寓言词》题作"寄张登子"。

【编年】

此词无法确知具体创作年份。

【笺注】

①登子：见前《孤鸾·招夏乐只、张登子、程古狂、沈逢吉、张较书集

舟中》注释①。

②张绪：张绪，字思曼，吴郡吴县（今苏州）人也。南朝齐官吏。以清简寡欲著称。除巴陵王文学，太子洗马，北中郎参军，太子中舍人，本郡中正，车骑从事中郎，中书郎，州治中，黄门郎。此处喻指张登子。

③六朝：见前《唐多令·同晋贤泛舟》注释⑨。

④屐齿：见前《浣溪沙·湖上》注释①。

⑤帘栊：见前《江城梅花引前调·除夕和赤豹》注释③。

⑥陶令素琴：《晋书·隐逸传·陶潜》："（陶潜）性不能音，而蓄素琴一张，弦徽不具。"唐李白《古风五十九首》诗其五五："安识紫霞客，瑶台鸣素琴。"素琴，不加装饰的琴。唐刘禹锡《陋室铭》："谈笑有鸿儒，往来无白丁。可以调素琴，阅金经。无丝竹之乱耳，无案牍之劳形。"

⑦柳家两句：宋柳永《雨霖铃》（寒蝉凄切）词："今宵酒醒何处？杨柳岸晓风残月。"

⑧宝鸭：见前《醉春风·有怀》注释⑤。

⑨梅天：黄梅天气。唐窦常《北固晚眺》诗："水国芒种后，梅天风雨凉。"宋杨万里《风雨》诗："梅天笔墨都生醭，棐几文书懒拂尘。"

⑩三影：北宋词人张先因善写影著称。因"云破月来花弄影"（《天仙子》）；"娇柔懒起，帘幕卷花影"（《归朝欢》）；"柔柳摇摇，坠轻絮无影"（《剪牡丹》）被称为"张三影"。此处喻指张登子。

⑪银筝：见前《清平乐·题壁》其三注释⑧。

⑫玉案：玉饰的几案。南朝梁简文帝《七励》："金苏翠幄，玉案象床。"唐刘长卿《寻洪尊师不遇》诗："道书堆玉案，仙被叠青霞。"

沁园春　戏赠陈较书①

姬汝应知，客况无聊，啮妃女唇。漫珠圆凤拨，婢呼樊素②，烟横藓佩，师事湘君③。富贵漂萍④，不随碌碌，桹柂中流尚有身⑤。归来早，向浮名断处,勾管佳辰。 苴城月色如银⑥。休信道天边散彩云。愿当筵摇笔,愁山匿影,连朝中酒,恨海扬尘。起五柳生,⑦当苏小小⑧,菊圃双栖八百春。姬微笑,谓彭篯以后⑨,还有痴人。

【编年】

此词无法确知具体创作年份。

【笺注】

①陈较书:姓陈的歌伎,其他不详。

②樊素:见前《孤鸾·招夏乐只、张登子、程古狂、沈逢吉、张较书集舟中》注释⑧。

③湘君:传说中的湘水之神。《楚辞·九歌·湘君》"君不行兮夷犹,蹇谁留兮中洲"汉王逸注:"君谓湘君……所留盖谓此尧之二女也。"洪兴祖补注:"逸以湘君为湘水神,而谓留湘君于中洲者二女也。"宋陈与义《忆秦娥·五日移舟明山下作》词:"鱼龙舞。湘君欲下潇湘浦。"

④富贵句:言富贵不足惜。漂萍,漂流不定的浮萍。唐杜甫《东屯月夜》诗:"抱疾漂萍老,防边旧谷屯。"又《赠翰林张四学士》诗:"此生任春草,垂老独漂萍。"

⑤掕柂(liè duò):亦作"捩舵"。拨转船舵。指行船。唐杜甫《清明》诗:"金镫下山红日晚,牙樯捩舵青楼远。"宋王安石《送董伯懿归吉州》诗:"江湖北风帆,掕柂即千里。"

⑥苴城:松江的别称。

⑦五柳生:陶渊明有《五柳先生传》。五柳先生淡泊名利,实为陶渊明自况。

⑧苏小小:见前《浣溪沙·湖上》注释②。

⑨彭篯(jiān):彭祖。篯姓,又封于彭,故称。

前调 题绿溪园〔一〕①

近喜休兵,架壑千寻②,疏泉一湾。是袖中石晕,苏公东海③,琴边菊秀，陶令南山④。招鲁诸生，修晋禊事⑤，乞得君王此日闲。优游地，遍秋怀绿淼⑥，春信红殷⑦。　　有时醉卧苔斑⑧。又绝胜珠楼十二间。想寒更留客，盘堆玉髓⑨，香辰挟妓，户列烟鬟。金谷飞觞⑩，辋川缚帛⑪，云护双扉不用关。无尘迹，止载书车到，泛雪人还。

【校勘】

〔一〕"题绿溪园"，《百名家词钞》本《寓言词》题作"题钱尔汛绿溪园"。

【编年】

上片伊始"近喜休兵"概指三藩叛乱平定。清康熙十二年癸丑（1673）冬，三藩叛乱。清康熙二十年辛酉（1681）冬，平定三藩叛乱平定。故此词应作于清康熙二十年辛酉（1681）后。

【笺注】

①绿溪园：具体未详。

②架壑千寻：构筑很长的水沟。寻，古时长度单位。八尺为一寻。

③苏公东海：宋苏轼有《水调歌头》（安石在东海）词，展望未来致仕的惬意隐居生活。

④陶令南山：晋陶渊明归隐后作《饮酒》组诗二十首，其五有"采菊东篱下，悠然见南山。"

⑤修晋禊事：古代民俗于农历三月上旬的巳日（三国魏以后始固定为三月初三）到水边嬉戏，以祓除不祥，称为修禊。宋张耒《和周廉彦》诗："修禊洛滨期一醉，天津春浪绿浮堤。"

⑥绿淼：指碧水。淼，水广大无际貌。《楚辞·九章·哀郢》："当陵阳之焉至兮，淼南渡之焉如？"唐王维《南垞》诗："轻舟南垞去，北垞淼难即。"

⑦春信：见前《少年游·寄项嵋雪》其二注释⑥。

⑧苔斑：苔藓丛生如斑点之状。唐无名氏《朝元阁赋》："金铺烛耀，玉碣苔斑。"清孙枝蔚《寓百福寺》诗："更防车马至，踏破古苔斑。"

⑨玉髓：洁白如玉的脂髓。元汤式《沉醉东风·江村即事》曲："鳌烹玉髓肥，鲙切银丝细。"

⑩金谷：指晋石崇所筑的金谷园。晋潘岳《金谷集作》诗："朝发晋京

阳，夕次金谷湄。"唐李白《宴陶家亭子》诗："若闻弦管妙，金谷不能夸。"

⑪辋川：水名。即辋谷水。诸水会合如车辋环凑，故名。在陕西省蓝田县南，源出秦岭北麓，北流至县南入灞水。唐诗人王维曾置别业于此。

前调　节饮，效稼轩体①

醇酒何为，司马曾言②，信陵与游③。苦浸淫过量④，药翻成病，解排寡效⑤，恩易招尤⑥。纵诞形骸⑦，消磨岁月，从古餔糟少俊流⑧。逃名事，盍辞秫放阮⑨，伶妇堪谋⑩。　　长安风雪红楼。笑赍去行装乏软裘⑪。况进前妖女，痴心瘙痒，突逢俗客，狂语冲喉。老子如今⑫，绝交书就，封爵何劳署醉侯。书无据⑬，且三杯两盏，权取忘忧。

【编年】

此词无法确知具体创作年份。

【笺注】

①效稼轩体：辛弃疾有《沁园春·将止酒，戒酒杯使勿近》，曹溶仿效之作此词。

②司马：司马相如。司马相如曾在临邛开设酒铺。

③信陵与游：信陵即战国时期魏国政治家、军事家信陵君魏无忌。因被离间与魏王的关系，心灰意冷，整日沉迷酒色。

④浸淫：沉浸。比喻被某种事物深深吸引。明高攀龙《崇正学辟异说疏》："明诏中外，非四书五经不读，而不得浸淫于佛老之说。"

⑤解排寡效：言排忧没有效果。古有酒能解忧之说，故云。

⑥招尤：招致他人的怪罪或怨恨。唐韩愈《感二鸟赋》："虽家到而户说，只以招尤而速累。"明屠隆《彩毫记·湘娥思忆》："只是相公心本萧疏，气太豪迈。仕路险巇，恐易招尤。"

⑦纵诞：恣肆放诞。

⑧餔糟：比喻屈志从俗，随波逐流。语出《楚辞·渔父》："众人皆醉，

何不餔其糟而歠其醨?"宋苏轼《再和》诗:"当年曹守我膠西,共厌餔糟与汩泥。"清吴伟业《鳌鹤》诗:"云霄岂有餔糟计,饮啄宁关逐臭余。"

⑨盍辞嵇放阮:言若欲逃避世名,何不仿效嵇康与阮籍。

⑩伶妇堪谋:伶妇,即刘伶妇。刘伶嗜酒如命,其妻"妻捐酒毁器,涕泣谏曰:'君酒太过,非摄生之道,必宜断之。'"后遂以"刘伶妇"喻劝戒酒之人。宋苏轼《小儿》诗:"大胜刘伶妇,区区为酒钱。"

⑪贳(shì):典押,交换。《西京杂记》卷二:"(司马相如)以所着鹔鹴裘,就市人阳昌贳酒。"

⑫老子:见前《东风第一枝·园中摘茄》注释①。

⑬无据:见前《念奴娇·登子招同铁崖、循蚩、古狂饮采友堂,坐有张较书》注释⑤。

前调　和右吉老眼词①

东郭先生②,契阔旬来③,神光若何④。想清藏肤理,晋人点漆⑤,空兼定慧⑥,竺氏凝波⑦。畴昔书城⑧,十行齐下,贾策犹虚汉殿过⑨。忧时甚,数惊呼决訾⑩,泪满关河。　邮筒报我摩挲⑪。似斜日难挥战士戈。待凤凰衔蜡,华灯自照,芙蓉湛水,长剑须磨。云雾丛中,无边轻薄,正合朦胧倦思多。卢医说⑫,要回君顾盼,端藉娇娥⑬。

【编年】

此词无法确知具体创作年份。

【笺注】

①右吉:俞右吉。见前《临江仙·同俞右吉看牡丹》注释①。

②东郭先生:喻指不分善恶,滥施仁慈的人。此指俞右吉。

③契阔:久别。《义府·契阔》:"今人谓久别曰契阔。"宋杨万里《送赵民则少监提举》诗:"座主门生四十年,江湖契阔几风烟。"

④神光:精神,神采。《素问·本病论》:"神既失守,神光不聚。"三国

魏曹植《洛神赋》:"徙倚傍徨,神光离合,乍阴乍阳。"

⑤晋人点漆:《晋书·杜乂传》:"美姿容,有盛名于江左,王羲之见而目之,曰:'肤若凝脂,眼如点漆,此神仙人也。'"

⑥定慧:定学与慧学的并称。定,禅定;慧,智慧。《法华经·序品》:"佛子定慧具足。"唐刘长卿《送薛据宰涉县》诗:"既将慕幽绝,兼欲看定慧。"

⑦竺氏:天竺。印度的古称。

⑧畴昔:从前。《礼记·檀弓上》:"予畴昔之夜,梦坐奠于两楹之间。"唐李白《赠从弟南平太守之遥二首》诗其一:"一朝谢病游江海,畴昔相知几人在?"

⑨贾策:汉代贾谊的策论。

⑩决眥:睁大眼睛远望。唐杜甫《望岳》诗:"荡胸生曾云,决眥入归鸟。"

⑪摩挲:见前《齐天乐·倦圃秋集,和沈客子》注释⑦。

⑫卢医:春秋时名医扁鹊的别称。后亦泛称良医。《说郛》卷七四引南朝齐褚澄《褚氏遗书》:"尼父删经,三坟犹废,扁鹊卢出,卢医遂多。"

⑬藉:同"借"。凭借,借助。

前调　病痔自嘲

闽徼归休①,晒阮家裈②,送韩子穷③。忽痂盛腐血,莫骑尻马④,毒连枯髀,空老尸虫。细检方书⑤,膏粱酿患⑥,藜苋何为不见容⑦。支离态⑧,久年辞壁观⑨,昼恋衾浓。　　五金八石难攻⑩。类阎尹潜居省闼中⑪。暂罗襦罢解,邯郸有恨⑫,鞠尘驱散⑬,风月无功。病鬼痴恩,贵人回避,偏嗜林间鹤发翁⑭。休勤疗,倩麻姑爬痒⑮,山友扶筇⑯。

【编年】

此词作于清康熙十六年丁巳(1677)曹溶由榕城归里之后。

【笺注】

①闽徼（jiào）句：指清康熙十六年丁巳（1677）自福建归里。徼，边境。

②裈（kūn）：满裆裤。以别于无裆的套裤而言。五代马缟《中华古今注·裈》："裈，三代不见所述。周文所制裈长至膝，谓之弊衣，贱人不下服，曰良衣，盖良人之服也。至魏文帝赐宫人绯交裆，即今之裈也。"

③送韩子穷：韩愈有《送穷文》，言送智穷、学穷、文穷、命穷、交穷等五穷。

④尻（kāo）马：《庄子·大宗师》："浸假而化予之尻以为轮，以神为马，予因以乘之，岂更驾哉。"成玄英疏："尻无识而为轮，神有知而作马，因渐渍而变化，乘轮马以遨游，苟随任以安排，亦于何而不适者也。"谓以尻为车舆而神游。后以"尻轮神马"为随心所欲遨游自然之典。亦省作"尻神""尻马""尻轮"。

⑤方书：指专门记载或论述方剂的医学著作。《史记·扁鹊仓公列传》："（阳庆）谓意曰：'尽去而方书，非是也。'"唐白居易《病中逢秋招客夜酌》诗："合和新药草，寻检旧方书。"

⑥膏粱酿患：言美食造成痔疮之患。膏粱，肥美的食物。《国语·晋语七》："夫膏粱之性难正也。"韦昭注："膏，肉之肥者；粱，食之精者。"唐刘禹锡《武夫词》诗："今来从军乐，跃马饫膏粱。"

⑦藜苋：藜和苋。泛指贫者所食之粗劣菜蔬。唐韩愈《崔十六少府摄伊阳以诗及书见投因酬三十韵》诗："三年国子师，肠肚习藜苋。"清唐孙华《蔬食》诗："生平藜苋肠，雅不饕肉食。"

⑧支离：谓艰于行动。唐独孤及《为李给事让起复尚左丞兼御史大夫等第三表》："顾臣羸瘵奄奄，行步支离，力有所不任，用有所不逮。"宋向子諲《南歌子·绍兴辛酉病起》词："风里支离欲倒、要人扶。"

⑨壁观：佛教语。大乘虚空宗的修行方法。《五灯会元·东土祖师·初祖菩提达磨大师》："（大师）寓止于嵩山少林寺，面壁而坐，终日默然，人莫测，谓之壁观婆罗门。"宋苏辙《迁居汝南》诗："我昔还自南，从此适旧

许。再岁常杜门,壁观无与语。"

⑩五金八石:五金,指金、银、铜、铁、锡。八石,一般指朱砂、雄黄、云母、空青、硫黄、戎盐、硝石、雌黄等八种矿物。

⑪阉尹:管领太监的官。省闼(tà),宫中,禁中。又称禁闼。古代中央政府诸省设于禁中,后因作中央政府的代称。

⑫邯郸有恨:言因病痛而不能入睡。邯郸,指邯郸梦。

⑬麹尘:见前《桂枝香·祖园春宴》注释⑩。

⑭林间鹤发翁:曹溶自指。

⑮麻姑爬痒:见前《花心动·与籁庵诸子夜泛》注释⑪。

⑯扶筇:扶杖。宋朱熹《又和秀野二首》诗其一:"觅句休教长闭户,出门聊得试扶筇。"清黄燮清《吴江妪》诗:"扶筇谁家妪,见客意惨悲。"

前调　右吉和我病痔作①,用前调寄之

问疾维摩②,疾隐难瘳,势如毒痡③。见雕镂窟穴④,自分牝牡⑤,根芽风火⑥,遽染肌肤。危坐应妨⑦,缓行堪借,闺阁偏招楚大夫⑧。生权要⑨,便望门求舐,奔走当涂。　　何缘摧挫微躯。笑束手仓公两月余⑩。祝哲人谋国,先除众蠹,雄师克敌,易剪孤雏。姿愧神清⑪,修期漏尽,健甚逢花倒玉壶。酬宾戏,向裈中体物⑫,孰免粗疏。

【编年】

此词作于清康熙十六年丁巳(1677)曹溶由榕城归里之后。

【笺注】

①右吉:俞右吉。见前《临江仙·同俞右吉看牡丹》注释①。

②维摩:即《维摩诘经》。佛教经典。

③痡(pū):危害。《书·泰誓下》:"作威杀戮,毒痡四海。"

④雕镂(sōu):雕刻。唐李商隐《富平少侯》诗:"彩树转灯珠错落,绣檀回枕玉雕镂。"宋陈亮《汉宫春》(雪月相投)词:"随缘柳绿柳白,费

尽雕锼。"

⑤牝（pìn）牡：指阴阳。泛指与阴阳有关的如雌雄、男女等。

⑥根芽：植物的根与幼芽。比喻事物的根源、根由。元曾瑞《留鞋记》第三折："你道是真赃正犯难乾罢，平白地揣与我个祸根芽。"

⑦危坐：古人以两膝着地，耸起上身为"危坐"，即正身而跪，表示严肃恭敬。后泛指正身而坐。《管子·弟子职》："危坐乡师，颜色无怍。"《文选·东方朔〈非有先生论〉》："吴王戄然易容，捐荐去几，危坐而听。"吕延济注："危坐，敬之也。"

⑧闺阁句：言因患痔，不便行动，只得居于内室。闺阁，亦作"闺閤"。内室小门。借指内室。《史记·汲郑列传》："黯多病，卧闺閤内不出。"南朝梁沈约《谢敕赐绢葛启》："变澙暑於闺阁，起凉风於襟袖。"楚大夫，指屈原。因其曾为楚国三闾大夫，故称。唐杜甫《地隅》诗："丧乱秦公子，悲凉楚大夫。"唐罗隐《杜陵秋思》诗："只闻斥逐张公子，不觉悲同楚大夫。"此处曹溶借以自指。

⑨生权要三句：言若生于权贵之家，当有众多求舐舐病痔者。

⑩仓公：淳于意，西汉初齐临淄（今山东淄博东北人）。曾任齐太仓令，故又称仓公。精医道，辨证审脉，治病多验。曾从公孙光学医，并从公乘阳庆学黄帝、扁鹊脉书。后因故获罪当刑，其女缇萦上书文帝，愿以身代，得免。

⑪姿愧三句：言待康复后，赏花喝酒。神清，谓心神清朗。《淮南子·齐俗训》："是故凡将举事，必先平意清神，神清意平，物乃可正。"玉壶，见前《鹧鸪天·送项峒雪游山阴，兼讯刘苋臣》注释⑤。

⑫裈（kūn）：古称满裆裤或内裤。以别于无裆的套裤而言。《急就篇》卷二："襜褕袷複褶袴裈。"颜师古注："合裆谓之裈，最亲身者也。"

贺新郎　答横秋见寿①，时将行役云中②

玉宇秋如水③。为黄花、满襟离恨，雁筝频倚④。落日马蹄穷塞土，白发一肩行李。铜柱北⑤,曾经脱屣⑥。又怪风旗沙柳外〔一〕,对磨崖⑦、片石挥毫起。呼屈宋⑧,且休矣。　　故人相见平安喜。写新词、龙蛇飞动,牢骚心事。刁斗河山今不闭⑨,敢诧封侯万里。笑老子⑩、疏狂未已。范蠡湖边莼菜熟⑪,肯羊裘⑫、敝尽车生耳⑬。痛饮酒,真男子。

【校勘】

〔一〕"怪",清郭麐《灵芬馆词话》卷二作"挂"。

【编年】

曹溶于清康熙元年壬寅(1662)十月赴山西大同兵备任,且曹溶生在八月,故可推断此词作于清康熙元年壬寅(1662)八月,时将作山西之行。

【笺注】

①横秋:徐兰生。见前《满庭芳·寄徐兰生》注释①。

②时将行役云中:言将赴大同兵备道任。

③玉宇:指天空。宋陆游《十月十四夜月终夜如昼》诗:"西行到峨眉,玉宇万里宽。"金董解元《西厢记诸宫调》卷五:"是夜,玉宇无尘,银河泻露。"

④雁筝:筝柱。因筝柱斜列如雁行,故称。宋韦骧《醉蓬莱·廷评庆寿》词:"凤管雍容,雁筝清切,对绮筵呈妙。"

⑤铜柱:铜制的作为边界标志的界桩。《后汉书·马援传》"峤南悉平"李贤注引晋顾微《广州记》:"援到交阯,立铜柱,为汉之极界也。"唐张渭《杜侍御送贡物戏赠》诗:"铜柱朱崖道路难,伏波横海旧登坛。"

⑥脱屣:脱掉鞋子。亦比喻看得很轻,无所顾恋。唐李颀《缓歌行》诗:"一沉一浮会有时,弃我翻然如脱屣。"

⑦磨崖:磨平山崖石壁镌刻文字。明郭贞顺《上俞将军》诗:"但属壶民歌太平,磨崖勒尽韩山石。"明末清初顾炎武《浯溪碑歌》:"真卿作大字,笔法名天下,磨崖勒斯文,神理遗来者。"

⑧屈宋:战国时楚国辞赋家屈原和宋玉的并称。

⑨刁斗:古代行军用具。斗形有柄,铜质;白天用作炊具,晚上击以巡更。唐高适《燕歌行》诗:"杀气三时作阵云,寒声一夜传刁斗。"

⑩老子:见前《东风第一枝·园中摘茄》注释①。

⑪莼菜：见前《扬州慢·与林铁崖、陈鹿友、程古狂饮》注释⑥。

⑫羊裘：见前《相见欢·与蒋前民饮酒》注释②。

⑬车生耳：谓官高则车设屏蔽。《太平御览》卷四九六引汉应劭《汉官仪》："里语云：'仕宦不止车生耳。'"清陈维崧《满江红·江村夏咏》词："老我田园河射角，笑他宦仕车生耳。"

【参考资料】

清郭麐《灵芬馆词话》卷二："激昂慷慨，迦陵为最。竹垞亦时用其体，如居庸关李晋王墓诸作，直欲平视辛、刘，自出机杼。集中附曹倦圃慢词二首皆工。曹有将之云中答友寄《贺新凉》云：'玉宇秋如水。为黄花、满襟离恨，雁筝频倚。落日马蹄穷塞主，白发一肩行李。铜柱北，曾经脱屣。又挂风旗沙柳外，对摩厓、片石挥毫起。呼屈宋，且休矣。　故人相见平安喜。写新词、龙蛇飞动，牢骚心事。刁斗河山今不闭。敢诧封侯万里。笑老去、疏狂未已。范蠡湖边莼菜熟，肯羊裘敝尽车生耳。痛饮酒，真男子。'此词盖作于备兵云中时。朱集有送曹诗长篇，亦极悲壮，所谓'忽作边秋出塞声，江枫岸柳纷纷落'者是也。"

前调　答右吉①

玉塞秋无主②。近重阳、月斜帘幕，黄花半吐。列戟西风高楼上③，空说雄心似虎。倚客枕，鼕鼕戍鼓④。渌水画桥枫未落⑤，料南鸿、那解相思苦。呼酒伴，唱金缕⑥。　平生岁月成尘土。任颠狂、秦娥赵女⑦，琵琶难谱。独有江州青衫在⑧，湿透当年泪雨。吾老矣、中宵起舞。马蹄踏遍阳关道⑨，便腰悬侯印终何取⑩。悲髀肉⑪，不堪拊。

【编年】

此词作于清康熙二年癸卯（1663）至清康熙五年丙午（1666）曹溶官山西大同期间。

【笺注】

①右吉：见前《临江仙·同俞右吉看牡丹》注释①。

②玉塞：玉门关的别称。宋陆游《芳华楼夜宴》诗："少日壮心轻玉塞，暮年幽梦堕沧州。"宋丘崈《蓦山溪·为叶总领寿》"欢娱好是，玉塞无尘起，鞭计小迟留，要长折、遐冲万里。"

③列戟（jǐ）：宫庙、官府及显贵之府第陈戟于门前，以为仪仗。宋曾巩《降龙》诗："文旒列戟照私第，青紫若若官其孥。"清曹寅《题棟亭夜话图》诗："两家门第皆列戟，中年领郡稍迟早。"

④鼕（dōng）鼕：象声词。常指鼓声。唐顾况《公子行》诗："朝游鼕鼕鼓声发，暮游鼕鼕鼓声绝。"宋晁补之《富春行赠范振》诗："鼓声鼕鼕橹咿喔，争凑富春城下泊。"

⑤渌（lù）水：清澈的水。汉张衡《东京赋》："于东则洪池清籞，渌水澹澹。"宋苏轼《送孔郎中赴陕郊》诗："东风吹开锦绣谷，渌水翻动蒲萄酒。"

⑥金缕：曲调《金缕曲》《金缕衣》的省称。唐罗隐《金陵思古》诗："绮筵《金缕》无消息，一阵征帆过海门。"宋张元干《贺新郎·送胡邦衡待制》词："目尽青天怀今古，肯儿曹、恩怨相尔汝。举大白，听《金缕》。"

⑦秦娥赵女：秦、赵之地的女子。泛指美女。

⑧独有两句：用白居易《琵琶行》"座中泣下谁最多？江州司马青衫湿"典故。曹溶此时降官任山西大同兵备道，故以江州司马自指。

⑨阳关道：古代经过阳关通向西域的大道。阳关，古代通西域的必经关口。在今甘肃省敦煌市西南古董滩附近，因位于玉门关以南，故称。唐王维《送刘司直赴安西》诗："绝域阳关道，胡沙与塞尘。"

⑩侯印：侯爵之印信。《史记·张耳陈馀列传》："武信君从其计，因使蒯通赐范阳令侯印。"宋邓剡《促拍丑奴儿·寿孟万户》词："侯印旧家毡。早天边、飞诏催还。"

⑪悲髀肉两句：髀肉，"髀肉复生"的简缩。谓因久不骑马，大腿上的肉又长起来了。《三国志·蜀志·先主传》："荆州豪杰归先生者日益多，表疑其

心，阴御之。"裴松之注引晋司马彪《九州春秋》："备住荆州数年，尝于表起至厕，见髀裹肉生，慨然流涕。还坐，表怪问备，备曰：'吾尝身不离鞍，髀肉皆消。今不复骑，髀裹肉生。日月若驰，老将至矣，而功业不建，是以悲耳。'"后因以髀肉复生为自叹壮志未酬，虚度光阴之辞。宋张榘《贺新凉·送刘澄斋制干归京口》词："髀肉未消仪舌在，向樽前、莫洒英雄泪。"

前调　书怀

一派平林阔①。骑森森②、银枪玉帐③，了非英物。身世芒鞋太辛苦④，晚踏战场深雪。刁斗外⑤、群鸦啼绝。宛转桑干留不住⑥，喜行山⑦、北去环宫阙。飞动意，待君发。　　菱花碧浸星星发⑧。买凉州⑨、葡萄百斛，宝筝初歇。闲坐秤量眼中客⑩，谁似龙蛇灭没。凭浪语⑪、古人三窟⑫。盾墨磨残征袖冷⑬，少黄金、铸就封侯骨。心万里，对秋月。

【编年】

此词作于清康熙二年癸卯（1663）至清康熙六年丁未（1667）曹溶官山西大同期间。

【笺注】

①平林：平原上的林木。《诗·小雅·车辇》："依彼平林，有集维鹞。"毛传："平林，林木之在平地者也。"唐李白《菩萨蛮》（平林漠漠烟如织）词："平林漠漠烟如织，寒山一带伤心碧。"

②森森：众多貌。晋张协《杂诗十首》诗其四："翳翳结繁云，森森散雨足。"宋吴潜《踏莎行》（红药将残）词："红药将残，绿荷初展。森森竹里闲庭院。"

③银枪：银质温酒器。宋徐积《寄吕帅五首》诗其二："银枪作队行春去，蜡炬成林校猎归。"清钮琇《觚賸·栖梧阁》："银枪酒市春双靥，玉屦莲台月半钩。"玉帐，玉饰之帐。晋王嘉《拾遗记·周穆王》："西王母乘翠凤之辇而来……共玉帐高会。"唐张说《虚室赋》："玉帐琼宫，图奢务丰；

朱门金穴,恃满矜隆。"

④芒鞋:见前《花心动·得荩臣书报之》注释⑩。

⑤刁斗:见前《贺新郎·答横秋见寿,时将行役云中》注释⑨。

⑥桑干:河名。今永定河之上游。相传每年桑葚成熟时河水干涸,故名。唐李白《战城南》诗:"去年战,桑干源,今年战,葱河道。"

⑦行山:太行山。又名五行山、王母山、女娲山。位于河北省与山西省交界地区,跨北京、河北、山西、河南4省、市间。山脉北起北京市西山,故云"北去环宫阙"。

⑧菱花:见前《霓裳中序第一·咏镜》注释⑪。星星发,见前《念奴娇·端阳后二日箨庵招饮》注释⑩。

⑨买凉州句:买百斛凉州产的葡萄酒。

⑩秤量:谓用秤衡计物体重量。引申为衡量,品评。宋王谠《唐语林·夙慧》:"上官昭容者……其母将诞之夕,梦人与秤曰:'持之秤量天下文士。'郑氏冀其男也。及生昭容,视之云:'秤量天下,岂是汝耶?'"宋曾晞颜《贺新郎·贺耐轩周府尹己卯》词:"富贵人间有。就如今、秤量阴德,还公最厚。"

⑪浪语:妄说;乱说。宋晁补之《摸鱼儿·东皋寓居》词:"功名浪语。便似得班超,封侯万里,归计恐迟暮。"宋杨万里《酌惠山泉瀹茶》诗:"诗人浪语元无据,却道人间第二泉。"

⑫三窟:三个洞穴。《战国策·齐策四》:"冯谖曰:'狡兔有三窟,仅得免其死耳。今君有一窟,未得高枕而卧也。请为君复凿二窟。'"后以喻多种图安避祸的方法。宋苏轼《再用前韵寄莘老》诗:"君不见夷甫开三窟,不如长康号痴绝。"

⑬盾墨:见前《玲珑四犯·答袁箨庵》注释⑨。

前调　送箨庵会稽之游①

草露何须久。拥油幢②、荆州部曲③,布袍依旧。芍药阑边老供奉④,闲却裁云妙手。渐醉墨、题残玉斗⑤。海畔扁舟成独往,定中宵,对月思良友。写别怨,短亭柳。　　床头钱罄休搔首⑥。问唐宫、黄冠贺监⑦,至今存否。故物千秋尘埋尽,惟有颠狂不朽。敢浪说⑧、才人阳九⑨。下榻再联修禊饮⑩,况娥江⑪、暑涨清如酒。借万斛,为君寿。

【编年】

据徐朔方《袁于令年谱》,清康熙七年戊申(1668)袁于令在南京,清康熙十三年甲寅(1674)卒于会稽。故此词应作于清康熙七年戊申(1668)至清康熙十三年甲寅(1674)。

【笺注】

①篛庵:袁于令。见前《玲珑四犯·答袁篛庵》注释①。

②油幢:指有油布帷幕的车子。唐皇甫冉《送卢郎中使君赴京》诗:"曲盖遵长道,油幢憩短亭。"宋刘一止《蓦山溪·叶左丞生日》词:"红旆碧油幢,想今古、山中未有。"

③荆州部曲:袁于令清初曾官荆州太守,故云。

④芍药:见前《浣溪沙·闲情》注释④。供奉,指以某种技艺侍奉帝王的人。唐王建《老人歌》诗:"如今供奉多新意,错唱当时一半声。"

⑤玉斗:玉制的酒器。《史记·项羽本纪》:"我持白璧一双,欲献项王,玉斗一双,欲与亚父。"宋辛弃疾《破阵子·为范南伯寿》词:"掷地刘郎玉斗,挂帆西子扁舟。"

⑥钱罄:指钱用尽。

⑦黄冠贺监:指唐代贺知章。贺知章尝官秘书监,晚年自号秘书外监,故称。

⑧浪说:妄说,乱说。宋司马光《示道人》诗:"君不见太上老君头似雪,世人浪说驻童颜。"宋陈著《沁园春·单景山雪中以学佛自夸,因次韵戏抑之》词:"闻君礼佛日千。浪说道繁华不值钱。"

⑨阳九:指灾年和厄运。以四千六百一十七岁为一元,初入元一百零六岁,内有旱灾九年,谓之"阳九"。其余尚有阴九、阴七、阳七、阴五、阳五、阴三、阳三等,阳为旱灾,阴为水灾。从入元至阳三,常岁四千五百六十年,灾

岁五十七年，共为四千六百一十七年，为一元之气终。举其平均数则每八十年有一灾年。宋洪迈《容斋续笔·百六阳九》："史传称百六阳九为厄会，以历志考之，其名有八。初入元百六曰阳九，次曰阴九；又有阴七、阳七、阴五、阳五、阴三、阳三，皆谓之灾岁。大率经岁四千五百六十，而灾岁五十七。以数计之，每及八十岁，则值其一。今人但知阳九之厄，云经岁者，常岁也。"

⑩修禊：见前《沁园春·题绿溪园》注释⑤。

⑪娥江：曹娥江。是浙江第二大河，因孝女曹娥投江寻父尸而得名。

前调　问懒真堂牡丹消息①，用辛稼轩雨中游西湖韵

秀色盈春野。怪觞筹②、经旬不动，禾兴城下③。屈指雕阑殷勤护，十五名姬欲嫁④。闲锁却、红情谁画。往日娱宾华裀地⑤，解疏狂，一跃青骢马。残醉好，梦中写。　　乡心珍重遨头社⑥。访河山、洛阳西去，沉香颓也。留取佳人倾国影，偏薄锦堂瑶榭⑦。信丽昼、何如娇夜。谷雨阑珊寒犹在⑧，恐催花、专待能歌者。韶景促，近初夏。

【编年】

此词无法确知具体创作年份。

【笺注】

①懒真堂：见前《少年游·寄项岷雪》注释①。

②觞筹：见前《浪淘沙·初春》注释②。

③禾兴城：即禾城，嘉兴。

④十五名姬：喻指牡丹。

⑤华裀（yīn）：精美的褥垫。裀，通"茵"。指褥垫、毯子之类。唐刘禹锡《训国子崔博士立之见寄》诗："胄子执经瞻讲座，郎官共食接华裀。"宋徐积《舞》诗："十幅华裀遍画堂，仙家妆束学霓裳。"

⑥遨头社：宋代成都自正月至四月浣花，太守出游，士女纵观，称太守为"遨头"。宋陆游《老学庵笔记》卷八："四月十九日成都谓之浣花，遨头

· 266 ·

宴于杜子美草堂沧浪亭，倾城皆出，锦绣夹道，自开岁宴游至是而止。"此化用其意。

⑦瑶榭：建在高台上用玉石装饰的敞屋。南朝宋刘义恭《登景阳楼》诗："丹墀设金屏，瑶榭陈玉床。"南朝宋武帝《华林清暑殿赋》："若夫瑶榭未清，琼室流炎，薰风夕烈，炽景晨严。"

⑧谷雨：见前《天香·姚氏牡丹》注释⑤。

前调　懒真主人招宴花前①，用前韵

性癖宜山野。任嬉游、烟浓日淡，殢留花下②。节到黄鹂枝头语，千万蛾眉齐嫁③。余一种，胭脂重画④。生长唐宫风流态，远驮来、玉砌须娇马⑤。花有恨，倩君写⑥。　君家已结桑麻社⑦。为高朋、差排蛱蝶⑧，草堂开也。冰濯诗囊无阿堵⑨，堆积红香成榭。泛绿蚁⑩、兰膏终夜⑪。急雨惊吹檐前铁，叹春光、将谢无知者。一醉罢，且休夏。

【编年】

此词无法确知具体创作年份。

【笺注】

①懒真主人：见前《少年游·寄项峒雪》注释①。

②殢留：犹滞留。唐杨凌《贾客愁》诗："山水路悠悠，逢滩即殢留。"

③千万句：状百花齐放之盛况。

④胭脂：见前《江城子·雪夜》注释④。

⑤玉砌：用玉石砌的台阶，亦用为台阶的美称。《文选·王融〈三月三日曲水诗序〉》："镜之虹于绮疏，浸兰泉于玉砌。"李周翰注："玉者，美言之也；砌，阶也。"南唐李煜《虞美人》（春花秋月何时了）词："雕阑玉砌应犹在，只是朱颜改。"

⑥倩（qìng）：请。

⑦桑麻社：文人雅集共结文社。

⑧差排：调遣，安排。宋黄庭坚《满庭芳·妓女》词："其奈风情债负，烟花部不免差排。"元马致远《汉宫秋》第二折："文武每，我不信你敢差排吕太后。"

⑨阿堵：宋刘义庆《世说新语·规箴》："王夷甫雅尚玄远，常嫉其妇贪浊，口未尝言钱字。妇欲试之，令婢以钱绕床不得行。夷甫晨起，见钱阁行，呼婢曰：'举却阿堵物。'"后遂以"阿堵物"指钱。宋张耒《和无咎二首》诗其二："爱酒苦无阿堵物，寻春那有主人家。"

⑩绿蚁：新酿的酒还未滤清时，酒面浮起酒渣，色微绿（即绿酒），细如蚁（即酒的泡沫），称为"绿蚁"。唐白居易《问刘十九》诗："绿蚁新醅酒，红泥小火炉。"宋李清照《行香子》（天与秋光）词："薄衣初试，绿蚁新尝。渐一番风，一番雨，一番凉。"

⑪兰膏：见前《玉漏迟·宣府严弁宅女乐》注释⑦。

前调　客招赏藤花①，以事不赴，用前韵

红瘦三吴野②。有风须、虬蟠虎卧③，紫茸飘下④。窜入名园无姿媚，自许苍松可嫁。看百尺、深轩如画。合向山中高眠去，又抽梢、斜挂王孙马⑤。缭绕意，最难写。　狂夫乐赴繁华社。见定巢、呢喃乳燕，报春归也。酿酒东邻能好事，净扫粉廊香榭。投玉楮⑥、招娱良夜。肯向花前逡巡避⑦，为花神、不爱沉酣者。剩古干，足销夏。

【编年】

此词无法确知具体创作年份。

【笺注】

①藤花：见前《桂花香·祖园春宴》注释③。

②三吴：指吴兴、吴郡、会稽。北魏郦道元《水经注·渐水》："永建中，阳羡周嘉上书，以县（会稽）远，赴会至难，求得分置，遂以浙江西为吴，以东为会稽。汉高帝十二年，一吴也，后分为三，世号'三吴'。吴兴、吴

郡，会稽其一焉。"

③虬蟠虎卧：言藤花枝干似龙虎盘踞。虬蟠，谓盘屈如虬龙。唐皎然《咏史》诗："鸾铩乐迍邅，虬蟠甘窘束。"

④紫茸飘下：状紫色藤花飘垂。紫茸，紫色细茸花。

⑤王孙：旧时对人的尊称。《史记·淮阴侯列传》："吾哀王孙而进食，岂望报乎？"司马贞索隐引刘德曰："秦末多失国，言王孙、公子，尊之也。"《文选·左思〈蜀都赋〉》："有西蜀公子者，言于东吴王孙。"李善注引张华《博物志》："王孙、公子，皆相推敬之辞。"

⑥玉楮（chǔ）：指优质笺纸。元陈端《以剡笺赠待诏》诗："云母光笼玉楮温，得来原自剡溪濆。"

⑦逡巡：却行，恭顺貌。《公羊传·宣公六年》："赵盾逡巡北面再拜稽首，趋而出。"宋叶适《刘靖君墓志铭》："作邑者，要路之储也，以改官为急，盖有因缘属托于破白之初矣，未有逡巡退却于及格之际也。"

前调　题梁承笃郡丞西湖图①，次吴庆百韵②

笑折垂杨去。问当年、昇平佚事，唐堤宋渚③。春老沧洲踏歌散④，芳序醉红犹舞。便洗尽、苍生灰土。留取筼床香草畔⑤，向斜晖，傲睨高前古⑥。潇洒意，合相许。　　群山曾化魏猍宇⑦。饷雄军、一番辛苦，凤毛难荐⑧。月转六桥迟迟下⑨，此是旧愁来路。有羁客、牵船同住。锦作奚囊偿酒债⑩，舍桃花、渔父谁为主。毫五色，胜箫鼓⑪。

【编年】

此词无法确知具体创作年份。

【笺注】

①梁承笃：梁允植，生卒年不详。字承笃，正定人。以恩贡生，授钱塘知县，性明敏，有才干。甲辰闽变，以才命佐军兴，调兵食支应满汉。迁袁州府同知，以同知摄县事。事平，擢延平府知府。

②吴庆百：吴农祥（1632—1708），字庆百，号星叟，浙江钱塘人。清康熙十八年己未（1679），举博学鸿儒，报罢。家居以著书自娱。家藏书甚富。著述亦甚丰。

③唐堤句：唐代白居易作杭州刺史时，曾在今杭州白沙路一带修白公堤。宋元祐五年庚午（1090）苏东坡任杭州刺史时，曾疏浚西湖，并利用挖出的淤泥葑草堆筑起一条南北走向的堤岸，被称为苏堤。

④沧洲：滨水的地方。古时常用以称隐士的居处。南朝齐谢朓《之宣城郡出新林浦向板桥》诗："既欢怀禄情，复协沧洲趣。"唐杜甫《曲江对酒》诗："吏情更觉沧洲远，老大悲伤未拂衣。"踏歌，见前《采桑子·姑苏顾氏席上小鬟》注释②。

⑤笏床：安放笏的座架。《旧唐书·崔神庆传》："开元中，神庆子琳等皆至大官，群从数十人，趋奏省闼。每岁时家宴，组佩辉映，以一榻置笏，重迭于其上。"宋严粲《张德庆挽诗》诗其二："笏床欢节序，鸠杖话平生。"

⑥傲睨：傲慢斜视，骄傲。唐杜甫《白水县崔少府十九翁高斋三十韵》诗："清晨陪跻攀，傲睨俯峭壁。"唐罗隐《送宣武徐巡官》诗："傲睨公卿二十年，东来西去只悠然。"

⑦貔狱：见前《玉漏迟·宣府严弁宅女乐》注释⑥。

⑧翥（zhù）：飞举。唐韩愈《石鼓歌》诗："鸾翔凤翥众仙下，珊瑚碧树交枝柯。"

⑨六桥：西湖外湖苏堤上之六桥：映波、锁澜、望山、压堤、东浦、跨虹。宋苏轼所建。

⑩奚囊：见前《尉迟杯·有感》注释②。

⑪箫鼓：见前《水龙吟·午日湖上》注释③。

前调　答顾天石①，时在维扬寓舍②

才子今无几。向长途、茸裘跨马，冲寒千里。笑拂黄尘胡姬侧③，自解醇醇醪妙理④。况所至、诸侯倒屣⑤。闲噀墨花题纨扇⑥，濯春江、徐庾难为绮⑦。羁旅恨，待君洗。　　当年曾进先生履。怅推移、锦堂清月，一溪流水。有美英姿丹丘翮⑧，转忆牙签堆几。便联袂、高歌不已。兵后山川摧颓甚，看元龙⑨、此日呼能起。床上卧，客休矣。

【编年】

此词无法确知具体创作年份。

【笺注】

①顾天石：见前《采桑子·姑苏顾氏席上小鬟》注释①。

②维扬：扬州的别称。

③胡姬：原指胡人酒店中的卖酒女，后泛指酒店中卖酒的女子。唐李白《少年行三首》诗其二："落花踏尽游何处，笑入胡姬酒肆中。"宋周邦彦《迎春乐·双调》词第二："解春衣贳酒城南陌，频醉卧·胡姬侧。"

④醇醪（láo）：味厚的美酒。唐张说《城南亭作》诗："正逢天下金镜清，偏加日饮醇醪意。"唐高适《宋中遇林虑杨十七山人因而有别》诗："檐前举醇醪，灶下烹只鸡。"

⑤倒屣：急于出迎，把鞋倒穿。《三国志·魏志·王粲传》："时邕才学显著，贵重朝廷，常车骑填巷，宾客盈坐。闻粲在门，倒屣迎之。粲至，年既幼弱，容状短小，一坐尽惊。邕曰：'此王公孙也，有异才，吾不如也。'"后因以形容热情迎客。唐皮日休《初夏即事寄鲁望》诗："敲门若我访，倒屣欣逢迎。"

⑥噀（xùn）：含在口中而喷出。

⑦徐庾：南北朝时期徐陵和庾信的并称。

⑧丹丘：见前《桂枝香·望罗浮山》注释⑨。

⑨元龙：见前《法曲献仙音·饮济武寓中》注释④。

摸鱼儿　宴米山堂①

听风铃、遍传春去，荼蘼红发留客②。善和坊里驮娇马③，不让小蛮颜色④。愁似织。望复领回溪，隐隐星窗隔。浮生作剧⑤。便刻竹题诗，挥麈换酒，清啸古今窄。　　开筵处，松下危楼倚碧⑥。流连难至头白。微温气候宜人甚，秉烛再游始得。吾有癖。纵弱絮沾泥，何损须髯戟。抛残可惜。须画鼓催花⑦，香罗剪蝶⑧，长著阮家屐⑨。

【编年】

此词作于清康熙二十年辛酉（1681）。

【笺注】

①米山堂：胡贞开，字循蜇，号瑟庵，又号皋鹤，别号耳空居士，仁和（今杭州）人。明崇祯十二年己卯（1639）举人，清初官湖广推官。罢归后隐居西湖，筑米山堂，丘壑乃其自布。善山水，尤长画石，得米芾法。

②荼蘼：蔷薇科草本植物。春天之后，往往直到盛夏才会开花。因此人们常常认为荼蘼花开是一年花季的终结。

③善和坊：唐范摅《云溪友议》卷五："崔涯者，吴楚之狂生也，与张祜齐名。每题一诗于娼肆，无不诵之于衢路……祜涯久在维扬，天下晏清，篇词纵逸，贵达钦惮，呼吸风生，颇畅此时之意也。赠端端（李端端）诗曰：'觅得黄骝鞁绣鞍，善和坊里取端端，扬州近日浑相诧，一朵能行白牡丹。'"后因以"善和坊"指士人冶游赋诗之地。宋贺铸《河传》（华堂张燕）词："惆怅善和坊里，平桥南畔。小青楼、帘不卷。"

④小蛮：见前《孤鸾·招夏乐只、张登子、程古狂、沈逢吉、张较书集舟中》注释⑧。

⑤浮生作剧：言人生往往充满戏剧化。浮生，以人生在世，虚浮不定，因称人生为"浮生"。宋张商英《南乡子》（向晚出京关）词："酒饮盏须干。莫道浮生似等闲。"作剧，戏弄，开玩笑。宋陈师道《送晁无咎守蒲中》诗："的桃作剧聊同俗，遇事当前莫后几。"元方回《六十五春寒吟》诗："老眼闲中子细看，天公作剧故多端。"

⑥危楼：见前《满江红·钱塘观潮》注释⑨。

⑦画鼓：见前《南柯子·王家歌姬》注释⑥。

⑧香罗：绫罗的美称。唐杜甫《端午日赐衣》诗："细葛含风软，香罗叠

雪轻。"宋谭宣子《摸鱼儿·怀云崖陈乘车东甫，时游湘潭》词："多情记把香罗袖，残粉半黏荆树。"

⑨阮家屐：晋阮孚，性好屐，尝自蜡屐，并慨叹说："未知一生当著几量屐！"后以"阮家屐"泛指木屐。亦省称"阮屐"。宋韦骧《和叔康首夏书怀五首》诗其三："阮屐因山固少完，陶巾缘酒未尝干。"

前调　吴园次招集米山堂①

展瑶笺②、近寻嵇阮③。开襟长倚疏竹。乾坤落落存芒屩④，自信了无拘束。春不足。最可惜芙蓉⑤，千点埋浓绿。游踪待续。春簟卷微波，堂深瘦影，清语漱寒玉⑥。　　高歌后，槽底梨花正熟。更阑四照银烛⑦。红尘旧梦浮云散，少壮去如飞镞。闲是福。莫唤起龟年⑧，重唱开元曲。新愁几斛。只买断婵娟⑨，携多觜落⑩，相约卧空谷。

【编年】

此词作于清康熙二十年辛酉（1681）。

【笺注】

①吴园次：见《浪淘沙·题吴园次收纶小像》注释①。米山堂，见《贺新郎·宴米山堂》注释①。

②瑶笺：对书札的美称。宋李彭老《木兰花慢·送客》词："潮返浔阳暗水，雁来好寄瑶笺。"

③嵇阮：魏晋"竹林七贤"之二嵇康和阮籍。此处喻指高洁的友人。

④芒屩（jù）：芒鞋。屩，单底鞋。多以麻、葛、皮等制成。后亦泛指鞋。宋苏轼《梵天寺见僧守诠小诗次韵》诗："幽人行未已，草露湿芒屩。"明王守仁《龙潭夜坐》诗："草露不辞芒屩湿，松风偏与葛衣轻。"

⑤芙蓉：荷花的别称。

⑥寒玉：比喻清冷雅洁的东西，如水、月、竹等。唐李群玉《引水行》诗："一条寒玉走秋泉，引出深萝洞口烟。"宋吕渭老《念奴娇·赠希文宠

姬》词:"暮雲收尽,霁霞明高拥一轮寒玉。"

⑦银烛:见前《蝶恋花·宿半村草堂》注释⑥。

⑧莫唤二句:言不愿听到有关兴衰之叹的歌曲,以免引起自己的悲痛情绪。《明皇杂录》中记载:"开元中,乐工李龟年善歌,特承顾遇,于东都大起第宅。其后流落江南,每遇良辰胜景,为人歌数阕,座中闻之,莫不掩泣罢酒。"

⑨婵娟:见前《水调歌头·钓台》注释⑪。

⑩凿落:亦作"凿络"。以镌镂金银为饰的酒盏。唐白居易《送春》诗:"银花凿落从君劝,金屑琵琶为我弹。"宋叶廷珪《海录碎事·饮食》:"湘楚人以盏斝中镌镂金渡者为金凿络。"

前调　集米山堂观剧①

剪浓阴、雨余池馆,飞花正点琼甃②。龙眠爱写西园集③,不念客窗人瘦。游马骤。伏好鸟啼开,三径苔钱绣④。低回昼漏,恰翠暖甀甎⑤,丹浮琥珀⑥,屏侧烬香兽⑦。　征衫袖。情泪年前浥透。伤离便合相就。教坊乐部何戡在⑧,料理记歌红豆⑨。聊访旧。是手解金龟⑩,投老家山后⑪。东方射覆⑫。识欢伯藏春⑬,柔乡销夜,中有两眉皱。

【编年】

此词作于清康熙二十年辛酉(1681)。

【笺注】

①米山堂:见前《贺新郎·宴米山堂》注释①。

②琼甃:井壁的美称。唐温庭筠《过华清宫二十二韵》诗:"涩浪和琼甃,晴阳上彩斿。"

③龙眠:指归隐林下。西园集,西园为北宋驸马都尉王诜之第,当代文人墨客多雅集于此。此处喻指曹溶与友人集米山堂。

④三径:见前《祝英台近·同杨香山次辛稼轩韵》注释⑤。苔钱,苔点

形圆如钱,故曰"苔钱"。南朝梁刘孝威《怨诗》:"丹庭斜草径,素壁点苔钱。"宋司马光《和宋复古小园书事》诗:"东家近亦富,满地布苔钱。"

⑤甗㲉:见前《满庭芳·止岳有和忆广南胡家二姬之作,再赋》注释③。

⑥琥珀:见前《瑞鹤仙·寿薛楚玉八月十三日时在云中》注释⑦。

⑦香兽:见前《青衫湿·记湖上弹琴之会》注释⑤。

⑧何戡:唐长庆时著名歌者。唐刘禹锡《与歌者何戡》诗:"旧人唯有何戡在,更与殷勤唱《渭城》。"此借指遭逢世乱后幸存的歌者。

⑨红豆:见前《六幺令·张老四曾事云间周勒卣,度曲甚美,遇之怅然》注释⑧。

⑩金龟:金龟袋的省称。唐武后时官员的一种佩饰。《新唐书·车服志》:"天授二年,改佩鱼皆为龟。其三品以上龟袋饰以金,四品以银,五品以铜;中宗初,罢龟袋,复给以鱼。"

⑪家山:谓故乡。唐钱起《送李栖桐道举擢第还乡省侍》诗:"莲舟同宿浦,柳岸向家山。"宋梅尧臣《读〈汉书·梅子真传〉》诗:"旧市越溪阴,家山镜湖畔。"

⑫射覆:酒令之一。清俞敦培《酒令丛钞·古令》:"然今酒座所谓射覆,设注意'酒'字,则言'春'字、'浆'字,使人射之,盖春酒、酒浆也。射者言某字,彼此会意,余人更射。不中者饮,中则令官饮。"

⑬欢伯:酒的别名。唐陆龟蒙《对酒》诗:"后代称欢伯,前贤号圣人。"宋杨万里《题湘中馆》诗:"愁边正无奈,欢伯一相开。"

前调　闻周青士有《词纬》之选①,寄之

喜瑶樽②、细倾醹酥③,苔溪已倦双桨④。寒崖紫雾濛濛地⑤,鸿过影留疏幌⑥。迟见访。乍断簏书成,好对群山爽。情多自奖。尽受得春怜,载归朱户⑦,斜月堕罗帐⑧。　　休孤赏。拟倩麻姑仙爪⑨,挑动人间技痒。名花不乏沉酣处,掩抑方堪寄想。空追怅。似烛泪堂开,楚楚闻清响。秦欧既往⑩。

仗象管吹香⑪，惊回弱梦，身老钿筝上。

【编年】

此词作于清康熙二十年辛酉（1681）。

【笺注】

①周青士：周筼（1623—1687），初字公贞，更字青士，又字筜谷，嘉兴人。明亡后弃举子业，开米店为生。善诗文，著有《采山堂集》24卷、《析津日记》3卷、《投壶谱》1卷。又精于词律，广泛搜集唐、宋、元词家作品，按体裁编成《词纬》30卷，又编《今词综》10卷，与柯崇朴同辑《乐章考索》10册。

②瑶樽：亦作"瑶尊""瑶罇"。玉制的酒杯。亦用作酒杯的美称。宋王禹偁《茶园》诗："汲泉鸣玉甃，开宴压瑶罇。"宋张先《燕归梁》（去岁中秋玩桂轮）词："今年江上共瑶尊，都不是、去年人。"

③醹醁：见前《念奴娇·贺嵋雪生子》注释⑧。

④苕溪：水名。出浙江天目山之南者为东苕，出天目山之北者为西苕。两溪合流，由小梅、大浅两湖口注入太湖。夹岸多苕，秋后花飘水上如飞雪，故名。唐罗隐《寄第五尊师》诗："苕溪烟月久因循，野鹤衣制独茧纶。"宋苏轼《泛舟城南会者五人》诗："试选苕溪最深处，仍呼我辈不羁人。"

⑤濛濛：见前《金人捧露盘·丰台看花》注释③。

⑥幌：帘幔。多以丝帛或布做成。唐杜甫《月夜》诗："何时倚虚幌，双照泪痕干。"宋苏辙《葺东斋》诗："图书易新幌，几杖移故处。"

⑦朱户：见前《望江南·本意》其二注释②。

⑧罗帐，见前《生查子·代赠》注释③。

⑨拟倩两句：见前《花心动·与篛庵诸子夜泛》注释⑪。

⑩秦欧：指北宋秦观和欧阳修。二人皆善作词。

⑪象管：指笛。宋柳永《定风波》（自春来）："早知恁么。悔当初、不把雕鞍锁。向鸡窗、只与蛮笺象管，拘束教吟课。"宋周密《齐东野语·混成集》："翁一日自品象管，作数声，真有驻云落木之意，要非人间曲也。"

前调　济武见访示一词①，次韵奉答

解尘羁②、天容鼛叟③，年来余少清思。书龛药架勤收拾，错愕隙驹方驶④。吾倦矣。拚冷落交游⑤，孤坐谈秋水⑥。五湖阴里⑦，忽露宿鹈鹕⑧，风翻芦荻，相助挽征袂。　贫家具，回听朝鸡万里⑨。陶公欲酿无米。此心漫诧同顽铁，又被高歌催起。人世事。料不过、对花对鸟千回醉。闲情自寄。看瑶海飞灰⑩，珠林断响，九鼎寸丝系。

【编年】

此词作于清康熙二十年辛酉（1681）。

【笺注】

①济武：见前《一丛花·再饮唐济武寓中》注释①。

②尘羁：尘事的束缚。晋陶潜《饮酒二十首》诗其八："吾生梦幻间，何事继尘羁。"元王沂《书李敬叔别蒲城诗卷二首》诗其一："十载承明把一麾，急流勇退脱尘羁。"

③鼛（áo）叟：见前《汉宫春·借寓耕石山房》注释④。

④隙驹：《庄子·知北游》："人生天地之间，若白驹之过郤，忽然而已。"成玄英疏："白驹，骏马也，亦言日也。郤，孔也……如驰骏驹之过孔，欻忽而已，何曾足云也！"陆德明释文："郤，本亦作隙。"后因以"隙驹"比喻易逝的光阴。宋张抡《醉落魄·咏秋十首》词其一："隙驹莫叹年华速。新凉且喜消炎酷。"

⑤拚（pàn）：舍弃，豁出去。宋晏几道《鹧鸪天》（彩袖殷勤捧玉钟）词："彩袖殷勤捧玉钟。当年拚却醉颜红。"

⑥秋水：秋天的江湖水，雨水。唐王勃《滕王阁序》："落霞与孤鹜齐飞，秋水共长天一色。"宋王安石《散发一扁舟》诗："秋水泻明河，迢迢藕花底。"

⑦五湖：见前《霜天晓角·同香山、敬可夜坐倦圃》注释③。

⑧䴔䴖：即池鹭。一种水鸟。头细身长，身披花纹，颈有白毛，头有红冠，能入水捕鱼。唐杜甫《曲江陪郑八丈南史饮》诗："雀啄江头黄柳花，䴔䴖溪鹅满晴沙。"

⑨朝鸡：早晨报晓的雄鸡。宋袁文《甕牖闲评》卷五："朝鸡者，鸣得绝早，盖以警入朝之人，故谓之朝鸡。"明文徵明《送钱元抑南归口占十首》诗其十："为语近来憔悴尽，日骑羸马听朝鸡。"

⑩看瑶海三句：言闲看时间巨变。瑶海，指瑶池。元吴景奎《拟李长吉十二月乐辞·十二月》："琼芳销歇年华改，青鸟无音隔瑶海。"明王世贞《送徐子与祀康陵》诗："俱传骏足留瑶海，亦有龙髯堕鼎湖。"珠林，林木的美称。唐陈去疾《忆山中》诗："珠林余露气，乳窦滴香泉。"九鼎，相传夏禹铸九鼎，象征九州，夏商周三代奉为象征国家政权的传国之宝，后亦以九鼎借指国柄。宋沈明叔《水调歌头》（汉事正犹豫）词："严陵老子，当时底事动天顽。曾把丝纶一掷，藐视山河九鼎，高议凛人寒。"

前调　叠前韵，答吴宝崖见怀[一]①。宝崖武林人②

溯词源、六飞南渡③，诸家全斗才思。丛山漠漠青如昨，独觉流光惊驶④。秋到矣。趁十幅蒲帆⑤，错绣层层水。唐公瓢里。见炳烛裁诗，题蕉纫碧，累月共仙袂。　　劳相念，麋鹿何须爵里⑥。太仓刚剩稊米⑦。鼎钟无处堪容我⑧，聊逐沙鸥眠起。凄恻事。问故国⑨、交朋雨散谁同醉。浮踪远寄。倩山作纶巾⑩，江为罗带，牢把客愁系。

【校勘】

〔一〕"吴宝崖"，《百名家词钞》本《寓言词》题作"叠前韵答吴海木见怀"。

【编年】

此词作于清康熙二十年辛酉（1681）。

【笺注】

①吴宝崖：吴陈琰，字宝崖，一字芋畦，钱塘人。官山东茌平县知县。

②武林：杭州旧称。

③六飞南渡：指靖康之变后宋室南迁。六飞，亦作"六骓""六騑"。古代皇帝的车驾六马，疾行如飞，故名。《史记·袁盎晁错列传》："今陛下骋六骓，驰下峻山。"裴骃集解引如淳曰："六马之疾若飞。"《汉书·爰盎传》作"六飞"。后因以指称皇帝的车驾或皇帝。此处喻指帝位或皇权。

④流光：见前《万年欢·济武命饮白鹿泉亭，再叠前韵》注释⑨。

⑤蒲帆：用蒲草编织的帆。唐李贺《江南弄》诗："水风浦云生老竹，渚暝蒲帆如一幅。"宋梅尧臣《使风》诗："跨下桥南逆水风，十幅蒲帆弯若弓。"

⑥爵里：官爵和乡里。宋宋祁《学士集普光院》诗："妙墨仙郎题爵里，他年为寄此中行。"

⑦太仓刚剩稊米：太仓稊米。大谷仓中一粒小米，喻极渺小。《庄子·秋水》："计四海之在天地之间也，不似礨空之在大泽乎？计中国之在海内，不似稊米之在大仓乎？"唐白居易《思归乐》诗："人生百岁内，天地暂寓形；太仓一稊米，大海一浮萍。"稊米，小米。比喻其小。宋辛弃疾《哨遍·秋水观》词："喻此理，何言泰山毫末，从来天地一稊米。"

⑧鼎钟：鼎与钟。古代钟鼎上刻铭文，以旌有功者。亦借指功业。《三国志·魏志·陈思王植传》："每览史籍，观古忠臣义士，出一朝之命，以徇国家之难，身虽屠裂，而功铭著于鼎钟，名称垂于竹帛，未尝不抚心而叹息也。"

⑨问故国句：言明朝时交往的友人多已谢世。故国，已经灭亡的国家；前代王朝。南唐李煜《虞美人》（春花秋月何时了）词："小楼昨夜又东风，故国不堪回首月明中。"宋苏轼《念奴娇·赤壁怀古》词："故国神游，多情应笑我，早生华发。"

⑩纶巾：古时头巾名。幅巾的一种，以丝带编成，一般为青色。相传为三国时诸葛亮所创，又称"诸葛巾"。后被视作儒将的装束。宋仇远《玉蝴蝶》（独立软红尘表）词："羽扇纶巾，不知门外有人闲。"

· 279 ·

前调　济武同诸君过饮倦圃①，三叠前韵

偶携壶、空明小径，背时偏有微思。黄鹂两两啼初罢，门外雪翻波驶。咸集矣。任脱帽乔柯②，濯足阶前水。白蘋香里。更越濑经寒③，吴湾度夏，从此绝分袂。　　欢相接，通德真惭记里④。筼筜凤到生米⑤。休嗟下国舆图俭⑥，五岳中心崇起。添快事。堪借得、夷光歌舞深宫醉⑦。悠然谩寄。只左掘陶泓⑧，右倾凿落⑨，斯世本无系⑩。

【编年】

此词作于清康熙二十年辛酉（1681）。

【笺注】

①济武：见《一丛花·再饮唐济武寓中》注释①。

②乔柯：高枝。晋陶潜《杂诗十二首》诗其十二："年始三五间，乔柯何可倚？"逯钦立校注："乔柯，高枝。"宋曾巩《秋声》诗："乔柯与长谷，秀色故未浼。"

③越濑（lài）：泛指吴越之地的水流。濑，急流。

④通德：共同遵循的道德。《史记·平津侯主父列传》："智，仁，勇，此三者天下之通德，所以行之者也。"

⑤筼筜：陕西洋县筼筜谷所产之竹。

⑥下国：谦称本国。舆图，地图。《史记·三王世家》："臣请令史官择吉日，具礼仪上，御史奏舆地图。"司马贞索引："谓地为舆者，天地有覆载之德，故谓天为盖，谓地为舆，故地图称舆地图。"

⑦夷光：又称西施。春秋越国美女。

⑧陶泓：陶制之砚。砚中有蓄水处，故称。

⑨凿落：见前《贺新郎·吴园次招集米山堂》注释⑩。

⑩斯世句：深隐表达内心不接受清朝政权，认为清廷不合谱序。系，世系；谱系。唐高适《奉酬睢阳李太守》诗："系高周柱史，名重《晋阳秋》。"

唐杜甫《赠比部萧郎中十兄》诗："汉朝丞相系，梁日帝王孙。"

前调　酒间答星期①，四叠前韵

别吴州②、便穿荒圃，此中应蓄深思。嘹嘹哀雁清笳外，铁甲往来何驶③。君误矣。且玩弄垂虹④，鲁望吟残水⑤。故人杯里。有松籁疑弦，⑥鱼梁近画⑦，莫湿感时袂。　浮沉处，游侠难逢帜里。丹砂转讶成米⑧。男儿胸次多冰雪，兴到谁嫌腾起。眼底事。怪几日、浓阴未解如酣醉。痴肠可寄。愿花月常辉，天公注定，也似赤绳系。

【编年】

此词应作于清康熙二十年辛酉（1681）。

【笺注】

①星期：见前《洞仙歌·同叶星期探桂未开，感赋》注释①。

②吴州：梁、陈曾置吴州，隋改苏州。

③铁甲：用钢板制成的车船的外壳。此处指铁甲船。

④垂虹：指垂虹桥。垂虹桥始创于北宋庆历八年（1048），原为木桥。至元泰定二年（1325）由知县张显祖易木为石，改建为联拱石桥。全用白石垒砌，长 500 多米，设 72 孔。据载，当时垂虹桥三起三伏、环如半月，长若垂虹，故而得名。桥孔比一般的桥孔高，便于行舟，利于泄洪。

⑤鲁望：陆龟蒙（？—约881），字鲁望，自号江湖散人、甫里先生，又号天随子，姑苏（今江苏苏州）人。曾为湖州、苏州从事，后隐居甫里。垂虹桥东有祭祀陆龟蒙的祠堂。

⑥松籁：风吹松树发出的自然声韵。唐欧阳衮《南涧寺》诗："松籁泠泠疑梵呗，柳烟历历见招提。"宋林逋《深居杂兴六首》诗其一："隐居松籁细铮然，何独微之重碧鲜。"

⑦鱼梁：见前《珍珠帘·题画》注释⑥。

⑧丹砂：指丹砂炼成的丹药。《宋史·薛居正传》："（居正）因服丹砂遇

毒……吐气如烟焰,舁归私第卒。"明谢榛《元夕道院同公实五君得家字》诗:"乘闲来紫府,垂老问丹砂。"

前调　答止岳①,五叠前韵

掩荆扉②、笔床蛛网③,都无兰畹佳思④。亲逢八咏楼头客⑤,驱策驽骀皆驶⑥。吾病矣。听枕上桐声,一夜随沟水。小山丛里。只三百青铜,换他珠榼,相聚解罗袂。　荒祠畔,遥射菰蒋十里⑦。少伯祠在偓圃侧,其下五湖遗址江乡徒诩鱼米。紫芝曲避咸阳焰⑧,肯爱子房招起⑨。非细事。有北斗量金⑩,难博今生醉。卮言是寄⑪。怕春去多时,柔肠撩乱,空用柳条寄。

【编年】

此词作于清康熙二十年辛酉(1681)。

【笺注】

①止岳:见前《虞美人·同龚芝麓、沈止岳席上观伎》注释①。

②荆扉:柴门。晋陶潜《归园田居五首》诗其二:"白日掩荆扉,对酒绝尘想。"宋陆游《野兴》诗:"从今谢人事,终日掩荆扉。"

③笔床:卧置毛笔的器具。南朝陈徐陵《〈玉台新咏〉序》:"翡翠笔床,无时离手。"唐岑参《山房春事二首》诗其一:"数枝门柳低衣桁,一片山花落笔床。"

④兰畹(wǎn)佳思:北宋曾几有《兰畹》诗。诗云:"深林以荠名,花木不知数。一点无俗氛,兰芽在幽处。"

⑤八咏楼:在浙江省金华市南隅,婺江北岸。南朝齐太守沈约于隆昌元年(494年)建。原名元畅楼。宋至道中,郡守冯伉因沈约曾于此作《八咏诗》,改名八咏楼。

⑥驽骀(nú tái):劣马。《楚辞·九辩》:"却骐骥而不乘兮,策驽骀而取路。"清陈维崧《簌水·见古寺放生马而叹之》词:"草头一点,猛气削驽骀凡马。"

⑦菰蒋（gū jiǎng）：指菰叶。北魏贾思勰《齐民要术·种枣》："作干枣法：新菰蒋，露于庭，以枣著上，厚二寸；复以新蒋覆之。"石声汉注："菰蒋是'茭瓜'（茭白）的叶子。"唐陆龟蒙《田舍赋》："屋以菰蒋，扉以篷簾。"

⑧紫芝：比喻贤人。《淮南子·俶真训》："巫山之上，顺风纵火，膏夏紫芝，与萧艾俱死。"高诱注："膏夏、紫芝皆喻贤智，萧、艾，贱草。皆喻不肖。"

⑨子房：西汉开国大臣张良的字。曾行刺秦始皇未遂，逃亡下邳。秦末农民战争中为刘邦重要谋士，汉朝建立，封留侯。

⑩北斗：北斗七星排列成斗勺形，因以喻酒器。《楚辞·九歌·东君》："操余弧兮反沦降，援北斗兮酌桂浆。"洪兴祖补注："此以北斗喻酒器者，大之也。"

⑪卮言：自然随意之言。宋胡寅《和曾漕吉甫》诗："径路枉寻难直尺，卮言暮四等期三。"宋岳珂《夜读庄子呈高紫微》诗："蒙园傲吏御风仙，聊以卮言后世传。"

前调　答王迈人①，六叠前韵

曳青藜②、笋舆休御③，炎光常带寒思④。钱神脉脉无消息，何计挽迟为驶。堪隐矣。有作队鸥凫⑤，栖向当年水。五噫声里⑥。更置网高张⑦，麟枯凤老，相泣反前袂。　　天壤内，空阔仍同梓里⑧。齐名敢觑苏米⑨。书生习气难镵削，汉柳多情三起。些子事。莫近舍尊前，追忆黄垆醉⑩。有家似寄。要缩取方壶⑪，天风海屋⑫，长剑辘轳系⑬。

【编年】

此词作于清康熙二十年辛酉（1681）。

【笺注】

①王迈人：王庭（1607—1693），字言远，号监卿，又号迈人，浙江嘉兴

人。明崇祯九年丙子（1636）举人。清顺治六年己丑（1649）进士，官至山西布政使。有《秋闲词》。

②青藜：指藜杖。唐刘言史《山中喜崔补阙见寻》诗："鹿袖青藜鼠耳巾，潜夫岂解拜朝臣。"宋王安石《昼寝》诗："井径从芜漫，青藜亦倦抉。"

③笋舆：竹轿子，竹舆。宋王安石《台城寺侧独行》诗："独往独来山下路，笋舆看得绿阴成。"宋陆游《大醉归南禅弄影月下有作》诗："天风吹笋舆，快若凌空游。"

④炎光：暑气。宋柳永《二郎神》（炎光谢）词："炎光谢，过暮雨、芳尘轻洒。"宋李清照《采桑子》（晚来一阵风兼雨）词："晚来一阵风兼雨，洗尽炎光。"

⑤鸥凫：鸥和凫。泛指水鸟。清乾隆帝《拒马河》诗："芦荻莽孤烟，鸥凫集寒渚。"

⑥五噫：五噫歌。诗歌篇名。相传为东汉梁鸿所作。全诗五句，句末均有"噫"字。《后汉书·逸民传·梁鸿》："因东出关，过京师，作五噫之歌，曰：'陟彼北芒兮，噫！顾览帝京兮，噫！宫室崔嵬兮，噫！人之劬劳兮，噫！辽辽未央兮，噫！'"亦省称"五噫"。

⑦罝（jū）网：捕捉兔子的网；也泛指捕鸟兽的网。

⑧梓里：故乡。五代翁承赞《奉使封闽王归京洛》诗："此去愿言归梓里，预凭魂梦展维桑。"宋张元干《瑶台第一层》（江左风流钟间气）词："旧山同梓里，荷月旦、久已平章。"

⑨苏米：指苏轼和米芾。此处曹溶言与王迈人齐名，不逊于苏米。

⑩黄垆：南朝宋刘义庆《世说新语·伤逝》："（王浚冲）乘轺车，经黄公酒垆下过，顾谓后车客：'吾昔与嵇叔夜、阮嗣宗共酣饮于此垆……自嵇生夭、阮公亡以来，便为时所羁绁。今日视此虽近，邈若山河。'"后世因用"黄垆"作悼念亡友之辞。

⑪方壶：传说中神山名。一名方丈。《列子·汤问》："渤海之东，不知几亿万里，有大壑焉……其中有五山焉：一曰岱舆，二曰员峤，三曰方壶，四曰瀛洲，五曰蓬莱。"殷敬顺释文："一曰方丈。"汉班固《西都赋》："滥瀛

洲与方壶，蓬莱起乎中央。"宋辛弃疾《满江红·题冷泉亭》词："是当年、玉斧削方壶，无人识。"

⑫海屋：传说中的海上仙屋。唐卢照邻《于时春也慨然有江湖之思寄赠柳九陇》诗："海屋银为栋，云车电作鞭。"

⑬长剑句：指辘轳剑。剑首以玉作辘轳形为饰，故名。唐常建《张公子行》诗："侠客白云中，腰间悬辘轳。"宋范仲淹《上都行送张伯玉》诗："宝此金辘轳，去去延平津。"

前调　同止岳过济武寓中①，叠前韵

叩琳宫②、乍闻鸣鹤，满庭堆垛幽思。绕城川路千回折，犹怅去帆难驶。相狎矣。请健笔题笺，勘破南湖水。无分表里。取玉局丰华③，收归海岱，明月照双袂。　　耽游戏。勿复占星帝里④。羞将青史酬米⑤。吴山久付先生卧，却被索郎扶起⑥。须耐事。恐见说世缘，触眼心如醉。鸿音莫寄。待紫陌骊驹⑦，闹花深草，系了又重系。

【编年】

此词作于清康熙二十年辛酉（1681）。

【笺注】

①止岳：见前《虞美人·同龚芝麓、沈止岳席上观伎》注释①。济武，见前《一丛花·再饮唐济武寓中》注释①。

②琳宫：仙宫。唐吴筠《游仙二十四首》诗其二十："上元降玉闼，王母开琳宫。"宋赵师侠《水调歌头·龙帅宴王公明》词："琳宫香火缘在，还近玉皇家。"此处为对济武寓所的美称。

③玉局：见前《万年欢·济武命饮白鹿泉亭，再叠前韵》注释②。

④占星：观察星象以推断吉凶。唐王绩《晚年叙志示翟处士》诗："望气登重阁，占星上小楼。"宋石孝友《望海潮·元日上都运鲁大卿》词："借月命卿，占星分使，来宽俗瘝君忧。"

⑤羞将句：此句言济武高洁情怀，不以玷污自身而换取物质利益。亦可窥见曹溶遗民情怀。青史，古代以竹简记事，故称史籍为"青史"。唐温庭筠《过陈琳墓》诗："曾于青史见遗文，今日飘蓬过此坟。"宋苏轼《题永叔会老堂》诗："嘉谋定国垂青史，盛事传家有素风。"

⑥索郎：酒名。桑落酒的别称。亦泛指酒。北魏郦道元《水经注·河水四》："（河东郡）民有姓刘名堕者，宿擅工酿，采挹河流，醖成芳酎，悬食同枯枝之年，排于桑落之辰，故酒得其名矣……自王公庶友，牵拂相招者，每云索郎有顾，思同旅语，索郎反语为桑落也。"

⑦紫陌：见前《念奴娇·偶见》注释⑥。骊驹，纯黑色的马。此处泛指骏马。

前调　病坐采山亭怀济武①

正秋闲、药囊斜挂，此家竟日含思。腐毫嗣咏高轩过②，差喜竹深溪驶。天阔矣。再何时褰裳③，径度蓬莱水④。建安年里⑤。记追逐西园，芙蓉承盖，烟月络珠袂。　　儒冠老⑥，卜筑停车废里。桃花任昉遗米⑦。牵船或傍鸳鸯宿，渔市一番歌起。真异事。看偌大南朝⑧，只让渊明醉。情来辄寄。欲饱乞风流，冰壶同映，浩浩免拘系。

【编年】

此词作于清康熙二十年辛酉（1681）。

【笺注】

①采山亭：曹溶别业倦圃之一景。济武，见前《一丛花·再饮唐济武寓中》注释①。

②腐毫：《西京杂记》卷二载，汉司马相如作赋"控引天地，错综古今，忽然如睡，焕然而兴，几百日而后成"。后遂以"腐毫"为行文迟巧、笔毫为枯之典实。南朝梁刘勰《文心雕龙·神思》："相如含笔而腐毫，扬雄辍翰而惊梦。"高轩，见前《万年欢·济武同诸子过周雨文山房》注释②。

③褰裳：撩起下裳。《诗·郑风·褰裳》："子惠思我，褰裳涉溱。"三国魏曹植《门有万里客》诗："门有万里客，问君何乡人。褰裳起从之，果得心所亲。"

④蓬莱：见前《清平乐·题壁》其三注释⑥。

⑤建安四句：忆往昔交游事。建安，东汉末年汉献帝的年号，公元196—219年，期间政治大权完全操纵在曹操手里。西园，园林名。汉上林苑的别名。《文选·张衡〈东京赋〉》："岁维仲冬，大阅西园，虞人掌焉，先期戒事。"薛综注："西园，上林苑也。"芙蓉承盖，言华美的车盖。

⑥儒冠老两句：言唐济武康熙二十年（1681）寓居吴越事。

⑦桃花句：《南史·任昉传》："（任昉）出为新安太守，在郡不事边幅，率然曳杖，徒行邑郭。人通辞讼者，就路决焉。为政清省，吏人便之。卒于官，唯有桃花米二十石，无以为敛。"任昉（460—508），字彦升，小字阿堆，乐安博昌（今山东寿光，一说山东广饶）人。南朝梁文学家。

⑧看偌大两句：以晋陶渊明辞官隐居喻指唐济武罢官闲居。

前调　题宝崖像①

妒年华、翻然四照，何人画出闲思。扬鞭直踏龙门路，止憾骅骝难驶②。君过矣。君不见大江，日夜无情水。柏梁宫里③。想金母频来，露茎高揭，仙泪已濡袂。　　论行乐，掉臂遨游戚里④。东方倦索珠米⑤。那如痴倚吴山枕，指点桑田尘起⑥。增盛事。早结就同心，日索梅花醉。雄风所寄。直大啸成雷，鼻端出火，车上一壶系。

【编年】

此词作于清康熙二十年辛酉（1681）。

【笺注】

①宝崖：见前《摸鱼儿·叠前韵，答吴宝崖见怀。宝崖武林人》注释①。

②骅骝：见前《玉漏迟·宿耕石山房》注释⑥。

③柏梁四句：《资治通鉴》卷二十："春（汉武帝元鼎二年，即公元前115年）起柏梁台，作承露盘，高二十丈，大七围，以铜为之，上有仙人掌，以承露，和玉屑饮之，云可以长生。"金母，古神话传说中的女神。俗称西王母。南朝梁陶弘景《真诰·甄命授》："昔汉初，有四五小儿路上画地戏。一儿歌曰：'著青裙，入天门，揖金母，拜木公。'……所谓金母者，西王母也。"露茎，承露盘的铜茎。

④掉臂：自在行游貌。唐吕岩《七言》诗："闲来掉臂入天门，拂袂徐徐撮彩元。"元汪元亨《折桂令·归隐》曲："问先生掉臂何之？在云外青山，山上茅茨。向陇首寻梅，着杖头挑酒。"戚里，泛指亲戚邻里。宋黄庭坚《鼓笛慢·黔守曹伯达供备生日》词："早秋明月新圆，汉家戚里生飞将。"

⑤珠米：谓米如珠玉般昂贵。明归有光《与周淀山四首》诗其三："北地极寒，珠米桂薪，殆不能度日。"

⑥桑田：指桑田沧海的相互变化。明杨班《龙膏记·游仙》："看人间几变桑田，忙提觉柱下仙官，早唤醒绣户婵娟，休恋着舞镜飞鸾。"清吴伟业《海户曲》诗："遂使相如夸陆海，肯教王母笑桑田。"

前调　约济武游鹤洲①

羡携钱、陈留北阮②，斯人殊妙豪思。不然羲蠁情悭极③，晓夜行天嫌驶。凉动矣。转望断飞楼，森森银河水④。玉壶光里⑤。便鹤氅参差⑥，戏拖拄杖，犹是杏坛袂⑦。　经南郭⑧，此去桃源几里⑨。聚图何处寻米。群书乱积藤梢下，拔地一峰隆起。成雅事。烦转语昌黎⑩，不作红裙醉。余生寄寄。看揽胜归来，川灵献媚⑪，篷背锦囊系⑫。

【编年】

此词作于清康熙二十年辛酉（1681）。

【笺注】

①济武：见前《一丛花·再饮济武寓中》注释①。鹤洲，见前《喜迁

莺·湖上，值朱子蓉》注释④。

②北阮：见前《念奴娇·将赴云中，留别胡彦远，兼戏其卖药》注释⑦。

③羲辔：指太阳。羲，通"曦"。唐黄滔《与赵员外书》："伏以曦辔流辉，已侵穷腊；禹门飞浪，即到登时。"清彭孙遹《闰中秋二首》诗其一："羲辔迟迟素节凉，斗车又见运中央。"

④淼淼：水势浩大貌。南朝梁沈约《法王寺碑》："炎炎烈火，淼淼洪波。"唐王建《水夫谣》诗："逆风上水万斛重，前驿迢迢后淼淼。"

⑤玉壶：喻明月。唐朱华《海上生明月》诗："影开金镜满，轮抱玉壶清。"宋辛弃疾《青玉案·元夕》词："凤箫声动，玉壶光转，一夜鱼龙舞。"

⑥鹤氅：鸟羽制成的裘。亦泛指一般外套。唐白居易《酬令公雪中见赠讶不与梦得同相访》诗："雪似鹅毛飞散乱，人披鹤氅立徘徊。"宋陆游《八月九日晚赋》诗："薄晚悠然下草堂，纶巾鹤氅弄秋光。"

⑦杏坛：相传为孔子聚徒授业讲学处。后亦泛指授徒讲学之所。唐杜甫《八哀诗·故著作郎贬台州司户荥阳郑公虔》："空闻《紫芝歌》，不见杏坛丈。"宋王禹偁《赠浚仪朱学士》诗："潘岳花阴覆杏坛，门生参谒绛纱宽。"

⑧南郭：南面的外城。宋苏轼《泛舟城南会者五人分韵赋诗四首》诗其四："南郭清游继颜谢，北窗归卧等羲炎。"清宋琬《张幼量话金陵赋赠二首》诗其二："名园南郭外，公子命扁舟。"

⑨桃源："桃花源"的省称。指避世隐居的地方，亦指理想的境地。唐杜甫《北征》诗："缅思桃源内，益叹身世拙。"宋秦观《踏莎行·郴州旅舍》词："雾失楼台，月迷津渡，桃源望断无寻处。"

⑩烦转两句：唐韩愈《醉赠张秘书》诗有云："不解文字饮，惟能醉红裙。"

⑪川灵：指河神。宋秦观《谒禹庙》诗："阴阴古殿注修廊，海伯川灵俨在傍。"宋徐鹿卿《七月二十一日重过赣滩十绝句》诗其六："川灵有眼还知道，几个归人月满船。"

⑫锦囊：见前《万年欢·答星期》注释③。

前调　金明寺访灯公叠前韵[①]

噪秋蝉、澄潭界道[②]，入门疑酿凉思。观空的是英雄业[③]，鞭影不施而驶[④]。身到矣。正踏破机缘[⑤]，随分佳山水。宝华轮里[⑥]。睹碎碣蟠蜗，四垂青薜，禅客半无袂。　　天街返[⑦]，佚老鸥夷旧里[⑧]。庵蔺间续厨米[⑨]。家风肯受龙蛇杂，钟散月斜香起。因此事。痛举世沉沉[⑩]，总被文章醉。纵横各寄。要汛扫蓬蒿[⑪]，拨尘相对，驴橛定休系[⑫]。

【编年】

此词作于清康熙二十年辛酉（1681）。

【笺注】

①金明寺：位于今嘉兴范蠡湖南。灯公，悟进禅师。俗姓张，字觉先，嘉兴人。

②界道：划为一道疆界。《文选·孙绰〈游天台山赋〉》："赤城霞起而建标，瀑布飞流以界道。"李善注："谓为道疆界也。"

③观空：佛教语。对空谛的观想。以体认无相为宗。亦指天台宗所立一心三观（空观、假观、中观）之一。南朝宋谢灵运《石壁立招提精舍》诗："禅室栖空观，讲宇析妙理。"清龚自珍《己亥杂诗》诗其一："空观假观第一观，佛言世谛不可乱。"

④鞭影：马鞭的影子。《景德传灯录·天台丰干禅师》："外道礼拜云：'善哉世尊，大慈大悲开我迷云，令我得入。'外道去已。阿难问佛云：'外道以何所证而言得入。'佛云：'如世间良马，见鞭影而行。'"宋陆游《村居》诗："生憎快马随鞭影，宁作痴人记剑痕。"

⑤机缘：佛教语。谓众生信受佛法的根机和因缘。《金光明最胜王经·如来寿量品》："佛世尊无有分别，随其器量，善应机缘，为彼说法，是如来行。"

⑥宝华：谓至宝之妙花。法华经譬喻品（大九·一一中）："若欲行时，

宝华承足。"

⑦天街：京城中的街道。唐韩愈《早春呈水部张十八员外二首》诗其一："天街小雨润如酥，草色遥看近却无。"宋赵师侠《汉宫春·壬子莆中鹿鸣宴》词："蓝绶袅，芦鞭骏马，长安走遍天街。"

⑧鸱夷：革囊。此借指春秋吴伍子胥。宋赵孟坚《风流子·清涵万象阁》词："杜若满汀，离骚幽怨，鸱夷去国，烟浪遨游。"明高启《行路难三首》诗其二："钩弋死云阳，鸱夷弃江沙。"

⑨菴蕳：明毛晋《陆氏疏注广要》卷上之上"中谷有蓷"条："菴蕳生雍州川谷及上党道边。春生，苗叶如艾蒿，高三二尺，七月开花，八月结实。"宋罗愿《尔雅翼》卷四"蘩"条："此物非唯生蚕，又曰兔食之而仙，駏驉亦食菴蕳子而仙。"宋郑樵《通志》卷七十五："菴蕳状如蒿艾，駏驉食之仙。"

⑩痛举世两句：言举国皆沉迷于文章之事，而无复国之举。

⑪蓬蒿：见前《采桑子·巩都尉席上》注释⑥。

⑫驴橛句：言不要被某个禅理限制了思维。"一句合头语，万劫系驴橛"是禅宗公案中常用语。合头，即了解、体会之意。"合头语"是指非常正确地道破禅宗玄理的语言，与"万劫系驴橛"为相对之语。意谓本来一句很好的话，若因此让人执着于此，让人拘泥于这个禅理，反而会限制人的思维，成为栓驴的橛子。

前调　送晓山师住如如庵①

讯毗陵②、乌衣甲第③，投闲正属雄思。金鳞直透千重网④，霞气赤城遥驶⑤。良健矣。好不涉程途，幻出莲花水。名山社里⑥。怪采菊狂生⑦，蜉蝣晋宋，亲执远公袂。　　情偶结，乐土移归廯里。溪田雀啄香米。儒门淡泊相传久，那得无人飚起。奇特事。本李耳衔杯⑧，却见瞿昙醉⑨。逢场日寄。贵出匣吹毛⑩，弥天伎俩⑪，重把马驹系⑫。

【编年】

此词作于清康熙二十年辛酉（1681）。

【笺注】

①晓山师：僧人，其他未详。如如庵，或即真如庵，又名九如庵，位于天台峰东盆地。明万历末年僧人明预（字见空）建。曹溶《静惕堂诗》卷三十七有《送晓山僧入天台》，作于同时。

②毗（pí）陵：古地名。本春秋时吴季札封地延陵邑。西汉置县，治所在今江苏省常州市。三国吴时，为毗陵典农校尉治所。晋太康二年始置郡，治所移丹徒。历代废置无常，后世多称今江苏常州一带为毗陵。

③乌衣甲第：指世家望族。

④金鳞：比喻闪烁于水面的细碎日光。元郭钰《赋清溪》诗："半篙晴日荡金鳞，一带秋烟溜寒玉。"

⑤霞气赤城：即赤城山。《浙江通志》引《赤城志》："（赤城山）在县北六里，一名烧山，又名消山。石皆霞色，望之如雉堞，因以为名。孙绰赋所谓'赤城霞起以建标'是也。绝顶有浮屠七级，梁岳阳王妃所建。支遁《天台山铭序》云：'往天台山当由赤城为道。'而《神邕山图》亦以此为台山南门云。"唐李白《梦游天姥吟留别》诗："天姥连天向天横，势拔五岳掩赤城。"

⑥名山社里：晋高僧慧远居庐山三十年，结"白莲社"。

⑦采菊狂生三句：晋高僧慧远居庐山期间，陶渊明曾与之交往，并入"白莲社"，不久离去。采菊狂生，指陶渊明。蜉蝣，比喻浅薄狂妄的人或文辞。清袁枚《随园诗话》卷一："今人未窥韩柳门户，而先扫六朝；未得李杜皮毛，而已轻温李：何蜉蝣之多也。"远公，慧远（334—416）的尊称。东晋名僧，雁门楼烦（今山西宁武）人，继著名高僧道安之后的佛教领首，因其大力弘扬净土法门，被后人尊为净土宗初祖。居庐山东林寺，世人称为远公。

⑧李耳：老子姓李，名耳。

⑨瞿昙：乔达摩·悉达多（释迦牟尼）的姓，亦作佛的代称。宋陆游《苦贫》诗："此穷正坐清狂尔，莫向瞿昙问宿因。"

⑩出匣吹毛：形容刀剑锋利，吹毛可断。唐杜甫《喜闻官军已临贼境二十韵》："锋先衣染血，骑突剑吹毛。"仇兆鳌注："旧注：'《吴越春秋》："干将之剑，能决吹毛游尘。"'考本书无此语。"元王实甫《丽春堂》第二折："这剑比那太阿无光，镆铘无神，臣阙无威。你可休将他小觑的轻微不贵，端的个有吹毛风力。"

⑪弥天伎俩：极大的本领。弥天，极言其大。伎俩，技能、本领。《旧唐书》卷一九〇《文苑传下·司空图传》："伎俩虽多性灵恶，赖是长教闲处著。"唐贯休《战城南二首》诗其一："邯郸少年辈，个个有伎俩。"

⑫重把句：言让时间流逝缓慢。《庄子·知北游》："人生天地之间，如白驹过隙，忽然而已。"《史记·晋侯世家》："人生一世间，如白驹过隙。"如驹过隙，极言时间流逝之快。

前调　答嵋雪叠前韵①

怨城空、冷风黄叶，君来始获精思。昨年放眼章华上②，仿佛猎徒飚驶③。堪乐矣。聚司马元龙④，入我毫端水⑤。懒真堂里⑥。遇花谱唐宫⑦，十分春色，邀客展芳袂。　　尘途浊，耐可欹眠井里⑧。侏儒耻向分米⑨。移居只在秋滕畔，东望海云初起。文章事。似雪乳盈瓯⑩，续取连宵醉。蕉筒索寄⑪。纵铸就拜刀，象觿双佩⑫，难解此心系。

【编年】

此词作于清康熙二十年辛酉（1681）。

【笺注】

①嵋雪：见前《少年游·寄项嵋雪》注释①。

②昨年：去年。章华，即章华台，楚离宫名。唐陈子昂《感遇》诗之二八："昔日章华宴，荆王乐荒淫。"明何景明《岳阳》诗："明朝又下章华路，江月湖烟缩别愁。"

③猎徒：猎人。宋陆游《城东马上作》诗："手柔弓燥猎徒喜，耳热酒酣

诗兴生。"

④司马元龙：司马相如和陈登。此用以代指优秀人物。

⑤毫端：犹言笔底，笔下。宋王安石《赠李士云》诗："毫端出窈窕，心手初不著。"宋管鉴《水龙吟·夷陵雪作》词："共飘零、茫茫天外。毫端句涩，杯中酒减，欢情难寄。"

⑥懒真堂：见前《少年游·寄项峒雪》注释①。

⑦遇花谱三句：言牡丹花开，主人邀友人观赏。花谱，记载花卉种、品种和栽培历史的书。唐宫，代指牡丹。

⑧耐可：宁可，愿得。唐刘长卿《赴宣州使院留辞韦使君》诗："耐可机心息，其如羽檄何！"宋薛嵎《寄公衮舍弟》诗："余生百计拙，耐可事清吟。"

⑨侏儒句：《汉书·东方朔传》载：东方朔不满意自己的地位和待遇，对汉武帝说："朱儒长三尺余，奉一囊粟，钱二百四十。臣朔长九尺余，亦奉一囊粟，钱二百四十。朱儒饱欲死，臣朔饥欲死。臣言可用，幸异其礼；不可用，罢之，无令但索长安米。"后以此典表示不满于不公正的待遇。

⑩雪乳：白色浓厚的浆液。指酒。宋苏轼《老饕赋》："倒一缸之雪乳，列百柂之琼艘。"清曹寅《发横林未到锡山六十里示同舍》诗："洗尘雪乳论饼贱，罨淖春虀没胫深。"

⑪蕉筒：蕉叶。浅底的酒杯。胡仔《苕溪渔隐丛话后集·回仙》引宋陆元光《回仙录》："饮器中，惟钟鼎为大，屈卮螺杯次之，而梨花蕉叶最小。"宋陈造《雪夜与师是棋次前韵》诗："掀髯得一笑，为汝倒蕉叶。"

⑫象觿（xī）：古代解结的用具。形如锥，用象骨制成。也可用作配饰。

前调　和济武梦赵韫退叠前韵①

七年余、未逢珠节，索居那免凄思②。河山命驾冲风苦，信觉神尻多驶③。飞动矣。是碧月楼寒，断续铜壶水④。竹林游里。看太乙莲舟⑤，横穿戟户⑥，狂喜各舒袂。　　人何在，西接尧都舜里⑦。钢轮陆递军米。天中自昔萧闲境，猝受怒笳吹起。偏好事。每襆被漳台⑧，四顾应刘醉。双鱼既寄⑨。让拊枕缠绵，绿纱烟语，先我寸肠系。

【编年】

此词作于清康熙二十年辛酉（1681）。

【笺注】

①济武：见前《一丛花·再饮唐济武寓中》注释①。赵韫退，赵进美（1620—1692），字疑叔、韫退，号清止。山东益都人。明崇祯三年庚午（1640）进士。明亡后，侨居金陵、汾湖等地。入清后，授太常寺博士。清康熙二十一年壬戌（1682），官至福建按察使。两年后因年高上书归里。擅诗文，能制曲。著有《清止阁集》、杂剧《瑶台梦》《立地成佛》两种。

②那免：哪免，不免。

③神尻：以尻为车而神游。指随心所欲遨游自然。元刘埙《隐居通议·骈俪三》："尻轮神马，偏从尘外遨游。"

④铜壶：见前《霜天晓角·同香山、敬可夜坐倦圃》注释⑤。

⑤太乙莲舟：北宋名画家李公麟绘有《太一真人图》，图绘真人卧一大莲叶中，执书仰读。韩驹题诗有"太一真人莲叶舟"句。

⑥戟户：贵家门户，显贵之家。唐高适《同郭十题杨主簿新厅》诗："向风扃戟户，当署近棠阴。"唐张继《会稽秋晚奉呈于太守》诗："寂寂讼庭幽，森森戟户秋。"

⑦西接句：尧都，尧出生、建都之地。故址在今山西临汾。舜里，舜出生于姚墟。故址地点说法不一，有说在河南濮阳，有说山东鄄城。赵韫退为山东益都人，故曰。

⑧襆被：用包袱裹束衣被，意为整理行装。宋苏轼《次韵林子中春日新堤书事见寄》诗："东来寄食似孤云，襆被真成一宿宾。"

⑨双鱼：指书信。见前《花心动·得苋臣书报之》注释②。

前调　陈用亶尧夫携尊济武寓中同集叠前韵①

命长筵、秋澄物候，穷乡足浣忧思。阿谁不恨盐车困②，绝影奔尘之驶③。深坐矣。话少伯无端④，泛尽江南水。半床花里。盼弦月斜流，参横树杪⑤，先判隔城袂。　繙韵谱⑥，何异征歌北里。拣沙私幸留米。灯前击钵声希后⑦，户外云璈徐起⑧。狂奴事。可笺乞天公，日买新丰醉。一时兴寄。作艺海盘游，不须楼橹⑨，坚瓠也堪系⑩。

【编年】

此词作于清康熙二十年辛酉（1681）。

【笺注】

①陈用亶：陈忱，字用亶，秀水人。清顺治十一年甲午（1654）副贡。少孤力学，为诗文质于曹溶、朱彝尊。著有《诚斋诗集》。济武，见前《一丛花·再饮唐济武寓中》注释①。

②阿谁：见前《念奴娇·俞右吉自言近日眼明，喜为此赠》注释③。盐车，运载盐的车子。《战国策·楚策四》："夫骥之齿至矣，服盐车而上太行。蹄申膝折，尾湛胕溃，漉汁洒地，白汗交流，中阪迁延，负辕不能上。伯乐遭之，下车攀而哭之，解纻衣以幂之。"后以"盐车"为典，多用于喻贤才屈沉于下。宋辛弃疾《贺新郎·同父见和再用韵答之》词："汗血盐车无人顾，千里空收骏骨。"

③绝影奔尘：形容速度极快。

④话少伯两句：言谈论少伯泛舟隐去事。范蠡，字少伯。春秋时期楚国人。曾献策扶助越王勾践复国，后隐去。

⑤参（shēn）横句：言参星高挂。参，星名，二十八宿之一。唐杜甫《赠卫八处士》诗："人生不相见，动如参与商。"树杪（miǎo），树枝的细梢。宋袁去华《菩萨蛮》（西风送雨鸣庭树）词："树杪又斜阳。迢迢归路长。"宋吴潜《满江红·戊午八月二十七日进思堂赏第二木犀》词："树杪层

层如宝盖,枝头点点犹金粟。"

⑥繙(fān)韵谱两句:意谓翻阅韵谱,有类于招歌妓。繙,翻阅。征歌,谓征招歌伎。唐李白《宫中行乐词八首》诗其二:"选妓随雕辇,征歌出洞房。"北里,见前《玉楼春·张尔唯命寇白门劝酒》注释⑥。

⑦声希:寂静无声。《老子》:"视之不见名曰夷,听之不闻名曰希。"河上公注:"无声曰希。言一无音声,不可得听而闻之。"

⑧云璈(áo):打击乐器。又名"云锣"。民间称"九音锣"。

⑨楼橹:古时军中用以侦察、防御或攻城的高台。

⑩坚瓠:坚硬的实心葫芦,比喻无用之物。语本《韩非子·外储说左上》:"齐有居士田仲者,宋人屈谷见之曰:'谷闻先生之义,不恃仰人而食。今谷有树瓠之道,坚如石,厚而无窍,献之。'仲曰:'夫瓠所贵者,谓其可以盛也。今厚而无窍,则不可剖以盛物;而坚如石,则不可以剖而以斟,吾无以瓠为也。'曰:'然,谷将弃之。'今田仲不恃仰人而食,亦无益人之国,亦坚瓠之类也。"

前调　勉宏略叠前韵①

古贤豪、聚书抽藻,舍旃更有何思②。康庄待付凡流去③,历块连钱方驶④。兵偃矣⑤。应笑我淋漓,泪点如铅水⑥。少年场里。恣燕剪红殷⑦,花幡翠绕,寨得丽人袂⑧。　　轻尘外⑨,数岁安居苎里。嫩蒸波面飘米。长风逆溯西京上⑩,收召邹枚齐起⑪。传心事。第敞屣浮荣⑫,先学恹恹醉。名因迹寄。虑史氏占星⑬,霎时蓬散,权借彩虹系。

【编年】
此词作于清康熙二十年辛酉(1681)。

【笺注】
①宏略:未详。
②旃(zhān):文言助词,相当于"之"或"之焉"。

③康庄：四通八达的大路。唐白居易《和松树》诗："漠漠尘中槐，两两夹康庄。"宋无名氏《天书导引·诣南郊》词："宸心励翼修郊报，彩仗列康庄。"

④历块连钱：指骏马。宋杨万里《和萧判官东夫韵寄之》诗："尚策爬沙追历块，未甘直作水中凫。"连钱，即连钱骢。宋陈德武《木兰花慢·寄桂林通判叶夷仲》词："梅窗夜月见修妍。骏辔忆连钱。"

⑤兵偃句：指"三藩"叛乱平息事。"三藩"叛乱自清康熙十二年癸丑（1671）十一月二十一日吴三桂起兵反清开始，至清康熙二十年辛酉（1681）十月二十九吴世璠自杀，清军进入昆明结束，历时八年。

⑥应笑我两句：言因平息战乱，天下太平，曹溶激动得流泪。铅水，比喻晶莹凝聚的眼泪。唐李贺《金铜仙人辞汉歌》诗："空将汉月出宫门，忆君清泪如铅水。"宋周密《水龙吟·白莲》词："擎露盘深，忆君凉夜，暗倾铅水。"

⑦燕剪红殷：宋史达祖《双双燕·咏燕》词："飘然快拂花梢，翠尾分开红影。"

⑧搴：通"褰"。撩起。

⑨轻尘：尘土。尘土质轻，易于飞扬，故称。唐温庭筠《题李处士幽居》诗："水玉簪头戴角巾，瑶琴寂历拂轻尘。"宋寇准《阳关引》（塞草烟光阔）词："春朝雨霁轻尘歇。征鞍发。"此处喻指尘世。

⑩长风句：长风，远风。《文选·左思〈吴都赋〉》："习御长风，狎玩灵胥。"刘逵注："长风，远风也。"唐杜甫《龙门阁》诗："长风驾高浪，浩浩自太古。"西京，指长安。

⑪邹枚：见前《万年欢·同济武、香岩、雨文、星期雪中小饮，是夕沈生度曲，程生鼓琴》注释⑨。

⑫敝屣浮荣：虚荣犹如烂鞋。敝屣，破烂的鞋子。《孟子·尽心上》："舜视弃天下犹弃敝蹝也。"《战国策·燕策一》："夫实得所利，名得所愿，则燕赵之弃齐也，犹释敝躧。"吴师道补正："躧字与跣、屣通。"南朝陈徐陵《梁禅陈策文》："居之如驭朽索，去之如脱敝屣。"浮荣，虚荣。晋殷仲文

《南州桓公九井作》诗:"岁寒无早秀,浮荣甘夙殒。"唐顾况《赠僧二首》诗其二:"更把浮荣喻生灭,世间无事不虚空。"

⑬史氏占星:言史官预言未来国运。史氏,史家,史官。唐韩愈《答刘秀才论史书》:"史氏褒贬大法,《春秋》已备之矣。"占星,观察星象以推断吉凶。见前《摸鱼儿·同止岳过济武寓中,叠前韵》注释④。

大酺　同张蓬林饯别袁箨庵①

看楚云飞②,吴烟远,良约都因春误。红楼听雨罢③,又匆匆无定,意如飘絮。慢锁荷香,梁招乳燕,知是怀人深处。填词付歌管④,正陈隋旧梦,寓情琼树。恨三幅江帆,一双山屐,撰成离绪。　　沉沉丝雨暮。乱流急、翘首迷前渡。且近觅、投簪狂客⑤,负局先生⑥,解征衣、酒边同住。自古谁豪举。身与世、总成羁旅。更休叠⑦、阳关句。浮樽相属,西子夜来传语⑧。停舟镜湖待汝⑨。

【编年】

此词或作于清顺治十八年辛丑(1661),时袁箨庵将离开西湖。据徐朔方《袁于令年谱》,清顺治十五年戊戌(1658)袁于令寓西湖,清康熙七年戊申(1668)在南京,之后游会稽。从下片末"浮樽相属,西子夜来传语。停舟镜湖待汝"可知,此词应作于西湖。故此次饯别或是袁于令离开西湖之时。曹溶于清顺治十八年辛丑(1661)游西湖,并于次年离乡北上,直到清康熙六年丁未(1667)年底归里。从时间上看,亦不矛盾。故编于此年。

【笺注】

①张蓬林:张天植,字次先,号蓬林,秀水人。清顺治六年己丑(1649)进士。殿试第三人,由翰林院编修历任兵部右侍郎。有《北游草》《湖上偶吟》。

②楚云:楚天之云。《晋书·天文志中》:"韩云如布,赵云如牛,楚云如日,宋云如车。"宋晁端礼《蓦山溪》(春来心事)词:"天涯远梦,归路日

中迷,楚云深,孤馆静,潇洒梨花手。"

③红楼:指妓院。宋秦观《临江仙》(十里红楼依绿水)词:"十里红楼依绿水,当年多少风流。"清李天馥《忆王孙》(妒春良夜爱春朝)词:"花外红楼卷绛绡,极目香尘旧板桥。"

④填词三句:言所填之词虽似陈隋艳情,但别有寓意。

⑤投簪狂客:指袁箨庵。投簪,丢下固冠用的簪子。比喻弃官。晋陆机《应嘉赋》:"苟形骸之可忘,岂投簪其必谷。"宋贺铸《阳羡歌》(山秀芙蓉)词:"解组投簪,求田问舍。黄鸡白酒渔樵社。"

⑥负局先生:传说中背负磨镜箱的磨镜仙人。汉刘向《列仙传·负局先生》:"负局先生者,不知何许人也。语似燕代间人,常负磨镜局,徇吴市中,炫磨镜。一钱因磨之,辄问主人:'得无有疾苦者?'辄出紫丸药以与之。得者莫不愈,如此数十年。后大疫病,家至户到,与药,活者万计,不取一钱,吴人乃知其真人也。"唐鲍溶《古鉴》诗:"隐山道士未曾识,负局先生不敢磨。"

⑦更休叠句:谓不要再反复唱送别之曲。叠,计算乐曲重奏或文辞反复遍数的单位。此处用作动词。唐白居易《听歌六绝句·何满子》诗:"一曲四词歌八叠,从头便是断肠声。"宋欧阳修《醉翁吟》序:"余作《醉翁亭》于滁州。太常博士沈遵,好奇之士也,闻而往游焉。爱其山水,归而以琴写之,作《醉翁吟》三叠。"阳关句,唐王维《渭城曲》诗:"劝君更尽一杯酒,西出阳关无故人。"

⑧西子:西施。《孟子·离娄下》:"西子蒙不洁,则人皆掩鼻而过之。"宋苏轼《饮湖上初晴后雨》诗:"欲把西湖比西子,淡妆浓抹总相宜。"

⑨停舟句:镜湖,湖泊名。亦称为"鉴湖"。位于会稽。箨庵此行目的地是会稽,故云。

多丽　云母灯①用仄韵

小庭前,象板瑶樽齐设②。纳新凉、宜呼蜡炬,半遮无碍清彻。是何人、巧装密钉，一层云一层明月。掠取余英，群仙餐粉，劚来幽洞九枝叠雪③。总贪看、素光千片，宁使好山缺。浑疑向、绡衣对舞④，玉琢宫阙。　　恨刚被、屏风隔断，又添朱火高揭。巧藏身、众中偷觑，历历欢场助愁绝。劝惜兰膏⑤，护开花蕊，防他流泪易销歇。夜深也、寸心灰后，还有留髡物⑥。催移去、双影半昏，莫照罗袜。

【编年】

此词无法确知具体创作年份。

【笺注】

①云母灯：即孔明灯。又叫天灯。一般是由竹子或铁丝制作底部框架，上面再糊上以纸制作的大型纸袋，底小顶大。底架中间放置简单的油灯，点燃之后由于里面的热空气较外面冷空气轻，所以就会冉冉上升。

②象板瑶樽：指歌席酒宴。象板，见前《水调歌头·赠琴士程隐庵》注释⑦。瑶樽，见前《摸鱼儿·闻周青士有〈词纬〉之选，寄之》注释②。

③劚（zhú）：见前《万年欢·济武同诸子过周雨文山房》注释⑥。

④绡衣：用绫绡制成的衣裳。宋蔡伸《西楼子》（红靴玉带葳蕤）词："红靴玉带葳蕤。翠绡衣。并辔垂鞭妆影、照清溪。"宋卢祖皋《望江南》（疏雨过）词："缠臂细交纹线缕，称身初试碧绡衣。"

⑤兰膏：见前《玉漏迟·宣府严弁宅女乐》注释⑦。

⑥留髡：《史记·滑稽列传》："日暮酒阑……主人留髡而送客。罗襦襟解，微闻芗泽，当此之时，髡心最欢，能饮一石。"后因称留客为"留髡"。

前调　星期与诸子宴集涉园①，遥同次韵

尺缣残②，俊人再集西园③。送芦笳④、边风绝远，欢场许驻韶颜。听莺回、晴窗染绀⑤。浮花去⑥、春渚拖蓝。宦海难经，钱神易别，逍遥总让竹皮冠⑦。昂首望、横穿斗柄，历历酒星圆⑧。惊相问、善和坊曲⑨，欠取端端。算香辰、未逢修禊⑩，早看烟月双娟。要离冢、谁嗤灶热，临邛市肯怕琴

寒⑪。禁苑停呼，侯门漫刺，宏词合在客窗间。溯澄湖⑫、莼羹新熟，勤买橛头船⑬。吾衰甚、愿分兰畹⑭，洗尽愁山。

【编年】

此词无法确知具体创作年份。

【笺注】

①星期：见前《洞仙歌·同叶星期探桂未开，感赋》注释①。涉园，未详。

②尺缣：见前《华胥引·题画梨花牡丹，次张叔夏韵》注释③。

③西园：为北宋驸马都尉王诜之第，当代文人墨客多雅集于此。此处用以借指涉园。

④芦笳：古代的一种管乐器。以芦叶为管，管口有哨簧，管面有音孔，下端范铜为喇叭嘴状，吹时用指启闭音孔，以调音节。清代兵营巡哨多用之。宋曾慥《类说·集韵》："胡人卷芦叶而吹，谓之芦笳。"

⑤绀（gàn）：深青透红之色。

⑥浮花句：言水上花片消失后水面清澈的样子。浮花，水面上漂浮的花片。宋苏轼《贺新郎·夏景》词："石榴半吐红巾蹙。待浮花、浪蕊都尽，伴君幽独。"春渚，春日的水边。亦指春水。唐陈子昂《鸳鸯篇》诗："苹萍戏春渚，霜霰绕寒池。"唐柳宗元《同刘二十八院长述旧言怀感时书事》诗："秋原被兰叶，春渚涨桃花。"拖蓝，清水映蓝天，像拖着蓝色的彩带。清田雯《寒食二首》诗其二："春水拖蓝柳飐尘，湖边一到一回新。"

⑦竹皮冠：《史记·高祖本纪》："高祖为亭长，乃以竹皮为冠，令求盗之薛治之，时时冠之，及贵常冠，所谓'刘氏冠'乃是也。"裴骃集解引应劭曰："以竹始生皮作冠，今鹊尾冠是也。"司马贞索隐引应劭曰："一名'长冠'。侧竹皮裹以纵前，高七寸，广三寸，如板。"

⑧酒星：古星名。也称酒旗星。汉孔融《与曹操论酒禁书》："天垂酒星之燿，地列酒泉之郡，人著旨酒之德。"唐李白《月下独酌四首》诗其二："天若不爱酒，酒星不在天。"

⑨善和坊：见前《摸鱼儿·宴米山堂》注释③。

⑩修禊：见前《沁园春·题绿溪园》注释⑤。

⑪临邛句：指司马相如琴挑文君事。见前《念奴娇·偶见》注释①。

⑫溯澄湖句：言泛舟澄湖，可采莼菜做羹。澄湖，见前《扬州慢·与林铁崖、陈鹿友、程古狂饮》注释④。莼羹，见前《念奴娇·采友堂夜集》注释⑤。

⑬橛头船：尖头小船。清钱谦益《送瞿稼轩给事南还》诗："橛头船里新茶灶，折脚铛边旧佛龛。"亦省称"橛头"。宋张元干《渔家傲·题玄真子图》词："钓笠披云青障绕，橛头细雨春江渺。"

⑭兰畹：种兰的园囿。清乾隆帝《题米芾书蜀素卷》诗："堪与渔村为合璧，似争兰畹擅连城。"

南乡子　冬夜

楼上鼓初停。又叫疏鸿要客听①。欢伯近来容易别②，惺惺。无计将心入画屏③。　　寂寞记曾经。步尽长廊是短亭。借得檐梅传瘦影，荧荧④。灯与愁山一样青。

【编年】

此词无法确知具体创作年份。

【笺注】

①疏鸿：分散孤行的大雁。唐鲍溶《途中旅思二首》诗其二："青冥见古柏，寥朗闻疏鸿。"宋范仲淹《和延安庞龙图寄岳阳滕同年》诗："疏鸿秋浦外，长笛晚楼前。"

②欢伯：见前《御街行·题程云来小像》注释⑤。

③画屏：有画饰的屏风。唐韦庄《奉和观察郎中春暮忆花言怀见寄四韵之什》诗："落花带雪埋芳草，春雨和风湿画屏。"宋王沂孙《绮罗香·秋思》词："料如今，门掩孤灯，画屏尘满断肠句。"

④荧荧：光闪烁貌。汉秦嘉《赠妇诗》："飘飘帷帐，荧荧华烛。"前蜀

贯休《行路难五首》诗其一："君不见烧金炼石古帝王，鬼火荧荧白杨里。"

似娘儿　送聂乐读还吴门①

正是绣衾天。又古塘、曲港停船。流光莫使春先变②，花须无主，柳绵留恨③，蝶翅如烟。　　到处酒家钱。赋闲情、须趁芳年。软风一任轻帆转，粉娥盈路④，看他归去，绿笑红眠。

【编年】

此词无法确知具体创作年份。

【笺注】

①聂乐读：吴门（今江苏苏州）人。著有《指月录》，收集南宗宋至清康熙间，凡有高行、语录、传记、塔铭者710人。

②流光：见前《万年欢·济武命饮白鹿泉亭，再叠前韵》注释⑨。

③柳绵：亦作"柳棉"。柳絮。唐李商隐《临发崇让宅紫薇》诗："桃绶含情依露井，柳绵相忆隔章台。"宋苏轼《蝶恋花》（花褪残红）词："枝上柳绵吹又少，天涯何处无芳草。"

④粉娥：见前《望江南·本意》其二注释③。

月上海棠　招友人看杏花

玉梅落后闲双眼①。笑时光、应属妖红管②。同样催开、粉墙低③、枝枝独软。春难瘦，帘外娇波吹转④。　　朝来不放心情浅。绛痕微、只共轻衫暖。料理金樽⑤，好随风、当年池馆。花如故，谁信眠花人懒。

【编年】

此词无法确知具体创作年份。或与前《木兰花慢·采山亭北杏花盛开》作于同时。

【笺注】

①玉梅：白梅花。宋苏轼《六年正月二十日复出东门》诗："长与东风约今日，暗香先返玉梅魂。"宋范成大《樱桃花》诗："借暖冲寒不用媒，匀朱匀粉最先来。玉梅一见怜痴小，教向傍边自在开。"

②妖红：见前《花犯·重过林家看牡丹》注释⑥。

③粉墙：见前《浣溪沙·春怨》注释③。

④娇波：妩媚可爱的目光。唐玄宗《题梅妃画真》诗："霜绡虽似当时态，争奈娇波不顾人。"宋柳永《河传》（翠深红浅）词："愁蛾黛蹙，娇波刀翦。"

⑤金樽：见前《霜天晓角·春怨》注释②。

一丛花　秋海棠①

藕花开彻试吴纨②。粉汗应时干③。千番用尽浓阴力，翻轻藉④、一半阑干。弱不胜春，幽如却暑，玉魄对乘鸾⑤。　　华清别派远长安⑥。卯酒尚留残⑦。无香也学真仙子，疑妖语、画出宵寒。锦砌妆成，檀心吐后⑧，只作几回看。

【编年】

此词无法确知具体创作年份。

【笺注】

①秋海棠：秋海棠属多年生草本植物。根状茎近球形，茎直立，高可达60厘米，叶片上面褐绿色，常有红晕，下面色淡，带紫红色，花较多数粉红色，7月开花，8月开始结果。分布中国河北、河南、湖北、福建等地。生山谷潮湿石壁上、密林、灌丛中，该种花、叶、茎、根均可入药。

②吴纨：吴地产的白色席绢。元朱晞颜《团扇词》诗："吴纨一尺秋霜寒，冰绡玉尘裁合欢。"清乾隆帝《裂帛湖三首》诗其一："越縠吴纨水面铺，不须裁剪费工夫。"

③粉汗：见前《念奴娇·长干秋夜》注释⑦。

④翻轻蒨句：言秋海棠长势旺盛，花开鲜艳，让旁边的栏杆也显得鲜艳。蒨，见前《木兰花慢·采山亭北杏花盛开》注释①。阑干，见前《如梦令·有怀》注释②。

⑤玉魄：月亮的别名。唐春台仙《游春台》诗："玉魄东方开，嫦娥逐影来。"宋陈允平《倒犯》（百尺凤皇楼）词："婆娑桂影，香满西风阑干悄。渐玉魄金辉，飞度千山表。"

⑥华清：指华清宫。唐薛能《折杨柳十首》诗其一："华清高树出离宫，南陌柔条带暖风。"宋苏轼《骊山绝句三首》诗其一："辛苦骊山山下土，阿房才废又华清。"

⑦卯酒：早晨喝的酒。唐白居易《醉吟》诗："耳底斋钟初过后，心头卯酒未消时。"宋严仁《好事近·舟行》词："卯酒一杯径醉，又别君南浦。"

⑧檀心：浅红色的花蕊。宋苏轼《黄葵》诗："檀心自成晕，翠叶森有芒。"清纳兰性德《洞仙歌·咏黄葵》词："无端轻薄雨，滴损檀心。"

最高楼　六桥新植桃柳①，志喜

长恨事，草满宋宫城②。雨涨白堤平③。坏船斜泊沙边影，老谯偷歇夜来声。两难忘，情宛转，泪纵横。　　移几树、少年张绪柳④。劝几盏、去官陶令酒⑤。催岁换，捏春成。玉牌分镂花名巧⑥，绡衣争学燕雏轻⑦。瞰澄湖⑧，人欲寝，月犹明。

【编年】

此词无法确知具体创作年份。据词义，应作于入清后。

【笺注】

①六桥：见前《贺新郎·题梁承笃郡丞西湖图，次吴庆百韵》注释⑨。

②草满句：杭州为南宋都城，故云。

③白堤：见前《一络索·行中僧将卖药，赋比坚之》注释④。

④张绪柳：《南史·张绪传》："（张）绪吐纳风流，听者皆忘饥疲，见者肃然如在宗庙……刘俊之为益州，献蜀柳数株、枝条甚长，状若丝缕。时旧宫芳林苑始成，武帝以植于太昌灵和殿前，常赏玩咨嗟，曰：'此杨柳风流可爱，似张绪当年时。'"

⑤陶令：见前《卜算子·题琴士隐庵画像》注释③。

⑥玉牌：玉片，玉制的带饰。明沈仕《大石调催拍·偶见》："金锁带玲珑玉牌，翠珠摇芙蓉宝钗。"

⑦绡衣：见前《多丽·云母灯用仄韵》注释④。

⑧澄湖：见前《扬州慢·与林铁崖、陈鹿友、程古狂饮》注释④。

满庭芳　同吴香、为江、文叔、梅墩集高憺游纪胜堂，席上赠沙较书，即赋沙字①

艳似淘金，清还碾玉，怕人唤作风尘②。溪边送约[一]③，落雁故频频。漫说愁来醉卧，趁坡陀④、高下铺匀。疏狂处，量他一斛，捏就小腰身。　　羞随轻浪滚，莲花步暖[二]⑤，软尽无痕[三]⑥。怪当年叱利⑦，假借堪嗔。今日谁能拘管，算恒河⑧、自有仙真。情何限，千堆白雪，占稳凤楼春[四]⑨。

【校勘】

〔一〕"送"，清冯金伯辑《词苑萃编》卷二十二《谐谑》"曹溶《满庭芳》"条，写作"迭"。

〔二〕"暖"，清冯金伯辑《词苑萃编》卷二十二《谐谑》"曹溶《满庭芳》"条，写作"爱"。

〔三〕"软"，清冯金伯辑《词苑萃编》卷二十二《谐谑》"曹溶《满庭芳》"条，写作"踏"。

〔四〕"稳"，清冯金伯辑《词苑萃编》卷二十二《谐谑》"曹溶《满庭芳》"条，写作"断"。

【编年】

此词无法确知具体创作年份。

【笺注】

①吴香、为江、梅墩、高憺游、沙较书：皆未详。

②艳似三句：言沙较书美艳清丽，不愿被人视为风尘女子。淘金，用水选的方法从沙子里选出沙金。碾玉，打磨雕琢玉器。

③溪边两句：言沙较书之美。落雁，《庄子·齐物论》："毛嫱、丽姬，人之所美也；鱼见之深入，鸟见之高飞。"谓人美而鱼鸟避之。后世用"沉鱼落雁"形容女子容貌极美。

④坡陀：不平坦。唐韩愈《记梦》诗："石坛坡陀可坐卧，我手承颜肘拄座。"

⑤莲花步暖：言沙较书步履轻软温暖。莲花，见《万年欢·唐济武太史过访耕石斋小寓，次史邦卿旧韵》注释⑩。

⑥软尽无痕：极言沙较书体轻。

⑦叱利：复姓。源于鲜卑族，出自古鲜卑族拓跋部叱利氏族，属于以氏族名称汉化改姓为氏。沙较书身世应与此有关。

⑧恒河：南亚大河。发源于喜马拉雅山南坡，流经印度、孟加拉国入海。印度人多视为圣河、福水。

⑨占稳句：言沙较书在妓院出色于众歌妓。凤楼，指妓楼。宋王重《烛影摇红》（烟雨江城）词："纵有幽情欢会，奈如今、风情渐老。凤楼何处，画阑愁倚，天涯芳草。"

【参考资料】

清冯金伯辑《词苑萃编》卷二十二《谐谑》"曹溶《满庭芳》"条："曹秋岳先生赋《满庭芳》词，赠沙校书，即赋沙字。'艳似淘金，清还碾玉，怕人唤作风尘。溪边迓约，落雁故频频。漫说愁来醉卧，趁坡陀、高下铺匀。疏狂处、量他一斛，捏就小腰身。　　羞随轻浪滚，莲花步爱，踏尽无痕。怪当年叱利，假借堪嗔。今日谁能拘管，算恒河、自有仙真。情何限，千堆白雪，占断凤楼春。'钱塘朱若干为之序。"

解语花　郑家侍史再至①，用陈其年荆溪韵②

杪秋客邸③，私筑糟丘④，愿老名花下。故怀添惹。平分去、瘦句寒生短榭。红霜微洒。难挈伴⑤、陌头车马。剩空床、愁满长宵，任漏声斜打⑥。今夜不殊前夜。胜词人意态，暗吹兰麝⑦。谁能别也。只筵畔、顾盼误猜情话。同心尚假。已艳杀、江南鲍谢⑧。看回波欲去还留⑨，有画帘偷写。

【编年】

此词无法确知具体创作年份。

【笺注】

①郑家侍史：未详。

②陈其年：陈维崧（1625—1682），字其年，号迦陵，江苏宜兴人。清初著名词人，"阳羡词派"领袖。

③杪秋：晚秋。唐魏征《暮秋言怀》诗："首夏别京辅，杪秋滞三河。"明刘基《九日舟行至桐庐》诗："杪秋天气佳，九日更可喜。"

④糟丘：见前《南乡子·陈集生遗酒》其二注释④。

⑤挈伴：率领。清彭孙遹《金粟闺词一百首》诗其四六："兰桡桂楫纷容与，挈伴同游两浦山。"清陆滢睿《家园小集酬沈存西》诗："秋林初霁雁声催，挈伴登高第一回。"

⑥漏声：见前《万年欢·唐济武太史过访耕石斋小寓，次史邦卿旧韵》注释⑪。

⑦兰麝：兰与麝香。指名贵的香料。宋苏轼《占芳春》（红杏了）词："红杏了，夭桃尽，独自占春芳。不比人间兰麝，自然透骨生香。"宋黄庭坚《寄陈适用》诗："歌梁韵金石，舞地委兰麝。"

⑧鲍谢：南朝诗人鲍照和谢朓的并称。唐杜甫《遣兴五首》诗其五："赋诗何必多，往往凌鲍谢。"宋姚宽《西溪丛语》卷上："《南史》谓鲍照、谢元晖为鲍谢。"

⑨回波：见前《唐多令·戏答方敦四》注释④。

望湘人　郑瑚山席上戏为行酒者赠①

看书鱼数拂②，香鸭斜笼③，添来一种心绪。欲唤胡床④，泥他同坐⑤，又怕春风有主。巾帼惭多⑥，镜奁缘尽⑦，寄情惟汝。笑江州司马缠绵⑧，错为琵琶留语。　　重记长安饮伴⑨，早落拓归装⑩，江干倦旅⑪。拚此夕停眠，销受深更红炬。回新影，似隔帘金缕。谁惯着人如许。空宛转堂上传杯，天也廉纤寒雨⑫。

【编年】

此词无法确知具体创作年份。

【笺注】

①郑瑚山：郑载飓（生卒年不详），字瑚山，缙云（今属浙江）人。清康熙六年丁未（1667）进士，清康熙二十二年癸亥（1683）以中书舍人任宁国府同知。

②书鱼：即衣鱼。蛀蚀衣服书籍的一种小虫。宋贺铸《题叶翰林道卿手书唐人唱和集》诗："翰客文房万卷余，诜诜翻是蠹书鱼。"宋苏轼《次韵曹子方运判雪中同游西湖》诗："樽前侑酒只新诗，何异书鱼餐蠹简。"

③香鸭斜笼：鸭形香炉上覆盖着薰笼。详见前《夜游宫·唵叭香》注释⑦。

④胡床：一种可以折叠的轻便坐具。又称交床。唐杜甫《树间》诗："几回霑叶露，乘月坐胡床。"清赵翼《饭馀》诗："携得胡床临水坐，柳荫深处看荷花。"

⑤泥：软求，软缠。唐元稹《遣悲怀三首》诗其一："顾我无衣搜画箧，泥他沽酒拔金钗。"

⑥巾帼：古代妇女配戴的头巾和发饰。《晋书·宣帝纪》："（诸葛）亮数挑战，帝（司马懿）不出，因遗帝巾帼妇人之饰。"《新唐书·东夷传·高

丽》:"庶人衣褐,戴弁。女子首巾帼。"

⑦镜奁句:言无缘结为百年之好。奁,指陪嫁的衣物等。《清平山堂话本·快嘴李翠莲记》:"今朝随你写休书,搬去妆奁莫要怨。"

⑧笑江州两句:用唐白居易《琵琶行》典故。白居易被贬为江州司马,浔阳送客遇琵琶女,感其身世,遂作《琵琶行》。

⑨长安:见前《虞美人·同龚芝麓、沈止岳席上观伎》注释⑥。

⑩落拓:贫困失意,景况凄凉。唐李郢《即目》诗:"落拓无生计,伶俜恋酒乡。"宋陆游《醉道士》诗:"落托在人间,经旬不火食。"

⑪江干:江边;江岸。南朝梁范云《之零陵郡次新亭》诗:"江干远树浮,天末孤烟起。"唐王勃《羁游饯别》诗:"客心悬陇路,游子倦江干。"

⑫廉纤:细小,细微。多用以形容微雨。唐韩愈《晚雨》诗:"廉纤晚雨不能晴,池岸草间蚯蚓鸣。"宋黄庭坚《次韵赏梅》诗:"微风拂掠生春丝,小雨廉纤洗暗妆。"

南乡子 城南

草绣千堤①。东南日出照相思②。流水平桥寒似玉③。桃花曲④。两两春禽时对浴⑤。

【编年】

此词无法确知具体创作年份。据词风,或作于入清前。

【笺注】

①草绣句:绣字绝妙。有动感又有静态。一派绿意。

②东南句:实言日光照耀堤上青草。《楚辞·招隐士》:"王孙游兮不归,春草生兮萋萋。"南唐后主李煜《清平乐》(别来春半)词:"离恨恰如春草,更行更远还生。"

③寒似玉:言早春河水寒凉。

④桃花曲:《诉衷情》一名《桃花水》,因前蜀毛文锡词有"桃花流水漾

纵横"而得名。宋辛弃疾《生查子·独游雨岩》词："非鬼亦非仙，一曲《桃花水》。"

⑤两两句：禽双人单，点出相思。照应前文。

甘州子〔一〕味草①

王孙一去寂无踪②。和烟碧③、影连空。几番微雨又微风④。南陌总朦胧。荒亭古、长伴落花红。

【辨正】

〔一〕该词不见于《静惕堂词》，而载于蒋景祁《瑶华集》卷一，词调误作为《甘草子》。南京大学中国语言文学系全清词编纂委员会编纂《全清词》依据《瑶华集》收入，沿袭其错误而未加辨正。据万树《词律》，《甘草字》四十七字，仄韵，而《甘州子》三十三字，平韵，故曹溶的这首词应该是《甘州子》而非《甘草子》。

【编年】

此词无法确知具体创作年份。据词风，或作于入清前。

【笺注】

①味草：谓体味春草。

②王孙句：《楚辞·招隐士》："王孙游兮不归，春草生兮萋萋。"

③和烟句：烟雨朦胧中，极目远望，草天一色。

④几番句：唐刘兼《芳草》诗："微雨微风隔画帘，金炉檀炷冷慵添。"唐裴庭裕《偶题》诗："微雨微风寒食节，半开半合木兰花。"

醉太平　春思

春筵未逢。香笺转工①。羡他一院帘栊②。在桃花影中。　　鸳衾晓空③。屏山昼浓④。有人闲倚墙东。代黄莺唤侬⑤。

【编年】

此词无法确知具体创作年份。据词风，或作于入清前。

【笺注】

①香笺：加多种香料制成的诗笺或信笺，亦作为笺的美称。宋曹组《忆瑶姬》（雨细云轻）词："香笺细写频相问。我一句句儿都听。"宋张耒《风流子》（木叶亭皋下）词："玉容，知安否，香笺共锦字，两处悠悠。"

②帘栊：见前《江城梅花引前调·除夕和赤豹》注释③。

③鸳衾：绣着鸳鸯的锦被。唐司空图《白菊杂书四首》诗其一："却笑谁家扃绣户，正薰龙麝暖鸳衾。"宋向滈《西江月》（抵死漫生要见）词："鸳衾不觉夜深寒。记取有人肠断。"

④屏山：见前《念奴娇·同铁崖、古狂、逢吉集登子寓楼，吴姬适至》注释③。

⑤侬：见前《菩萨蛮·茉莉》注释③。

采桑子　送人尉岭南，用山谷韵①

南天行去无霜霰②。荔子枝繁③。衙署封关④。莺语猿啼一样蛮⑤。　　冬余还有扶桑艳⑥。日暖登山。古县幽闲。游女新妆卷蚕鬟⑦。

【编年】

此词无法确知具体创作年份。

【笺注】

①山谷：黄庭坚（1045—1105），字鲁直，号山谷道人，晚号涪翁，洪州分宁（今江西修水县）人。北宋著名诗人，江西诗派祖师。

②霜霰（xiàn）：霜和霰。晋陶潜《归园田居五首》诗其二："常恐霜霰至，零落同草莽。"宋欧阳修《山槎》诗："山中苦霜霰，岁久无春色。"

③荔子：荔枝树的果实。唐韩愈《柳州罗池庙碑》："荔子丹兮蕉黄，杂肴蔬兮进侯堂。"宋苏轼《与吴秀才书》："又致酒面、海物、荔子等。仆岂

以口腹之故千里劳人哉！"

④衙署封关：言官署无事而关闭。衙署，官署。明沈德符《野获编·内阁二·籍没二相之害》："迨江陵籍没后，此第又入官为衙署矣。"

⑤蛮：指南方口音，不易听懂。

⑥扶桑：传说日出于扶桑之下，拂其树杪而升，因谓为日出处。亦代指太阳。《楚辞·九歌·东君》："暾将出兮东方，照吾槛兮扶桑。"王逸注："日出，下浴于汤谷，上拂其扶桑，爰始而登，照耀四方。"晋陶潜《闲情赋》："悲扶桑之舒光，奄灭景而藏明。"逯钦立校注："扶桑，传说日出的地方。这里代指太阳。"

⑦蛮鬓：状女性发型。《诗·小雅·都人士》："彼君子女，卷发如蛮。"郑玄笺："蛮，螌虫也，尾末揵然，似妇人发末曲上卷然。"孔颖达疏："彼都人君子之家，女乃曲卷其发末如蛮之尾，言其容仪有法也。"后用以称女子头发末梢上卷的发型。

一落索　听三弦①

捻出玲珑珠串②。边云初断。分明不是紫檀槽③，是袅垂杨线。　　老去闲愁一片。曲中曾见④。烦将密约寄佳人，早招得春风怨。

【编年】

此词无法确知具体创作年份。

【笺注】

①三弦：见前《临江仙·甲寅中秋，同吴瑶如、园次、香为痛饮》注释⑥。

②捻：弹拨琵琶的一种指法。唐白居易《琵琶行》诗："轻拢慢捻抹复挑，初为《霓裳》后《绿腰》。"唐张祜《王家琵琶》诗："金屑檀槽玉腕明，子弦轻捻为多情。"

③紫檀槽：用紫檀作的槽板。紫檀，一种珍贵木材，木质坚硬，色赤，

· 314 ·

生长极为缓慢。富光泽，有特殊香气。主要产于南洋群岛的热带地区。我国广东、广西也有，但数量极少。多用于制作家具、乐器等。唐孟浩然《凉州词》诗："浑成紫檀今屑文，作得琵琶声入云。"唐王建《宫词百首》诗其九七："黄金捍拨紫檀槽，弦索初张调更高。"

④曲中句：言三弦曲正暗合内心闲愁。

阮郎归　秋思

丝丝细雨作轻寒①。吹愁上远山。柳枝空似白家蛮②。无人倚曲阑③。
秋半也，锁窗闲。花前归去难。昼长罗幌睡阑珊④。流光两地看⑤。

【编年】

此词无法确知具体创作年份。

【笺注】

①丝丝句：首句点出秋愁。宋秦观《浣溪沙》（漠漠轻寒上小楼）词："自在飞花轻似梦，无边丝雨细如愁。"

②柳枝句：状柳枝之细、软。白家蛮，见前《孤鸾·招夏乐只、张登子、程古狂、沈逢吉、张较书集舟中》注释⑧。

③曲阑：曲折的栏杆。唐张泌《寄人》诗："别梦依依到谢家，小廊回合曲阑斜。"清纳兰性德《虞美人》（曲阑深处重相见）词："曲阑深处重相见，匀泪偎人颤。"

④罗幌：丝罗床帐。《乐府诗集·清商曲辞一·子夜四时歌秋歌八》："中宵无人语，罗幌有双笑。"唐权德舆《玉台体十二首》诗其八："空闺灭烛后，罗幌独眠时。"

⑤流光句：言相思双方天各一涯，各度光阴。殆同姜夔《鹧鸪天·元夕有所梦》词："谁教岁岁红莲夜，两地沉吟各自之。"流光，见前《万年欢·济武命饮白鹿泉亭，再叠前韵》注释⑨。

·315·

西江月　感述

溪上蓴鲈短棹①，霜余铙鼓层台②。少年场客画图开。掷了龙堆雁塞③。名利已酬华发④，文章又老青苔⑤。纵饶姝丽解怜才〔一〕⑥。绣毂雕轮安在⑦。

【校勘】

〔一〕"姝"，南京大学中国语言文学系全清词纂委员会编《全清词》（顺康卷）作"妹"，误。

【编年】

从上片"龙堆雁塞"可以推断，此词或作于清康熙二年癸卯（1663）至清康熙六年丁未（1667）曹溶官山西大同期间。

【笺注】

①蓴鲈：见前《满庭芳·武陵寓舍，与介皇兄》注释⑥。

②铙鼓：铙和鼓。泛指打击的响器。唐韩愈《南海神庙碑》："铙鼓嘲轰，高管嘌咏。"宋吴文英《瑶华·分韵得作字，戏虞宜兴》词："胡歌秦陇，问铙鼓、新词谁作。"

③龙堆：见前《念奴娇·云署碧桃花》注释②。

④华发：见前《瑞鹤仙·和赤豹吊朱买臣，墓在福城寺中》注释⑤。

⑤青苔：见前《满庭芳·李晋王墓下作》注释②。

⑥姝丽：古时美丽婀娜女子代称。宋柳永《玉女摇仙佩·佳人》词："取次梳妆，寻常言语，有得许多姝丽。"宋万俟咏《醉蓬莱》（正波泛银汉）词："鬓惹乌云，裙拖湘水，谁家姝丽。"

⑦绣毂雕轮：指华贵的车子。宋欧阳修《御带花》（青春何处风光好）词："沙堤远，雕轮绣毂，争走五王宅。"

南歌子　旅夜

隔院牵巫枕[一]①，抽簪叩蜀弦②。恣情轻薄小楼前③。好作从军荡子赚人怜④。　　玉涩啼兰畹⑤，浓憨卜雁钿。西林渡口奈何年⑥。零落鸳鸯心事晓霜天⑦。

【校勘】

〔一〕"院"，《清平初调》作"幌"。

【编年】

据清郝玉麟等监修《福建通志》卷八《桥梁》，下片"西林渡口奈何年"之"西林渡"位于福建省漳州府平和县。考曹溶一生经历，曾于清康熙十三年甲寅（1674）至清康熙十六年丁巳（1677）从军福建，故此词应作于从军福建期间。这一推断与上片中"好作从军荡子赚人怜"亦相符合。

【笺注】

①巫枕：巫山枕。南朝梁沈约《梦见美人》诗："既荐巫山枕，久奉齐眉食。"典出战国楚宋玉《高唐赋》。序云："昔者先王尝游高唐，怠而昼寝。梦见一妇人，曰：'妾巫山之女也，为高唐之客，闻君游高唐，愿荐枕席。'王因幸之。去而辞曰：'妾在巫山之阳，高丘之阻，旦为朝云，暮为行雨，朝朝暮暮，阳台之下。'旦朝视之，如言，故为之立庙，号曰朝云。"

②蜀弦：指蜀琴，泛指蜀中所制之琴。宋晏殊《更漏子》（菊花残）词："蜀弦高，羌管脆。慢飐舞娥香袂。"清纳兰性德《朝中措》（蜀弦秦柱不关情）词："蜀弦秦柱不关情，尽日掩云屏。"

③恣情：纵情。唐白居易《喜山石榴花开》诗："但知烂漫恣情开，莫怕南宾桃李妒。"宋苏小娘《飞龙宴》（炎炎暑气时）词："遇酒逢歌，恣情遂意迷恋。"

④荡子：指辞家远出、羁旅忘返的男子。《文选·古诗〈青青河畔草〉》："荡子行不归，空床难独守。"李善注："《列子》曰：'有人去乡土游于四方

而不归者,世谓之为狂荡之人也。'"唐杜甫《冬晚送长孙渐舍人归州》诗:"参卿休坐幄,荡子不还乡。"宋柳永《定风波》(伫立长堤)词:"念荡子、终日驱驱,争觉乡关转迢递。"

⑤兰畹:见前《多丽·星期与诸子宴集涉园,遥同次韵》注释⑭。

⑥西林渡:据清郝玉麟等监修《福建通志》卷八《桥梁》,漳州府平和县有西林渡。

⑦霜天:见前《相见欢·与蒋前民饮酒》注释②。

河传 春情

绿怨。春半。低回曲槛①。茜衫曾见②。夜阑风转金铃③。梦醒。一眶秋水青④。 泪丝新染秦弦涩⑤。屏间立。别怨煎人急。拂轻绡溯归潮⑥。相招。隔花停画桡⑦。

【编年】

此词无法确知具体创作年份。

【笺注】

①曲槛:曲折的栏杆。前蜀李珣《菩萨蛮》(等闲将度三春景)词:"曲槛日初斜,杜鹃啼落花。"清纳兰性德《秋千索·渌水亭春望》词:"茜袖谁招曲槛边,弄一缕秋千索。"

②茜(qiàn)衫:红色的衣衫。茜,红色。

③夜阑:见前《清平乐·冬夜》注释④。

④一眶句:言眼中含泪。秋水,见前《念奴娇·俞右吉自言近日眼明,喜为此赠》注释⑧。

⑤秦弦:犹秦筝。唐李白《古风五十九首》诗其五五:"齐瑟弹东吟,秦弦弄西音。"宋贺铸《侍香金童》(楚梦方回)词:"燕堂开,双按秦弦呈素指。"

⑥绡:薄的生丝织品;轻纱。

⑦画桡：有画饰的船桨。唐方干《采莲》诗："指剥春葱腕似雪，画桡轻拨蒲根月。"明徐祯卿《青门歌送吴郎》诗："千里淮流双画桡，广陵驿前逢暮潮。"

南乡子　赠人　苏子瞻体①

私语解红潮②。重趁花船问板桥③，赛社烧灯回舞袖④，相招。认得韦娘旧日腰⑤。　　无力斗妖娆⑥。踏月双吟倒翠翘⑦。絮袅不禁蝴蝶性，飘飘⑧。陌上逢人赠柳条。

【编年】

此词无法确知具体创作年份。

【笺注】

①苏子瞻：苏轼（1037—1101），字子瞻，号东坡居士，眉州眉山（今属四川）人，兼擅诗、词、文。

②红潮：因害羞、醉酒或感情激动而两颊泛起的红晕。宋苏轼《西江月》（闻道双衔凤带）词："云鬓风前绿卷，玉颜醉里红潮。莫教空度可怜宵。"明杨慎《小春红梅效徐庾体》诗："鲜妆呈粉艳，醉颊涌红潮。"

③花船：旧指载有歌妓招客之船。唐白居易《武丘寺路》诗："银勒牵骄马，花船载丽人。"又《送刘郎中赴任苏州》诗："水驿路穿儿店月，花船棹入女湖春。"板桥，木板架设的桥。宋李纲《望江南·池阳道中》词："茅店鸡声寒逗月，板桥人迹晓凝霜。"宋洪适《南歌子·喜晴用前韵》词："睢丁说与主林神。扫洒板桥前径、待吾人。"

④赛社：旧俗。一年农事完毕后，陈酒食以祭田神，相与饮酒作乐。宋李公麟《四时乐·秋》词："黄云万里秋有成。村村酒熟家家迎。封羊赛社人未醒。醉后鼓腹歌升平。"烧灯，点灯。唐王建《宫词百首》诗其八九："院院烧灯如白日，沉香火底坐吹笙。"宋毛滂《踏莎行·元夕》词："拨雪寻春，烧灯续昼。暗香院落梅开后。"

⑤韦娘：杜韦娘。唐代著名歌妓。后用作一般歌妓的代称。宋侯置《风入松·西湖戏作》词："少年心醉杜韦娘。曾格外疏狂。"宋辛弃疾《念奴娇·双陆和坐客韵》词："武媚宫中，韦娘局上，休把兴亡记。"

⑥妖娆：妩媚多姿。唐何希尧《海棠》诗："著雨胭脂点点消，半开时节最妖娆。"宋柳永《合欢带》（身材儿）词："身材儿、早是妖娆。算风措、实难描。"

⑦翠翘：古代妇人首饰的一种。状似翠鸟尾上的长羽，故名。唐韦应物《长安道》诗："丽人绮阁情飘飖，头上鸳钗双翠翘。"宋周邦彦《忆秦娥·佳人》词："人如玉，翠翘金凤，内家妆束。"

⑧飘飖：飘荡，飞扬。唐武元衡《寓兴呈崔员外诸公》诗："三月杨花飞满空，飘飖十里雪如风。"宋净圆《望江南·西方好六首》词其二："华雨飘飖香散漫，乐音嘹亮鼓清风。闻者乐无穷。"

踏莎行　闺怨

花阵凝脂①，钗场筑玉。兰膏衔照弹棋局②。白家蛮柳不胜情③，寒鸡昨夜江州宿④。　珊步移红⑤，霓裳换绿⑥。腰肢新样娇难束。故乡同在月明中，笛声渐远朱阑曲⑦。

【编年】

此词作于清顺治十四年丁酉（1657）秋。据词上片末句"寒鸡昨夜江州宿"，可知此词作于曹溶在江西九江时。曹溶于清顺治十三年赴广东任并于次年秋返乡，往返时需经江西九江。但去广东时是夏天，与词中"寒鸡"不符，故应是清顺治十四年丁酉（1657）秋由广东返乡途中所作。

【笺注】

①花阵两句：言妓院歌妓之美丽。花阵，旧指妓院或妓院聚集之处。宋赵崇嶓《如梦令》（日日酒围花阵）词："日日酒围花阵。画阁红楼相近。"宋陈允平《丁香结》（尘拥妆台）词："记舞歇弓弯，几度柳围花阵。"

②兰膏：见前《玉漏迟·宣府严弁宅女乐》注释⑦。弹棋，见前《万年欢·济武席上闻歌》注释⑥。

③白家蛮柳：见前《孤鸾·招夏乐只、张登子、程古狂、沈逢吉、张较书集舟中》注释⑧。

④江州：地名。中国古代多个地方取名江州，据曹溶生平所历，此处江州应指江西省九江市。

⑤珊步：缓慢移动貌，形容女子步态。明梅鼎祚《昆仑奴》第三折："步珊珊，环佩长；动霏霏，罗绮香。"

⑥霓裳：飘拂轻柔的舞衣。唐白居易《江南遇天宝乐叟》诗："冬雪飘飖锦袍暖，春风荡漾霓裳翻。"宋赵与仁《柳梢青·落桂》词："露冷仙梯。霓裳散舞，记曲人归。"

⑦朱阑：同"朱栏"。红色栏杆。宋张淑芳《浣溪沙》（散步山前春草香）词："散步山前春草香。朱阑绿水绕吟廊。"明高启《鹿》诗："云山别却衔芝侣，来向朱阑花下行。"

钗头凤　戏赠陈伯驺小史①

红窗晓。青帘绕。王孙自合怜花草②。吴阊路③。闽江渡④。行云易剪，去帆难溯。故。故。故。　灵犀早⑤。含香小⑥。仙郎那让麻姑爪⑦。灯微露。帷深护。乞解湘裙⑧，恣看莲步。误。误。误。

【编年】

此词或作于清康熙十五年丙辰（1676）。时曹溶因镇藩寓闽，陈伯驺由虞山回闽。苏州王翚作《晴峦晓别图》送别陈伯驺返乡。

【笺注】

①陈骝，字伯驺。福建长乐人。清顺治间岁贡生。性聪颖，幼即工诗。中年纵游燕、齐、吴、越，著作益富。晚年偕兄瀚隐溪湄草堂。著有《雪鸿堂诗集》十卷、《南雅堂纪事诗》《金陵怀古》《中轩集》《蓟游草》等篇。

②王孙句：西汉淮南小山《招隐士》："王孙游兮不归，春草生兮萋萋。"王孙，泛指贵族子弟。此处借指陈伯驺。

③吴阊：苏州故城阊门。亦借指吴地（今苏州一带）。清侯方域《为吴氏祷子疏》："某妾吴氏者，家本吴阊，言归梁苑。"明末清初顾炎武《潘生次耕南归寄示》诗："若到吴阊寻旧迹，《五噫》东去一梁生。"

④闽江渡：因陈伯驺为闽人，故言及。闽江，福建最大河流。

⑤灵犀：古代传说，犀牛角有白纹，感应灵敏，所以称犀牛为"灵犀"。诗词中用以比喻心领神会，感情共鸣。唐李商隐《无题》诗："身无彩凤双飞翼，心有灵犀一点通。"宋贺铸《定情曲·春愁》词："拥膝浑忘羞，回身就郎抱。两点灵犀心颠倒。"

⑥含香：古代妇女衔香于口以增芬芳之气。宋扬无咎《柳梢青》（嫩蕊商量）词："嫩蕊商量。无穷幽思，如对新妆。粉面微红，檀唇羞启，忍笑含香。"宋辛弃疾《瑞鹤仙·赋梅》词："溪奁照梳掠。想含香弄粉，艳妆难学。"此处借指含香的女子。

⑦仙郎那让句：见前《花心动·与箬庵诸子夜泛》注释⑪。

⑧湘裙：见前《巫山一段云·偶咏》注释①。

临江仙　听雨　贺方回体①

老去怕寻巫峡路②，江声纯是秋声。茱萸未折已多情③。坐深孤馆客，心向烛花明④。　　好事任教揉碎了，酒杯不负平生。野人搔首看销兵⑤。夜来何限恨，疏雨代银筝⑥。

【编年】

据曹溶生平所历，及下片"野人搔首看销兵"可知，此词应作于曹溶随军福建参加镇藩期间，即清康熙十三年甲寅（1674）至清康熙十六年丁巳（1677）。

【笺注】

①贺方回：贺铸（1052—1125），字方回，号庆湖遗老。越州山阴（今浙江绍兴）人，生长于卫州（治今河南卫辉）。北宋著名词人。

②巫峡：战国宋玉《高唐赋》记楚襄王游云梦台馆，有楚怀王梦与巫山神女相会的故事，后遂以"巫峡"称男女幽会之事。唐昭宗《巫山一段云》词其一："冰眸莲脸见长新，巫峡更何人。"宋陈德武《玉蝴蝶·雨中对紫薇》词："梦回巫峡，春在瑶池。"

③茱萸：见前《珍珠帘·对菊》注释②。

④烛花：见前《虞美人·春情》注释④。

⑤野人：庶人；平民。《论语·先进》："先进于礼乐，野人也；后进于礼乐，君子也。"刘宝楠正义："野人者，凡民未有爵禄之称也。"唐白居易《访陈二》诗："出去为朝客，归来是野人。"此处为曹溶自称。销兵，消弭战争。唐李山甫《兵后寻边三首》诗其三："胸中纵有销兵术，欲向何门说是非？"

⑥银筝：见前《清平乐·题壁》其三注释⑧。

淡黄柳　约史蘧庵游鹤洲①

遥天绿乳②。家在鸳鸯浦③。与客披裘船上语④。不远城南画阁。重访年时卖花处⑤。　　冷如许。烧灯又催鼓⑥。怕帘侧、夜来雨。唤金荷⑦、满满招春去。野柳情深，替人欢畅，早向横塘起舞⑧。

【编年】

此词无法确知具体创作年份。

【笺注】

①史蘧庵：见前《采桑子·寄赤豹》注释①。鹤洲，见前《喜迁莺·湖上，值朱子蓉》注释④。

②绿乳：指绿茶泡出的汁液。前蜀贯休《书倪氏屋壁三首》诗其一："茶

烹绿乳花映帘，撑沙苦笋银纤纤。"宋徐铉《和门下殷侍郎新茶二十韵》诗："轻瓯浮绿乳，孤灯散余烟。"

③鸳鸯浦：鸳鸯栖息的水滨。比喻美色荟萃之所。

④披裘：见前《六幺令·宫香饼，用辛稼轩韵》注释⑦。

⑤年时：当年，往年时节。宋韩元吉《临江仙·次韵子云中秋》词："记得年时离别夜，都门强半清秋。今年想望只邻州。"宋黎廷瑞《蝶恋花·元旦》词："且劝金樽千万寿。年时芳梦休回首。"

⑥烧灯：见前《南乡子·赠人》注释④。

⑦金荷：金荷叶的省称。指金制莲叶形的杯皿。宋黄庭坚《念奴娇》词序："八月十七日，同诸甥步自永安城楼，过张宽园待月。偶有名酒，因以金荷酌众客。"宋辛弃疾《鹧鸪天·鹅湖归病起作》词："明画烛，洗金荷，主人起舞客齐歌。"

⑧横塘：见前《浪淘沙·闲情》注释④。

蓦山溪　乌江渡①

秦灰一扫，不称将军意②。名马壮年时，大陈兵、重瞳小枝③。真人未决④，力战几千场，妇人语⑤、故乡思，点点英雄泪。　读书击剑⑥，没个青云器。只手易侯王，霸西楚⑦、纵横如意。兴阑神尽，何必讳天亡⑧，江东小，髑髅寒，刘季多猜忌⑨。

【编年】

此词无法确知具体创作年份。

【笺注】

①乌江渡：位于今安徽太和县乌江镇。项羽兵败垓下（今安徽灵璧县南）后，一路逃至乌江渡口。亭长劝项羽东山再起，项羽不从，挥刀自刎。

②将军：项羽。秦兵破后，项羽为诸侯上将军。

③重瞳：重瞳子，两眸子。《史记·项羽本纪论》："吾闻之周生曰'舜

目盖重瞳子'，又闻项羽亦重瞳子。"裴骃集解引《尸子》："舜两眸子，是谓重瞳。"宋辛弃疾《浪淘沙·赋虞美人草》词："舜盖重瞳堪痛恨，羽又重瞳。"

④真人：《史记·秦始皇本纪》："始皇曰：吾慕真人，自谓'真人'，不称朕。"后因指统一天下的所谓真命天子。汉张衡《南都赋》："方今天地之雎剌，帝乱其政，豺虎肆虐，真人革命之秋也。"《梁书·韦叡传》："天下真人，殆兴于吾州矣。"

⑤妇人语两句：项羽攻占咸阳后，有人劝他定都，可因为思念家乡，项羽急于东归，说："富贵不归故乡，如衣锦夜行，谁知之者！"此识见如妇人。

⑥读书两句：言项羽少时读书、击剑两不成，无大志。《史记·项羽本纪》："项籍少时，学书不成，去学剑，又不成。"青云器，青云，言高远也。后遂以"青云器"指胸怀旷达、志趣高远的人才。唐杜甫《送顾八分文学适洪吉州》诗："向者玉珂人，谁是青云器？"仇兆鳌注："颜延之《五君咏》'仲容青云器'，言其器之高远；此云'谁是青云器'，叹贵者未必贤也。"

⑦霸西楚：秦亡，项羽自立为霸王，有西楚、东楚与梁地共九郡，因建都于西楚彭城，国号"西楚"。《文选·邹阳〈上书吴王〉》："兵不留行，收弊人之倦，东驰函谷，西楚大破。"李善注引张晏曰："项羽自号西楚霸王。"

⑧何必讳天亡两句：《史记·项羽本纪》："于是项王乃欲东渡乌江。乌江亭长以船待，谓项王曰：'江东虽小，地方千里，众数十万人，亦足王也。愿大王急渡。今独臣有船，汉军至，无以渡。'项王笑曰：'天之亡我，我何渡为！且籍与江东子弟八千人渡江而西，今无一人还，纵江东父兄怜而王我，我何面目见之？纵彼不言，籍独不愧于心乎？'"

⑨刘季：刘邦。宋卓田《眼儿媚·题苏小楼》词："尝观项籍并刘季，一怒世人愁。"

尾犯　听三弦①

纤甲印檀槽②，小院蘼芜③，怀抱轻写。寂寞难捱④，疏狂易惹。儿女态、调红拨翠⑤，丈夫心、斗鸡走马⑥。谁家弦管⑦，唱出离愁，莫问多情者。沈郎腰带瘦⑧，蓦在筵前灯下。值得萧娘⑨，笑团花片打。最无端、逗人天际，一声声、蜂呆蝶哑。曲终春谢，拚取沉醉归来也。

【编年】

此词无法确知具体创作年份。

【笺注】

①三弦：见前《临江仙·甲寅中秋，同吴瑶如、园次、香为痛饮》注释⑥。

②纤甲句：言歌女弹奏三弦。纤甲，纤细的指甲。檀槽，檀木制成的琵琶、琴等弦乐器上架弦的槽格。唐李贺《感春》诗："胡琴今日恨，急语向檀槽。"王琦汇解："唐人所谓胡琴，应是五弦琵琶耳。檀槽，谓以紫檀木为琵琶槽。"清钱谦益《吴门寄陆仲谋大参》诗："檀槽奏罢翻新曲，桦烛烧残覆旧棋。"

③蘼芜：见前《浣溪沙·春怨》注释②。

④捱（ái）：遭受，忍受。

⑤调红拨翠：言女子无聊赖状态下拨弄花草。红，红花。翠，绿叶。

⑥斗鸡走马：斗鸡赛马。古代的赌博游戏。《汉书·宣帝纪》："（宣帝）受《诗》于东海澓中翁，高材好学，然亦喜游侠，斗鸡走马。"明何景明《邯郸行》诗："鸣鸾佩玉青云间，斗鸡走马红尘里。"

⑦弦管：见前《望江南·本意》其二注释④。

⑧沈郎腰带瘦：见前《万年欢·同济武、香岩、雨文、星期雪中小饮，是夕沈生度曲，程生鼓琴》注释④。

⑨萧娘：《南史·梁临川靖惠王宏传》载，宏受诏侵魏，军次洛口，前军克梁城。宏闻魏援近，畏懦不敢进。魏人知其不武，遗以巾帼。北军歌曰："不畏萧娘与吕姥，但畏合肥有韦武。""萧娘"即姓萧的女子，言宏怯懦如女子。后以"萧娘"为女子的泛称。南朝以来，诗中男子所恋女子常称为萧娘，女子所恋男子则称为萧郎。唐杨巨源《崔娘诗》诗："风流才子多春思，肠断萧娘一纸书。"宋周邦彦《西园竹》（浮云护月）词："奈向灯前堕泪，

肠断萧娘，旧日书辞犹在纸。"

满庭芳　雨坐，和竹逸①

阵急芭蕉②，声凄杨柳，点点飞向窗前。似曾遗恨，流泪湿金仙③。昼永香篝自润④，罗襟薄⑤，别怨依然。山厨下、邻家酿贵，清坐扑疏烟⑥。登高空有展，云迷楚馆⑦，花重吴天⑧。怕岁荒粳稻⑨，饥到归田。瞥见南楼逸客，陆沉叹、寄意瑶篇⑩。呼渔艇、相迎晚霁，凉月正娟娟⑪。

【编年】

此词无法确知具体创作年份。据词义，应作于入清后。

【笺注】

①竹逸：徐喈凤，生卒年不详。字鸣岐，号竹逸，宜兴人。清顺治十五年戊戌（1658）进士。官永昌府推官。归田后，自号荆南墨农。工诗词，著有《荆南墨农集》。

②芭蕉：见前《采桑子·云塞秋夜》注释④。

③金仙：用金铜仙人辞汉典故。汉武帝曾在长安建章宫前造神明台，上铸铜仙人，手托承露盘以储露水，和玉屑服之，以求长生。魏明帝时曾命宫官从长安拆移铜人，迁至洛阳。相传铜仙人被拆离时曾流泪。

④香篝：见前《万年欢·答星期》注释④。

⑤罗襟：见前《浪淘沙·闲情》注释②。

⑥清坐：安闲静坐。宋吴则礼《声声慢·凤林园词》词："可是追凉月下，清坐久，微云屡遮星汉。"宋薛泳《青玉案·守岁》词："一盘消夜江南果。吃果看书只清坐。"

⑦楚馆：见前《少年游·寄项嵋雪》注释⑥。

⑧吴天：见前《清平乐·题壁》其二注释②。

⑨粳稻：稻的一种。茎秆较矮，叶子较窄，深绿色，米粒短而粗，其米粒不粘。粳稻籽粒阔而短，较厚，呈椭圆形或卵圆形。宋李纲《望江南》（新

雨足）词："粳稻向成初吐秀，芰荷虽败尚余香。爽气入轩窗。"

⑩瑶篇：指优美的诗文。明郑真《题墨窗卷》诗："翠琰凝香传宝刻，华笺点漆粲瑶篇。"明孙承恩《和大宗伯张阳峰赏莲之什二首》诗其一："漫斟翠管夸风味，更把瑶篇咏物华。"

⑪娟娟：明媚貌。宋司马光《和杨卿中秋月》诗："嘉宾勿轻去，桂影正娟娟。"清孙枝蔚《邗上酬赠施尚白督学二十韵》诗："冻月娟娟白，高云兀兀垂。"

绕佛阁　同友人饭文公半斋①

绿萝似画②，香台幻出③，半吐云幔④。寒日偏短。马尘洗后、千林咽霜管⑤。小山觅伴。携手树下，软语相暖。金磬穿断。茗香袅娜⑥，新菘又盈碗⑦。　　老境爱孤往，纵有雄风吹不转。裛带寂然、瞿昙分别馆⑧。对白发垂颠，前事难算。寄愁当缓。看落尽冰花，城上春满。客归溪影空零乱。

【编年】

此词无法确知具体创作年份。

【笺注】

①文公：见前《木兰花慢·题项东井画，为文公寿》注释②。

②绿萝：属于天南星科麒麟叶属植物，大型常绿藤本，生长于热带地区，常攀缘生长在雨林的岩石和树干上，其缠绕性强，气根发达，可以水培种植。

③香台：烧香之台。唐卢照邻《古镜寺》诗："隐隐香台夜，钟声彻九天。"唐孟浩然《题融公兰若》诗："芰荷薰讲席，松柏映香台。"

④云幔：指成片的云翳。唐杜甫《西阁雨望》诗："楼雨霑云幔，山寒著水城。"宋吴文英《玉漏迟·瓜泾度中秋夕赋》词："每圆处即良宵，甚此夕偏饶，对歌临怨。万里婵娟，几许雾屏云幔。"此处言香台所焚之香的烟似云一样。

⑤霜管：同"霜琯"。玉管。泛指管乐器。南朝齐王融《奉辞镇西应教》

诗："风旗萦别浦，霜琯迥遥洲。"宋周密《采绿吟》（采绿鸳鸯浦）词："移棹舣空明，蘋风度、琼丝霜管清脆。"

⑥茗香：茶香。清乾隆帝《味甘书屋》诗："书屋筠垆宜茗香，味甘因以额楣匡。"清张英《集左橘亭小圃二首》诗其二："茗香客醉狂吟后，移得琅玕影正横。"

⑦菘：蔬菜名。通常称白菜。《南史·周颙传》："文惠太子问颙菜食何味最胜，颙曰：'春初早韭，秋末晚菘。'"明李时珍《本草纲目·菜一·菘》："菘，即今人呼为白菜者。有二种，一种茎圆厚微青，一种茎扁薄而白。其叶皆淡青白色。"

⑧瞿昙：见前《摸鱼儿·送晓山师住如如庵》注释⑨。此处借指文公。

水龙吟　纪游

官家乞与闲身①，此行只费登高赋。泥轻金管②，妆寒玉镜，茫茫客路。鹊信潮平③，兰心月悄，佳期未遇。为知音江左，周郎入座④，争击节⑤，断肠句。　　侠少场中尽识，恣歌呼、不随尘土。珠鞭堕马，锦帘窥燕，好春如故。乌帽猜斜⑥，紫袍嫌冷⑦，唤名犹误。怕重逢、又是雨散云零，鸦啼古渡。

【编年】

从上片首句"官家乞与闲身"可知，曹溶此时应是为官期间暂时赋闲。清顺治十四年丁酉（1657）秋，曹溶由广东布政使降调山西大同兵备，但并没有直接赴任，而是先回乡直待清康熙元年壬寅（1662）方赴任。故此词应作于清顺治十四年丁酉（1657）秋至清康熙元年壬寅（1662）。

【笺注】

①官家：公家，官府。唐白居易《秋居书怀》诗："丈室可容身，斗储可充腹。况无治道术，坐受官家禄。"宋王安石《河北民》诗："家家养子学耕织，输与官家事夷狄。"

②金管：亦作"金琯"。指金属制的吹奏乐器。南朝梁沈约《四时白纻歌·秋白纻》："白露欲凝草已黄，金琯玉柱响洞房。"唐李白《江上吟》诗："木兰之枻沙棠舟，玉箫金管坐两头。"

③鹊信三句：借民间传说七夕喜鹊搭桥，使牛郎和织女相会，暗指曹溶未能与人相遇。兰心，见前《南柯子·王家歌姬》注释②。

④周郎：北宋周邦彦，擅音律。此处曹溶借以自指。

⑤击节：指打拍子。晋左思《蜀都赋》："巴姬弹弦，汉女击节。"唐白居易《琵琶行》诗："钿头云篦击节碎，血色罗裙翻酒污。"

⑥乌帽：乌纱帽的省称。古代贵者常服。隋唐后多为庶民、隐者之帽。唐白居易《池上闲吟二首》诗其二："非道非僧非俗吏，褐裘乌帽闭门居。"元陈安《中秋有感》诗："于今寂寞江城暮，乌帽西风叹白头。"

⑦紫袍：高官所服的紫色朝服。唐白居易《初授秘监拜赐金紫闲吟小酌偶写所怀》诗："紫袍新秘监，白首旧书生。"宋俞良《龙门令》（冒险过秦关）词："片言争敢动吾皇。敕赐紫袍归故里，衣锦还乡。"

昼锦堂 金阊夜游①

醉影纱笼，讴声象拍②，风景还似秦淮③。郊外探梅初返，凤缕弓鞋④。背人伴踏昏黄月，依然春恨锁重阶。侬家近，鸳鸯双扉⑤，湘帘半亸花牌⑥。

情怀。知名早，携手晚，都如海渚山涯。谱入馆娃遗曲⑦，香老珠埋。浮杯那怯司空惯⑧，提筐已识使君谐。尘中事，判与骄游狎赏，才尽金钗。

【编年】

此词或作于清顺治四年丁亥（1647）至清顺治八年辛卯（1651），时曹溶寓居苏州。

【笺注】

①金阊：苏州有金门、阊门两城门，故以"金阊"借指苏州。

②讴声象拍：指歌声与音乐声。象拍，见前《西湖·再过某宅闻歌》注

释①。

③秦淮：河名。流经南京，秦淮水系发源地为溧水区东庐山，是南京名胜之一。古亦以之为南京别称。

④凤缕弓鞋：有凤鸟图案的弓形鞋子。缕，一种刺绣方法。宋张先《于飞乐令》词："蜀红衫，双绣蝶，裙缕鹨鹨。"凤缕，刺有凤鸟图案。宋方千里《风流子》（河梁携手别）词："旧家歌舞地，生疏久，尘暗凤缕罗衣。"弓鞋，古代缠足妇女所穿的鞋子。妇女因缠足脚呈弓形，故名其鞋曰弓鞋。宋黄庭坚《满庭芳·妓女》词："直待朱轓去后，从伊便窄袜弓鞋。"元郭钰《美人折花歌》诗："花刺钩衣花落手，草根露湿弓鞋绣。"

⑤鸳甃：用对称的砖瓦砌成的井壁。亦借指井。宋秦观《水龙吟》（小楼连苑横空）词："卖花声过尽，斜阳院落，红成阵，飞鸳甃。"清纳兰性德《金菊对芙蓉·上元》词："正上林雪霁，鸳甃晶莹。"

⑥湘帘：见前《凤凰台上忆吹箫·题朱竹垞词集》注释⑨。花牌，旧指以名牌点唤官妓。宋周密《南宋市肆记·酒楼》："官库，属户部点检所，每库设官妓数十人……饮客登楼，则以名牌点唤侑樽，谓之点花牌。"宋朱希真《失调名·闺怨词》词："欲寄花牌传密意，奈无黄耳堪凭。待修锦字诉离情。"

⑦馆娃：古代吴宫名。唐白居易《杨柳枝词》诗："苏州杨柳任君夸，更有钱塘胜馆娃。"宋韩淲《祝英台近·寒食词》词："馆娃宫，采香径，范蠡五湖侧。子夜吴歌，声缓不须拍。"

⑧司空惯："司空见惯"的省略。宋祝穆《古今事文类聚》后集卷十七："刘禹锡罢苏州，过州帅杜鸿渐饮，大醉。归宿传舍。既醒，见二妓在侧。因问之，乃曰：'郎中席上与司空诗，因遣某来。'问何诗。曰：'高髻云鬟宫样妆，春风一曲杜韦娘。司空见惯浑闲事，恼乱苏州刺史肠。'"宋苏轼《满庭芳》（香叆雕盘）词："人间，何处有，司空见惯，应谓寻常。"

望海潮　黄鹤楼上吊孙吴[①]

天亡汉室，时方逐鹿[②]，明公奋勇争先[③]。战舰摇虹[④]，朱旗曳电，谁知衰草寒烟。竖子自堪传[⑤]。尚雄蟠水域，身老兵年。拔剑捻髭，满城佳气故宫前。　　能招幕府英贤[⑥]。向荆门握槊[⑦]，吴会投鞭[⑧]。白面戎师[⑨]，青云霸器，曾言生子当然[⑩]。成业坐难迁[⑪]。叹一隅雌伏[⑫]，失长幽燕[⑬]。铁锁横江，乌飞龙隐可人怜。

【编年】

此词或作于明崇祯十一年戊寅（1638），时曹溶出使楚藩。

【笺注】

①黄鹤楼：见前《忆秦娥·坐黄鹤楼上》注释①。孙吴，三国时吴国，因王室姓孙，历史上也称孙吴。宋华岳《满江红》（庙社如今）词："问孙吴、黄石几编书，何曾识。"

②逐鹿：见前《法曲献仙音·南汉铁塔》注释⑦。

③明公：旧时对有名位者的尊称。《东观汉记·邓禹传》："明公虽建蕃辅之功，犹恐无所成立。"唐元稹《酬李十六》诗："明公将有问，林下是灵龟。"

④战舰两句：喻战争的激烈情势。

⑤竖子：小子。对人的蔑称。《史记·项羽本纪》："（亚父）曰：'唉！竖子不足与谋。夺项王天下者，必沛公也。吾属今为之虏矣！'"宋陈人杰《沁园春·送高君绍游雪川》词："但使豫州，堪容玄德，何必区区依景升。需时耳，算不应长是，竖子成名。"

⑥幕府：本指将帅在外的营帐。后亦泛指军政大吏的府署。宋王安石《和蔡副枢贺平戎庆捷》诗："幕府上功联旧伐，朝廷称庆具新仪。"宋无名氏《沁园春·寿刘宰》词："记当年幕府，元戎高会，万花围席，争看题诗。"

⑦荆门：指荆州。唐王维《寄荆州张丞相》诗："所思竟何在？怅望深荆

门。"赵殿成笺注:"唐人多呼荆州为荆门。文人称谓如此,不仅指荆门一山矣。"

⑧吴会:今绍兴的别称。古代会稽郡分成三吴,即吴会、吴郡、吴兴。唐高适《秦中送李九赴越》诗:"吴会独行客,山阴秋夜船。"唐骆宾王《畴昔篇》诗:"东南美箭称吴会,名都隐轸三江外。"

⑨白面:"白面书生"的略语。指只知读书,阅历少,见识浅的读书人。宋林正大《括清平乐》(若耶溪女)词:"谁家白面游郎。两三遥映垂杨。"宋刘将孙《沁园春》(流水断桥)词:"彩凤随鸦,琼奴失意,可似人间白面郎。"

⑩曾言句:曹操曾慨叹:"生子当如孙仲谋。"

⑪成业:犹基业。《晋书·王羲之传》:"思简而易从,便足以保守成业。"

⑫雌伏:比喻退藏不进。唐黄滔《周以龙兴赋》:"老聃之道,汉祖之颜,永宜雌伏。"宋无名氏《水调歌头·寿学生》词:"谨勿效雌伏,指日要雄飞。"

⑬幽燕:古称今河北北部及辽宁一带。唐以前属幽州,战国时属燕国,故名。南朝宋颜延之《赭白马赋》:"旦刷幽燕,昼秣荆越。"唐杜甫《恨别》诗:"闻道河阳近乘胜,司徒急为破幽燕。"

薄倖　题壁

绿杨丝绾①。勒马处、一程云栈②。慢伫想③、安排此夜,知入谁家泪眼。试说与、宿雨餐沙④,三秋禁断闲箫管⑤。更止酒新盟,攀花密咒⑥,青鬟偎人不暖⑦。　　向有限关河里⑧,偏只见、悲欢聚散。记粉巾鸳字,歌裙凤缕,寻思误把归期缓。不干缘浅⑨。要迷踪困影,山尖海角填情满⑩。自欢自惜、莫负风亭月馆。

【编年】

此词无法确知具体创作年份。

【笺注】

①绾（wǎn）：牵，拉住。唐张乔《寄维扬故人》诗："离别河边绾柳条，千山万水玉人遥。"明刘基《踏莎行·咏游丝》词："如何绾得春光住，甫能振迅入云霄，又还旖旎随风去。"

②云栈：悬于半空中的栈道。唐白居易《长恨歌》诗："黄埃散漫风萧索，云栈萦纡登剑阁。"唐王建《送李评事使蜀》诗："转江云栈细，近驿板桥新。"

③伫想：久立凝思。南朝宋傅亮《为宋公修张良庙教》："过大梁者，或伫想于夷门。"唐孟郊《陪侍御叔游城南山墅》诗："伫想琅玕字，数听枯槁吟。"

④宿雨餐沙：形容旅途辛苦。

⑤三秋：见前《苏幕遮·城东柴家木樨，垂枝直下，贴地皆花，密不见本，中穹如屋壁，其广受四筵，与他种异，记之》注释⑩。箫管，见前《卜算子·伊璜再携歌姬过》注释④。

⑥密咒：本佛教咒语，是用秘密语言宣说的法语。也可称之为真言。元成廷珪《赋樗杜之诗一首送大岁大徹二位上人归日本国樗杜之上人自号也》诗："朝持祕密咒，夜坐清净禅。"元杨维桢《弁峰七十二》诗："胡僧洗神钵，密咒收风霆。"此处借以喻指两人间的秘密情话。

⑦青鬟：黑色环形发髻。宋陈德武《醉春风·闺情》词："罗袖伤春晚。纨扇惊秋换。谁将白雪污青鬟。"又用以借指美人。南唐陈陶《洛城见贺自真飞升》诗："朱顶舞低迎绛节，青鬟歌对驻香輧。"

⑧关河：见前《蝶恋花·宿半村草堂》注释⑥。

⑨不干（gān）：不关涉。宋蔡伸《柳梢青》词："自是休文，多情多感，不干风月。"宋赵长卿《雨中花慢》（帕子分香）词："情知这场寂寞，不干你事，伤我穷忙。"干，关涉。宋李清照《凤凰台上忆吹箫》（香冷金猊）词："新来瘦，非干病酒，不是悲秋。"

⑩山尖：山顶。唐罗隐《蜂》诗："不论平地与山尖，无限风光尽被占。"

【参考资料】

清沈雄《古今词话·词品》下卷评曰："'要迷踪困影,山尖海角填情满'工句法。"

惜余春慢　寄兴

倚玉缘多①,留仙命薄,酒与骊歌相应②。荷欹翠榜,鹭宿红船归兴。风波不定。还忆绣帐低垂,半捻初成,恹恹愁病③。要东君着意④,催温送冷〔一〕,试他情性。　　大抵是、生长豪华,冰肌柔舌,未卜明珠可聘。停铅试黛,阁雨欹星,刚说才人无行⑤。几度掌内擎来⑥,衬软勾松,一分犹剩。奈从今、断雁荒鸡⑦,何处莺娇蝶倖。

【校勘】

〔一〕"冷",清沈雄《古今词话·词品》下卷作"暖"。

【编年】

此词无法确知具体创作年份。

【笺注】

①倚玉:南朝宋刘义庆《世说新语·容止》:"魏明帝使后弟毛曾与夏侯玄共坐,时人谓'蒹葭倚玉树'。"言二人品貌极不相称。后以"倚玉"谓高攀或亲附贤者。唐李白《赠宣城宇文太守兼呈崔侍御》诗:"登龙有直道,倚玉阻芳筵。"唐韩愈《和席八十二韵》诗:"倚玉难藏拙,吹竽久混真。"

②骊歌:见前《永遇乐·雁门关》注释⑤。

③恹(yān)恹:形容因患病而精神疲乏。宋孙道绚《南乡子》(晓日压重檐)词:"陌上行人归也未,恹恹。满院杨花不卷帘。"宋无名氏《昼锦堂》(雨洗桃花)词:"空惆怅,长是每年三月,病酒恹恹。"

④东君:见前《探春慢·立夏日,看汪园莺粟》注释⑦。

⑤才人无行:有才的人无品。才人,有才能的人,有才情的人。南朝齐王融《报范通直》诗:"三楚多秀士,江上复才人。"宋吴潜《暗香·再和》

词:"偏是三花两蕊,消万古、才人骚笔。"

⑥几度三句:忆狎妓情形。

⑦断雁荒鸡:曹溶自喻。断雁,失群的雁;孤雁。唐方干《别从兄郜》诗:"已呼断雁归行里,全胜枯鳞在辙中。"宋柳永《曲玉管》(陇首云飞)词:"断雁无凭,冉冉飞下汀洲。思悠悠。"

【参考资料】

清沈雄《古今词话·词品》下卷评曰:"'要东君着意催温送暖,试他心性'工句法。"

千秋岁 赠王子丹麓五十初度①,奉次原韵

羽移宫换②。舞到山香半③。人有约,春难变。仙才沧海近④,酒价余杭贱。偕隐处⑤,烹茶赌饮凭书卷。 何物娱清宴⑥,花竹争凌乱。今与昨,陶公叹⑦。常如年少日,恰是平生愿。相访易,墙东不似金门幻⑧。

【编年】

此词无法确知具体创作年份。

【笺注】

①王子丹麓:王晫,初名棐,字丹麓,号木庵,自号松溪子,浙江钱塘人。生于明末,约生活于清顺治、康熙时。清顺治四年丁亥(1647)秀才。旋弃举业,市隐读书,广交宾客。工于诗文。所著有《今世说》八卷、《遂生集》十二卷、《霞举堂集》三十五卷、《墙东草堂词》及杂著多种。

②羽移宫换:泛指音乐。五声音阶包括宫、商、角、徵、羽。

③山香:古代曲名。即《舞山香》。唐南卓《羯鼓录》:"(汝阳王琎)常戴砑绢帽打曲,上自摘红槿花一朵,置於帽上筓处。二物皆极滑,久之方安。遂奏《舞山香》一曲,而花不堕落。上大喜,笑赐璀金器一厨,因夸曰真花奴。"元朱德润《落花》诗:"却忆当时砑光帽,《山香》一曲泪沾巾。"

④仙才:道教谓成仙者的资质。晋郭璞《游仙诗》诗:"燕昭无灵气,汉

武非仙才。"宋刘辰翁《浣溪沙》（十日千机可复谐）词："十日千机可复谐。郭郎感运岂仙才。人间自是少行媒。"

⑤偕隐：一起隐居。《送高士安下第回岷南宁亲》诗："偕隐有贤亲，岷南四十春。"后代诗文中"偕隐"一语，是用东汉鲍宣桓少君夫妇同归乡里的典故。宋黄公度《挽陈夫人卓氏二首》诗其一："安贫偕隐者，急义胜男儿。"清钱谦益《尚宝司少卿袁可立妻宋氏加封宜人制》："使尔夫幸偕隐之有人，期没齿而无憾。"

⑥清宴：清雅的宴集。唐孟郊《严河南》诗："何必红烛娇，始言清晏阑。"宋柳永《凤归云》（恋帝里）词："霜月夜凉，雪霰朝飞，一岁风光，尽堪随分，俊游清宴。"

⑦陶公：见前《念奴娇·登子招同铁崖、循蜚、古狂饮采友堂，坐有张较书》注释⑩。

⑧金门：饰以黄金的门。借指天子之门。唐王维《早朝》诗："银烛已成行，金门俨驺驭。"宋黄庭坚《昼夜乐》（夜深记得临岐语）词："情知玉帐堪欢，为向金门进取。直待腰金拖紫后，有夫人、县君相与。"

蝶恋花　风情

蹙玉腰缠香细喘①。印臂檀云②，刚道人前觑③。雨后芭蕉红尚卷④。朦胧自结三生茧⑤。　　染就花魂珠露软⑥。帐掩灯昏，不信郎情浅。春事江南风一剪。能容几个闲消遣。

【编年】

此词无法确知具体创作年份。

【笺注】

①蹙：屈聚，收拢。《管子·水地》："夫玉温润以泽，仁也……坚而不蹙，义也。"尹知章注："蹙，屈聚也。"唐元稹《遣春三首》诗其一："水生低岸没，梅蹙小珠连。"

②印臂句：言臂膊上有红色的印痕。檀，浅红色；浅赭色。唐罗隐《牡丹》诗："艳多烟重欲开难，红蕊当心一抹檀。"明陈继儒《枕谭·檀晕》："按画家七十二色有檀色，浅赭所合，妇女晕眉色似之。人皆不知檀晕之义，何也？"

③觍（miǎn）：觍觍（tiǎn），同腼腆，害羞的样子。

④芭蕉：见前《采桑子·云塞秋夜》注释④。

⑤三生：见前《烛影摇红·扬州己未正月十四夜》注释⑩。

⑥花魂：见前《生查子·代赠》注释⑥。

感皇恩

珠落凤凰池①，绛云如组②。南国留人处延伫③。翠帘高卷，一派桐花清举。艺林开玉宇④，今犹古。　　应有丽鬟⑤，含情无语。眉向檀郎舞筝柱⑥。欲飞双燕，弹尽六朝金缕⑦。世间春几许，君全取。

【编年】

此词或作于清康熙七年戊申（1668）。清汪懋麟《锦瑟》卷首《锦瑟酬赠词》附曹溶此词。《锦瑟》卷首有曹尔堪序，言及"戊申重九，偶滞广陵……汪子蛟门以锦瑟词见示"，故可知汪懋麟《锦瑟》成集于清康熙七年戊申（1668）。曹溶于清康熙六年丁未（1667）年底由山西大同归里，时间吻合。故将此词暂系此年。

【笺注】

①凤凰池：古代禁苑中池沼，为中书省所在地。唐李颀《听董大弹胡笳声兼寄语弄房给事》诗："长安城连东掖垣，凤凰池对青琐门。"唐岑参《和贾至舍人早期大明宫之作》诗："独有凤凰池上客，阳春一曲和皆难。"亦称为"凤池"。

②绛云：红色的云。传说天帝所居常有红云拥之。南北朝庾信《道士步虚词十首》诗其八："北阙临玄水，南宫生绛云。"唐卢照邻《赠李荣道士》诗："圆洞开丹鼎，方坛聚绛云。"

③南国句：南国，泛指南方。《楚辞·九章·橘颂》："受命不迁，生南国兮。"王逸注："南国，谓江南也。"三国魏曹植《杂诗六首》诗其四："南国有佳人，容华若桃李。"延伫，久立、久留。战国屈原《离骚》诗："悔相道之不察兮，延伫乎吾将反。"三国魏曹植《洛神赋》："扬轻袿之猗靡兮，翳脩袖以延伫。"

④艺林句：誉汪懋麟《锦瑟》于词坛开设新天地。艺林，指文艺界。宋苏籀《观胡文恭枢密全集偶成一首》诗："文赋鸣升平，声誉艺林驰。"明李梦阳《杂诗三十二首》诗其二十九："昔余挟诗书，京里扬鸣珂。敷藻艺林间，结交聚边何。"此处指词坛。玉宇，华丽的宫殿。唐李华《含元殿赋》："玉宇璇阶，云门露阙。"宋梅尧臣《依韵和宋学士紫宸早谒》诗："耽耽玉宇龙缠栋，蔼蔼金铺兽啮环。"此处赞誉汪懋麟《锦瑟》。

⑤丽鬟：佳人。

⑥檀郎：见前《生查子·代赠》注释④。筝柱，筝上的弦柱。每弦一柱，可移动以调定声音。唐李商隐《独居有怀》诗："蜡花长递泪，筝柱镇移心。"宋柳华淑《望江南》（何处笛）词："翠锁双蛾空宛转，雁行筝柱强安排。终是没情怀。"

⑦六朝：见前《唐多令·同晋贤泛舟》注释⑨。金缕，见前《贺新郎·答右吉》注释⑥。

【参考资料】

此词为《静惕堂词》所漏收，南京大学中国语言文学系全清词编纂委员会编纂《全清词》亦未载。裴喆《〈全清词·顺康卷〉补遗》（见《南阳师范学院学报》，2005年第4期），指出清汪懋麟《锦瑟》卷首《锦瑟酬赠词》附曹溶酬赠词一首，调寄《感皇恩》。

踏莎行　西塞山①

兵火江门②，鱼龙石碣③，布帆无恙心超越。先生何必赋归来④，杯中潦倒西山月⑤。　　双壁雄开，千涛怒发，穷秋时候登临歇⑥。一朝失策事烟波，误人岂独星星发⑦。

【辑佚】

此词为《静惕堂词》所漏收，南京大学中国语言文学系全清词编纂委员会编纂《全清词》亦未载。笔者于国家图书馆所藏清纳兰性德、顾贞观编《今词初集》卷下辑得。

【编年】

此词或作于明崇祯十一年戊寅（1638），时曹溶出使楚藩。

【笺注】

①西塞山：坐落于湖北黄石市东部，三面环江，唯有一脉纤立山梁与千里楚山相接，素有长江中下游门户之称。西塞山壁立江心，横山锁水，危峰突兀，雄奇磅礴，易守能攻，为长江第一要塞。历史上曾发生多次较大规模的战争。

②兵火句：言此处曾有战争发生。江门，长江门户。唐杜甫《后苦寒行二首》诗其二："晚来江门失大木，猛风中夜吹白屋。"此处指西塞山。

③石碣：圆顶的石碑。北魏郦道元《水经注·济水》："又西北入济水，城西北三里有项王羽之冢，半许毁坏，石碣尚存。"唐刘禹锡《宜城歌》诗："花台侧生树，石碣阳镌额。"

④归来：见前《水龙吟·午日湖上》注释⑨。

⑤潦倒：颓丧，失意。宋黄庭坚《离亭燕·次韵答廖明略见寄》词："此处忽相逢，潦倒秃翁同调。"清孙枝蔚《同杜于皇等集龙眉春草堂》诗："几处莺花潦倒中，心情兄弟略相同。"

⑥穷秋：见前《少年游·寄项嵋雪》注释②。

⑦星星发：见前《念奴娇·端阳后二日箨庵招饮》注释⑩。

琵琶仙 琵琶亭志怀（内容佚）

【辑佚】

此词不见于《静惕堂词》，南京大学中国语言文学系全清词编纂委员会编纂《全清词》亦未载。笔者翻阅龚鼎孳词作，见有《琵琶仙·吊白舍人苏学士用秋岳琵琶亭志怀韵》，可知曹溶有《琵琶仙·琵琶亭志怀》词。惜内容未见传世。

【编年】

此词无法确知具体创作年份。

附录一 曹溶传记资料

《清史稿》卷四百八十四《文苑传一》

曹溶,字鉴躬,嘉兴人。明崇祯十年进士,官御史。清定京师,仍原官。寻授顺天学政。疏荐明进士王崇简等五人,又请旌殉节明大学士范景文、尚书倪元璐等二十八人,孝子徐基、义士王良翰等及节妇十余人。试竣,擢太仆寺少卿。坐前学政任内失察,降二级。久之,稍迁左通政,上言:"通政之官,职在纳言,请嗣后凡遇挟私违例章疏,即予驳还,仍许随事建议。"又言:"王师入关,各处驻兵,乃一时权宜。今当归并于盗贼出没险阻之地,则兵不患少。其闲散无事之兵,遇缺勿补,遇调即遣,则饷不虚廪。且当裁提镇,增副将,以专责成。"又言:"诸司职掌无成书,请以近年奉旨通行者,参之前朝会典,编为简明则列,以重官守。"擢左副都御史。疏请时御便殿,召大臣入对,赐笔札以辨其才识。有切中利弊者,即节力行,勿概下部议,帝并嘉纳。擢户部侍郎,出为广东布政使,降山西阳和道。康熙初,裁缺归里。十八年,举鸿博,丁忧未赴。学士徐元文荐修明史。又数年,卒。有倦圃诗集。

《清史列传》卷七十八《贰臣传甲》

曹溶,浙江嘉兴人。明崇祯十年进士,官御史,巡视西城。尝劾大学士张四知溺职,不报。

本朝顺治元年五月,投诚,仍原官。疏陈六事:"一请定官制,使事有责成,不相推委,又上下情宜浃洽,庶人思效用;一请定屯田,盐法、钱法规则,俾奉饷有所给取;一请禁兵丁牧马,践食田禾;一请有司巡缉土贼,擒为首者诛之,余皆劝谕向善,则不烦兵力而贼寇自靖;一请发币金,于近畿麦熟处平籴,以裕仓储,备赈恤;一京师采煤西山,近因盗贼梗路,两月不至，请设兵循徼，使无劫掠之虞。"得旨："所陈六事，深切事务，下所司即行。"六月，授顺天学政，疏言："旧例选拔贡生，汇八府诸生通考。今畿辅当兵燹之后，诸生或艰于远涉，宜遍历各府，举行岁考，补给廪额。即于廪生中拔其尤者，府学贡二人，州县学贡一人。顺天府学首善，士多请贡六人，并令官给路费，诣廷试分别选用。至各省士子，有游学京师者，宜令附顺天府学考试，其入学补廪充贡，俱于正额外，另议名数。"又言："褒扬节义，有关风教，当闯贼煽惑时，誓师殉义者不少，宜敕学臣详访请旌。其隐逸之士有深通古今，明于治术，熟谙韬略，周知地利者，许特疏荐举，以备徵用。"又请以辽东十五学改附永平府，分设教官，如各州县学例。寻疏荐明进士王崇简等五人，请旌殉节明大学士范景文、尚书倪元璐等二十八人，孝子徐基等七人，义士王良翰等五人，及节妇十余人，皆下部议行。二年冬，试竣，回御史任。

三月二日，充会试监试官，奏请严防怀挟传递、移号换卷诸积弊，宽免字画粗率、格式参差之贴例，誊录务期端楷，对读宜令详审。得旨，所会场事宜简明切当，下礼部即行。三月，迁太仆寺少卿。先是，恩诏录七品以上京官子弟各一人，由附生充监生，由廪生、增生充贡生。溶任学政时所举充贡监，有曾于明季袭世职及中武举者。至是，时觉，坐失察，降二级调用。寻复以选拔贡生逾额，革职回籍。十年，诏三品以上大臣各举所知，大学士范文程等因以上亲政，前部议降革原奏次第奏览，于是溶与降调给事中林起龙、刘鸿儒并荷恩谕曰："三人降革，皆非品行玷缺者比，令来京录用，各复原官。"十一年，授太常寺少卿。寻迁左通政。十二年正月，疏言："通政之官，职在纳言。请嗣后凡遇挟私违例章疏，即予驳还，仍行劾奏。至远近灾荒，民生吏治，宜许通政司诸臣就章疏所列，随事建言。无忝敷奏之任。"又言："开创时随处驻兵，乃一时权宜。今当归并于盗贼出没、险阻不测之地，则兵不患少，其闲散无事之兵，遇缺勿补，遇调即遣，则饷不虚廪，且当裁并提镇，改增副将，以专统辖而重责成。"又言："诸司职掌，未有成书，请以近年奉旨遵行者，参以前朝会典，编为简明则例，以励官守。"并下部议行。三月，擢左副都御史。疏请时御便殿，召大臣入对，以辨其才识品行，并赐笔札，令面举所知，可杜瞻徇欺蒙之弊。又言："明代中叶以后，议论盛而实事衰，至今积习未改。欲使群臣鼓任事之心，言官作敢言之气，在断自宸衷，遇诸臣章疏切中利弊者，即敕力行。有辨言乱政，挟私挠法者，即摘发示戒，勿概下部议，以致稽延。"上并皆嘉纳之。

擢户部右侍郎。九月，诏吏部、都察院会奏侍郎、寺卿等官，才优经济者改外用，溶预焉。遂授广东布政使。十三年，遇京察，户部以溶曾任侍郎，已改布政使，牒吏部同都察院核议溶举动轻浮，应以浮躁例降一级，仍外用，因降山西阳和道。康熙三年，山西巡抚白如梅遣溶庆万寿圣节至京，溶援朝觐官得条陈利病例，疏言："大同屯地，旧例每顷徵银不及一两。至兵丁垦沿边荒地，向不徵银，名曰'赡军'。后因军饷不敷，每顷每月扣饷银二钱，兵已贫乏。近因兵额裁减，所遗之地分拨现在之兵，有每兵三四顷坐扣月饷者，为累滋甚。请嗣后限每兵二顷，如屯田徵银之数，按月扣饷，地少则力可任耕，租轻则兵仍足食。"又请沿边设墩军，墩每五人，每人与近墩荒地一顷，免其徵输，使击柝巡逻，兼供修葺边墙之役。下所司议行。寻以裁缺归里。

十七年，诏举剥削鸿儒，大学士李蔚、杜立德、冯溥合疏荐溶，以丁忧未赴。十九年，学士徐元文荐溶佐修明史，部议俟服满，牒送史馆。二十四年，卒。

清郑方坤《国朝名家诗钞小传·曹溶》

曹溶，字秋岳，别号倦圃。嘉兴人，前明丁丑进士，选庶吉士，改御史。謇谔有直声，中朝贵人多侧目。既遭中原板荡，圣主当阳，张八纮以罗才俊。先生以先朝遗逸，亦思跧伏草茅，终槁项黄馘以死，徒以推毂者众，敦逼出山，不获遂其初志。既扬历中外久，溶升至小司农，中间深沉淹速，不常厥居，亦时而为岭海关塞之行。迨康熙戊午己未间，天子思得宏博之士，备顾问大臣，有举先生名应诏者。先生已归隐林泉，仰屋著书，三征不起矣。少日即以诗名，年事渐增，风格日进，体气自然，意匠深稳，与龚芝麓宗伯异曲同工，卓然为国初一大家。李天生称其五古如羚羊挂角，无迹可寻，而浑金璞玉中，奕奕自露神采。又云意取其厚，词取其自然，所以复汉京也。调取其俊逸，格取其整，所以明选体也。而浑雄悲壮，驰骤两唐者，反在所略。又云七古向有献吉如龙，仲默如凤之喻。龙变化不测，凤文采斐然，可谓深知李何者。要之二体亦未能偏废，先生双提并挽而行，而奥衍宏深不顾时眼，大有郊祀鼓吹之遗。世无言汉诗者，吾珍此自赏耳。盖其佩服若此，至五七律一气浑成，五七绝之正变忽见。其见称于李秋锦、陈其年、潘稼堂、邓孝仪诸公，尤未易更仆数。昔夫子论玉有七德，而申之曰气如白虹，天也；精神见于山川，地也。夫玉之德，至于圭璋特特，天下莫不贵，而其精气之著见，则田夫野老皆得望而知之也。世之为诗者，不枕经葄史，以尽其才，月锻季炼，以博其趣，涵濡酝酿，息深深而出亹亹，徒取烦音软语，希世媚俗，则非玉也，珉耳。读《静惕堂集》，其废然而知返也夫。

清沈季友《槜李诗系》卷二十三《国朝·倦圃先生曹溶》

溶，字洁躬，号秋岳，平湖人，居秀水。崇祯丁丑进士，由行人授御史。入本朝以御史视学畿内，历副都御史、户部侍郎，外转广东布政使，后降补山西阳和道，裁缺还里。甲寅逆藩叛，阁臣荐为边才随征福建，丁母忧不受职而归。戊午以宏博征，复荐修明史，俱辞不赴。乙丑八月卒，年七十三。溶天性梗直，为御史劾辅臣，谢升削籍，熊开元密参周延儒廷杖。溶疏白其冤。甲申为流贼所执，拷掠三昼夜，委厕中得不死。后任副宪，时遇热审，多平反。居塞上五年，岁饥力请赈救。平生长于经济，竟未其用，乃独肆力于文章，诸体雄骏，而尺牍尤多，长笺小幅人争宝之。其诗源本少陵，苍老之气一洗妩调，与合肥龚鼎孳齐名，世称龚曹。晚年自号锄菜翁，筑室范蠡湖。颜曰倦圃。莳花种竹，置酒倡和无虚日，爱才若渴，四方之士倚为雅宗者四十年。家多藏书，勤于诵览。尝以明季门户纷争，是非失实，辑《续献征录》六十卷，又痛崇祯朝辅相失人著《五十辅臣传》五卷，外有《静惕堂诗文集》三十卷，年来予每从倦圃游，始叹先民风流未坠。兹录其诗概里已刻者，惟取闽游集及癸亥迄乙丑之作，用冠斯卷。一代巨公足以起衰式靡矣。

清吴永芳修，钱以垲纂《康熙嘉兴府志》卷十四《人物·曹溶》

曹溶，字秋岳，崇祯丁丑进士。仕御史。入国朝历仕至少司农，出守粤藩，左迁阳和道。岁大饥，力请赈救，全活甚多，裁缺归里。后以博学鸿词征，复荐修明史，辞不赴。辑崇祯疏抄及传谕录二书，呈史馆。生平爱才若渴，以弘奖人伦为己任。人称文章宗匠，为文沉思湛郁。诗本少陵，性酷嗜书，广收博采，藏至数万卷，尤海内仅见。所著《续献征录》、《辅臣传》、《静惕堂诗文集》。子彦枢训导，彦恒国子生。彦拭康熙甲戌进士，任大兴令，能承先志。

清吴辅宏纂，文光校定《乾隆大同府志》卷十八《宦绩下·曹溶》

曹溶，字秋岳，浙江嘉兴人。康熙六年任阳和兵备道，学问闳博，处兵琐疮痏间赈荒，驭胥吏有绩，雅称叹徐明经化溥、冯观察云骧才，亟旌之。时学政丛弊，溶钳制俾不敢逞，魏敏果象枢雅参议焉。寻以裁缺去仕，至侍郎。

清伊汤安修，冯应榴纂《嘉庆嘉兴府志》卷五十二《列传三·秀水县·曹溶》

曹溶，字洁躬，号秋岳，明进士，为御史。尝劾辅臣谢升，又熊开元参周延儒，廷杖，疏白其冤。入本朝，以御史视学畿内，历户部侍郎，出为广东布政使，左迁山西阳和道，抚绥边徼，赈恤流亡，民咸德之。三藩叛，从征福建，丁母忧，归。己未，以博学鸿词征，复荐修明史，因疾不赴，以所辑《崇祯疏抄》《五十辅臣传》上史馆。溶文章沉思湛郁，诸体雄骏，尺牍小简尤精。诗源本汉魏，有气骨。与新城王士禛齐名，晚号锄菜翁。筑室金陀里，曰倦圃，莳花种竹，与知交置酒唱和其中，尝以明季门户纷争，是非失实，著《续献征录》六十卷，其他著作别见。

清李集《鹤征录》卷三《曹溶》

曹溶，字洁躬，又字秋岳，号倦圃，浙江秀水人。崇祯丁丑进士，仕至御史。顺治初年，历副都御史，户部侍郎。出为广东布政使，左迁山西阳和道，裁缺。补用保举签发四川军前候用，旋丁母忧不复出。著有《静惕堂集》。

先生学问为禾中冠冕，闳中奥衍，上接焦弱。侯官京师日，堂上列书六七千册，人多至其家借钞，所藏弆尤富。性好奖借后进。从曾祖耕客公为先生门人，先是鸿词之征前一年，早有信，政府首推之。先生坚辞云："某为东家妇，焉能复理妆效西家颦乎？吾禾有朱彝尊、李良年、徐嘉炎，率皆淹雅闳通，深达国体，其材施之无所不可。"其推毂类如此。族祖裕山公名维钧，少以诸生课徒禾中，先生见其时艺一篇，大惊曰："此大物也。"设酒招之，从谈古今大略。公唯唯且敦致云。后公循例起家四川都昌县，位至直隶制府，尝曰："倦圃先生吾生平第一知己。"遂刻《静惕堂诗集》。

先生备兵大同，竹翁首访之。曾大父送以叙。先生见之曰："此岂今人手笔耶？"手录以去，复遗书颂之。与先公诗札甚夥，惜逸去。其赠竹翁诗"连山万余里，兵甲何洋洋"诸章，风格在魏晋间。

先生晚年有《春草》七律四章，和者遍三吴，耕客公首章云："锦似织时花半露，碧相交处柳三眠"，三章云："分开离别东西路，送尽天涯少长人"，先生定为压卷。

清钱林东升辑，王藻菽原编《文献征存录》卷十《曹溶》

曹溶，字洁躬，又字秋岳，号倦圃，嘉兴人。崇祯丁丑进士，补行人考选御史。顺治元年，起河南道御史，督学顺天，迁太仆寺卿，再迁副都御史，掌院事。擢户部侍郎。左迁广东右布政使，遭丧归里。服除，补山西按察副使，备兵大同。裁缺后签发四川军前候用。丁忧不复出。荐修明史，不赴。

邓之诚《清诗纪事初编》卷七丙编《曹溶》

曹溶，子洁躬。号秋岳。别号金陀老圃，秀水人。崇祯十年进士。官御史，入清，仍原官。顺治三年革职。十一年起废补太常寺少卿。翌年，擢户部侍郎，外用广东布政使，降山西阳和道。康熙三年，以裁缺归。自后荐鸿博，荐修明史，皆不起，康熙二十四年卒，年七十二。事具清史列传贰臣传。

溶在崇祯时，与龚鼎孳同有声台谏，入清后，屡踬屡起同。而诗才如海亦略同。又与陈之遴同年相善，其降职正坐党陈也。杂忆旧友首数之遴，次及鼎孳。论诗钱吴皆有微辞，独推李因笃诗，为海内第一。自负可知。以好结纳，富藏书，为一时胜流所归。林时对独指其倾险黩货，必非无因。撰静惕堂诗集四十四卷，词一卷。诗集雍正三年直隶总督李维钧所刻，是冬维钧以党年羹尧得罪。故削去维钧原序，及末板李维钧校刊字样。维钧又刻周员采山堂集八卷，今更不可得。凡兵乱及前朝字样，皆作黑钉。知是时已有忌讳。道光中王相刻清初十大家诗钞，求其集仅得抄本，选刻八卷。今日正赖信阁芳本。可以补其缺字。溶填词最负盛名，静惕堂词之刻较早。不附于诗集。

钱仲联《广清碑传集》卷三《曹溶传》

曹溶，字洁躬，号秋岳，又号倦圃，秀水人。明思宗崇祯十年进士。由行人授御史，巡视西城，劾大学士张四知溺职，不报。十七年三月，浙直总督张国维题授浙直监军御史。未行，京师陷。被追银。悉索寓中，纳二百两。贼心未厌，重掠伤足，舁出，又纳五十两。发王旗鼓再拷。王为山西诸生，尝读溶文，谕文谕院杨枝起，招之授职，以足创不能行。未几，李自成遁，客劝其暂守城以待太子。既而清兵至，仍原官。疏请定官制及屯田、盐法、钱法、规制等六事，报可。寻受顺天学政，疏荐明进士王崇简等五人，请旌殉节明大学士范景文、尚书倪元璐等二十八人，孝子徐基等七人，义士王良翰等五人，及节妇十余人，皆下部议行。世祖顺治三年，充会试监试官，迁太仆寺少卿。坐前学政任内失察，降二级，寻复以选拔贡生逾额，革职。十年，复原官。明年，授太常寺少卿，迁左通政。疏言："通政之官，职在纳言，请嗣后凡遇挟私违例章疏，即予驳还，仍行劾奏。"又言："开创时随处驻兵，乃一时权宜。今当归并于盗贼出没、险阻不测之地，则并不患少。其闲散无事之兵，遇缺勿补，遇调即遣，则饷不虚糜。且当裁提镇，增副将，以专责成。"又言："诸司职掌无成书，请以近年奉旨遵行者，参以前朝《会典》，编为简明则例，以励官守。"提左副都御史，户部右侍郎，出为广东布政使。十三年，以浮躁降山西阳和道。圣祖康熙三年，裁缺还里。十三年，三藩举兵，阁臣以边材荐，随征福建。十七年，诏举博学鸿词，大学士李蔚、杜立德、冯溥合疏荐溶，未试，丁母忧。十九年，学士徐元文荐溶佐修《明史》，未赴。二十四年卒，年七十三。溶天性梗直，长于经济，未竟其用。乃独肆力于文章，闳中奥衍，上接焦竑。其诗源本杜甫，苍老之气，一洗妩调，与合肥龚鼎孳齐名，世称龚曹。填词务规摹两宋，一洗明人之弊，浙西词风为之一变。朱彝尊少时尝从溶游岭表，北至云中，酒阑灯灺，往往以小令、慢词更迭唱和。晚自号锄菜翁，筑倦圃居之，置酒赋诗无虚日。四方之士倚为雅宗者四十年。有《续献征录》《五十辅臣传》《静惕堂诗文集》等书。

附录二 曹溶年表

明神宗万历四十年壬子（1612） 一岁

八月二十七日，曹溶出生。

明思宗崇祯九年丙子（1636） 二十五岁

本年，曹溶考取举人。

明思宗崇祯十年丁丑（1637） 二十六岁

三月，曹溶以第三甲第三名考取进士，与陈之遴同年。陈之遴为一甲二名。

明思宗崇祯十一年戊寅（1638） 二十七岁

曹溶出使武昌。

明思宗崇祯十二年己卯（1639） 二十八岁

曹溶于崇祯十二年（1639）至十五年（1642）间尝弹劾张四知，帝不纳。

明思宗崇祯十七年暨清世祖顺治元年甲申（1644） 三十三岁

三月，曹溶由浙直总督张国维题授为浙直监军御史，未赴，受李自成军队拷掠，并遭勒索。

三月十九日，崇祯帝殉国。

四月末，曹溶于李自成遁去后负责搜余贼。

五月，曹溶降清，仍官河南道御史。

六月初四日，曹溶启陈六事：一定管制，一议国用，一戢兵丁，一散土寇，一广收籴，一通煤运。

六月二十二日，曹溶提督顺天学政。曹溶上疏言事。

七月初四日，礼部议覆曹溶条议。

七月十八日，曹溶条陈三事：一开支廪事，一赈助贫生，一优恤死节。

八月，曹溶数次奏疏议事。

清世祖顺治二年乙酉（1645）　　三十四岁

四月，清军屠扬州城。屠城自四月二十五日始，至五月五日结束，整整十天。扬州城几为空城。

五月，南都南京沦陷，弘光帝出亡。

闰六月，清军因剃发令遇阻屠嘉定城。

十一月，曹溶两奏议事。

十二月，试竣，曹溶回御史任，以江西道御史张鸣骏提督顺天学政。

清世祖顺治三年丙戌（1646）　　三十五岁

二月，曹溶充会试监试官，并奏请有关考试事宜。

三月，曹溶升为太仆寺少卿。

八月，曹溶以滥送贡监被认为失职而降两级调用。

清世祖顺治四年丁亥（1647）　　三十六岁

正月，曹溶因选拔贡生逾额被革职，回籍，后寓居苏州。

清世祖顺治五年戊子（1648）　　三十七岁

二月，曹溶在杭州助敛反清义士李橆。

本年曹溶丧一子一女。

清世祖顺治六年己丑（1649）　　三十八岁

正月，曹溶于里中过元夕。

腊月二十八日，曹溶新生一子。

清世祖顺治七年庚寅（1650）　　三十九岁

曹溶本年在苏州。

清世祖顺治八年辛卯（1651）　　四十岁

本年端午，溶在杭州。

冬，曹溶移还故里。曹溶寓居苏州期间，曾与明著名遗民山东姜垓、姜垓兄弟相交往。

清世祖顺治九年壬辰（1652）　　四十一岁

曹溶该年居乡里。

清世祖顺治十年癸巳（1653）　　四十二岁

五月，诏令曹溶补原官。

七月，曹溶动身进京。

十月，起用曹溶为原官。

清世祖顺治十一年甲午（1654）　　四十三岁

正月二十四日，谈迁访曹溶，不值。两日后，曹溶访谈迁，谈前朝事二则。

二月二十六日，谈迁过访曹溶借书，借得刘若愚《酌中志》三襄、孙北海《崇祯事迹》一襄。

三月初三日，曹溶访谈迁，相谈久，许借谈迁王元之《小畜集》、顾玉山《倡和集》。十七日，谈迁又访曹溶。曹溶自云收宋诸家集百二十余种。

四月，曹溶正式补原官。

是月初四日，谈迁过曹溶所。曹溶与之论明诗，推李空同为杜陵派。且诗之有何、李，如禅家南北二宗。宗李氏如孙宜之可、孟望之洋、郑善夫□辈，宗何氏如薛君采蕙、高苏门叔嗣、徐迪功祯卿辈，尤彰彰者也。于麟、元美，积习殷陈，终不逮空同。

五月二十四日，谈迁来访曹溶，值汪尔陶挺同饮。

六月初四日傍晚，谈迁来访曹溶于厅事。

七月，曹溶迁太常寺少卿，提督四译馆。

八月十日，谈迁访曹溶。曹溶曰购书五十种，可增订五代史。又曰《宋文鉴》于南渡颇略，拟补南宋文鉴。

九月初一日，曹溶于大崇仁寺，遇谈迁，共阅书画。曹溶欲购先帝所书"两水夹明镜，双桥落彩虹"，未果。

十一月，曹溶迁通政使司左通政。

清世祖顺治十二年乙未（1655）　　四十四岁

正月，曹溶上疏言事。

三月，曹溶迁都察院左副都御史。时龚鼎孳任都察院左都御史。

秋，明遗民傅山因宋谦事件入狱，是为"朱衣道人案"。由于事关反清活动，案情较大，由三法司处理。在龚鼎孳和曹溶等的维护下，七月，傅山得以无罪开脱。

七月，曹溶迁户部右侍郎。

九月，诏令才优者升一级予以外用，遇缺即补。溶与焉。

十月，曹溶补广东布政使司左布政使，以代王盐鼎之职。

十一月十日，谈迁来访曹溶。十五日，曹溶与龚鼎孳于大慈仁寺遇谈迁。

十二月，曹溶因顾仁案受牵连，被降二级，以少司农赴广东任。

是月二十三日晚，曹溶与胡景云、施山公、刘北渔、徐野公、谈迁饮。曹溶欲赠谈迁银杯，谈迁辞。次日，曹溶别谈迁。可知，曹溶即将赴广东任。曹溶被任命补广东布政使司左布政使后，并未立即赴任。曹溶好友龚鼎孳在溶赴广东任时作《秋岳出领粤东左藩赋送八首》其一中注曰曹溶"因侯议淹留五十余日"，至此方才赴广东任。

谈迁于顺治十年（1653）至顺治十三年（1656），应弘文院编修朱之锡之聘，任掌书记。期间，谈迁遍访史料，订补《国榷》。其与曹溶往来甚密，概亦因此焉。曹溶藏书甚富，又熟悉前朝事，于谈迁修史必有裨益。

清世祖顺治十三年丙申（1656）　　四十五岁

正月初一，曹溶行至天津。

二月，曹溶好友陈之遴遭都察院左都御史魏裔介弹劾。

三月，陈之遴又遭户部给事中王祯、广东道监察御史焦毓瑞弹劾，之遴被发往盛京居住。

陈之遴跌入仕途低谷，曹溶因与之关系密切，也从此仕途不顺。

夏，曹溶由家乡赴粤，携领万泰随行。

八月，曹溶抵达粤藩。

九月，遇京察，曹溶因举动轻浮以"浮躁"降一级调用。外调山西阳和道，备兵大同。

据《康熙会典》，"浮躁"属于可导致纠劾的"八法"（按："八法"包括贪、酷、疲软无为、不谨、年老、有疾、浮躁、才力不及）之一，但据《清会典》，"浮躁"者按律须降三级调用，而曹溶仅降一级调用。这种不合律例，不能以清廷优遇曹溶解。恰恰相反，这证明曹溶被冠以"浮躁"并降级，本不是真正由于自身问题，而是受南北党争之累。故有人认为是与陈之遴有关，并非空穴来风之猜测。

十月，陈之遴得旨回京。

清世祖顺治十四年丁酉（1657）　四十六岁

四月，曹溶祖母去世。

秋，曹溶由广东回乡，为祖母守孝。

曹溶在粤期间，辑《岭南诗选》，朱彝尊为之甄录。

清世祖顺治十五年戊戌（1658）　四十七岁

曹溶居乡。

清世祖顺治十六年己亥（1659）　四十八岁

七月，曹溶访朱彝尊。时朱彝尊居梅里。

八月廿四日，真如寺塔重建将成，曹溶作诗志喜。

清世祖顺治十七年庚子（1660）　四十九岁

十月，曹溶荐朱彝尊客山阴宋琬幕。宋琬作《答曹倦圃书》。云："朱子锡鬯赍手书来，并获读扇头长篇，情辞斐然，风格遒上。知先生于此事直复欲侪古人。锡鬯王谢家风，琼林掩映，炙其羽仪，令人不衣自暖。愧非莲幕，何敢维系高贤。把酒论文之余，仅得一介以资蜡屐，殊使湖山笑主人耳。"

清世祖顺治十八年辛丑（1661）　五十岁

夏，朱彝尊寓西湖昭庆寺。

曹溶游杭，与朱彝尊、周元亮、袁于令、祁班孙、邹祗谟、施闰章、诸九鼎诸公游西湖。

清圣祖康熙元年壬寅（1662）　五十一岁

十月，朱彝尊偕王明府世显之永嘉。曹溶与之饯行。随后，曹溶赴山西大同兵备道任。曹溶先至京师，由京师至大同。

清圣祖康熙二年癸卯（1665）　五十二岁

春，曹溶抵达大同。

该年，曹溶与顾炎武在山西交游，并一起会见李因笃。

清圣祖康熙三年甲辰（1664）　　五十三岁

春，曹溶由山西至京师贺万寿节，并条陈利病。

五月，朱彝尊将之云中谒曹溶，李武曾良年作序送行。

九月十九日，朱彝尊到达云中，曹溶舍朱彝尊于万物同春亭。

清圣祖康熙四年乙巳（1665）　　五十四岁

正月，同朱彝尊、周月如、孙如铨同游应州木塔寺。

二月，曹溶同朱彝尊出雁门关。

八月，曹溶同朱彝尊审定傅山家藏碑。

九月，曹溶同傅山、朱彝尊访碑。

清圣祖康熙五年丙午（1666）　　五十五岁

春，朱彝尊客山西布政王显祚幕。

六月，曹溶同顾炎武至雁门，访李因笃于陈上年署。

八月，曹溶以入闱由大同至太原，借朱彝尊枥马访金石刻文字，因出郭抵晋祠。

十一月，曹溶与李因笃、屈大均交游，冬至日左右由太原返回大同。

清圣祖康熙六年丁未（1667）　　五十六岁

六月，曹溶遭遇裁缺。

七月初七日，康熙帝在太和殿举行亲政仪式。

秋，王显祚落职，朱彝尊由代州复至云中，寻访曹溶。

八月，曹溶以裁缺归里。

九月九日，曹溶抵达魏州，治在今河北大名。

腊月二十四日，曹溶抵家。

清圣祖康熙九年庚戌（1670）　　六十岁

八月十九日，曹溶家乡遭遇水灾，溶等乡绅集会议论折漕买油等事宜。

九月，曹溶曾去苏州。

清圣祖康熙十年辛亥（1671）　　六十岁

秋，曹溶生日，李邺嗣作《寿曹秋岳先生六十序》。

· 355 ·

清圣祖康熙十一年壬子（1672）　　六十一岁

本年，朱彝尊《江湖载酒集》成编。

清圣祖康熙十二年癸丑（1673）　　六十二岁

冬，三藩叛乱。

清圣祖康熙十三年甲寅（1674）　　六十三岁

秋，曹溶补用保举签发四川军前候用，行未至而因有边材被举荐随军福建镇藩。

七月，曹溶曾去苏州，数宴于虎丘。

中秋后，曹溶赴榕城之役。

清圣祖康熙十四年乙卯（1675）　　六十四岁

该年曹溶在福建。

清圣祖康熙十五年丙辰（1676）　　六十五岁

该年曹溶在福建。

清圣祖康熙十六年丁巳（1677）　　六十六岁

冬，曹溶丁母忧，由福州归里。

本年曹溶丧一最善读书之子。

清圣祖康熙十七年戊午（1678）　　六十七岁

正月，诏举博学鸿儒，大学士李蔚、杜立德、冯溥合疏荐曹溶。

清圣祖康熙十八年己未（1679）　　六十八岁

正月，曹溶在扬州。

三月，诏博学鸿词考试，曹溶未赴试。

八月，曹溶庵居苏州。

清圣祖康熙十九年庚申（1680）　　六十九岁

二月，曹溶拜谒禹陵。

五月，久雨，曹溶作诗志苦。

学士徐元文荐溶佐修明史，不赴。

清圣祖康熙二十年辛酉（1681）　　七十岁

曹溶与唐济武等人交游，以词唱和。

清圣祖康熙二十一年壬戌（1682）　　七十一岁

冬月，曹溶游南京，宿承恩寺。后移寓鹫峰寺。

清圣祖康熙二十二年癸亥（1683）　　七十二岁

正月初二日，孙豹人、曾锡侯过访曹溶，时曹溶寓居南京鹫峰寺。初四日，杜于皇、程穆倩、孙豹人等过访曹溶。

曹溶子曹彦栻考取举人。

清圣祖康熙二十三年甲子（1684）　　七十三岁

上巳，曹溶与峬雪、东井、用亶、克斋、敬可、简在修禊鹤洲。

清圣祖康熙二十四年乙丑（1685）　　七十四岁

春，曹溶为沈雄《古今诗话》作序。

八月，曹溶去世。

清圣祖康熙三十三年甲戌（1694）

溶子曹彦栻考取进士，三甲十七名，娶朱彝尊侄女朱魏云为妻。

附录三　曹溶词序跋

朱彝尊《静惕堂词》序

　　吾乡倦圃曹先生，著述之富，在牧斋、梅村伯仲之间。乃钱、吴专集，行世已久，近且墨渝纸敝，独静惕堂文，未之雕刻。岂著述之传否，固有数存焉耶？抑其出也愈后，其传之者弥永耶？从孙恺仲昆季，取所填词，先付梨枣。彝尊忆壮日从先生南游岭表，西北至云中，酒澜灯灺，往往以小令慢词，更迭唱和，有井水处，辄为银筝檀板所歌。念倚声虽为小道，当其为之，必索尔雅，斥淫哇。极其能事，则亦足以宣昭六义，鼓吹元音。往者明三百祀，词学失传。先生收辑南宋遗集，尊曾表而出之。数十年来，浙西填词者，家白石而户玉田，春容大雅，风气之变，实由先生。当世君子，得先生词诵之，必有思雕先生诗文者。先生之著作，虽出之也晚，庶几传之弥永焉。同郡年家子朱彝尊序。

朱丕戡《静惕堂词序》

　　外王父倦圃先生生平著述，上之史馆者《崇祯疏钞》《五十辅臣传》。藏之家者《续献征录》六十卷，起万历中叶，讫崇祯甲申。编载名臣事迹，靡有阙遗。《古林金石表》三卷，《静惕堂诗古文》百卷，《静惕堂词》一卷，选录未竟者，宋诗、元诗、宋文、元文四集，均未梓行而殁。戡年来晨夕抄集，幸获诸稿。思即锓木以公海内，垂后世。卷帙浩繁，力未之逮也，而非敢度外置焉。今年冬，二弟戭南归，出佣书之资先属开雕。静惕堂词稿其调之先后，皆外王父亲自编定，手泽犹存。稿中大半与竹垞从祖邮亭馆舍，酬畅即席相唱和，将乞一言以弁端。自愧梼昧于倚声一道，未能窥见堂奥。惟是守此遗书，尽付剞劂，不致静惕堂词著述散佚无存。是戡之志也夫，是戡之责也夫。康熙岁次丁亥冬十月下浣外孙朱丕戡百拜谨识。

陈之遴《寓言集》跋

秋岳才大如斗,体苞众妙,当世罕俦。独于诗余,间或商之于余。余应之曰:选义按部,考词就班。此填词之金科玉律也。公乃日夕揣摩,不屑屑于南唐北宋,而自出机杼,独立营垒,建大将旗鼓。而出井陉望之者,皆旗靡辙乱。余亦将退避三舍。原奉槃匜以从事矣。词名寓言,其亦窃庄生之十九乎。

徐秉义《寓言集》跋

先生旷代逸才,天留硕果。诗文久播鸡林,酒边花底。喜作填词,如朝霞散彩,笙鹤瑶天。论者谓其智珠在掌,慧剑当胸。三寸管落指,即有红云蔽左,紫烟纾右。发而为声,惊鸿落雁,求之神仙之中,遇诸风尘之外,不得不以百宝庄岩板拍矣。

附录四　曹溶词汇评

朱彝尊评曹溶《满江红·钱塘观潮》："曹侍郎钱塘观潮一阙，最为崛奇。"

清彭孙遹《金粟词话》"清初长调作者"条："熊侍郎之清绮，吴祭酒之高旷，曹学士之恬雅，皆卓然名家，照耀一代，去调之妙，斯叹观止矣。"

清沈雄《古今词话·词评》卷下引陈之遴、龚鼎孳评曹溶《寓言集》："陈素庵曰：'秋岳词，从无一蹈袭之语，正不必拟之以周、秦，周、秦合让一头地。'龚芝麓曰：'君词如晏小山，合情景之胜，以取径于风华者，所云"舞低杨柳楼心月，歌罢桃花扇底风"，庶乎。'"

清沈雄《古今词话·词品》下卷评曹溶工句法："莫和秦筝。要听香喉第一声。""要迷踪困影，山尖海角填满情。""捧觞含笑拨箜篌。留么留。留么留。""要东君着意催温送暖，试他心性。"

清陈箴序黄汝铨辑《曹秋岳先生尺牍》："檇李有曹秋岳先生者，其人为当代之栋梁，词林之冠冕也。"

清孙尔准《论词绝句》论曹溶《满江红·钱塘观潮》："史笔梅村语太庄，雕华不解定山堂。要从遗老求佳制，一曲'观潮'最擅场。"

清郭麐《灵芬馆词话》卷二："激昂慷慨，迦陵为最。竹垞亦时用其体，如居庸关李晋王墓诸作，直欲平视辛、刘，自出机杼。集中附曹倦圃慢词二首皆工。曹有将之云中答友寄《贺新凉》云：'玉宇秋如水。为黄花、满襟离恨，雁筝频倚。落日马蹄穷塞主，白发一肩行李。铜柱北，曾经脱屣。又挂风旗沙柳外，对摩厓、片石挥毫起。呼屈宋，且休矣。　故人相见平安喜。写新词、龙蛇飞动，牢骚心事。刁斗河山今不闭。敢诧封侯万里。笑老去、疏狂未已。范蠡湖边莼菜熟，肯羊裘敝尽车生耳。痛饮酒，真男子。'此词盖作于备兵云中时。朱集有送曹诗长篇，亦极悲壮，所谓'忽作边秋出塞声，江枫岸柳纷纷落'者是也。"

清冯金伯辑《词苑萃编》卷十七《纪事》"曹溶《青玉案》"条："沈家姬卯娘善度曲，曹秋岳侍郎戏用卯字，赋《青玉案》为赠云：'花前举乐何须忌。薄晓瞳瞳初丽。启户逢君娇不语。三秋兔魄，平分留影，垂柳东边去。

镂成新玉刚为字。十二时中排第四。中酒嫌人知也未。芳名检点，春光已半，会取相迎意。'"

清冯金伯辑《词苑萃编》卷二十二《谐谑》"曹溶《满庭芳》"条："曹秋岳先生赋《满庭芳》词，赠沙校书，即赋沙字。'艳似淘金，清还碾玉，怕人唤作风尘。溪边迓约，落雁故频频。漫说愁来醉卧，趁坡陀、高下铺匀。疏狂处、量他一斛，捏就小腰身。　羞随轻浪滚，莲花步爱，踏尽无痕。怪当年叱利，假借堪嗔。今日谁能拘管，算恒河、自有仙真。情何限，千堆白雪，占断凤楼春。'钱塘朱若干为之序。"

清冯金伯辑《词苑萃编》卷二十二《谐谑》"曹溶《浪淘沙》"条："孔子威坠马，曹秋岳咏《浪淘沙》词以戏之。'野岸石桥滨。雪色初匀。扬鞭一试紫骝新。记取黄沙沉戟地，不是花茵。　旨酒酹芳辰。年少腰身。罗衣代拂五陵尘。回首微闻相痛惜，楼上佳人。'"

清谢章铤《赌棋山庄词话》续编三："顾梁汾曰：'国初辇毂诸公，尊前酒边，借长短句以吐其胸中。始而微有寄托，久则务为谐畅。香岭倦圃，领袖一时。'"

清陈廷焯《词坛丛话》:"国初诸老之词,论不胜论。而最著者,除吴、王、朱、陈之外,莫如棠邨。秋岳、南溪、珂雪、蓺香、华峰、饮水、羡门、秋水、符曾、分虎、晋贤、覃九、蘅圃、松坪、西堂、莘野、紫纶、奕山诸家,分道扬镳,各树一帜。"

陈廷焯《白雨斋词话》卷六评曹溶《满江红·钱塘观潮》:"国初曹洁躬《满江红》'钱塘观潮'云:'城上吴山遮不住,乱涛穿到严滩歇。是英雄未死报仇心,秋时节。'沉雄悲壮,笔力千钧,读之起舞。竹垞和作,已非敌手,何论余子。"

陈廷焯《云韶集》卷一四评曹溶:"洁躬词直追南宋,无一字不雅。"评曹溶《十六字令》:"蛱蝶不惊,极写轻之至也。"评曹溶《蝶恋花·杏花》:"闲雅似陈西麓","不落纤冶,斯为雅正"。评《满江红·钱塘观潮》:"此词沉雄悲壮,卓为千古名作","如目睹潮至","雄文骇俗,读之起舞。"

清胡薇元《岁寒居词话》:"清初词人,如吴骏公、梁玉立、龚孝升、曹洁躬、陈其年、朱竹垞、严荪友诸家,词采精善,美不胜收。"

民国卢前《望江南·饮虹簃论清词百家》:"真男子,痛饮发狂歌。秀水从游薪火在,浙西宗派此先河。六义岂能磨。"

邓之诚《清诗纪事初编》:"溶填词最负盛名。"

沈轶刘、富寿荪选《清词菁华》:"溶家富藏书,朱彝尊辑《词综》,多假钞于溶。其所为词有别趣,琢饰精工。如《点绛唇》下片,奇思华藻,雅耐咀嚼,可与曹贞吉竞爽。"

钱仲联《广清碑传集》卷三《曹溶传》:"填词务规摹两宋,一洗明人之弊,浙西词风为之一变。"

附录五　曹溶词评词序

曹溶评明商辂

先正弘载诸公，负荷鼎辅重望，即见其于文情诗思，亦不愿以庸滥争长。故其为小词也，明净简练，亦复沾沾自喜。至今读其旅情、春暮、秋月、退食篇什，不堕时趋，自有殊致。（清沈雄《古今词话·词评》下卷引）

曹溶评宋荦《枫香词》

汤潜庵称牧仲诗为萧闲澹远，于山水文章有深情者。枫香小词，亦浸淫于乐府，流溢而为法曲，不作儇巧，是一大家。（清沈雄《古今词话·词话·词评》下卷引）

曹溶评陈素庵与李坦园词

兴朝相国海昌陈素庵，有《上阳词》，其《南楼令》诸作，俱出塞之曲。高阳李坦园有《心远堂词》，小令《三字令》、慢词《绿头鸭》，为清绮之句，人所不及也。（清沈雄《古今词话·词话》下卷引）

曹溶评明人自度曲

乙丑夏日集澄晖堂，江子丹崖问，明词去取以何为则。余曰，自花间至元季调已盈千，安得再收自度。如王世贞之怨朱弦，小诸皋。杨慎之落灯风、灼灼花。屠隆之青江裂石、水漫声。丹崖平日留心古调，询及明词如此。至若滕克恭有《谦斋稿》，陈谟有《海桑集》，俱元人而入明者。小词仅一二见，故亦不收也。（清沈雄《古今词话·词话》下卷引）

曹溶评李天馥《容斋诗余》

容斋早著盛名，诗文无所不妙。其为填词，则清姿朗调，原本秦黄，于冰心铁骨中，饶玉艳珠鲜之致。高念东每吟其《青玉案》一阕，谓非食烟火人所能道。天然之句，冲口而出。虽老师宿禅，多所缩舌也。

昔杨用修评务观小词"纤艳似淮海，沉雄似东坡"，予谓容斋能兼擅所长。（清聂先、曾王孙辑《百名家词钞》附）

曹溶评严绳孙《秋水词》

词以自然为宗，如秋水不事雕琢，而动中羽商，手和笔调，河南书法，几与怒猊渴骥并驰千载也。（清聂先、曾王孙辑《百名家词钞》附）

曹溶评顾贞观《弹指词》

弹指早负盛名，而神姿清澈，俨如琼林琪树。故其填词缠绵凄婉，恍听坡公柳绵句，那得不使朝云声咽。

读《弹指词》，有凌云驾虹之势，无镂冰剪彩之痕。具此手笔，方可言香艳之妙。（清聂先、曾王孙辑《百名家词钞》附）

曹溶评魏学渠《青城词》

温丽者，古人之蕴藉。疏放者，后习之轻佻。非漫以周秦辛陆论也。先生留心名理，不尚浮华，每于花落酒阑，吐言成妙，本以啸歌为适，非矜字句之妍。读者当知先生集声教之大成，于一唱三叹之间得之，不可以温丽疏放限之也。（清聂先、曾王孙辑《百名家词钞》附）

曹溶评陈维崧《迦陵词》

其年天才秀挺，作为四六绮言，直可凌轹颜谢，吞吐王卢。而于诗余，尤为独辟蚕丛，自开生面。不惟无体不备，且众妙毕臻，"即攀屈宋宜方驾，肯与齐梁作后尘"，当以持赠迦陵。呜呼，观止矣！（清聂先、曾王孙辑《百名家词钞》附）

曹溶评佟世南《东白词》

东白新词，缠绵温丽，无美不臻。其声调在柳郎中、秦淮海之间。（清聂先、曾王孙辑《百名家词钞》附）

佟东白词，缠绵婉约，当与柳屯田、秦淮海争长。（清冯金伯辑《词苑萃编》卷八）

曹溶评赵吉士《万青词》

诗尚沉雄，忌纤靡。词喜轻婉，戒浮腻。昔人言之详矣。不知轻婉之变，其流而下也，势若江湖然，浸浸乎几不可挽矣。先生诗词等身，能使轻婉入妙，究不落尖刻一路。读《万青词》，可以知所宗矣。（清聂先、曾王孙辑《百名家词钞》附）

曹溶评龚翔麟《红藕庄词》

词家之拈僻调固难，而拈僻调者求为尖新妙丽则更难。读《红藕庄词》，备美角胜，脱洒尘习，驾姜史而上之，不独使竹垞、融谷独擅所长也。（清聂先、曾王孙辑《百名家词钞》附）

曹溶评汪森《碧巢词》

诗余起于唐人而盛于北宋。诸名家皆以春容大雅出之，故方幅不入于诗，轻俗不流于曲。此填词之祖也。南渡以后，渐事雕绘，元明以来，竟工俚鄙，故虽以高杨诸名手为之，而亦间坠时趋。至今日而海内诸君子，阐秦柳之宗风，发晏欧之光艳，词学号称绝盛矣。晋贤宿擅时名，学殖富而才思宏。其《月河》《桐扣》诸词，皆步武北朝，不坠南渡后习气。而《词综》一选，脍炙人口，允足鼓吹骚坛，笙簧艺苑。（清聂先、曾王孙辑《百名家词钞》附）

曹溶评江士式《梦花窗词》

梅墩从游最久。秉性诚确，良笃行，古君子也。读书之暇，游情翰藻，不特临池遒媚，笔法钟王。即填词余技，亦必上拟元音，无南宋后习气。想其梦

花窗烧瓣香，上世必昭格而加被者矣。（清聂先、曾王孙辑《百名家词钞》附）

曹溶评丁炜《紫云词》

园次粤游归，艳称雁水新词开八闽风气。恨不得赚全璧捧咏之。一叶湖上，飞涛出示手抄一帙。时方盛暑，科踞梧荫，璧月未沉，银湾乍泻，不觉神怡心旷。园次之叹赏，泂然。（清聂先、曾王孙辑《百名家词钞》附）

曹溶评陈大成《影树楼词》

集生词多得力于迦陵《乌丝》间。省斋栎园极叹赏之。然其浑朴婉转处，能真吐性灵，不事雕绘。摆脱缰锁，妙绝古今。于苏辛诸家，初无意于规仿，而究其所近，抑亦不让南宋以上之名手也。（清聂先、曾王孙辑《百名家词钞》附）

曹溶评高层云《改虫斋词》

晤园次于蜀冈之下，因言改虫斋词逼似竹垞、葆馚一路。阅之，乃上凌梦窗、白石，有非竹垞诸公可以尽其长也。（清聂先、曾王孙辑《百名家词钞》附）

曹溶评朱彝尊陈维崧词

其年与锡鬯并负轶世才，同举博学鸿词，交又最深，其为词亦工力悉敌。《乌丝》《载酒》，一时未易轩轾也。

曹溶《与沈宏略》

《竹枝词》甚佳。中有数首似闺怨者，可商锡鬯、舟石辈。向有《鸳鸯湖櫂歌》，勿与之雷同为妙。檇李相传有西子爪痕，此亦韵事。颇可入咏也。（清黄汝铨辑《曹秋岳先生尺牍》卷五）

曹溶《与孙子庄》

词韵本宽，因备歌管之用，故闭口不与开口同押。（清黄汝铨辑《曹秋岳

先生尺牍》卷五)

曹溶《与项峒雪》

宋词奉览,史邦卿、姜白石皆在焉。二人南渡名家,尖新触目。其求胜晏、秦者,正其不及晏、秦也。年翁于此求之便入堂奥。(清黄汝铨辑《曹秋岳先生尺牍》卷七)

曹溶《与汪晋贤》

《词综》一选,追丽声于既往,发骚客之幽光。《花庵》以还,再睹斯盛。然彼近搜时彦,此遍采遗篇,功固倍之耳。(清胡泰辑《倦圃曹秋岳先生尺牍》卷上)

曹溶《与叶星期》

香词作天际想,不妨俯瞰辛刘。独于草草杯盘,苦不称耳。(清胡泰辑《倦圃曹秋岳先生尺牍》卷上)

曹溶《与李分虎》

六家词吐艳生香,直入南宋堂奥,不啻视柳七、黄九为土苴。不佞近作百余首,颇觉姜史、辛刘为一器。(清胡泰辑《倦圃曹秋岳先生尺牍》卷上)

曹溶《与项峒雪》

乐章寄托不凡,欲夺辛刘之席。但使事过于生硬,微有不入词料者。以香艳之句发豪宕之怀,则两得之矣。(清胡泰辑《倦圃曹秋岳先生尺牍》卷上)

曹溶《与俞右吉》

乐章含秦跨柳,濯秀毫端,不徒以协律为能事也。三诵之余,有屈宋非遥、极目湘云之喜。(清胡泰辑《倦圃曹秋岳先生尺牍》卷下)

曹溶《与项东井》

词妄效他，由窃恐点铁成金耳。词中言重七日既秀且工，他人决不能道。通首精稳可诵，惟"垂见"一语未觉袅娜动人。盖作词关棙全在结尾，务言尽意留，使读者缠绵难已，方称绝唱耳。（清胡泰辑《倦圃曹秋岳先生尺牍》卷下）

曹溶《与某》

英思云涌，不特如拳圃藉以生辉，亦使檇李流流悉开抑塞也。长短句复是老手，中惟占剑二韵闭口呼之未审，与燕字同异。老年翁不妨博综古籍，更出新裁耳。（清胡泰辑《倦圃曹秋岳先生尺牍》卷下）

曹溶《与陈尧夫》

词家正派本以金粉为工，阑入辛刘便纯用白描法。新作尽富丽，然亦不免古人才多之患，使意胜于藻方压倒时流耳。（清胡泰辑《倦圃曹秋岳先生尺牍》卷下）

曹溶《古今词话序》

填词于摛文最为末艺，而染翰若有神工。盖以偷声减字，惟摭流景于目前，而换羽移宫，不留妙理于言外。虽极天分之殊优，加人工之雅绤，究非当行种草，本色真乘也。所贵旨取花明，语能蝉脱，议论便入鬼趣，淹博终成骨董。在俪玉骈金者，向称笨伯。而矜虫斗鹤者，未免伧父。用写曲衷，亟参活句。有若国色天香，生机欲跃。如彼山光潭影，深造匪艰。务令味之者一唱三叹，聆之者动魄惊心。所云意致相诡，无理入妙者，代不数人，人不数句。其有造词过壮，则与情相戾。辩言过理，又与景相违。剽拟者靡而短于思，臆创者俳而浅于法。剪采杂而颛古者卑之，操作易而深研者病之。即工力悉敌，意态纷陈，要皆糠秕，堕彼云雾。不知文余妙谛，解出旁观。词话一书，似复以庄注郭，以疏钞经。然肇自李唐赵宋，迄于胜国熙朝，辨及九宫四声，断自连章只字。所赖集诸家而为大晟，规墓亦可尽变。综前说而出新编，穿贯即为知音也。岁在乙丑，余来金闾，偶僧沈子出示词话，丹崖江子，力为赞成。惟睹事类，顿入精采，上不牵累唐诗，下不滥侵元曲，词之正位也。豪旷不冒苏辛，秽亵不落周柳者，词之大家也。间奉以玉律金科，识法者因之滋惧。即过为标新领异，宏材者抑而就裁。庶倚声有托，会意靡涯矣。亦思舍筏固是良箴，效颦未免私议。彼放笔颓唐伸纸敏给者，俱不足当黄绢幼妇之称者也。况沈江二子人可模楷，书能荟萃。今特质之同人，公之举世。余以是为古今填词者庆。鸳水年家弟曹溶撰。

曹溶评王晋卿《颖昌湖上诗·蝶恋花词卷》

此卷旧传双井书，眡其执笔，迥不相肖。公平生无移颍上留许昌事。集中亦无此绝句，而楮尾《蝶恋花》词入《草堂》选。余心拟王晋卿迹，不敢遽谓然也。出家藏韩持国《南阳集》，考之"白雪青莲"之句，为和王都尉诗。蜀公用玉台故实，的的可证。余自喜老眼生花，犹堪悬定古人墨派也。晋卿绘事为时所重，不以书名。山谷曾以蕃人锦囊致诮然。其去国羁栖，自云能饮，托意信陵。至推服蜀公，大能忠君爱国。盖亲受眉山陶铸，一洗膏粱宿习，超诣乃尔。即使未谙八法，犹当以人重。况豪落之气，跃跃行墨间者乎？先生幸珍惜，勿河汉余言。康熙庚申九月望前一日檇李曹溶式古堂书。

后 记

2010年3月,我的博士论文《曹溶词研究》由安徽大学出版社出版。之后,我便萌生了给曹溶的词作笺注、编年的想法。说到这个想法,还要从我读博期间恩师邓小军先生的教诲说起。初入恩师门下,恩师教导我,读诗词作品,不能满足于印象式的理解,每一个词语、每一句的意思都要落实、吃透,如此方能正确理解整首作品涵义。听闻恩师教诲,方有所顿悟。恩师这种细读文本的治学方法,指引着我顺利地完成了博士论文的写作,也促使我后来决定动于撰写本书。

虽然初作构想时,便预知这是一项琐碎耗时的工作,但后来的的撰写过程证明,实际的工作繁重程度远远超乎了预想。有时为明确一首词的编年,要根据诸多材料反复推理论证,有时会为寻找一个有力证据耗时多日却一无所获,颇费时日。加之有时因有更紧迫的工作,不得不暂时搁置本书的撰写。如此一来,书稿写写停停,从打算撰写到最终撰写完毕,竟用了近十年时间。最终成稿,非常欣慰。回首整个漫长的撰写过程,更多的是一种因为努力寻求而得到答案之后的快乐。曾几何时,中午听到爱人下班回家,我兴奋地从书房跑出去,告诉他我如何如何根据一个线索,考证出曹溶一首词的编年情况。谈论着曹溶,竟像谈论着一个熟悉的朋友。个中快乐,真是难以具述。

对古人作品的解读,我们只能是努力接近作者的原意。虽然我对曹溶词的研读,有读博期间大量资料作为基础,但仍很难说现在的解读已经完全符合曹溶原意,也不敢说所编年全部正确无误。疏漏之处,敬请方家批评指正。

书稿初成,淮北师范大学文学院、淮北师范大学社科处等相关部门积极支持立项,后幸被立为安徽省社科规划后期资助项目(项目批号:AHSKHQ2018D13)。书稿完成后,又幸得王政老师热心帮助联系出版事宜,淮北师范大学社科处、学科建设与发展规划处欣然助以出版经费,中国社会科学出版社也慨然相助。没有这诸多方面的帮助，本书将很难顺利问世。对此，谨一并致以衷心的感谢。最后，还要感谢中国社科科学出版社的各位编校人员，他们为书稿提出诸多的宝贵意见，付出了辛苦的劳动。

曹秀兰

2019 年 6 月